불멸의 노래
1

불멸의 노래 1: 가슴에 새긴 소리

교회 인가 2014. 4. 3.(서울대교구)
초판 1쇄 발행 2023년 11월 20일
초판 2쇄 발행 2024년 9월 9일

지 은 이 류은경
발 행 인 이종주
감 수 김영수·서종태·조한건·송란희
편 집 김이수
마 케 팅 김민화

펴 낸 곳 책마실
주 소 서울 구로구 구로중앙로 198 기계공구상가 9동 221호
전 화 02-2633-4509
팩 스 02-2636-4509
이 메 일 chaekms@naver.com
출판등록 제312-2013-000006호(2013. 1. 29.)

ISBN 978-89-98891-04-6 (04810)
978-89-98891-03-9 (전3권 세트)

불멸의 노래 1

류은경 역사소설

가슴에 새긴 소리

책마실

한국 천주교는 특별하다. 선교사들에 의해 전파된 세계 각국의 가톨릭 역사와 달리 한국 천주교는 성품성사를 받은 사제 한 명 없는 악조건 속에서 평신도들에 의해 자생적으로 뿌리를 내렸다.

나는 이 작품을 통해 세계 교회사에서 유례를 찾아볼 수 없는 한국 천주교의 특별한 역사를 당시의 조선 정치사와 맞물려 풀어내고자 했다. 첫 번째 장편 역사소설 《이산, 정조대왕》을 집필하면서 정약용이라는 인물에 대해 관심을 갖게 되었다. 그는 천주교인이라는 이유로 고초를 겪었고 유배를 떠났다. 세종에 버금가는 성군으로 추앙받는 정조대왕도 천주교 때문에 곤란을 겪었다. 자세한 내막이 궁금했지만, 당시는 깊게 파고들 여건이 되지 않았다. 언젠가 기회가 된다면 초기 조선교회에 무슨 일이 있었는지 작품으로 다뤄보고 싶다는 생각을 했다. 두 번째 장편 역사소설 《선덕여왕》을 탈고할 무렵에 유항검이라는 인물을 알게 되었다. '호남의 사도'로 불린 천주교인이다. 그의 생애를 중심으로 초기 조선교회의 역사를 소설로 풀어보자는 출판사의 제안을 받았다. 이미 나의 관심사가 된 주제여서 그 제안을 받아들였다.

그러나 작업 과정은 순탄치 않았다. 집필 도중에 병마가 찾아왔고, 우여곡절도 많았다. 그리하여 최종 탈고하기까지 12년이 걸렸다.

독자들에게 미리 밝혀둘 부분도 있다.

이 책의 주인공들인 이벽과 유항검, 강완숙이 어린 시절부터 막역한 사이였다는 설정은 작가가 상상으로 만들어낸 허구다. 그 외에도 작품의 극적인 재미를 위해 작가의 상상이 곳곳에 배치되었다. 사도세자의 서록과 천주회의 존재, 이벽이 하늘의 계시를 받는 등의 장면이 그러하다. 소현세자가 볼모로 청나라에 갔을 때 이벽의 고조부 이경상도 함께 따라갔다는 설정과 대왕대비 김씨의 입김으로 김달순이 전라감사에 임명되었다는 설정, 말복이 정약종의 책롱을 옮기다가 발각되었다는 내용도 마찬가지다.

조선왕조실록과 승정원일기에 의하면 이경상은 소현세자가 심양에 볼모로 가 있던 기간에 국내에서 관리로 재직했다. 김달순이 전라감사로 임명된 것은 정조가 생존했던 1800년 윤4월 6일이었다. 정약종의 책롱은 임대인이라는 천주교인이 신유박해가 터지자 한양 우물골에 사는 송재기의 집에서 황사영의 집으로 옮기려다가 발각되었다는 것이 역사적 사실이다. 송재기의 집으로 옮겨지기 전에는 포천에 사는 홍교만의 집에 숨겨두었는데, 홍교만은 책롱의 주인인 정약종의 사돈이자 정철상의 장인이다.

이벽의 죽음에 대해서는 돌림병으로 급사했다는 설과 독살되었다는 설이 제기되었지만, 둘 중 어느 것이 진실인지는 아직 밝혀지지 않았다. 이 작품에서는 독살설을 따랐다.

작품의 배경이 된 초대 조선교회의 신자들은 한자로 된 기도문을 사용했다. 그 뜻을 번역하지 않고 중국에서 온 그대로의 기도문을 조선식 한문 발음으로 독음하여 기도를 올린 것이다. 1837년에 조선으로 들어와 사역을 시작한 앵베르 주교는 조선 신자들이 기도문의 뜻도 모른 채 해괴한 말로 기도하는 것을 목격하고 기겁했다. 그는 제대로 된 기도를 위해 네 명의 통역에게 공동기도문을 번역하도록 했고, 조선 신자들은 비로소 기도문이 내포한 뜻을 이해하게 되었다.

독자들이 등장인물들의 심리와 상황을 좀 더 가깝게 느끼고 공감하길 바라는 마음에서 소설에서는 현대식 기도문을 사용했다. 온전한 역사를 접하고자 하는 분들의 너그러운 포용과 이해를 바라며 작업에 임했다.

12년은 긴 세월이다. 완성본이 책으로 출간되기까지 걸린 시간도 제법 길다. 가족들이 곁에서 힘이 되어주지 않았다면 버티지 못했을 것이다. 사랑하고 고맙다는 인사를 전한다.

오랫동안 원고를 기다려준 도서출판 책마실에도 감사드린다. 작품이 사장되지 않도록 여러모로 애써주고 인내해준 덕분에 오늘이 있을 수 있었다. 나를 위해 기도해주시는 천호성지의 김진소 아버지 신부님과 애틋한 나의 친구 로셀리나, 작품을 감수해주신 서종태 박사님,

천주가사를 비롯해 여러 자료를 도와주신 김영수 박사님과 한국천주교회사의 조한건 전담신부님, 편집하느라 고생한 김이수 주간님, 어려운 시기에 도와준 김효준 신부님과 수경에게도 고마움을 전한다.

그러나 고마운 이들이 어디 이분들뿐이랴. 미안한 분들 또한 많다. 인고의 세월을 거쳐 소설을 완성했으니 그걸로 인사를 대신한다.

류은경

〈인물 관계도〉

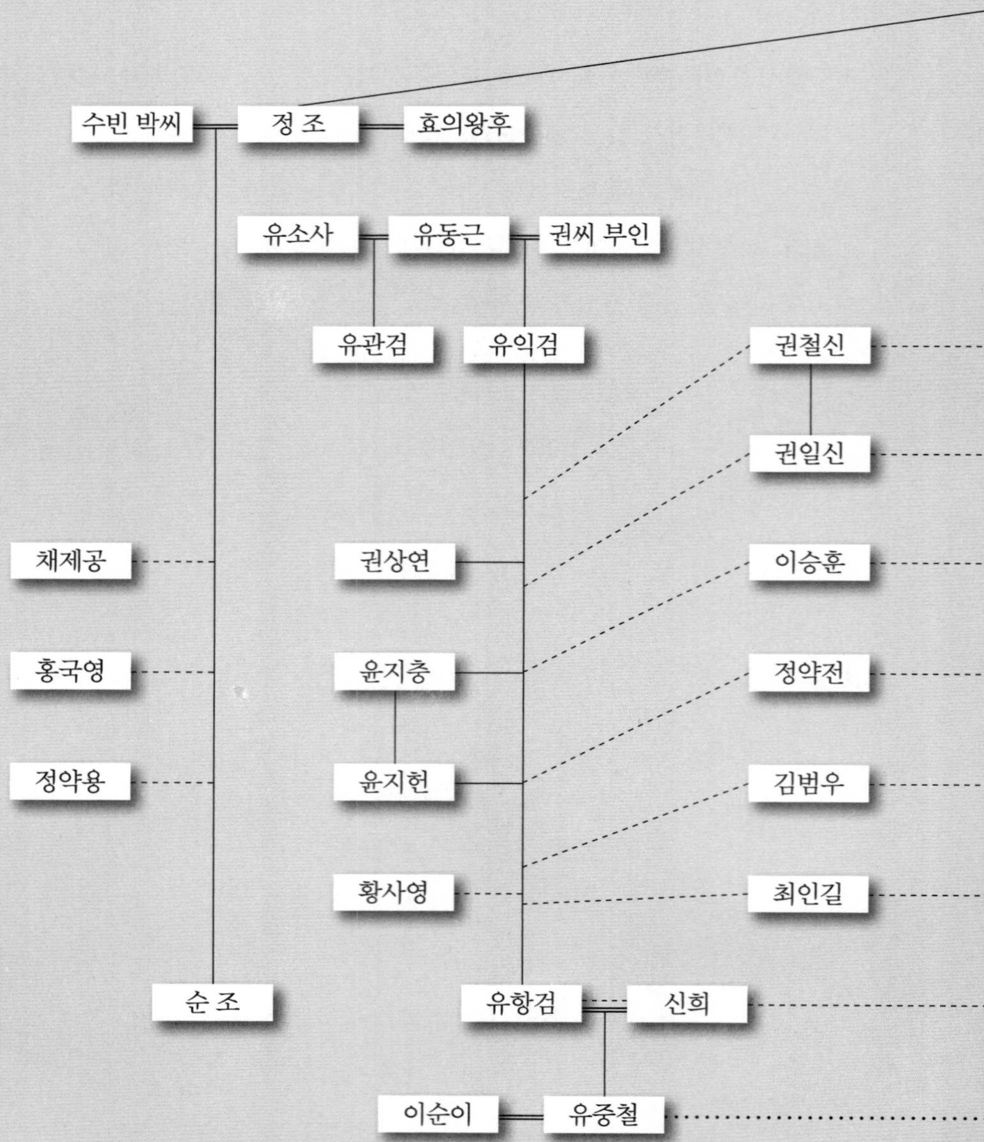
· 혼인관계
· 혈연관계
· 우호관계
· 적대관계
수빈 박씨
정 조
효의왕후
유소사
유동근
권씨 부인
유관검
유익검
권철신
권일신
채제공
권상연
이승훈
홍국영
윤지충
정약전
정약용
윤지헌
김범우
황사영
최인길
순 조
유항검
신희
이순이
유중철

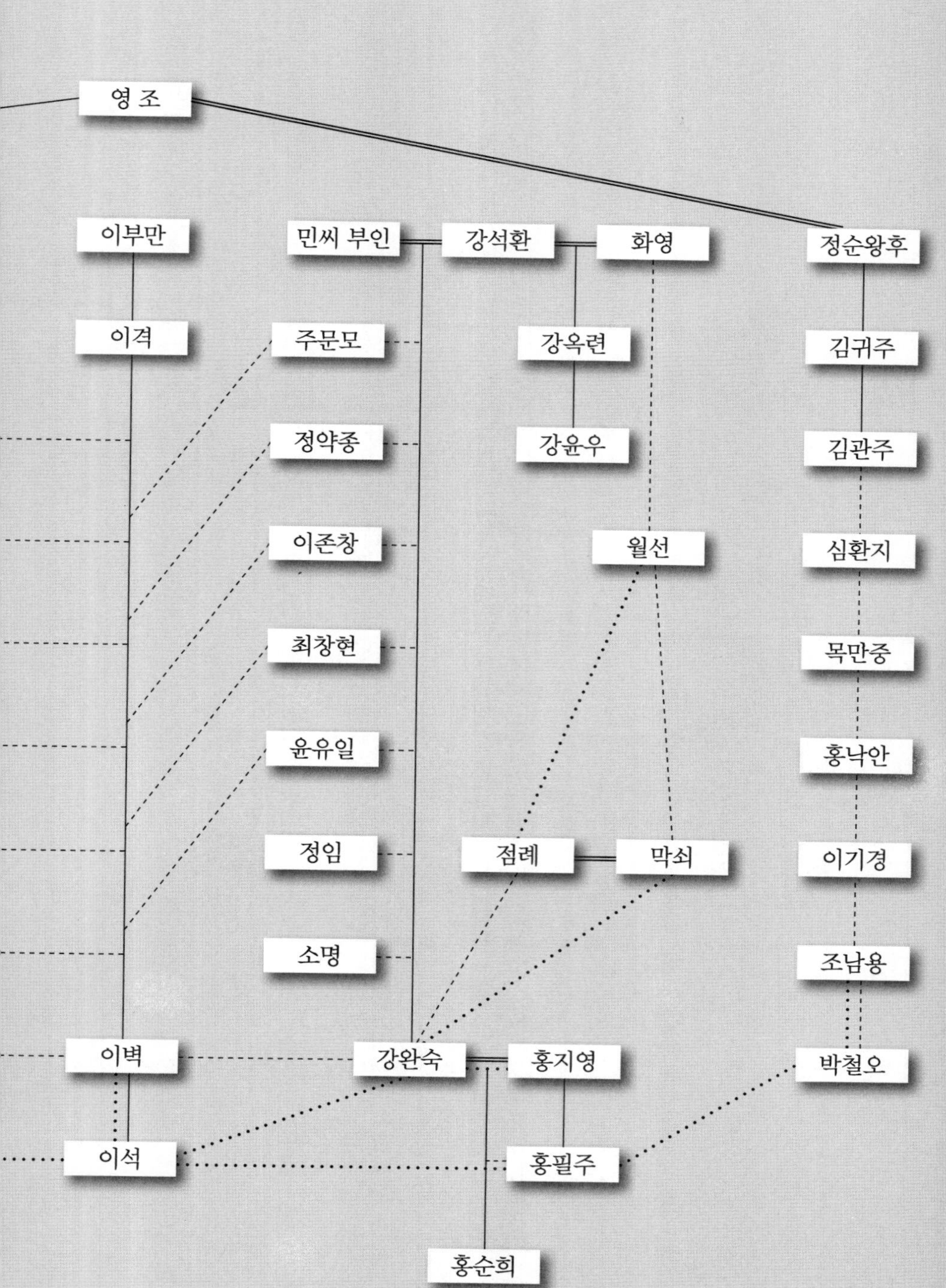
영 조
이부만
민씨 부인
강석환
화영
정순왕후
이격
주문모
강옥련
김귀주
정약종
강윤우
김관주
이존창
월선
심환지
최창현
목만중
윤유일
홍낙안
정임
점례
막쇠
이기경
소명
조남용
이벽
강완숙
홍지영
박철오
이석
홍필주
홍순희

〈친인척도〉

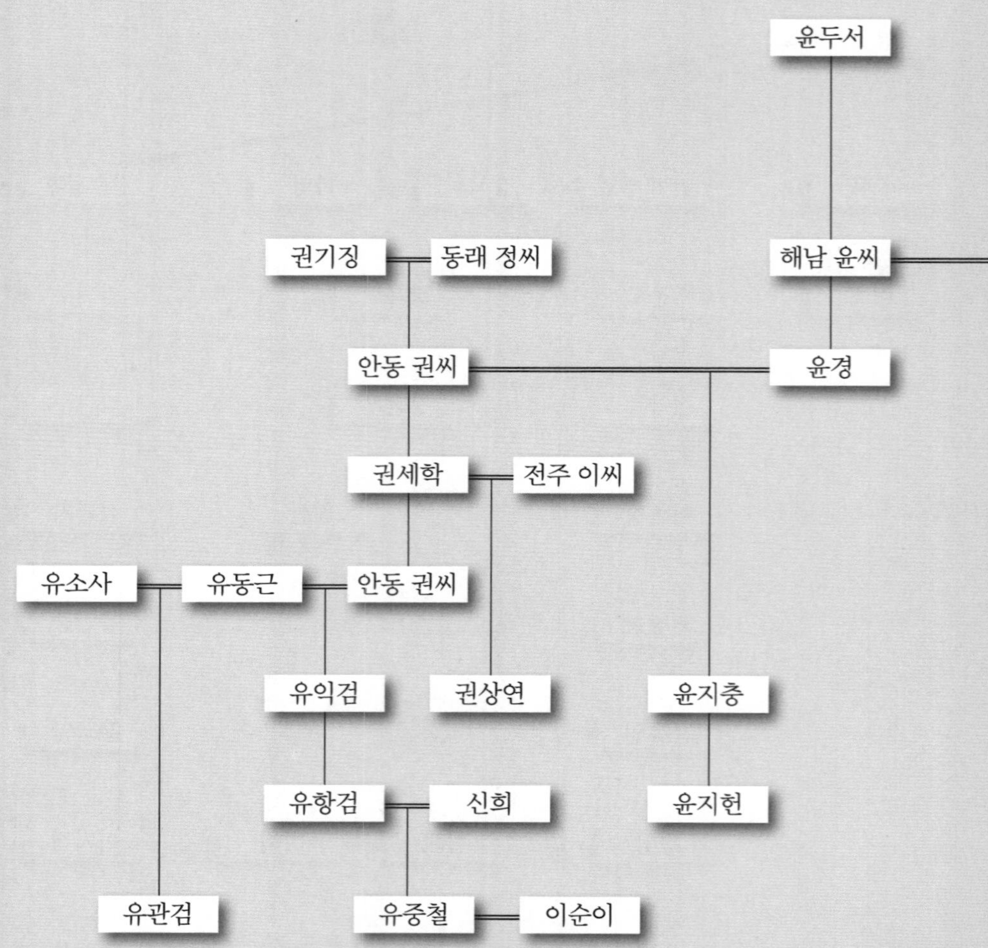
윤두서
권기징
동래 정씨
해남 윤씨
안동 권씨
윤경
권세학
전주 이씨
유소사
유동근
안동 권씨
유익겸
권상연
윤지충
유항겸
신희
윤지헌
유관겸
유중철
이순이

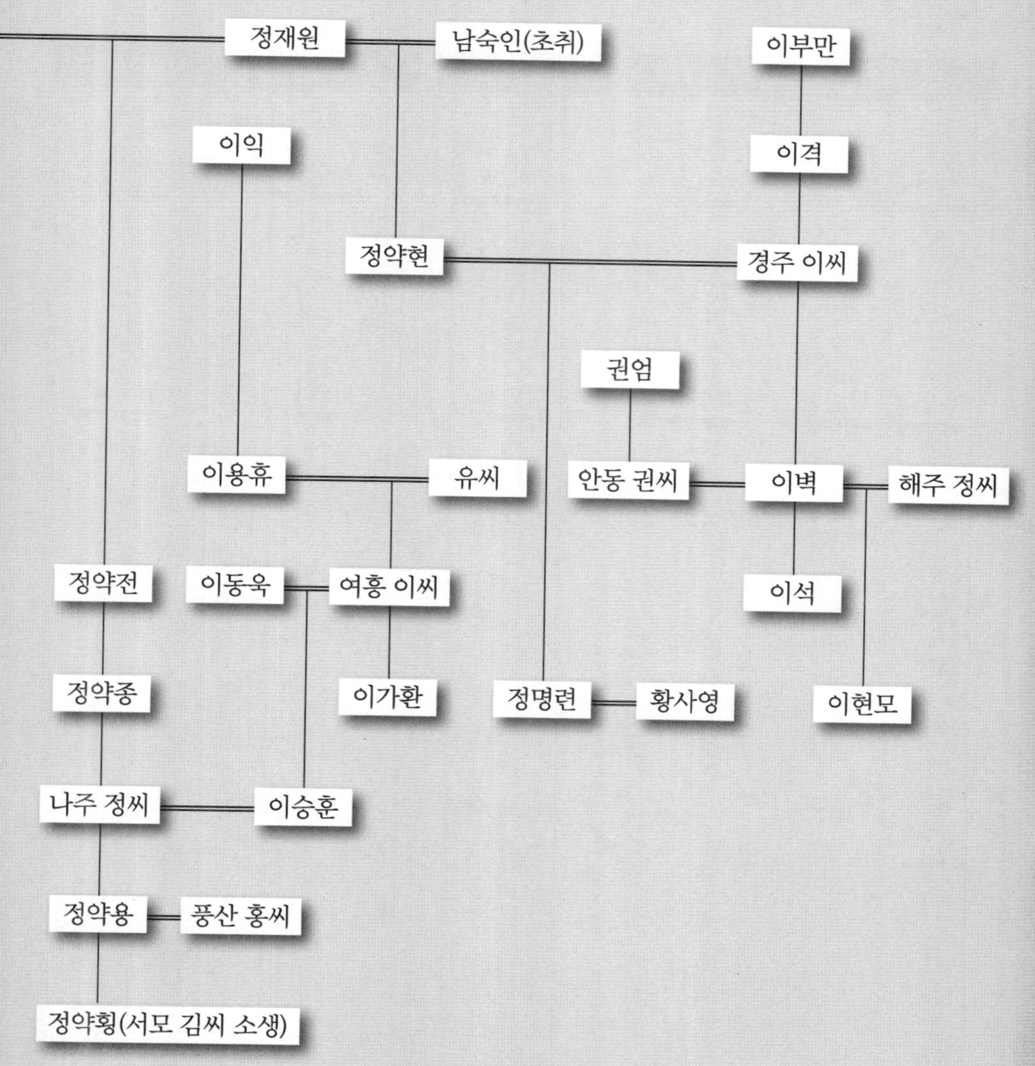

정재원
남숙인(초취)
이부만
이익
이격
정약현
경주 이씨
권엄
이용휴
유씨
안동 권씨
이벽
해주 정씨
정약전
이동욱
여흥 이씨
이석
정약종
이가환
정명련
황사영
이현모
나주 정씨
이승훈
정약용
풍산 홍씨
정약횡(서모 김씨 소생)

〈붕당 분파 과정〉

★ 득세

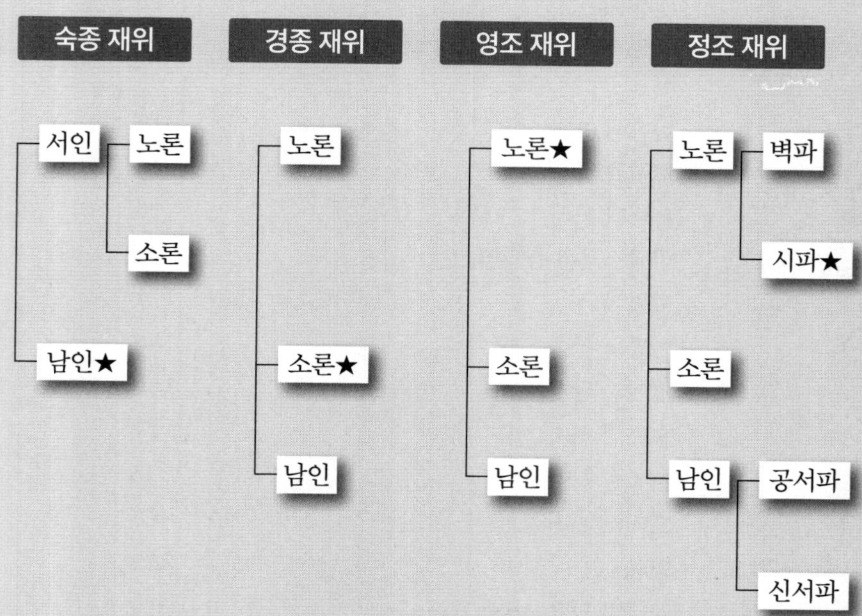
숙종 재위
서인
노론
소론
남인★
경종 재위
노론
소론★
남인
영조 재위
노론★
소론
남인
정조 재위
노론
벽파
시파★
소론
남인
공서파
신서파

차례

뒤바뀐 아이

검은 장막을 겹으로 드리운 듯 밤하늘은 별빛 하나 없이 어두웠다. 초저녁 무렵부터 빠르게 몰려든 먹장구름은 당장이라도 눈을 뿌려댈 기세로 낮게 가라앉아 있었다.

하지만 밤이 깊어지고 새벽이 가까운 시각까지 눈은 내리지 않았다. 제 안에 도사린 욕망을 이루고자 태중의 생명을 오래도록 붙잡고 있는 누군가처럼 구름도 쉽사리 품은 것들을 쏟아내지 않았다.

무겁게 드리운 운층을 뚫고 수시로 차가운 삭풍이 휘몰아쳐 가야산맥을 따라 울울하게 자라 있는 나무들을 난폭하게 흔들어댔다.

유난히 춥고 풍해가 잦은 겨울이었다. 겨울은 동굴 속처럼 깊어가고 봄은 멀게만 느껴지는 나날의 연속이었다. 먹장구름 가득한 하늘은 가뜩이나 심란한 동리 사람들의 마음을 잔뜩 불안하게 만들고 있었다.

"악, 아악… 아아악…!"

새벽 여명이 푸르스름하게 번지기 시작한 묘시 무렵, 여인의 찢어지는 비명이 연신 솟구쳤다. 예산현 일각에 자리한 동리에서였다.

"이게 뭔 소리여?"

구들장에 군불을 지피기 위해 부엌으로 향하던 맨상투의 사내가 화들짝 놀라 주위를 두리번거렸다. 사내의 아내가 방문을 열고 쪽마루로 내려서다 말고 아는 체를 했다.

"마님께서 다시 산통이 시작된 모양이네요. 나오시려거든 후딱 나오시든가… 뭔놈의 산통이 저리도 지독한지 모르겠어요."

흐느끼듯 끊겼다가 이어지고, 다시 멈췄다 계속되는 여인의 울부짖음은 고샅에 감도는 바람 소리에 더욱 음산하게 들렸다. 첫새벽의 푸른빛이 물감처럼 번진 골목으로 하나둘 모여든 사람들이 고샅 끝에 자리한 고래등 같은 와옥을 건너다보며 안타깝게 발을 굴렀다.

"나리마님 애간장 그만 녹이시고, 오늘은 기어이 나와 주셔야 할 텐데 말이여."

"그러게나 말여. 저러다가 생사람 하나 잡게 생겼어."

생각만으로도 오소소 소름이 돋는지 노파가 저고리 앞섶을 여미며 부르르 몸을 떨었다. 노파의 며느리로 보이는 젊은 아낙이 흐트러진 머리를 거듬거듬 매만지다 말고 불안한 눈길을 와옥 쪽으로 보냈다. 금방이라도 숨이 넘어갈 성싶은 여인의 비명은 와옥의 안채 쪽에서 들려오고 있었다.

"어무니, 저러다 변고라도 생기면 어쩐대요? 우리 마님이 원체 약골이시잖아요. 저 정도 난산이면 마님이 견디기 힘들 것 같은디… 어무니 생각은 어떠세요?"

젊은 아낙이 시모를 돌아보며 걱정스런 얼굴로 물었다. 골목의 담장 앞에 쭈그리고 앉아 쌈지에서 꺼낸 담배를 입으로 가져가던 젊은 아낙의 서방이 버럭 호통을 쳤다.

"입 조심혀, 이 여편네야! 하늘이 점지해주신 애기씨여! 무탈하게 순산하실 것이니 입방정일랑 그만 떨어!"

"아범 말이 맞어. 하늘님이 지켜주시니 별 일 없으실 거구먼."

하늘에서 쏟아진 오색 형형한 광채가 강석환의 조강지처가 머무는 안채 지붕에 한동안 머물다 사라진 일이 있었다. 가야산을 하얗게 뒤덮은 눈 속에서 복수초가 노란 꽃망울을 터트리던 이른 봄의 일이었다. 그 신묘한 징후가 나타난 직후에 민씨 부인은 잉태를 했다. 그녀의 나이 마흔다섯에야 처음으로 들어선 생명이었다. 하늘의 기운을 받고 태어날 아기에 대한 궁금증과 흥분으로 온 동리가 들썩거린 까닭이었다.

배 아파 자식을 낳아본 경험이 있는 아낙네들과 백발이 성성한 노파들은 차고 맑은 정화수를 장독대에 올려놓고 손바닥에 열이 나도록 비벼댔고, 사내들은 사내들대로 민씨 부인의 순산을 진심으로 기원했다. 거개가 강석환 내외로부터 작은 은덕이라도 입은 이들이었다. 그들의 진심 어린 기도 덕분인지 평소 병약하기 그지없던 민씨 부인은 큰 병치레 없이 열 달을 무사히 넘겼다. 적어도 산통이 시작되기 전까지는 그랬다.

"허지만 오늘로 벌써 사흘째잖아요. 애기집에 뭔 일이 생기지 않고서야 저리 산통이 길어질 리가 없지 않겠어요."

서방에게 면박을 당한 아낙이 주눅이 든 목소리로 중얼댔다. 그때였다.

아악! 아아악….

민씨 부인의 비명이 다시금 고샅으로 튀어나왔다. 겁먹은 얼굴로 어미의 치맛자락을 붙잡고 서 있던 아이들이 울음을 터트렸다. 철없는 어린 처자들은 안뒤꼍을 둘러친 꽃담 가까이 다가섰다가 집사가 내지르는 호통에 풀쩍 놀라 후다닥 달아났다. 그러고도 한동안 민씨 부인의 비명은 그치질 않았다. 그 소리에 또 다른 여인의 비명이 섞여들기 시작한 것은 동쪽 능선 위로 아침 해가 막 얼굴을 내밀 무렵이었다.

"으읍! 으윽… 흑흑… 아아악!"

안채에서 멀찍이 떨어진 별당에서 솟구친 젊은 여인의 오열 섞인 절규가 사방에 퍼진 아침 햇살을 난폭하게 휘저어댔다.

"아니, 저건 별당에서 나는 소리 아녀?"

"그려. 맞구먼. 별당이구먼."

"뭐여. 그럼 첩년이랑 안방마님이 한날한시에 몸을 풀기 시작했단 얘기여?"

고샅에 나와 조바심을 치던 사람들의 눈동자가 일제히 휘둥그레졌다.

● ● ●

"하이고, 저 망할 년! 허구한 날 다 놔두고 하필 오늘 같은 날 몸을 푼다냐!"

별당 아궁이에 쭈그리고 앉아 아침 군불을 지피던 늙은 여종이 불붙은 부지깽이로 바닥을 탕탕 쳐대며 도끼눈을 떴다.

"미역국에 고깃점이라도 하나 더 들어가려나 싶어 마님 해산하실 때만 기다렸나보지요, 뭐."

한 아름 안고 온 화목을 와르르 부려놓던 머슴이 빈정거리는 말투로 끼어들었다.

"흥! 그런다고 내쫓길 팔자가 바뀔 줄 알어? 마님이 떡두꺼비 같은 아드님만 척 낳아봐. 그땐 제년은 씹다 버린 칡뿌리 신세여."

늙은 여종이 침을 튀기며 쏘아댄 이죽거림이 표창처럼 날아와 꽃살문에 박히는 것을 화영은 어두침침한 방안에 누워 빠짐없이 듣고 있었다. 면전에서는 쉬쉬하지만 이미 외첩(본가 밖에 둔 첩) 이야기가 문중에서 오가고, 새집 준비가 착착 진행되고 있음을 그녀도 알고 있었다.

아아, 내 나이 열여덟…. 이 창창한 나이에 어찌하여 한물간 퇴기 대접을 받아야 한단 말인가….

온몸이 뒤틀리고 생살을 도려내는 듯한 산통보다 자신이 처한 작금의 처지가 견딜 수 없이 끔찍하여 화영은 끅끅 울음을 토했다.

아비는 소론이었다. 소론 내에서도 과격파에 속하는 준소峻小의 일원이었다. 같은 준소인 이인좌가 난을 일으켰다가 실패했다. 아비는 멸문지화를 면한 것만도 큰 다행으로 여기며 식솔을 이끌고 낙향했고, 합죽선에 시서화를 그리는 것을 낙으로 삼으며 죽은 듯 지냈다. 비록 가문은 몰락하고 숨소리조차 내지 못하고 쉬쉬하며 지낸 나날들이기는 했으나 부모가 살아있고 형제들이 곁에 있어 화영은 행복했다. 적어도 그 사건이 터지기 전까지는 그러했다.

"아버님…."

문갑 위에 펼쳐놓은 합죽선을 건너다보는 화영의 뺨 위로 뜨거운 눈물이 주르륵 흘렀다. 아비가 죽기 전에 마지막으로 남긴 그림이 거기에 있었다. 그림을 문갑 위의 합죽선에 그리고 난 아비는 낙관조차 찍지 못하고 오랏줄에 묶여 끌려갔다. 조정에 충신은 없고 간신이 권세를 잡고 있어 백성의 삶이 도탄에 빠졌다는 내용의 벽서가 나주 객사에 내걸린 뒤의 일이었다.

육신을 잃고 성문 밖에 효시된 인두들 중에 화영의 아비가 끼어 있었다. 이인좌의 난이 발생한 지 27년 만인 1755년의 일이다. 화영은 그때 열두 살이었다. 아비의 시신을 수습할 겨를도 없이 집안의 모든 재산이 몰수되었다. 그리고 화영의 남은 가족은 공신가功臣家의 노비 신세로 전락했다.

그로부터 6년의 세월이 흘렀다. 살아 있으되 죽어지낸 세월이었다. 어떤 경로를 거쳐 강석환의 노비로 떨어졌는지조차 화영은 기억이 나지 않았다. 어머니와 아우들이 어느 곳, 누구의 종이 되어 짐승보다 못한 취급을 받으며 살고 있는지도 알지 못했다.

그러나 남문 밖에 효시된 아비의 잘린 머리통을 보면서 가슴 깊이 새긴 결심은 꿈에서도 잊은 적이 없는 그녀였다.

무슨 짓을 해서라도 몰락한 가문을 일으키고야 말리라!

소론 천하가 되는 날만 손꼽아 기다리며 갖은 굴욕을 견딘 그녀였다. 소론이 세력을 되찾기만 한다면 아비의 실추된 명예가 회복되는 것은 시간문제라고 그녀는 믿었다. 더불어 자신에게 씌워진 노비의 굴레도 단박에 벗게 될 것이라고 확신했다. 그런데 왕의 눈 밖에 난 이선이 폐서인되어 궐에서 쫓겨나고, 그의 어린 아들 왕세손이 왕위를 잇게 될 것이라는 흉흉한 소문이 내포에까지 날아들었다.

그렇다면 나는 이제 어찌 되고, 헤어진 어머니와 아우들은 어찌 되는가…. 결국 이렇게 노비로 비참한 삶을 살다 가야 한단 말인가….

절망이 땅을 치고 슬픔과 그리움이 목젖까지 차올라 자면서도 흐느끼는 날들이 이어졌다. 강석환이 그녀를 사랑채로 불러들인 그날 밤도 화영은 베갯잇이 축축해지도록 눈물을 흘리고 있었다.

"널 내 첩으로 삼을 것이다. 허니 아들을 낳아다오. 그리만 해준다면 네가 원하는 것은 무엇이 됐든 죄다 들어주마."

완강히 거부하는 화영에게 달려들어 거칠게 속곳을 벗기면서 강석환은 속삭였다. 하지만 화영은 알고 있었다. 강석환이 원하는 대로 그의 아들을 낳는다 하여 그녀의 꿈이 이루어지는 것은 아니었다.

"제가 아들을 낳아드리면 그 아이를 장적帳籍에 올려주겠노라고 약조하셔요!"

강석환을 피해서 방안을 빙빙 돌며 달아나다가 그예 구석에 몰리자 화영이 벽에 걸어둔 환검을 내려 제 목에 겨누며 외쳐댄 말이었다.

"뭐라? 장적?"

당황하여 묻는 강석환에게 화영은 또렷한 목소리로 대답했다.

"그렇습니다! 제 아이가 서얼로 자라게 할 수는 없습니다! 허니 약조해주세요! 그전에는 제 몸에 손끝 하나 대실 수 없을 겁니다!"

서얼. 양반의 첩이 낳은 자식. 이 나라 조선에서 첩의 자식은 인간으로 치부되지 않았다.

"약조하마. 우리 가문의 대를 이어주기만 한다면 장적이 아니라 더한 요구도 들어줄 것이야."

화영의 여린 속살을 난폭하게 비집고 들어오며 강석환은 거듭거

듭 약속했다. 적자와 서얼의 구분이 엄연하다는 것을 알면서도 그리 했다.

'잡자…. 놓치지 말고 꽉 잡는 거야. 훗날을 위해서도 이런 기회를 놓쳐선 안 돼….'

저보다 서른두 살이나 많은 늙은 사내의 무거운 몸 아래 깔려, 거북하고 고통스러운 이물감을 참아내며 화영은 수도 없이 마음속으로 되뇌었다.

대저 영원한 권력이란 없는 법이다. 때가 되면 떠났다가 되돌아오기를 반복하는 계절처럼, 돌고 도는 것이 또한 권력이다. 소론을 밀어낸 노론 역시 언제 밀려날지 알 수 없는 일이다. 화영은 제가 낳은 아들이 장성하여 소론의 힘이 되어주기를 소망했다. 그리하여 어미를 대신하여 할아비의 한을 풀어주고 몰락한 가문을 일으켜 세워주기를 희망했다.

천만다행으로 화영의 몸에 태기가 있었다. 그리고 보름 뒤, 석녀인 줄 알았던 민씨 부인이 회임했다. 더군다나 하늘이 내려준 범상치 않은 징후가 있고 나서 들어선 생명이었다. 별당 문턱이 닳도록 뻔질나게 드나들던 강석환의 발길은 끊어진 지 이미 오래였다. 화영은 독수공방의 나날을 보내며 독기를 품었다.

"이대로 당하고만 있을 줄 아십니까? 그리 여기셨다면 오판이십니다. 두고 보세요. 누구의 핏줄이 가문을 잇게 되는지 이년이 똑똑히 보여드리겠습니다."

안채를 드나들며 민씨 부인의 몸 상태를 살피던 강씨 집안의 주치의는 그녀의 진맥을 짚고 나서 아들이 확실하다고 장담했다고 했다.

하지만 화영의 복중에 자리한 생명은 딸이라고 했다. 화영이 은밀히 홍주(홍성)의 의원을 찾아간 것은 그래서였다.

얼굴빛이 새까맣고 눈빛이 음험한 홍주의 의원은 제 입으로 아기의 성별을 바꿔주고 해산 날짜까지 조정해줄 수 있다고 호언장담했다. 그가 지은 약재를 구하기 위해 내포 일대는 물론이고 도성에서까지 사람들이 찾아온다고 했다. 화영은 누런 금붙이로 묵직하게 채운 궤짝을 의원 앞으로 밀어주고, 약재를 받아와 지성껏 달여먹었다. 하늘도 그녀 편이 되어주려는지, 아니면 약재가 효험을 발휘한 건지, 예정일을 훌쩍 넘긴 산통이 민씨 부인과 때를 같이하여 아랫도리를 강타했다.

“이제 나와도 돼, 아가야…. 그 안에서 기다리느라 여태 고생했으니까 이젠 나오렴. 그래서 이 어미의 한을 풀어줘. 제발, 아가야….”

화영은 터질 듯 부푼 만삭의 배를 간절한 눈빛으로 내려다봤다. 조금 전까지 극렬하게 이어지던 통증이 언제 그랬냐는 듯 잠잠해졌다. 군불을 지피던 여종들도 안채 쪽으로 가고 없는지 별당은 쥐죽은 듯 조용했다. 간혹 민씨 부인이 질러대는 비명이 별당 담을 넘어 화영의 귀에까지 들려왔다.

홍주의 의원이 장담한 것처럼 두 아기가 같은 성을 지니고 같은 날 태어난다면 두 핏덩어리를 바꿔치기할 계획을 화영은 세워두었다. 그 계획이 성공하기만 한다면 자신의 아기는 정실부인이 낳은 강씨 집안의 자손이 되어 어떤 차별과 모멸도 겪지 않으며 윤택한 삶을 누리게 될 터였다.

“마님보다 늦어선 안 돼. 하늘이 준 기회를 놓쳐선 안 돼, 아가야.”

요 위에 등을 대고 누운 화영은 오금을 접어 무릎을 세운 뒤 엉덩이에 힘을 가했다. 그때였다.

"아씨, 불편하셔요?"

뜨거운 물이 담긴 놋대야를 들고 방으로 들어서던 중년의 키 큰 여인이 화영의 끙끙대는 소리에 화들짝 놀란 표정이 되어 황급히 다가와 앉았다. 어린 시절부터 화영의 똥 기저귀를 갈아주고 어머니 대신 젖을 물려 키워준 유모 월선이었다. 화영의 집안이 풍비박산이 난 와중에도 그녀를 끝까지 보필하겠노라 따라와 준 고마운 사람이기도 했다.

"유모, 나 통증이 멈췄어. 좀 전까지만 해도 죽을 것처럼 아팠는데 지금은 아무 느낌도 없어. 이러다 오늘을 넘기면 어쩌지? 마님만 낳고 나는 못 낳으면…. 정말 그리되면 어쩌지, 유모?"

화영의 음성이 불안으로 떨려 나왔다.

"걱정하지 마셔요. 아씨도 곧 산통이 시작될 것 같아요."

화영의 치맛자락을 살그머니 들어 올려 가랑이 사이를 확인한 월선이 확신에 찬 목소리로 말했다. 하지만 화영은 좀처럼 마음을 놓을 수가 없다.

"마님은 지금 어쩌고 계셔?"

"안방마님은 한두 식경 뒤에 분만하실 듯해요."

방 한쪽에 놓인 화로 위에 끓는 물이 담긴 대야를 올려놓고 다시 몸을 돌려 화영에게로 돌아오며 월선이 말했다.

"유모, 이 아이가 딸이면 어쩌지? 그리되면 우리 계획은 모두 수포가 되고 말 텐데…."

"마님과 아씨의 뒤태가 하나같이 소쿠리를 엎어놓은 것처럼 둥글둥글했답니다. 어디 그뿐인가요. 두 분 모두 허리 배 할 것 없이 펑퍼짐하게 불룩했어요. 게다가 홍주 의원 나리도 틀림없이 아들이라고 하셨잖아요. 하오니 너무 염려하지 마셔요. 틀림없이 아드님을 생산하실 거예요, 아씨."

"정말 그리될까?"

"소인이 장담할게요. 하오니 아씨께서는 마음 편히 잡수시고 순산할 생각에만 집중하세요."

그 순간이었다. 화영의 얼굴이 고통으로 일그러졌다.

"유, 유모… 시, 시작되려나 봐… 배, 배가… 으윽!"

"이걸 잡으세요, 아씨!"

천장에 매단 광목천을 상전의 손에 재빨리 쥐어준 월선이 문득 귀를 쫑긋했다.

"아씨, 저 소리 들리세요? 안방마님도 소식이 왔나 봐요."

아닌 게 아니라 민씨 부인이 내지르는 비명이 화영의 침소에까지 건너오고 있었다. 하지만 그 소리가 화영은 들리지 않았다. 말로 형언할 수 없는 극심한 통증이 화영의 전신을 강타할 뿐이었다.

"아악! 유모, 살려줘! 아아악!"

온몸을 뒤틀며 비명을 질러대는 화영의 전신이 삽시간에 땀으로 흠뻑 젖었다.

"아씨는 해내실 수 있어요. 나머지는 쇤네에게 맡겨두시고 아씨는 호흡에 집중하세요. 아셨죠?"

이불 머리맡에 미리 접어두었던 수건을 화영의 입에 물려주며 월선이 비장한 목소리로 말했다.

"으윽! 으으윽!"

턱을 크게 위아래로 움직여 대답하는 화영의 이마며 목덜미에 핏줄이 울퉁불퉁 불거졌다.

아가야… 부디 이 어미를 도와주렴…. 그리만 해준다면 나는 모든 걸 참을 수 있어…. 여느 어미처럼 너를 품에 안고 젖을 먹일 수 없어도… 네가 내 자식임을 숨기고 살아야 한다 해도 이 어미는 견딜 수 있단다. 어미는 이제부터 네가 잘되는 모습을 보는 낙으로 남은 생을 살아갈 거야. 허니 아가야… 제발 이 어미의 뜻대로 보란 듯이 고추를 달고 부디 제때에 세상 밖으로 나와 주렴….

화영은 간절히 기도하며 사력을 다해 아랫도리에 힘을 주었다.

● ● ●

종잡을 수 없는 불안감이 가슴을 후려쳤다. 강풍이 몰아치던 새벽 내내 지어미의 해산 소식을 기다리다가 초조함을 간정시킬 요량으로 서안 앞에 앉았던 강석환이었다. 서책을 들여다보다 깜빡 든 잠에서 깨어난 강석환은 보료에서 벌떡 일어나 초조하게 방바닥을 오갔다. 무섭게 불어대던 바람이 어느결에 멈췄는지 밤새 요란하게 덜컹대던 장지문은 햇살 아래 고요했다. 아랫것들이 군불을 넉넉히 지펴놨는지 버선발에 닿는 방구들의 온기가 제법 따뜻했다. 하지만 그의 전신은 알 수 없는 한기로 사시나무처럼 떨렸다.

아마도 방금 꿈에서 보았던 광경 탓이리라.

희한하기 그지없는 꿈이 강석환은 현실에서 겪은 일인 양 생생하게 떠올랐다.

대청마루에 매단 괘등이 희미한 빛을 발할 뿐, 지어미의 산방이 마련된 안채는 짙은 어둠이 그득 고였다. 그런 어둠을 헤치고 어디선가 나타난 한 떼의 사람들이 산방 앞뜰로 몰려들었다. 흡사 고신을 받고 풀려난 죄인들처럼 하나같이 봉두난발에 피칠갑을 한 모습이었다. 흉측한 몰골로 마당에 가득 들어찬 사람들 틈에서 한 사내가 앞으로 걸어나왔다. 실핏줄이 드러나 보이는 창백한 피부에 상대를 압도하는 형형한 눈동자, 양털처럼 곱슬곱슬한 턱수염과 갈색 머리칼을 어깨까지 늘어뜨리고 괴상망측하게 생긴 흰옷을 입은 이양인異樣人이다. 범상치 않은 분위기를 풍기는 이양인이 산방의 마루로 올라서자 뜰에 늘어선 사람들이 일제히 부복하며 괴상한 소리를 질러댔다.

흉악한 귀신들이다! 내 아기를 해하려는 잡귀들이야!

꿈속이었지만 강석환은 직감했다. 순간, 그의 심장이 살을 뚫고 튀어나올 것처럼 격하게 요동쳤다.

물러가라! 이곳은 너희가 범할 곳이 못 된다! 당장 사라지란 말이다!

안채의 꽃담 앞에 마련된 작은 화단 앞에 서서 강석환은 애타게 외쳐댔다. 그러나 어찌 된 영문인지 소리가 밖으로 나오질 않았다. 강석환은 두 눈을 부릅뜬 채 입술만 뻥긋댔다. 그러는 동안 이양인은 산방의 문을 열고 안으로 들어서고 있었다. 당장 달려가 저자를 막아서야 한다는 생각이 강렬하게 들었으나 강석환의 두 다리는 땅에 달라붙어 움쩍도 할 수 없었다.

안 된다, 이놈! 그 아이를 썩 내려놓거라!

열린 방문 틈으로 이양인이 갓난아기를 안아 올리는 모습이 보이자 강석환은 고함을 질러댔다. 안타깝게도 목소리는 목구멍 밖으로 터져 나오질 않았다. 안채의 어둔 뜰 한편에 붙박인 발조차 꼼짝하질 않았다. 새파랗게 질린 채로 발을 잡아떼려 안간힘을 쓰는 사이, 흰 치마저고리 차림의 지어미가 이양인을 따라 산방을 나서고 있었다.

부인! 정신 차리시오! 그 아기를 빼앗겨서는 아니 되오, 부인!

강석환은 절박하게 외쳤다.

우르릉, 쾅!

지축을 울리는 엄청난 천둥소리가 강석환의 머리 위에서 들려왔다. 곧이어 푸른 섬광이 나무뿌리처럼 갈라지며 어두운 하늘에서 번쩍거리더니 원통형의 거대한 빛기둥이 하늘에서 쏟아져 내려 마당으로 내리꽂혔다. 눈을 뜰 수조차 없을 정도로 강렬한 흰빛이 그 기둥에서 사방으로 퍼져나갔다.

이것이 어찌 된 일인가!

강석환은 흰빛을 휘둥그레진 눈으로 바라보았다. 하지만 빛의 정체가 무엇인지 오래도록 생각할 겨를이 없었다. 산방에서 아기를 안고 나와 섬돌을 내려선 이양인이 마당에 꽂힌 빛기둥을 향해 천천히 걸어가고 있었다.

멈춰라! 그 아이는 내 아이란 말이다!

강석환은 고함을 지르며 이양인을 향해 튀어나갔다. 그러자 마당에 몰려 있던 수많은 형상이 강석환을 에워쌌다. 그들의 어깨너머로 그 사내가 보였다. 강석환을 지그시 뒤돌아본 이양인이 빛기둥 속으로 한 걸음 내딛는가 싶더니 이내 빛기둥을 따라 천천히 승천하기 시작했다. 아기를 감싼 강보를 품은 채였다.

오, 안 돼!

강석환은 자신을 포박한 사람들을 힘껏 밀쳤다. 그때였다.

이양인이 사라진 빛기둥에서 크고 웅장한 소리가 쏟아져 나왔다.

따르라!

납작 부복한 채 천상의 소리에 머리를 조아리던 뜰 안의 형상들이 하나둘 일어섰다. 그리고는 차례대로 빛기둥 속으로 걸어 들어가더니 새털처럼 가벼운 몸짓으로 날아오르기 시작했다. 그들 틈에 지어미가 끼어 있었다.

부인, 어딜 가시오? 가서는 아니 되오! 우리 아이를 데리고 돌아오란 말이오!

빠르게 하늘로 솟구치는 지어미를 향해 강석환은 오열하며 외쳐댔다. 잠이 깬 것은 그 찰나였다. 꿈속에서 그러했듯 그의 심장이 미친 듯이 뛰었다.

"참으로 해괴한 꿈이로고…. 좋은 일을 앞두고 어찌 이리 심란한 꿈을 꾼단 말인가…."

강석환은 오른손 엄지손가락 손톱 밑에 불룩 도드라져 있는 티눈을 잡아 뜯으며 방안을 초조하게 오갔다. 마음이 불안할 때면 자신도 모르게 나타나는 못된 습벽이다.

"읍!"

칼에 베인 듯한 쓰라림에 흠칫 발을 멈추고 강석환은 손가락을 내려다봤다. 검은빛 청심환 하나를 떡하니 붙여놓은 것처럼 거무튀튀한 티눈의 살점 한 군데가 뜯겨나가 있었다. 티눈에서 솟아나는 선홍빛 피가 강석환의 불안감을 더했다.

"꿈은 반대라 하였어. 어찌 얻은 아기인데… 무탈할 것이야…."

혈기왕성한 젊은 날로부터 작금까지, 강석환은 혈육을 잇기 위해 갖은 수단을 동원했다. 그러나 어찌 된 까닭인지 지어미에게서는 오래도록 태기가 보이질 않았다.

기가 찰 노릇은 그뿐이 아니었다. 강석환이 씨받이로 들인 여인네들마저 생명을 잉태하지 못했고, 어렵사리 회임이 되어 기뻐할라치면 하혈을 쏟아냈다. 대대로 자손이 번성한 가문이 아니라는 걸 고려하더라도 일점혈육조차 생산해내지 못하는 스스로가 죄스러워 강석환은 조상들의 위패를 모신 사당 쪽으로는 고개조차 돌리지 못했다. 위노위비[爲奴爲婢]한 사실이 마음에 거스러미처럼 거슬렸지만, 태중에 그의 핏줄이 자라고 있는 화영을 별당에 들어 앉힌 것은 그래서였다.

그런데도 민씨 부인은 한 번도 투기하거나 불평하지 않았다. 마흔다섯이 되도록 장자를 잉태하지 못하는 그녀를 강석환이 내치지 않는 것만도 감사히 여기며 민씨 부인은 지아비의 숱한 여인들을 너그러이 감싸 안았다.

그런 그녀가 회임했다. 모두가 아들이라고 장담했다. 강석환의 마음과 눈길은 오로지 민씨 부인을 향해서만 고정되었고, 목이 빠지도록 오늘만을 기다렸다. 그런데 하필 귀하디귀한 자식의 출산을 앞두고 불길하기 짝이 없는 꿈을 꾼 것이었다.

"아무 일 없을 것이다. 부인은 무탈하게 아들을 해산할 것이야."

누군가 조심성 없는 손길로 사랑채와 안채로 통하는 일각대문을 왈칵 열어젖혔다.
"애기씨께서 곧 나오실 듯합니다!"
"오!"
집사가 아뢰는 소리가 끝나기도 전에 강석환은 사랑방을 뛰쳐나갔다. 마당을 가로지른 그가 산방의 섬돌 가까이 다가섰을 때였다.
"응애! 응애!"
우렁찬 아기의 울음소리가 분합문을 뚫고 튀어나왔다.
"어찌되었느냐? 아기는 무사하더냐?"
강석환은 산방 문을 열고 나오는 여종을 붙잡고 물었다.
"아기씨는 건강하십니다."
"그게 정녕 사실이렷다!"
"예, 나으리."
돌아온 대답에도 긴장한 낯빛을 풀지 않은 강석환이 재차 물었다.
"그래, 무엇이더냐?"
"저어 그것이…."
여종의 얼굴에 죄스러운 빛이 어렸다.
"어서 고하지 못할까!"
"따님… 이십니다."
둔기로 얻어맞은 듯 묵직한 충격이 강석환의 머리를 가격하고 지나갔다. 기우뚱 쓰러지려는 몸을 가까스로 벽기둥에 의지했을 때였다.
응애애!
혼신으로 내지르는 또 다른 아기의 울음소리가 별당 쪽에서 건너왔다. 서운한 표정이 역력하던 강석환의 얼굴이 환하게 밝아졌다.

"무엇이냐? 무엇을 낳았느냐?"

한달음에 별당으로 달려간 강석환은 꽃살문에 대고 조급하게 물었다. 조용히 문을 열고 나온 월선이 고개를 들지 못한 채 기어들어가는 목소리로 고했다.

"송구합니다, 나으리…. 따님이십니다…."

"안채에서도 딸이라 했다…. 그런데 어찌 별당마저 딸을 낳을 수 있단 말이냐…."

순간 월선의 입가에 안도의 미소가 걸렸다.

"아씨께서는 젊으십니다. 한 번만 더 기회를 주십시오. 다음엔 꼭 아드님을 안겨드릴 겁니다."

간교한 표정을 애써 안면에서 감춘 월선이 마당으로 내려와 무릎을 꿇고 빌었다.

"……."

강석환은 말없이 고개를 저었다. 한날한시에 두 아이가 태어났다. 그 두 아이 중 하나는 분명히 아들일 것이라 믿었다. 그의 수많은 여인을 묵묵히 받아들인 민씨 부인이 장자를 출산하리란 기대가 더 컸다. 그런데….

"이것이었나… 그 불길한 꿈이 뜻하는 바가 정녕 이것이었단 말인가…."

별당을 돌아 나오는 강석환의 두 다리가 허방이라도 디딘 것처럼 휘청거렸다.

● ● ●

"나쁜 놈! 그러고도 네놈이 내 동무냐? 엉?"

사내는 벌겋게 핏줄이 선 흰자위를 뒤룩거리며 안개 저편을 향해 빈 주먹질을 해댔다. 강석환의 노비 막쇠는 지난밤을 봉놋방에서 꼬박 지새우고 빈털터리가 되어 집으로 돌아가는 중이었다.

"세상에 믿을 놈 하나 없다더니만… 그 돈이 어떤 돈인지나 알고 그걸 꿀꺽해?"

민씨 부인이 행랑채까지 무거운 몸을 이끌고 와서 점례에게 얼마간의 돈을 주고 갔다. 그녀보다 사흘 앞서 해산한 점례에게 몸조리하라고 건넨 용채였다. 그 돈을 몰래 훔쳐낸 막쇠가 저자의 봉놋방으로 달려간 것이 어젯밤의 일이었다. 노름판이 벌어졌으니 생각 있으면 달려오라는 천필이 패거리의 전갈을 받고 나서였다. 그런데 본살을 지키기는커녕 큰돈을 빚지고 말았다.

"육실헐 놈! 똥숫간에 갔다가 빠져 뒈질 놈! 천필이 그 나쁜 놈!"

막쇠는 분이 풀리질 않는지 동리 초입에 우뚝 선 장승에 대고 발길질을 해댔다. 턱주가리가 한 자나 늘어진 하관과 뒤룩뒤룩한 눈알을 무섭게 부라린 품이 장승은 영락없이 왈패 천필이 놈을 닮았다.

…닷새를 주마. 그때까지 꾸어준 돈을 갚지 않으면 네 놈의 손가락이 하루에 하나씩 잘려나갈 것이다. 허니 손가락 병신이 되고 싶지 않으면 재깍재깍 알아서 갚아라, 알겠냐?

천필은 늘 지니고 다니던, 섬뜩하게 날이 선 손도끼로 막쇠의 손가락을 스윽 긁어대며 협박했다. 날카로운 도끼날이 손가락을 스치고 지나가던 느낌이 떠올라 막쇠는 부르르 진저리를 쳤다.

"내가 정신이 나갔어도 한참 나간겨. 어쩌자고 그리 무서운 돈을 받아 써, 쓰기를…."

막쇠는 제 손모가지를 꺾어버릴 듯 비틀어댔다. 하지만 뒤늦은 후회를 해봤자 달라질 건 아무것도 없다. 닷새. 천필은 분명 닷새의 말미를 주었다. 무슨 수로 그 큰돈을 닷새 안에 마련한단 말인가.

"휴우…. 이제 어쩐다지…. 마님한테 사정을 좀 해볼까…? 아녀. 씨도 안 먹힐 거구먼."

막쇠의 귓가에 강석환의 노한 목소리가 생생하게 남아 있었다.

"추후에 또 노름에 손을 댔다가는 덕산으로 네놈 일가를 팔아넘길 것이야. 그쪽과는 벌써 얘기를 끝내놓았어. 허니 내쫓기고 싶지 않거든 행동거지를 똑바로 해야 할 것이야. 알겠느냐?"

투전판에서 돈을 잃고 나면 어김없이 점례에게 손찌검을 해대고, 집안 노복들의 전낭을 들들 뒤지는 막쇠의 못된 버릇 때문에 강석환은 치를 떨었다. 며칠 전 그날도 마찬가지였다. 며칠 동안 행랑채를 비우고 저자의 봉놋방에 틀어박힌 막쇠는 강석환이 보낸 노복들에게 뒷덜미가 잡혀 사랑채 마당에 패대기가 쳐졌다. 한 번만 봐달라고 사정하는 막쇠에게 강석환은 노하여 호통을 쳤다. 평소의 인후한 태도는 간데없고 얼음장 같은 상전의 표정에 막쇠는 오금이 저렸다. 하기야 자신의 노름빚을 수차례나 대신 갚아주고도 같은 일을 또 겪게 되었으니 노여울 법도 했다.

"쓰벌! 팔아넘기고 싶으면 그러라지! 그런 일에는 이제 이력이 난 몸이여."

언행은 개차반에 성질은 더넘스럽기 그지없고, 허구한 날 말썽을 일으키는 막쇠를 전 주인들은 견디기 힘들어했다. 장에 내다 파는 물건도 보잘것없는 앤생이는 똥값이게 마련. 전 주인들은 막쇠를 헐값에 다른 양반에게 넘겼고, 새로 주인이 된 양반 역시 자신이 사 온 몸값보다 반절도 안 되는 싼값에 막쇠를 팔아넘기기 일쑤였다.

그런데도 막쇠는 제 몸값 따위 어찌 됐든 좋았다. 끼니를 거르지 않을 수 있고, 손가락이 근질거릴 때 투전판에 드나들 수 있기만 하면 되었다. 그런데 닷새 안에 천필이 놈의 빚을 갚지 않으면 열 손가락이 잘릴 위기에 처하고 만 것이었다.

"에이, 썅! 이놈의 인생은 우째 이리도 구질구질한겨!"

천필의 집요함을 아는지라 집으로 향하는 막쇠의 발걸음이 천근만근이었다. 자신의 노비안이 예산에서 덕산으로 옮겨져도 천필은 아랑곳하지 않을 놈이다. 그에게 진 빚을 갚지 않는다면 결국 자신의 손가락은 남아나지 않을 것임을 막쇠도 알았다.

"손 병신이 되기 전에 가능한 먼 데로 달아나야 해. 이름자 바꾸고 신분도 속이고 숨어 살면 천필이 제 놈도 별수 없을 거구먼."

무슨 묘책이라도 되는 양 제 궁리에 흡족한 막쇠는 거미줄처럼 낯짝에 엉겨 붙는 안개 입자를 손바닥으로 훑어내며 흐흐, 웃었다. 저만치 안개 사이로 드러난 고래등 같은 와옥이 눈에 들어오자 막쇠의 발걸음이 빨라졌다.

"어랍쇼?"

대문으로 이어지는 돌계단 앞에 우뚝 선 막쇠가 의아한 표정으로 고개를 갸웃했다. 대문의 양쪽 기둥에 가로질러 매어 있는 금줄에 작은 생솔가지와 숯덩이가 드문드문 꽂혀 있었다.

"하늘이 점지한 아들 어쩌고 하더니만 어째 고추가 없지? 그럼 뭐야. 딸을 낳았다는 얘기잖여? 히히히! 거참 꼬숩다, 꼬수워!"

막쇠는 누런 이를 드러내고 히쭉 웃으며 돌계단을 올라갔다. 그때였다.

"이런 우라질!"

금줄을 젖히고 대문을 밀어대던 막쇠가 느닷없이 욕지거리를 쏟아냈다. 안에서 빗장까지 걸어놓았을 줄은 미처 생각지 못한 터라 막쇠의 낯짝이 난감하게 일그러졌다.

"이봐, 거기 있어? 나 막쇠여, 막쇠. 이 문 좀 냉큼 열어봐."

막쇠는 나무문을 살짝살짝 흔들며 목소리를 낮춰 청지기를 불렀다. 안에서는 어떤 인기척도 들리지 않았다.

야반도주든 뭐든 하려면 강석환이 깨기 전에 어떡하든 집 안으로 들어가야 했다. 막쇠의 마음이 초조해졌다. 돌계단을 서둘러 돌아 내려온 그는 부리나케 담장을 끼고 저택의 뒤쪽으로 뛰었다. 하지만 사랑채와 행랑채로 통하는 출입문 역시 굳게 닫혀 있었다.

"젠장, 재수 없는 놈은 뒤로 자빠져도 코가 깨진다더니 내가 딱 그 짝이잖아. 제길!"

담을 넘기 위해 행랑채 담벼락에 거미처럼 달라붙어 짧은 팔다리를 아등거리던 막쇠가 땅바닥에 엉덩방아를 찧고 나서 씨부렁댄 욕지거리였다.

"그나저나 큰일일세. 이렇게 되면 야반도주는 해보지 못하고 쫓겨나게 생겼잖아."

순간, 안채 뒤편의 너른 채전이 뇌리를 스치고 지나갔다. 완만한 능선을 이루며 안채 뒤편으로 뻗어 있는 제법 깊은 산자락에는 온갖 산짐승이 살고 있었다. 푸성귀가 무성한 계절이 되면 산짐승들이 무시로 내려와 채전 너머로 둘러쳐 놓은 담장 주변의 땅을 집요하게 파댔다. 그 짐승들로부터 채전을 지키기 위해 담장 아래에 뚫린 구멍을 흙으로 메운 뒤 큼지막한 돌을 가져다 단단히 질러놓은 것이 지난여름이었다.

"흐흐흐! 궁박 끝에 살 길이 열린다더니 그 말이 딱 맞는구먼."

안채로 이어지는 담장을 빙 돌아 달려가는 막쇠의 몸짓이 바람처럼 빨랐다.

살얼음이 발밑에서 사각사각 부서지는 채전의 밭고랑을 조심스럽게 밟아 건너면서 막쇠는 양 귀를 활짝 열고 사방의 동태를 살폈다. 다행히 오가는 종복 하나 없이 채전 인근은 조용했다. 서둘러 채전을 벗어난 막쇠는 별당채의 쪽문을 살며시 밀었다. 그 순간이었다.

"왜 이리 늦으셨어요?"

다그치듯 묻는 여인의 짜증 섞인 목소리에 막쇠는 움찔 놀라 황급히 문설주 뒤로 몸을 숨겼다. 낯익은 노파의 음성이 막쇠의 귓불을 잡아챈 것은 다음 찰나였다.

"많이 기다렸어? 미안하구먼. 마님께서 당최 틈을 주셔야 말이지. 잠깐 잠드신 사이에 겨우 빠져나왔어."

쇳가루가 떨어질 것처럼 걸걸하고 탁한 목소리였다.

'가만, 이 목소리는 삼할미 것인데….'

사흘 전에 그의 아기를 받아냈을 뿐 아니라 삼할미의 음색이 워낙

특이해서 막쇠는 그녀의 목소리를 똑똑히 기억하고 있었다.

'저 할망구가 안방마님 애도 받은 모양이군. 헌데 금줄까지 쳐진 걸 보면 애저녁에 일은 끝난 모양인데 여태 안 가고 뭘 하는 거지?'

막쇠는 재빨리 나무문 틈새로 눈동자를 갖다 댔다. 별당 뜰을 빠르게 밟아나가는 삼할미의 구부정한 뒷모습과 그녀의 맞은편에서 급히 달려오는 키 큰 월선의 모습이 보였다. 두 사람의 팔에는 각각 붉은색의 비단 강보가 들려 있었다. 두 개의 강보에는 하나같이 녹색을 띤 노란빛 꽃이 유려하게 자수 놓여 있었다. 강씨 문중을 나타내는 표식인 등심초燈心草였다.

"일이 틀어진 줄 알고 조마조마해서 혼났잖아요. 다른 이들이 눈치채기 전에 얼른 이리 주세요."

양팔로 감싸고 있던 강보를 한쪽 손으로 옮겨 안은 월선은 삼할미 앞으로 바짝 다가섰다.

"움마, 어딜!"

삼할미는 상대의 손을 야멸스레 탁, 쳐냈다. 그리고는 제 품의 강보를 우악스럽게 끌어안았다.

"응애, 응애!"

삼할미의 거친 손길에 놀랐는지 얌전히 잠든 아기가 울음보를 터트렸다. 월선이 들고 있던 강보의 아기가 뒤따라 칭얼댔다.

"아이고, 이 일을 어쩐대. 애기씨, 쇤네가 죄송해유. 다신 안 그럴 테니 뚝 그치셔요. 야?"

"쉿, 쉿! 우리 애기씨. 착하지요? 울지 마세요, 애기씨."

삼할미와 월선이 겁먹은 얼굴로 각자의 강보를 어르면서 작은 소리로 속삭였다.

'저것들이 뭔 수작들이람?'

막쇠는 붉은 비단 강보를 토닥이는 삼할미와 안절부절못하는 월선을 건너다보며 고개를 갸웃했다. 주위를 살피며 소곤대는 태도며 애기씨라는 호칭으로 보아 두 아기는 민씨 부인과 화영이 낳은 핏줄들이 분명했다.

"그냥은 절대로 못 내주는구먼."

삼할미의 퉁명스런 말에 월선이 새된 소리를 내질렀다.

"못 주다니요? 꾸물거릴 시간이 없다구요!"

"안채에서 애기씨를 빼내오면 어쩌기로 했는지 잊었어? 화영이 애기랑 바꾸기 전에 나머지 돈을 주겠다고 약조했구먼. 자네도 똑똑히 들었을 것이여. 헌데 돈도 안 주고 애기씨를 달라면 안 되지."

찰나, 막쇠의 눈동자가 휘둥그레졌다.

'뭐, 뭣이? 애기를 바꿔치기한다고?'

속으로 외쳐대는 막쇠의 머릿속에 등불 하나가 환하게 켜졌다. 해산일이 지나도록 분만의 기미조차 보이지 않던 화영이 어느새 아기를 낳았는지 막쇠는 알 길이 없었다. 그러나 문 저편에서 벌어지는 일들을 잘만 이용하면 궁지에 몰린 자신의 처지가 일순간에 뒤바뀔 수 있다.

꼴깍.

마른침을 삼킨 막쇠는 쪽문에 달라붙어 귀를 쫑긋 세웠다.

"별당에서 내주기로 한 돈은 어찌 됐어? 내 손에 들어온 뒤에야 강보를 건네든 말든 할 거구먼."

삼할미가 의심에 찬 눈초리로 월선을 노려보았다. 자신의 핏줄을 잉태한 화영에게 강석환은 가옥 몇 채와 옥답 몇 뙈기를 사들이고도 남을 법한 큰돈을 내놓았다고 했다. 화영은 그중 일부를 삼할미에게 건네기로 약조했다. 이번 일의 대가로는 액수가 사뭇 컸다. 천륜을 흐려놓는 불경한 제안임을 알면서도 삼할미가 화영이 제시한 거래에 선뜻 응한 까닭이었다. 월선이 귓속말로 속삭였다.

"일전에 아씨께서 선금을 드렸죠. 그때 아씨랑 만났던 장소, 기억하세요?"

삼할미의 백발이 열심히 위아래로 까딱댔다.

"보는 눈들도 있고, 할매가 집까지 가져가기엔 너무 무겁기도 할 것 같아서 서낭당 뒤편 너럭바위 밑에다 묻어뒀어요. 돌아가거든 거길 파 보세요."

"참말이여? 거짓부렁이면 확 다 불어버릴 것이구먼."

"한 푼도 모자라지 않을 거예요. 그러니 입단속이나 잘하세요. 섣불리 입을 놀렸다가는 그날이 할매 제삿날이 될 줄 아세요."

"우리 덕배가 그 돈 덕에 풀려나게 생겼는데 주둥아리를 함부로 놀려서야 안 되지, 암."

삼할미의 쭈글쭈글한 입술이 히쭉 벌어졌다.

덕배는 삼할미의 절뚝발이 손자다. 일찍 세상을 뜬 자식 내외를 대신해 삼할미는 다리가 불편한 손자를 정성껏 키워왔다. 세상천지에 유일한 혈육, 그녀가 세상을 뜨기라도 하면 제사상에 따뜻한 밥 한 덩이라도 올려줄 손자인지라 삼할미는 덕배를 끔찍이 아꼈다. 그런 할미의 은공도 모르고 덕배는 툭하면 싸움질이었고, 허구한 날 잡다한

죄를 지어 회술레를 돌기 일쑤였다. 손자가 팔을 결박당한 채 등판에 매단 북을 쾅쾅 울리며 기우뚱기우뚱 온 동리를 쓸고 다니면 삼할미는 쥐구멍에라도 들어가고 싶은 심정이었다. 그런 할미의 마음을 아는지 모르는지 저자의 무뢰배들과 어울려 다니며 못된 짓을 골라 하던 덕배가 얼마 전 양반을 구타한 벌로 모진 옥살이를 하고 있었다.

"우리 덕배 놈만 아니었으면 이런 짓은 안 했을 거여. 마님한테 영 죄스럽기는 하지만 어쩌겠어. 덕배 그놈이 더 험한 꼴을 당하기 전에 속전을 마련해 얼마나 다행스러운지 몰러."

"그러니까 무덤에 가서도 이 일은 비밀에 부쳐야 해요."

"그 걱정일랑 붙들어매도 좋구먼."

"잔금이 어디 있는지도 아셨으니 이제 애기씨를 제게 주세요."

"암, 그래야지."

서로의 강보를 건네고 건네받은 두 사람이 은밀한 목소리로 속삭였다.

"다른 사람 눈에 띄기 전에 속히 돌아가세요."

"그려. 나도 급해. 빨랑 안방마님한테 화영이 애기를 갖다 드리고 돈 묻힌 곳엘 가봐야지."

"안방마님이 눈치 못 채시게 표정 관리 잘하세요."

"염려 붙들어매. 허면 나는 이만…."

말을 마친 삼할미가 치맛자락을 펄럭이며 안채로 통하는 합문 너머로 사라졌다. 그 모습을 씁쓸한 눈길로 지켜보던 월선도 이내 화영의 처소로 스며들었다.

"흐흐흐…. 이것들 좀 보게. 버력이 무섭지도 않나, 첩년 자식을 상전 자식과 바꿔치기해? 화영이 고년이 보통내기는 아닌 줄은 진즉부터 알았지만, 진짜 무서운 년일세. 어쨌거나 하늘이 무심하기만 한 건 아니었어. 도망가서 어찌 사나 걱정이 태산이었는데 공연한 걱정이었구먼…. 잘하면 한 밑천 두둑이 챙길 수 있겠어. 흐흐흐….”

아기 울음소리가 새어나오는 화영의 처소를 바라보며 막쇠는 비열하게 웃었다. 나무문에 눌린 자국이 선명한 이마의 붉은 점이 막쇠의 음흉한 속내를 말해주듯 흉물스럽게 꿈틀댔다.

보이지 않는 힘

칠흑 같은 어둠이 만상을 뒤덮은 밤이었다. 화영은 희미한 불빛이 어른대는 처소에 돌상처럼 앉아 막 잠이 든 아기를 물끄러미 바라보았다. 그런 그녀의 얼굴에는 실낱 같은 가책이나 동정심 대신 표독스런 살기가 짙게 어려 있었다.

아기를 제 침소로 데려가 뉘기 위해 월선이 조용히 다가왔다. 화영은 가만히 고개를 저었다.

"이 아이와 마무리 지을 일이 남았어. 끝나면 부를 테니 유모는 건너가 쉬어."

"예, 아씨…."

문 쪽으로 돌아서는 월선에게 화영이 물었다.

"나으리께서는 사랑채로 돌아가셨어?"

"안방마님이 쾌차하시기 전까지는 내실에서 아니 나오신다고 하셨답니다."

월선이 난처한 기색으로 겨우 아뢰었다.

"……."

짐작하지 못한 바는 아니었으나 마음 한곳에 걸어둔 시렁에서 서러움과 분노가 연달아 쿵쿵 떨어져 내리는 기분이었다.

아침나절까지 멀쩡하던 민씨 부인이 오후 들어 고열과 통증을 호소하더니 급기야 하혈이 멈추지 않는다고 했다. 강석환이 급히 의원을 불러들여 살피도록 했으나 의원의 신속한 처방에도 불구하고 민씨 부인의 상태는 각일각 위중해졌다. 그런 지어미의 곁을 강석환은 벌써 반나절 넘게 지켰다.

"끝내 여기엔 걸음을 하시지 않을 모양이구나."

화영은 별당의 해산 소식을 접하고도 발길은커녕 수고했다는 위로 한마디 전하지 않는 강석환이 못내 원망스러웠다.

'아니, 아니다. 그분의 무관심을 서러워해서는 안 돼. 어쩌면 그편이 옥련이 그 아이를 위해서는 잘된 일인지도 몰라.'

화영이 삼할미를 통해 안채로 들여보낸 그녀의 아기에게 강석환이 옥련이라는 이름을 지어준 것은 민씨 부인이 하혈을 시작하기 전인 오늘 아침의 일이었다.

옥련이.

참으로 어여쁜 이름이라고 화영은 생각했다. 월선에게서 딸아이의 이름을 전해 듣던 순간 화영은 다짐했다. 옥련이의 행복을 위해서라면 어떤 설움과 고통도 견디겠노라고.

"……."

월선마저 제 침소로 돌아가고 민씨 부인의 아기와 단 둘이 남자 화영은 말없이 아기를 내려다봤다. 붉은 강보 위에 얌전히 누워 있는 아기는 갓난쟁이라는 사실이 무색할 정도로 머리칼이 무성하고 이목구비가 또렷했다. 동그란 이마와 오뚝한 콧날, 야무진 입매가 강석환의 생김을 축소해놓은 것처럼 빼닮아 있었다. 그러나 화영의 심장을 서늘하게 만드는 것은 따로 있었다.

꺄륵꺄륵.

재미난 꿈이라도 꾸는지 아기는 자그마한 팔로 허공을 휘저으며 천진하게 웃고 있었다. 그런 아기의 바른쪽 엄지손가락에 볼록하게 튀어나온 작은 살점이 있었다. 티눈이었다.

"…참으로 못된 아이가 아니더냐. 어쩌자고 네 아비와 똑같은 것을 달고 나왔느냐 이 말이다."

화영은 괴로운 음성으로 중얼거렸다.

괴이하게도 강씨 문중의 장자들은 출생하면서부터 티눈을 오른손에 달고 나왔다고 했다. 불안증을 앓을 적마다 심하게 잡아 뜯어 흉하게 커져 버린 자신의 티눈을 만지작대며 강석환이 화영에게 알려준 사실이었다.

자신의 여식이 첩의 자식으로 살게 하고 싶지 않았다. 비록 아들을 낳고 말겠다는 집념은 물거품이 되었지만, 그 소망만큼은 변함이 없었다. 그런 연유로 민씨 부인의 아기와 자신의 아기를 바꿔치기한 것이다. 민씨 부인이 태어날 아기를 위해 강씨 문중의 표식이 수놓인 강보를 만들고 있다는 소식을 월선이 전한 뒤로 화영 역시 민씨 부인의 것과 똑같은 강보를 급하게 준비해뒀다. 혹시라도 사게 될 의심을 피하기 위해서였다.

거기에서 끝내려 했다. 자신의 친딸처럼 사랑하지는 못하겠으나 옥련이 대신 그녀의 여식으로 살아가게 될 민씨 부인의 아기에게 마음

한 가닥 나눠 줄 용의가 화영에게는 있었다. 적어도 월선이 민씨 부인의 아기를 제 앞에 내려놓기 전까지는 그랬다.

“어쩌자고….”

아직 손독을 타지 않아 분홍빛 여린 피부 그대로인 아기의 티눈을 두려운 눈길로 응시하면서 화영은 탄식과도 같은 한숨을 길게 내쉬었다.

화영의 두려움에 한 가지 걱정이 겹쳐졌다. 혹여 민씨 부인이 그녀가 낳은 아기의 손에 티눈이 붙어 있다는 사실을 벌써 알고 있으면 어쩌나 하는 걱정이었다.

“그전에 네가 없어져 줘야겠다. 예부터 갓난쟁이 시체는 풍장을 했으니 널 저 산속에 내다 버린다 해도 무어라 할 사람은 없을 것이야.”

굶주린 산짐승들은 저 여린 육신을 남김없이 물어뜯어 흔적을 남기지 않으리라.

“모두가 너의 존재를 잊어갈 무렵, 돌아선 대감의 마음자락을 내게로 돌려볼 생각이란다. 어찌하면 그리할 수 있는지 나는 잘 알고 있단다, 아가야.”

어느 틈에 잠에서 깨어났는지 제 손가락을 입에 물고 쪽쪽 빨아대는 아기의 이마를 쓰다듬으며 화영은 교활하게 웃었다. 아기의 코와 입을 틀어막은 화영의 손에 힘이 가해졌다. 그 순간이었다.

“헉!”

숨통이 막혀 울음보를 터트리지도 못하고 파랗게 질려 사지를 버둥대던 아기가 두 눈을 번쩍 치켜떴다. 자신을 바라보는 아기의 눈길에서 화영은 얼핏 증오와 분노를 보았다. 시력을 갖지 못한 갓난쟁이의 것이라고는 믿기지 않는 섬뜩한 눈빛에 화영은 흠칫 어깨를 떨었다.

"이, 이것이… 네까짓 게 노려봐서 어쩌겠다는 것이냐? 그런다고 내가 겁이라도 먹을 줄 아느냐?"

화영이 팔을 뻗어 한 줌도 안 되는 아기의 목덜미를 움켜쥐었다. 그리고 있는 힘껏 아기의 목을 조르기 시작했다.

쿵!

외마디 비명과 함께 화영은 벌러덩 뒤로 나자빠졌다. 한쪽 가슴이 불에라도 덴 듯 뜨겁고 뻐근하게 아팠다. 보료 위에 드러누운 채 화영은 누군가 자신의 가슴을 거세게 떠다밀었다고 생각했다.

"누, 누구냐?"

황급히 일어나 앉은 화영은 창백하게 질린 얼굴로 방안을 살피며 떨리는 목소리로 물었다. 촛불의 불빛이 방안에 고인 어둠을 희미하게 밀어내고 있었다. 화영의 악독한 손아귀에서 간신히 벗어난 갓난쟁이가 강보 안에서 생쥐처럼 끽끽 대며 울고 있었다. 방안의 크고 작은 가구와 집기들 또한 늘 그랬듯이 원래 있던 자리를 조용히 지키고 있었다. 화영의 가슴팍을 세차게 밀어젖힐 만한 힘을 가진 생명체는 어디에도 보이지 않았다.

그렇다면 무엇인가, 방금 전의 그 엄청난 힘은….

두려움 가득한 화영의 눈동자가 보료 앞의 강보를 내려다보았다. 흡사 모든 것을 알고 있다는 듯 갓난아기는 형형한 눈빛을 빛내며 화영을 똑바로 올려다보고 있었다.

'설마 이 아이가…?'

조막만한 주먹으로 연신 허공을 대지르는 아기를 바라보면서 화영은 도리질을 쳐댔다. 화영은 아기의 가느다란 목덜미를 움켜쥐었다. 믿기지 않는 일이 또다시 벌어진 것은 그때였다.

파팍!

가께수리 위에 세워둔 선경대의 거울이 쩍 소리를 내며 갈라졌다. 요란한 파열음과 함께 깨진 거울의 파편이 사방으로 튀었다.

"으악!"

화영은 네발 달린 짐승처럼 기어 방구석으로 달아났다.

까륵까륵!

공포에 젖어 바들바들 떨고 있는 화영의 귓가에 아기의 웃음소리가 들려왔다.

"이, 이게 대체 어찌 된 일이란 말인가!"

뭐가 그리 재미있는지 연신 웃음을 터트리는 아기를 건너다보던 화영은 믿을 수 없다는 표정이 되어 중얼거렸다.

파편이 난무한 방안은 한바탕 폭풍이라도 지나간 것처럼 난장판이 되어 있었다. 그런데 아기의 강보가 놓인 자리는 작은 유리 조각 하나 떨어져 있지 않고 깨끗했다. 심장이 오그라드는 충격으로 화영은 숨이 턱 막혔다.

"마, 말도 안 돼…. 어, 어떻게 이런 일이…."

피였다. 문갑 위에 반월 모양으로 펼쳐놓은 아비의 합죽선이 낭자한 선혈로 붉게 젖어 들고 있었다. 한지에서 배어 나온 핏물이 대나무 살을 타고 줄줄 흘러내리는 모습은 육신을 잃고 높은 장대에 효수되었던 아비의 잘린 머리를 떠올리게 했다. 그 합죽선을 보고 깔깔대던 아기가 천천히 고개를 돌려 화영을 또렷이 응시했다.

잘 봤지? 또다시 날 해치려고 하면 그땐 너도 가만두지 않겠어.

분명 아기는 눈빛으로 이렇게 말하고 있었다.

막쇠의 목소리가 침소의 꽃살문을 은밀하게 두드린 것은 그때였다.

"아씨, 긴히 드릴 말씀이 있습니다요."

정체 모를 불안감이 화영의 심장을 거칠게 흔들어댔다.

"무… 무슨 일이냐…?"

강보를 화급히 윗목으로 멀찍이 밀어둔 화영이 불안한 목소리로 꽃살문을 향해 물었다.

"저어… 소인이 말입니다, 아씨…. 오늘 식전에 보지 말아야 할 것을 보고 말았습니다요."

"그, 그게 무슨 말이냐? 보지 말아야 할 것을 보았다니?"

묻는 화영의 얼굴이 새하얗게 질렸다.

"저기 저 성황당 너머 사는 삼할미 있잖습니까요? 그 노인네랑 월선이가 별당 마당에서 뭔가를 서로 주고받더라 이 말입니다요. 그 일로 소인이 아씨께 긴히 상의드릴 말씀이 있습니다요. 흐흐흐…."

둔중한 망치로 얻어맞은 듯한 충격이 화영의 뒷목을 강타했다.

화영은 막쇠란 놈을 잘 알고 있었다. 살쾡이처럼 음흉한 놈이었다. 그런데 저 살쾡이 같은 놈에게 저간의 행각을 들키고 만 것이었다.

'월선이는 무슨 일을 이따위로 처리한 것인가! 보는 눈을 조심해야 한다고 그리 일렀건만…!'

그러나 이미 엎질러진 물이었다. 무엇보다 화영에게는 시간이 많지 않았다. 민씨 부인의 신상에 어떤 변화가 생기기 전에, 아니, 날이 밝기 전에 민씨 부인에게서 훔쳐낸 아기를 처치해야만 했다.

이 아이를 내 손으로 죽일 수 없다면… 이 아이를 살려두는 것이 하늘의 뜻이라면… 이곳에서 당장 내보내야 한다…. 그리고 그 일은 내 아이의 비밀을 거니챈 막쇠 저놈이 해내야 한다….

딱딱하게 굳은 얼굴로 어둔 방문을 노려보던 화영은 조바심이 묻은 목소리로 빠르게 말했다.

“이 늦은 시각에 무슨 상의를 하겠다는 건지, 어디 자네 말을 들어보기나 함세. 속히 들어오게!”

“그리 말씀하실 줄 알았습니다요. 흐흐흐.”

꽃살문을 열고 들어온 막쇠가 히죽 웃으며 윗목의 아기를 힐끗 쳐다봤다. 이제부터 제 신상에 어떤 일이 벌어질지 알 리 없는 갓난쟁이는 그새 잠이 들어 쌕쌕 고른 숨을 내쉬고 있었다.

• • •

“대체 어디로 가는 거예요?”

“이 서방님이 점 찍어둔 곳이 있어. 거기라면 안전해. 그러니까 토 달지 말고 얌전히 따라와.”

“상전의 자식을 훔쳐 달아나고 있는데 어떻게 안전할 수가 있어요? 지금쯤 추노꾼이 우릴 쫓고 있을 거라고요.”

차가운 겨울 해가 중천에 뜬 오시 무렵, 지난밤 내린 눈이 수북하게 쌓인 수림 우거진 깊은 산중의 자드락길에서 막쇠와 점례가 나직이 나누는 소리였다.

“아, 그 여편네도 참. 뭔 말이 이리 많아? 내가 점 찍어둔 곳이 있다잖아. 거기라면 아무한테도 안 들키고 조용히 살 수 있다니까. 그니까 임자는 나만 믿고 따라오기나 해."

앞을 가리는 나뭇가지를 분질러 길을 트는 막쇠의 손길이 단호했다.

"정말 내가 키워요? 안방마님이 생산하신 애기씨를요?"

나뭇가지에서 쏟아진 눈을 재빨리 피하며 점례가 물었다. 급작스레 내포를 떠나야 하는 연유를 수도 없이 캐물어 이미 알고 있었지만 작금의 상황이 여전히 믿기지 않는다는 얼굴이었다.

"이 여편네가 귓구녕이 막혔나? 자꾸 같은 말을 되묻고 지랄이야!"

"겁이 나서 그러잖아요."

자꾸만 미끄러져 내리는 붉은 비단 강보를 연신 추슬러 올리면서 점례는 불안한 눈길로 사방을 두리번거렸다.

"답답한 소리 말아! 우리 떠날 때까지도 안방마님 하혈이 안 멈췄어. 그분 명이 오늘 낼 하는데 나으리 정신이 온전할 것 같아? 우리가 없어진 것도 모르실 거구먼."

점례도 행랑채의 노복들 사이에 오가는 말을 들어 알고 있었다.

"천필이는요? 추노꾼보다 지독한 사람이라던데…."

"그놈한테 꾼 돈은 화영이가 해결해줬어. 그러니까 임자는 마음 푹 놔."

막쇠가 화영의 침소를 은밀히 찾아갔던 것이 이틀 전의 일이었다. 그날 밤, 막쇠는 모종의 거래를 제안해온 화영에게 증서를 쓰게 했다. 날이 밝는 즉시 사람을 시켜 막쇠가 꾼 돈을 천필에게 갚겠다는 증서였고, 막쇠를 뒤쫓지 말라는 명이 덧붙여 있었다. 화영이 붓을 놓자마자 막쇠는 먹물이 채 마르지도 않은 증서를 들고 천필에게 달려갔다.

그 증서를 받아본 천필은 글을 읽을 줄 아는 패거리를 불러들였다. 곧이어 천필은 증서를 수용하겠다는 뜻을 밝혔다. 막쇠는 화영에게 되돌아와 천필의 의사를 알렸다. 그러자 화영은 패물이 한 아름 든 화각함을 막쇠에게 건넸다.

"화영이 년한테 받은 패물을 장에 내다 팔면 한동안 밥은 안 굶을 거구먼. 임자는 이 서방님이 화영이랑 한 약조만 잘 지켜. 알겠어?"

화영의 패물을 손에 넣는 조건으로 민씨 부인의 아기를 데리고 내포를 떠나기로 했다는 얘기를 막쇠로부터 듣던 순간 점례는 할 말을 잃었다.

화영과 막쇠 사이에 오간 거래를 까맣게 모르고 잠에 빠져 있던 점례는 소란스럽게 부스럭대는 소리에 눈을 떴다. 제 옆구리에 붙어 자고 있어야 할 언년이 대신에 낯선 아기가 옹알이를 하고 있었다.

"이 화상이 앞으로 언년이 대신이니 그리 알어. 그리고 꼭 소용될 물건만 얼른 챙겨. 빨랑 이 집에서 나가야 하니까."

점례가 언년이의 행방을 묻자 천연덕스러운 얼굴로 눈 하나 깜빡하지 않고 막쇠가 뇌까린 말이었다. 점례는 제 귀를 의심했다. 금붙이에 눈이 멀어 제 자식을 팔아넘기고서도 죄의식조차 느끼지 않는 막쇠를 찢어발겨 죽이고 싶다는 살의를 느꼈다. 가지 않겠다고, 당장 자신의 딸을 데려오라고 점례는 대성통곡하며 버텼다. 그런 점례에게 뼈마디가 부서질 듯한 모진 발길질이 날아들었다.

"천시를 받더라도 친부모 밑에서 자라야 언년이가 행복할 거라고? 언년이가 나중에 우릴 원망하면 어쩌냐고? 웃기고 자빠졌네!"

구린내 나는 침을 사방으로 튀기며 막쇠는 점례가 했던 말을 되풀이하며 눈알을 부라렸다.

"이 막쇠가 죽도록 원망하는 화상들이 누군 줄 알아? 우리 아부지 엄니여. 왜? 날 노비로 낳았으니깐. 자식이 부모를 선택할 수만 있다면 하루에 열두 번도 더 갈아치우고 싶었다고. 헌데 언년이가 우릴 원망하면 어쩌냐고? 어림 반푼 어치도 없는 소리 말어, 이 여편네야! 첩실 자식은 아무나 되는 줄 알아? 그것도 다 복을 타고나야 하는 거여. 반쪽짜리 양반이 노비보다는 나은 인생이야. 게다가 화영이 년이 곱게 잘 키워준다고 약조했다질 않아. 나중에 언년이 년이 어찌 나올지 내가 말해볼까? 아마 우리 보고 넙죽 절을 할 걸. 자기를 버려줘서 고맙다고 큰절을 할 거란 말이지."

점례를 일으켜 세운 건 막쇠의 마지막 말이었다.

'그려. 언년이가 편히 살 수 있으면 그걸로 된 거야….'

어둠을 틈타 강석환의 집을 벗어나면서 점례가 수도 없이 속으로 중얼댔던 말이었다. 다시는 이 집에 발을 들여놓지 않겠다고, 어떤 일이 있어도 언년이를 찾지 않겠다고 맹세도 했다.

그로부터 두 번의 낮과 밤이 지나갔다. 뜨끈뜨끈한 방에서 몸조리를 해야 하건만 찬바람 속을 뚫고 걸음을 옮기자니 점례는 천근 쇳덩어리를 끌고 가는 것처럼 전신이 무겁고 각일각 견디기 힘든 피곤이 몰려왔다.

"더는 못 걷겠어요. 좀 쉬었다 가요, 예?"

가파른 자드락길을 올라가다 말고 점례는 눈 쌓인 산길에 털썩 주저앉았다. 발목까지 빠지는 눈길을 짚신 하나에 의지해 앞서가던 막쇠가 천천히 걸음을 멈췄다.

막쇠는 등에 지고 있던 부담짐을 우람한 노송 아래에 부렸다. 어디선가 졸졸 흐르는 물소리가 들려왔다. 빽빽이 들어찬 나무들 사이로 시커먼 바위들이 곰처럼 납작 엎드려 있는 모습이 보였다.

"이봐! 쉬는 김에 이리 와서 목이라도 축여."

물소리를 따라 비탈길을 내려간 막쇠가 이리 오라는 손짓을 점례에게 보냈다. 점례는 강보를 안고 조심조심 기슭을 내려갔다. 살얼음이 얇게 언 석천을 깨고 손으로 물을 떠서 마시던 막쇠가 말없이 바위에서 일어나 자리를 내줬다. 점례는 편평한 너럭바위 위에 강보를 내려놓기 무섭게 허겁지겁 손으로 물을 떠서 삼켰다.

"아!"

단말마 탄성이 절로 튀어나왔다. 얼음처럼 차고 맑은 석간수가 목구멍을 통해 창자로 흘러들면서 공포와 슬픔과 허기로 지친 육신이 파드득 깨어나는 기분이다.

"……."

입가의 물기를 손등으로 닦아낸 뒤 점례는 바위에 내려놓은 강보를 안아 올렸다. 살을 에는 한겨울의 시린 바람과 차가운 기온 탓에 아기의 여린 뺨이 파랗게 얼었다. 그럼에도 아기는 작은 입을 살짝 벌리고 쌕쌕 숨을 내쉬며 곤한 잠에 빠졌다. 간간이 점례는 걸음을 멈추고 아기의 입에 젖을 물렸다. 그때마다 칭얼대는 법 없이 힘차게 젖을 빨아주는 순한 아이다.

하지만 말간 눈으로 자신을 빤히 올려다보며 천진하게 웃는 아기를 대할 적마다 견딜 수 없는 죄책감이 일었다. 아씨로 떠받듦을 받으며 안락한 삶을 살아가야 할 귀한 신분의 아기가 하루아침에 노비 신세로 전락하고 말았으니 한숨이 절로 나왔다.

"여편네가 재수 없게 한숨질이야!"

부담짐 안에서 꺼낸 패물함을 허벅지 위에 올려놓고 금은보화를 뒤적이며 흐흐대던 막쇠가 버럭 짜증을 냈다.

"공연히 청승 떨지 말고 이거나 가져."

막쇠가 던진 물건이 점례의 발치께에 툭 떨어졌다.

"이게 뭐예요…?"

묻는 점례의 두 눈이 휘둥그레졌다. 눈 쌓인 바닥에 떨어진 비녀의 잠두에 낯익은 글자가 새겨 있다. 글을 배운 적이 없는 까막눈 점례였으나 강씨 문중의 표식인 '강심姜芯'이란 글자는 먼발치에서도 알아보았다.

"이 물건이 왜 여기 있어요?"

비녀를 주워든 점례는 놀란 눈으로 막쇠를 건너다봤다. 민씨 부인이 아끼던 비녀 중의 하나였다.

"낸들 알어? 화영이가 준 패물함에 들어 있던 거야. 나으리가 화영이한테 줬나보지."

아마도 그 말이 맞을 것이다. 어린 첩실의 마음을 사기 위해 강석환은 할미 대로부터 내려오던 비녀를 선물했을 것이고, 그 비녀가 든 패물함이 막쇠에게 통째로 건너오면서 결국 비녀는 주인이 또 한 번 바뀌고 말았으리라.

"헌데 이걸 왜 나한테…."

"임자가 가져. 언년이는 싹 다 잊고 그 화상이나 잘 키우라는 뜻이야. 그리할 거지?"

운명의 도시

10년 세월이 흘렀다. 번다하게 들끓는 인간세의 정한일랑 제 알 바 아니라는 듯 무심하게 앞으로만 내달린 시간이다. 세월이 유수처럼 흐르는 동안 조선에는 억장이 무너지는 사건이 벌어졌다.

노론의 공세 속에 고립무원의 처지로 내몰린 세자가 급기야 어명에 따라 서인으로 내쳐졌다. 그리고는 그의 장인 홍봉한이 직접 내어온 뒤주에 갇혔다. 갇힌 지 여드레째에 이선은 뒤주 안에서 끝내 굶어 죽고 말았다.

영조 47년.

조선을 건국한 태조 이성계의 본향, 천년 고도 전주부의 처처에 불볕더위가 한창이었다. 바람 한 점 불지 않는 무더운 한낮이었다.

"국밥 있어요, 국밥! 둘이 먹다가 하나 죽어도 모를, 뜨끈뜨끈한 콩나물국밥이 왔어요!"

그늘 속에 들어앉아 있어도 숨이 턱턱 막히는 날씨에도 아랑곳없이 어린 계집아이가 따가운 햇살이 탁탁 튕기는 길바닥을 분주하게 뛰어가며 외쳐댔다.

"국밥 있어요, 국밥! 아저씨, 국밥 필요하세요? 말씀만 하세요. 제가 후딱 가서 가져올게요."

햇볕에 벌겋게 익은 얼굴을 하고도 계집아이는 더위 따위는 느낄 겨를도 없다는 듯이 그늘막이 드리워진 저잣거리의 점방 안으로 고개를 들이밀며 밝은 목소리로 물었다. 소매 끝이 헤진 송화색 저고리에 본래의 색을 알아볼 수 없을 정도로 빛이 바랜 다홍치마 차림이었지만 갸름하니 작은 얼굴에 크고 둥근 눈동자가 또랑또랑 맑게 빛나는 계집아이는 무척 명민해 보였다. 십 년 전에 점례의 품에 안겨 내포를 떠났던 완숙이었다.

"아저씨! 점심 드셨어요?"

"어, 어서 옵쇼!"

포목점 안의 나무의자에 앉아 꾸벅꾸벅 졸고 있던 늙수그레한 주인 사내가 화들짝 놀라 일어섰다가 완숙을 발견하고는 실망한 표정이 되어 엉덩이를 의자에 털썩 부렸다.

"난 또 손님이 온 줄 알았네. 지금 시각이 몇 신데 여직 배를 곯고 있겠느냐? 난 생각 없다. 딴 데 가서 알아봐."

"헤헤! 혹시 때를 놓치셨으면 드시라고 여쭤봤어요. 단잠을 깨워서 죄송해요. 마저 주무세요."

하품을 쩍 해대면서 손사래를 치는 포목점 사내에게 고개를 꾸벅 숙인 완숙은 빙그르르 돌아섰다. 총총 땋아 내린 머리끝에 드리운 붉은 댕기를 팔랑팔랑 흔들어대며 저잣거리로 달려나가던 완숙이 무언가를 발견하고는 검은 눈동자를 반짝였다.

"우와! 싹 다 비우셨네!"

완숙이 손뼉을 치며 환호했다. 저자의 길가 좌우로 길게 늘어선 점방들 앞에는 땅바닥에 좌판을 벌인 노점상들이 뙤약볕을 가릴 그늘막 하나 없이 땀을 뻘뻘 흘리며 앉아있었는데, 그들 가운데 하나인 망건 장수 앞에서였다.

"왔냐?"

입가의 수염에 묻은 국물을 손등으로 쓰윽 훔쳐낸 뒤 빈 국밥 그릇을 내려놓던 망건 장수가 반가운 얼굴로 물었다.

"아유, 고마우셔라. 설거지 따로 안 해도 되겠어요."

국물 한 방울 남지 않은 국밥 그릇을 얼른 받아 챙기는 완숙의 얼굴에 흐뭇한 미소가 번졌다.

"드실 만은 하셨어요?"

"오냐. 배고파 죽을 뻔했는데 덕분에 아주 잘 먹었다. 이따 저녁때까지도 뱃구레가 안 꺼지겠어."

망건 장수가 거하게 트림을 하며 만족스럽게 웃었다.

"헤헤! 고맙습니다!"

"내가 오히려 고맙지. 이리 앉아서 끼니를 때울 수 있어서 아주 편하구나. 다 너랑 네 어머니 덕분이다."

저자의 상인들을 찾아다니며 주문을 받고, 그 국밥을 직접 좌판까지 배달해주는 상술을 생각해낸 것은 완숙이다.

잠시나마 문을 닫아걸 수 있는 점방 상인들은 국밥집으로 가서 요기했지만, 난전 상인들은 군칠에 가서 국밥 한 그릇 먹고 싶어도 물건이 손을 탈까 봐 자리를 비울 수 없었다. 그런 난전 상인들의 사정을 유심히 지켜보던 완숙이 떠올린 방법이 바로 국밥 배달이다. 열한 살 어린 완숙의 수완이 제대로 먹혔는지 점례의 콩나물국밥을 찾는 난전 상인들이 나날이 늘고 있었다. 이렇듯 상인들의 반응이 뜨거운 이유가 또 하나 있었다.

"이거 받으세요, 아저씨."

허리에 매단 전낭의 입구를 열고 작은 종이 한 장을 꺼낸 완숙이 망건 장수에게 내밀었다. 사각으로 자른 종이의 정중앙에 붉은 지장이 꾹 찍혀 있는 인지였다.

"우리 집 밥표, 기억하시죠? 아저씨는 이번 것까지 합하면 석 장이니까 앞으로 두 장만 더 모으시면 되겠어요."

그렇게 모은 다섯 장의 밥표를 다음번 주문할 때 돌려주면 여섯 번째 국밥은 공짜로 먹을 수 있었다. 배달 국밥집을 운영하자는 계획을 세우면서 완숙이 생각해낸 묘책이다.

풍남문 앞의 저잣거리를 한 바퀴 휘돌아 나오는 완숙의 두 팔에 질그릇이 한 아름 쌓여 있었다. 상인들에게 배달했던 국밥 그릇을 회수한 것들이었다. 턱 높이까지 쌓아 올린 빈 그릇들을 야무지게 받쳐 든 두 손이 후들거렸지만, 완숙은 콧노래까지 흥얼거리면서 어미가 있는 곳을 향해 뒤뚱뒤뚱 걸음을 옮겼다. 조심스럽게 내딛는 발짝이 남문시장의 초입에 다다랐을 때였다.

쨍그랑!

완숙의 손에 들려 있던 질그릇들이 땅으로 쏟아져 내리며 산산조각이 났다.

"어, 엄마!"

완숙은 비명에 가까운 소리를 내질렀다. 좌판을 벌일 수만 있다면 그곳이 어디든 가리지 않고 엉덩짝을 부리는 남문 시장의 난전 상인들조차 물건 내려놓기를 꺼리는 곳, 눈비 오는 날은 물론이고 맑은 날에도 물기가 올라와 곳곳이 웅덩이로 변해 있는 시장 초입의 공터에서였다. 점례와 완숙이 집 안 부엌에서 떼어낸 무쇠솥을 그 공터에 옮겨놓은 것이 아침나절이었다. 땅에 배어 있는 물기로 화목이 타지 않을 성싶어 납작하고 큼직한 돌을 수차례 날라 포석으로 깔고 난 후였다. 그런데 험상궂게 생긴 장정들 몇이 국밥이 끓고 있는 무쇠솥을 함부로 걷어찼다.

"안 돼!"

완숙은 공터를 향해 미친 듯이 뛰었다. 턱을 쭉 빼고 빈터를 응시하던 상인들이 무서운 기세로 달려오는 완숙을 피해 두어 걸음 비켜서며 길을 터줬다.

"엄마! 무슨 일이야?"

땅바닥에 주저앉아 울고 있는 점례를 향해 뛰어간 완숙이 다그치듯 물었다.

"흐흐흑! 완숙아, 이 일을 어쩌면 좋으냐…. 이 아까운 국밥들을 어쩌면 좋아…. 으흑흑…."

뜨거운 콩나물 건더기들을 정신없이 주워 담던 점례가 땅을 치며 오열했다.

"판관 나리가 보내서 왔다는구나. 자릿세도 안 내고 장사를 했다면서 저리 난장질을 해대고 있어. 흑흑흑…."

"뭐? 자릿세?"

어느 나라 어느 도시나 시장은 있게 마련이다. 조선도 예외는 아니다. 성종 재위 당시, 대기근이 전국을 휩쓸고 간 이후로 굶주림에 허덕이던 백성들이 허기라도 면할 요량으로 집안의 물건을 들고 거리로 쏟아져 나왔다. 그들이 좌판을 벌여 식량을 교환하던 것을 계기로 전국의 상설시장이 허용되었다. 전주부의 남문 시장이 열린 것도 그즈음부터였다.

관찰사를 능가하는 권력을 휘두르는 전라감영의 판관 조남용이 난전 상인들을 상대로 자릿세를 받아 챙기면서 그 폐해는 더욱 자심해졌다.

"이 아짐이 그동안 우리 몰래 장사하면서 제법 벌이가 쏠쏠했다는구나. 판관 나리를 속이고 우릴 속였으니 뜨거운 맛이 뭔지 알려줘야겠지?"

한쪽 눈에 검은 가죽 안대를 찬 험상궂은 인상의 사내였다. 화덕 옆에 쌓아놓은 화목 더미를 발로 차 와르르 무너뜨린 안대의 사내가 휘하의 무뢰배들을 돌아보며 명했다.

"시작해."

다음 순간이었다. 화덕에서 여남은 걸음 떨어진 지점의 바닥에 차곡차곡 쌓아놓은 질그릇들이 무뢰배들의 난장질에 와장창 깨져나갔다. 설거지를 마친 함지며 물이 가득 든 항아리도 무사하지 못했다.

"헉! 아, 안 돼!"

더벅머리가 외마디 비명을 내지르는 것과 동시에 한쪽 발을 들고서 껑충껑충 뛰었다. 번개처럼 달려간 완숙이 더벅머리의 허벅지에 힘껏 이빨을 박아버린 것이다.

"이 계집년이…."

무명바지를 허벅지까지 걷어 올린 더벅머리가 이빨 자국에서 배어 나오는 핏물을 확인하자 이성을 잃고 완숙의 멱살을 움켜쥐었다.

"이게 죽고 싶어 환장했나? 감히 나를 물어?"

깨어진 질그릇 까팡이들이 날카롭게 떨어져 있는 땅 위로 완숙의 작은 몸이 패대기쳐졌다.

"완숙아!"

쓰러진 딸을 안아 일으키던 점례의 눈동자에 분노의 불길이 일었다. 바닥에 넘어지면서 까팡이에 쓸린 완숙의 한쪽 뺨이 온통 피투성이였다. 눈알이 뒤집힌 점례는 국밥 건더기를 주워 담은 함지박을 집어 들었다.

"이놈! 이 나쁜 놈! 어린것이 무슨 잘못이 있다고 얼굴을 이 꼴로 만들어놓느냐, 이놈!"

완숙을 패대기친 더벅머리가 흙 묻은 콩나물 줄기를 낯짝에 뒤집어쓴 것은 다음 찰나였다.

"이 여편네가 미쳤나…."

더벅머리의 편곤이 점례를 향해 날아들었다. 뒤이어 무뢰배들의 우악스런 매질이 쏟아졌다.

"임금님한테 판관 나리의 악행을 죄다 고해바치고 말겠어!"

완숙은 주워든 장작개비를 마구 휘두르며 소리소리 질러댔다. 순간 외눈의 면상이 노여움으로 일그러졌다. 성큼성큼 걸어온 외눈이 들고 있던 환도로 장작개비를 반 토막 낸 뒤 완숙의 댕기 머리를 거칠게 낚아챘다.

"방금 한 말 토씨 하나 빼지 말고 다시 지껄여봐."

완숙의 목덜미에 칼날을 들이댄 외눈이 노기 띤 소리로 으르댔다. 섬뜩한 칼날의 냉기에 완숙은 심장이 오그라드는 기분이었다. 완숙이 두려움으로 떨리는 입술을 떼려는 찰나였다.

"우리 애는 입도 뻥긋 안 했어요. 정말이에요."

점례가 완숙의 입을 화급히 손바닥으로 막으며 말했다. 그런 점례를 완숙에게서 떼어낸 외눈이 성난 목소리로 소리쳤다.

"네 딸년이 하는 소릴 내 귀로 똑똑히 들었는데 이대로 넘어가라고? 천만에, 어림없는 소리! 자, 네년 입으로 토한 소리니 네년이 다시 한번 말해봐라. 방금 뭐라고 씨부렸느냐?"

완숙이 무서울 것 없다는 태도로 불만을 거침없이 토로하기 시작했다.

"임금님이요! 임금님의 신하 되는 분께서 우리를 얼마나 괴롭히고 있는지 상소라도 올려서 임금님께 고할 생각이라고 말했습니다!"

"이 계집년이 터진 입이라고 함부로 지껄이는구나! 네년이 정말 죽고 싶어 환장한 모양이로구나?"

"죽을 때 죽더라도 할 말은 해야겠어요."

"뭐, 뭐야?"

"아저씨들이 누구 명을 받고 이런 행패를 부리는지 내가 모를 줄 알아요? 전부 판관 나리가 시켜서 이러는 거잖아요! 백성들의 사정을 누구보다 먼저 헤아리고 보살펴야 할 분이 판관 나리세요. 헌데도 내지 않아도 될 자릿세를 날강도처럼 받아 챙기고 백성들을 괴롭히고 있어요. 그러니까 누구 하나는 상소를 올려서 이 사실을 임금님께 알려드려야 하질 않겠어요?"

"뭣이? 나, 날강도?"

외눈 사내의 환도가 허공으로 휙 치켜 올라갔다. 그때였다.

탁!

휘파람 소리를 내며 어디선가 날아온 작은 돌덩이가 환도 자루를 거머쥔 외눈 사내의 손등을 세차게 후려치고 튕겨 나갔다.

"웬 놈이냐?"

환도를 놓친 외눈 사내가 좌중을 돌아보며 눈알을 부라렸다. 병풍처럼 빙 둘러서 있던 사람들이 잔뜩 겁을 집어먹고 주춤주춤 뒤로 물러났다.

"다음은 그대 급소야. 다치고 싶지 않으면 그만 물러나게."

굵고 울림이 좋은 사내의 목소리였다. 얼얼한 손등을 문지르던 외눈 사내가 소리 나는 쪽으로 험상궂은 얼굴을 돌렸다. 사람들 가운데에서 눈처럼 흰 도포 하나가 앞으로 나서고 있었다. 흑립을 올려 쓴 도포 차림의 청년이었다.

"백주에, 그것도 어린아이를 상대로 칼을 휘두르려 하다니… 부끄러운 줄 알게!"

완숙은 외눈 사내에게 호통을 치는 청년을 바라보았다. 정체 모를 두근거림에 얼굴이 붉어졌다.

참으로 듬직하고 잘생긴 청년이다. 청년이 자신의 손에 남겨둔 돌 하나를 허공에다 던졌다 받아내는 동작을 반복하면서 뚜벅뚜벅 걸어 나왔다. 청년의 힘 있는 목소리가 외눈의 낯짝으로 날아가 후려갈겼다.

"내 듣자 하니 저 아이의 말이 하나도 틀린 바 없네."

잠시 난처한 기색을 보이던 외눈 사내가 이내 느긋한 표정이 되어

희죽거리며 대꾸했다.

"어디서 굴러먹다 온 개뼉다귀이신지 모르겠습니다만, 좋은 말로 할 때 가던 길이나 조용히 가십쇼."

"나는 포천에서 온 이벽이라 하네만, 그대야말로 점잖게 대해줄 때 저자들을 데리고 물러나게."

이벽은 포위하듯 다가서는 무뢰배들을 갈마보며 말했다.

"제길, 이벽이고 저벽이고 내 알 바 아니오. 보아하니 양반댁 도령이신 것 같은데 흉한 꼴 당하고 싶지 않으면 공연히 끼어들지 마십쇼. 난 분명히 경고했소이다."

수하들 중 하나가 잽싸게 던져준 환도를 힘껏 거머쥔 외눈이 칼끝을 이벽에게 겨누었다.

"그렇게는 못하겠네. 내 스승님께서 저 아이를 구해내라 하셔서 말이지."

이벽이 완숙을 향해 이쪽으로 오라는 손짓을 보냈다. 점례와 함께 빠르게 달려온 완숙이 이벽의 등 뒤로 몸을 숨겼다.

"구경꾼들 중에서 갈옷을 입은 분이 보이느냐?"

날카로운 시선을 외눈 사내와 무뢰배들에게 고정한 채 이벽이 완숙에게 물었다. 완숙의 눈길이 재빨리 주변을 훑었다. 호기심과 불안이 뒤섞인 표정으로 몰려서 있는 사람들 중에서 갈옷을 걸친 사내가 보였다. 작은 키에 깡마른 초로의 사내였다.

"혹시 삿갓을 들고 계신…?"

"그래. 그분이 내 스승님이시다. 내가 저자들을 붙잡아두고 있을 터이니 너는 어머니를 모시고 스승님을 따라 속히 이곳을 빠져나가

거라.”

“그래도 괜찮으시겠어요?”

“내 걱정은 말고 어서 가거라.”

“고맙습니다. 허면 저는 이만….”

머리를 숙여 인사를 올린 완숙은 점례의 손을 꼭 잡고 부리나케 걸음을 재촉했다. 그때였다.

“게 서랏! 쥐새끼처럼 어딜 빠져나가려고!”

말을 끝맺기 무섭게 외눈이 얼굴을 감싸며 바닥으로 쓰러졌다. 고통스러운 신음이 면상을 감싼 열 손가락 사이에서 흘러나왔다. 이벽이 던진 조약돌이 외눈의 눈자위를 강타한 것이었다.

“이, 이 자식이…!”

솟구치듯 몸을 일으킨 외눈이 그나마 멀쩡했던 한쪽 눈에서 핏물이 흘러내리는 것을 확인하고 수하들에게 고래고래 소리를 질러댔다.

“쳐라! 뒷일은 내가 책임질 테니 양반이고 뭐고 상관 말고 저놈을 작살내버려!”

“예!”

커다란 외침과 함께 무뢰배들이 이벽을 향해 짓쳐 들었다. 기다렸다는 듯이 이벽이 도포 자락으로 바람을 일으키며 몸을 날렸다. 겁에 질린 표정으로 오도 가도 못한 채 그 자리에 얼음이 되어 굳어 있는 완숙과 점례에게 갈옷의 사내가 황급히 다가와 속삭였다.

“무조건 나를 따라오너라. 알겠느냐?”

자신들을 갈마보는 사내의 얼굴이 어딘지 이상하다는 생각이 설핏 들었으나 세밀히 살필 여유가 점례에게는 없었다.

"완숙아, 엄마 목 단단히 잡아."

딸의 작은 몸을 재빨리 등에 업은 점례가 앞장서서 빈터를 가로지르는 갈옷의 사내를 따라 줄행랑을 놓았다.

● ● ●

전주향교는 조선 초기부터 시작된 교관 확보의 어려움이 나날이 더하더니 학생들의 발길이 뚝 끊긴 채 비어 있다시피 했다. 대우가 형편없다 보니 제대로 유학을 공부한 이들이 향교의 교관이 되기를 꺼리자 임금까지 나서서 여러 유인책을 쓰고 논공행상의 방책까지 제시했으나 실효를 거두지 못했고, 조정에서조차 관료들을 지방 향교의 교관으로 파견하기를 포기하면서 향교는 강학 구실을 상실하고 말았다. 전주향교라고 해서 예외는 아니었다.

그런데 언젠가부터 제례를 행할 적 말고는 인적이 뜸하던 전주향교에 교생들의 글 읽는 소리가 낭랑하게 울려 퍼졌다. 조남용이 제 살길을 도모하기 위해 그의 장남을 향교로 들여보낸 이후의 일이었다.

향교의 몰락으로 무분별하게 난립한 서원과 사우祠宇가 붕당의 근거지로 악용되자 영조가 꿈꾸던 탕평정국은 타격을 입기에 이르렀다. 영조는 사사로이 서원이나 사우를 건립하지 못하도록 금지령을 내렸고, 이를 어긴 170여 곳의 서원과 사우 건물이 헐렸다. 그랬건만 조남용은 제 권세만 믿고 서원 건립을 시도했고, 결국 건물의 벽을 올리기도 전에 발각되어 호된 질책을 받았다. 조정의 엄한 꾸지람에 소스라쳐 놀란 조남용은 사비를 들여 교관과 학노비를 구하는 한편, 전주부의 토호들을 설득하여 자식들을 향교의 교생으로 들여보내도록 하는 등 자신의 실책을 만회하기 위해 애쓰고 있었다.

그런데 한창 공부에 열중하고 있어야 할 유생 하나가 입덕문과 동재 사이에 자리한 잎 무성한 은행나무의 굵다란 가지에 거꾸로 매달려 소리소리 질러대고 있었다.

"내려줘! 얼른 풀어달란 말야, 이 자식들아!"

"쯧쯧! 또 시작이구먼…."

뙤약볕에 녹아내려 물방울이 뚝뚝 떨어지는 커다란 얼음덩이를 지게에 지고 입덕문 안으로 들어서던 학노비가 이런 일에는 이골이 났다는 듯 고개를 설레설레 저었다.

"누가 그 아비의 자식 아니랄까 봐 저리 못된 짓만 골라서 하누. 암튼 재장(학생회장) 때문에 저 유생만 불쌍하게 됐구먼. 쯧쯧쯧."

생도들의 강독 소리가 흘러나오는 명륜당의 격자문을 노려보며 학노비는 혀를 찼다. 재장을 꿰찬 조남용의 장남은 하늘같이 여겨야 할 교관을 발가락의 때만큼도 여기지 않으며 버릇없이 굴었다. 달포 안에 두 명의 교관이 명륜당을 박차고 나가 다시는 돌아오지 않은 까닭이었다. 그런데도 재장은 제 잘못을 뉘우치기는커녕 마음에 들지 않는 교생이 있으면 어떤 꼬투리든 잡아서 체벌을 가하는 통에 향교가 조용할 날이 없었다. 은행나무에 거꾸로 매달려 고생 중인 유생도 그들 가운데 하나였다.

"이보게들! 나 좀 풀어주게!"

피가 밑으로 쏠려 빨개진 얼굴을 하고 축 늘어져 있던 어린 유생이 사력을 다해 고개를 쳐들며 외쳤다. 학노비가 옮겨다 놓은 얼음덩이를 잘게 부숴 동동 띄운 물그릇을 소반에 받쳐 들고 부엌간을 나서던 여종들이 난처한 얼굴이 되어 머리를 조아렸다.

"죄, 죄송합니다요. 도와드리고 싶지만 그랬다가는 쇤네들한테 불벼락이 떨어지는지라…."

여종들이 서둘러 소반을 강학당 안으로 들여놓고선 도망치듯이 부엌간으로 돌아가자 교생은 체념한 얼굴이 되어 두 눈을 감아버렸다. 습한 공기에 바람 한 점 없이 무더운 날씨였다. 나무에 묶인 교생은 더 고함을 지를 기력조차 없는지 죽은 듯이 축 늘어져 미동이 없다. 그렇게 얼마가 지났을까.

깃과 도련에 검은 선을 댄 옥색 바탕의 난삼에 사대를 두르고 연라건을 쓴 유생들이 우르르 명륜당에서 몰려나왔다.

"서재로 간다고 한마디만 해. 당장 내려줄 테니."

십여 명의 교생을 거느리고 은행나무의 울창한 그늘로 들어선 교생 하나가 거만한 목소리로 명했다.

"저는 엄연히 상액입니다. 헌데 제가 왜 서재로 가야 합니까?"

나무줄기에 묶인 교생이 피가 몰려 새빨개진 얼굴을 힘겹게 쳐들고 상대를 쏘아보며 물었다.

향교는 출신의 고하 여부에 따라 상액, 중액, 하액으로 교생들의 급을 구별해놓고 있었다. 생원과 진사는 상재와 중재로, 사학四學에서 입학한 유생은 하재로 구별하는 등 가난하고 출신이 보잘것없는 일반 한산유학寒散儒學과 차별대우를 하는 성균관의 법칙을 그대로 답습한 결과였다. 이 법칙에 한 가지 더해진 것이 전주향교에는 존재했다. 상액과 중액, 하액으로 나뉜 교생들을 다시 액내와 액외로 구분하는 것이 그것이다.

상액에 해당하는 문벌 양반의 자제들이 액내교생의 자격을 얻었다. 입교가 허락된 서얼이나 평민은 중액과 하액으로 분류되어 액외교생으로 지내야 했는데, 신분이 낮다는 이유로 액내교생들에게 갖은 모멸과 차별을 당했다.

그 한 예가 기숙소였다. 명륜당의 동쪽 편에 위치한 동재는 양반 신분인 액내교생 즉 상액이 입소할 수 있었다. 그에 반해 서재는 서얼과 평민 출신 교생들이 기거했다. 그런데 초남이의 양반 자제인 유항검에게 중액과 하액이 묵는 서재로 방을 옮기라는 명이 떨어졌다. 항검은 이따위 부당한 대우를 받아들일 수가 없었다.

"이런 말도 안 되는 월권이 어디 있습니까?"

재장에게 따져 묻는 항검의 심장이 분노로 펄떡댔다. 재장의 눈꼬리가 사납게 올라갔다.

"뭣이? 월권?"

"신입들을 이리 거꾸로 매달아 기강을 잡겠다는 것부터가 월권이 아니고 뭡니까?"

"선배들로부터 내려온 전통이라 분명 말했다."

"전통이라… 허면 제게만 서재로 가라고 명하시는 이유는 뭡니까? 상액은 엄연히 동재에 묵을 권리가 있습니다! 그런데 왜 저를 동재에서 내쫓지 못해 안달입니까? 이것도 전통입니까?"

"낄낄낄! 벼슬 없는 양반도 양반이라고 대접을 받고 싶은가 보지? 근데 어쩌냐? 우린 그런 놈은 양반으로 안 쳐주거든."

뻐드렁니가 흉하게 돌출한 동재생이 재장 옆에서 이죽거렸다.

"날 매단 이유가 결국 그거였습니까?"

묻는 항검의 안면이 분노로 꿈틀했다.

진주유씨 소재공파의 후손이자 남인 계열인 항검의 집안은 5대 조부인 유시모가 종9품 무관직인 부사용을 지낸 것을 끝으로 더는 출사하지 못했다. 그렇다 하여 결코 한미한 가문은 아니다. 조선의 이름난 국문학자인 고산 윤선도의 피가 항검의 인척 쪽으로 흘렀다. 겸재 정선, 현재 심사정과 더불어 조선의 삼재三齋라 불리는 공재 윤두서는 윤선도의 증손이다. 어디 그뿐인가. 외가 쪽은 세자시강원을 역임한 양촌의 권근과 권시를 선계로 둔 명문거족이고, 선조들은 국가에 지대한 영향을 미친 큰선비들이다.

그런데도 전주부의 토호들과 유향소의 향족들은 대놓고 항검의 집안을 괄시했다. 몇 대째 관직에 오른 이가 한 명도 없다는 이유에서였다. 대대로 초남이를 세거지로 삼은 원향原鄕들의 핍박은 더욱 심했다. 그들은 항검의 선조들이 경기도와 충청도를 거쳐 초남이에 입성한 신향新鄕이라는 이유를 들며 부친인 유동근을 향안에 들일 수 없다고 못을 박았다.

항검의 고조부에서 조부에 이르기까지 그들의 처가는 모두 전주이씨였다. 하물며 그들의 식솔이 전주부에 기거했다. 삼향三鄕까지는 못 되어도 조부 이래로 초남이에 뼈를 묻고 살았으니 일향의 조건은 충족한 셈이다. 더구나 향안은 다른 지방 출신일지라도 뛰어난 문벌의 후손이라면 그 참여를 허락했다. 그러나 전주부의 토호들은 의도적으로 항검의 부친을 향안에서 제외시키는 등 치졸한 수법으로 괴롭혔다. 항검은 그 이유를 모르지 않았다.

아비는 대나무처럼 올곧고 도리에 밝은 어른이다. 전주부의 토호들이 항검의 부친을 눈엣가시로 여기는 까닭이기도 했다. 가진 것 없는 이의 편에 서서 사사건건 시시비비를 걸어오는 항검의 부친을 잡아먹지 못해 안달이었고, 식솔들 역시 무시와 차별을 당했다.

벼슬 없는 양반은 동재에 들 수 없다는 얼토당토않은 이유를 표면에 내세우지만, 그 이면에는 아비를 향한 경계와 증오가 내재해 있음을 항검은 모르지 않았다.

'너희들이 원하는 것이 무엇인지 내가 모를 줄 아는가? 내가 동재에서 내쫓김을 당했다는 소문이 초남이까지 날아가기를 바라고 있겠지. 아버님께서 그 소식을 접하시면 어찌 나오실지 너희들은 보고 싶은 거야. 하지만 나는 형님처럼 그리되지는 않을 것이다.'

문득 항검의 뇌리로 반주검이 되어 대문을 들어서던 형 익검의 모습이 스쳐 갔다. 재장과 교생들에게 얼마나 시달렸던지 향교로 떠날 때만 해도 살집이 좋던 형의 얼굴은 반쪽이 되었다. 기숙소로 입소한 지 한 달 만의 일이다.

향교에서 쫓겨나다시피 집으로 돌아온 익검은 수시로 환각에 시달렸고, 곡기조차 입에 대지 못했다. 그런데 읽던 책을 한 장씩 뜯어 입속에 구겨 넣는 일은 다반사고, 매일 밤 악몽에 시달렸다. 향시가 치러지는 날이 아니건만 시험을 보러 가야 한다며 시도 때도 없이 대문을 나서기도 했다. 그런 익검을 보다 못한 유동근은 장남을 이끌고 집을 나섰다. 산 깊은 곳에 자리한 조용한 암자로 데려가 심약해진 아들의 심신을 치유해 주기 위해서였다.

'내가 형처럼 순순히 물러날 것이라고 여겼다면 당신들의 오판이

야. 난 형이랑 달라. 보란 듯이 버텨서 네놈들의 코를 납작하게 만들고야 말 테니 두고 봐라!'

다른 곳이 아닌 전주향교에 입교하여 수학한 뒤 보란 듯이 과거급제하는 일. 그리하여 다시는 벼슬 없는 양반이라는 놀림을 받지 않는 것. 작금까지도 따돌림의 후유증을 앓고 있는 형을 위해서 자신이 해줄 수 있는 복수라고 항검은 생각했다. 극구 만류하는 아비를 설득하여 향교에 들어온 것도 그런 연유에서였다.

"당신들이 무슨 짓을 해도 난 향교에서 나가지 않을 겁니다. 그러니 여기에 날 묶어두든 말든 맘대로 하십시오!"

항검의 말에 재장이 고개를 젖혀 큰소리로 웃어젖혔다.

"정말이냐? 하하하! 내 맘대로 해라? 하하하…."

가소로움을 이기지 못하겠다는 듯 연신 웃음을 쏟아내며 은행나무 둘레를 한 바퀴 돈 재장이 항검에게 다가가 무릎을 꿇고 앉아 얼굴을 바짝 가까이 댄 채 나직이 말했다.

"정녕 그것이 최선이냐? 정말 후회하지 않을 자신이 있느냔 말이다."

"그렇다면 어찌하겠소?"

"궁금한가? 알려주지."

오금을 펴고 일어선 재장이 뒤에 서 있는 빼드렁니의 교생에게 무언의 눈짓을 보냈다. 그러자 빼드렁니의 교생이 다가가 항검의 엉덩이를 양손으로 잡고 힘껏 돌렸다.

"헉! 그, 그만두시오!"

외치는 소리와 함께 땅을 향해 매달린 항검의 몸이 팽이처럼 빙글 빙글 돌기 시작했다. 몸의 회전 속도가 빨라질수록 끈에 묶인 발목이 아프게 조여왔고, 어지럼증으로 토할 것만 같았다.

"동재도, 서재도 다 필요 없소. 더럽고 치사해서 더는 이곳에 있고 싶지 않습니다. 초남이로 돌아갈 것이니 날 내려주시오."

항검은 울화가 끓어오르는 가슴을 진정시키며 이를 가는 목소리로 말했다. 재장이 고개를 끄덕이자 교생 두엇이 순식간에 항검의 발에 묶인 끈을 풀어주었다. 땅을 딛고 선 항검이 아찔한 현훈에 비틀거리는 모습을 잠자코 지켜보던 재장이 말을 이었다.

"반점을 주마. 그 안에 동재에 있는 짐을 꾸려 네놈 집으로 가거라."

흡족한 미소를 띤 재장이 먼저 돌아서고, 뒤이어 교생들이 등을 돌렸다.

"잠깐만요! 재장께 꼭 드리고 싶은 게 있습니다."

동재로 향하던 재장이 걸음을 멈추고 항검을 돌아본 찰나였다.

퍽!

분노가 실린 주먹에 안면을 가격당한 재장이 턱주가리를 하늘로 향하며 저만치 나가떨어졌다.

건성으로 꾸벅 목례를 건넨 항검이 강학 공간의 출구인 입덕문을 향해 줄달음을 놓았다.

"헉! 피! 으억! 내 이, 이빨!"

입안에 흥건히 고인 비릿한 피를 흙바닥에 퉤 뱉어낸 재장은 시뻘건 핏물에 부러진 이빨 두어 개가 섞인 것을 발견하고 눈알이 뒤집혔다.

"뭣들 하느냐? 내 저 자식의 이빨을 죄다 뽑아놓고 말 테다! 당장 잡아서 내 앞에 대령하란 말이다!"

"예, 재장!"

놀란 얼굴로 서 있던 교생들이 재장의 불호령이 떨어지자 허둥지둥 항검을 뒤쫓기 시작했다. 이윽고 갯벌처럼 질척이는 진흙이 넓게 펼쳐진 한뎃벌을 거침없이 밟아나가던 어느 순간이었다. 발 빠른 교생이 내뻗은 팔이 순식간에 항검의 뒷덜미를 잡아채고 말았다. 항검은 그의 손아귀에서 빠져나가기 위해 천변에 넘어진 채 버둥댔다. 항검의 몸이 뒤이어 달려온 교생들이 작정하고 휘두르는 발길질 아래 항검은 흙 범벅이 되어 꿈틀거렸다.

"헉헉! 이 망할 놈의 새끼! 네놈이 뭔데 이 날씨에 뜀박질하게 만들어, 엉?"

가쁜 숨을 몰아쉬며 뒤늦게 당도한 뻐드렁니가 항검의 연라건을 상투 채 잡아올려 그대로 진흙탕에 박아버렸다. 그러고도 분이 풀리지 않는지 뻐드렁니가 히죽대며 구경 중인 교생들에게 소리쳤다.

"야, 뭣들 하고 있어? 이 자식 들어올려!"

"어쩌려고?"

"이 뙤약볕에 우릴 뛰게 했으니 이놈도 고생을 좀 해봐야지. 처넣어!"

항검의 사지를 하나씩 나눠 든 교생들은 철퍽철퍽 물살을 헤치고 들어갔다. 몰아치는 몰매에 잠시 의식을 잃고 축 늘어져 있던 항검이 뒤늦게 사태를 파악하고 발버둥을 치기 시작했다. 하지만 교생들을 제지할 틈도 없이 항검의 몸이 허공으로 붕 떠올랐다.

풍덩!

잔잔하던 수면이 하얗게 물보라를 일으키며 부서졌다.

"사, 사람 살려! 나, 나… 헤엄 못 치…."

물이라야 기껏 허리께에도 못 미치는 깊이였지만, 항검은 몇 번 허우적대는가 싶더니 꼬르륵 물거품을 토하고는 이내 물 밑으로 모습을 감췄다.

"저거 뭐야? 저 자식 장난하는 거지?"

교생들이 겁에 질려 두어 걸음 물러났다. 항검의 옥색 유복 자락이 푸른 수면 위로 뜨는가 싶더니 물살을 따라 떠내려가고 있었다.

"서, 설마 익사한 건 아니겠지?"

수면 위를 둥둥 떠가던 항검은 흰 포말이 안개처럼 부서지는 바위 절벽의 급물살을 향해 빠른 속도로 빨려 들어가고 있었다.

"재수 없게 됐다! 아무래도 저 자식 잘못된 모양이야. 누가 보기 전에 얼른 여길 뜨자!"

천변으로 물러나와 항검을 예의주시하던 빼드렁니가 사색이 된 얼굴로 외쳤다. 앞서 달아나는 그의 뒤를 말없이 따르는 나머지 교생들의 표정이 하나같이 겁에 질려 있었다.

• • •

저녁 어스름이 자욱하게 내려앉은 초남이의 마을 어귀를 두 필의 준마가 바람처럼 달려가고 있었다. 흑마에 올라탄 흰 도포의 사내가 조바심을 치며 연신 고개를 돌려 옆을 살폈다. 항검의 소식을 전해 듣고 부성으로 향하는 중인 유동근이었다.

"도련님께서는 무탈하실 거예요, 나리."

내달리는 말 위에서 떨어질까 두려워 이벽의 가슴팍에 거머리처럼 찰싹 등을 붙이고 있으면서도 완숙은 염려스러운 눈으로 유동근을 건너다보며 말했다.

"부성까지는 한참을 더 가야 한다. 견딜 수 있겠느냐?"

유동근이 걱정스럽게 물었다. 완숙의 안색이 말 멀미로 누렇게 변해 있었다.

"괜찮습니다. 저는 끄떡없으니 심려마세요, 나리."

씩씩하게 웃어 보이는 완숙이 고마워 유동근은 머리라도 쓰다듬어 주고픈 심정이었다. 간간히 방물장수를 나가는 어미를 따라 초남이에 왔다가 자신의 집에도 들른 적이 있다 했던가. 때마침 완숙이 그 자리에 없었다면 아들이 생사를 헤매고 있는 사실조차 까맣게 모르고 있었을 터였다.

항검은 폭우 뒤에 떠밀려온 나무둥치처럼 지저분한 움막들이 즐비한 강기슭에 의식을 잃고 쓰러져 있었다. 숨이 붙어 있는 것을 확인한 이벽은 항검을 들쳐업고서 잠시 망설였다. 아는 사람이라고는 달랑 스승 하나뿐인 낯선 곳이 아니던가. 게다가 자신은 군사들에게 쫓기는 처지다. 어디로 가야 의원을 만날 수 있는지, 누구에게 도움을 청해야 하는지 당장 떠오르지 않았다.

이벽의 발길이 스승의 집으로 향한 것은 순전히 항검의 옷차림 때문이다. 스승은 앞으로 향교의 교관으로 지내게 될 터였다. 이벽이 스승을 모시고 전주부로 온 까닭이기도 했다. 그런데 이벽이 천변에서 발견한 항검은 향교 교생의 유복 차림이었다.

땀을 비 오듯 쏟으며 당도한 스승의 집에는 완숙 모녀가 그를 기다리고 있었다. 스승의 인도로 그곳에 먼저 와 있기는 했으나 두 사람을 대신하여 무뢰배들을 상대하느라 혹여 이벽이 몸이라도 상했으면 어쩌나 걱정되어 안절부절 목을 빼고 있었다.

항검의 얼굴을 알아본 것은 완숙이다. 이벽은 그 즉시로 말을 구해 완숙을 안장 앞에 태운 채 초남이로 내달렸다.

흙먼지를 풀풀 날리며 쉬지 않고 촌로를 달려 부성으로 들어선 말들이 초가지붕이 듬성듬성 떨어져 있는 산 중턱의 동리에 다다르자 보폭을 늦추었다. 어둑한 사방을 살피던 유동근의 눈길이 저만치 불빛이 오락가락하는 사립문으로 향했다. 호박등을 들고 사립문 앞을 서성이던 아낙 하나가 말발굽 소리를 듣고 서둘러 걸어 나오는 게 보였다. 점례를 알아본 완숙의 얼굴이 머리 위에 뜬 만월처럼 환하게 밝아졌다.

"엄마! 여태 안 가고 기다렸어?"

말에서 내려선 완숙이 점례를 향해 쪼르르 달려가며 물었다.

"당연하지, 이것아. 많이 힘들었나보구나."

흙먼지와 땀으로 얼룩진 완숙을 부둥켜안고서 뺨을 다정히 쓰다듬던 점례가 말등자에서 내려서는 유동근을 발견하고 깊이 머리를 숙였다.

"이런 곳에서 뵙게 되었습니다, 나리."

"오, 그래. 자네가 완숙이의 모친이었군. 자네들에게 내가 큰 은의를 입었네."

유동근은 언젠가 점례를 초남이 자택에서 보았던 기억이 떠올라 아는 척을 했다. 하지만 그의 눈길은 사립문 너머 불빛이 일렁이는 초가로 향했다.

"항검이 그 아이는 어찌하고 있는가?"

묻는 유동근의 음성이 불안으로 떨렸다.

"천지신명께서 보살펴주신 모양입니다. 방금 정신이 들었습니다."

"오오!"

유동근의 입술에서 안도의 탄성이 흘러나왔다. 이벽과 완숙도 가슴을 쓸어내렸다.

잠시 뒤, 방으로 들어선 유동근은 아랫목에 깔아놓은 침상 곁으로 가 앉았다.

"무람없다 여기지 말고 그냥 누워 있거라."

유동근은 몸을 일으키려는 항검을 만류했다.

"대체 어찌 된 일이냐?"

"집으로 가겠습니다, 아버님. 향교는 제게 맞질 않는 곳이었어요."

"재장의 횡포 때문이라면 그럴 필요 없네."

방문이 열리는 것과 동시에 진중한 음성이 문턱을 넘어왔다.

"초남이에 사는 유동근이라 합니다. 제 아들놈을 구완해주셔서 참으로 고맙습니다."

탕약이 놓인 소반을 들고 방으로 들어서는 초로의 사내에게 유동근이 정중히 예를 차렸다.

"인사가 늦었습니다. 예원이라고 합니다."

유동근에게 맞절하면서 예원이 말했다.

"예원이라…."

"예. 이렇듯 사팔눈을 하고 있어 얻은 별호이지요."

숙였던 고개를 들면서 예원이 빙긋 웃었다.

'아, 그래서였구나.'

방구석에 앉아 예원의 얼굴을 몰래 쳐다보면서 완숙은 비로소 장터에서 사내를 대면한 순간 느꼈던 이상함의 까닭을 이해했다.

"아드님의 몸 상태는 그리 염려하지 않으셔도 되겠습니다. 사나흘 안정을 취하면 운신이 가능할 듯합니다."

"천만다행한 일입니다. 그런데 재장 때문이라니요?"

"동재생 하나를 서재로 보내지 못해 재장이 안달을 부린다는 말을 들었습니다. 함자를 듣고 보니 이 청년이 그 유항검이란 교생인가 봅니다."

순간 돌처럼 얼굴이 굳은 유동근이 항검을 바라보았다.

"이 분의 말이 사실이냐? 너도 네 형처럼 그 아이들에게 따돌림을 당했느냐 이 말이다."

유동근의 물음에 항검은 말이 없었다.

"대답이 없는 걸 보니 사실인 모양이구나. 소상히 말해보거라. 대체 무슨 일을 어찌 당한 것이야?"

"별일 아니었습니다."

침통하게 답하는 항검의 목소리가 기어들어 갔다.

"널 잃을 뻔했다. 헌데도 별일이 아니라는 게야? 혹 교생들로 인해 비롯된 일이라면 그게 누구인지 명백히 밝혀 책임을 물어야 할 것이야."

"소자가 물에 빠진 것은 순전히 제 실수였습니다. 다시는 물가로 가는 일이 없도록 주의하겠사오니 부디 모른 척해주십시오, 아버님. 제가 향교를 나오기만 하면 될 일을 크게 만들고 싶지 않습니다."

"동재니 서재니, 신분으로 기숙소를 나눠 사람을 차별하는 일 따위는 바로잡아야 한다. 재장이 함부로 교생들을 괴롭히는 일도 간과해서는 아니 돼."

예원이 나서 일렀다.

"재장이 어떤 뒷배를 지녔는지 모르셔서 하시는 말씀입니다."

항검이었다.

"판관의 영식이라지? 그 아비의 힘을 믿고 교생들에게 말도 안 되는 폭압을 행사한다고 들었다. 교관들도 재장 때문에 그만둔 이들이 대부분이고…. 허나, 앞으로는 그 아이의 뜻대로 되지만은 않을 것이다. 내가 그리 두지는 않을 것이야."

"어르신께서 무얼 어찌 해주실 수 있단 말입니까?"

퉁명스런 항검의 물음에 예원이 답했다.

"내가 내일부터 교생들의 훈도를 맡게 된 교관이다."

"예? 그것이 정말입니까?"

항검은 깜짝 놀라 되물었다.

"오냐. 부성에서 교관을 구한다는 소식을 듣고 지원했더니 판관이 선뜻 받아주더구나. 부임하라는 전갈을 듣고 서둘러 내려온 길이다."

"허어, 이런…. 아들놈의 스승을 알아보지 못하고 초면에 결례가 많습니다."

유동근이 예원에게 재차 절을 올린 뒤 궁금증이 어린 눈길로 이벽을 바라보았다.

"허면 자네도 향교에서 수학하는 교생인가?"

"아닙니다. 스승님 홀로 원로에 나서는 것이 마음에 걸려 멀리 포천에서 잠시 내려왔습니다. 곧 돌아가야지요."

"으음, 그랬구먼. 부성 사람이 아니었어."

"워낙 경황이 없었던지라 소개가 늦었습니다, 어르신. 이벽이라 하옵니다."

"벽이는 소인이 지금껏 독선생이 되어 가르치던 제자입니다."

유동근에게 정중히 예를 올리는 이벽을 흐뭇하게 건너다보면서 예원이 말했다.

'벽… 이벽…. 참으로 근사한 이름이다….'

꿀 먹은 벙어리처럼 방 한쪽에 무릎을 꿇고 앉은 채 완숙은 슬그머니 이벽을 바라보며 속으로 중얼댔다. 건장한 그의 몸처럼 이름 역시 몹시도 굳건하고 늠름하다는 생각이 들었다.

"올해 자네 나이가 몇인가?"

"열여덟입니다."

"허면 항검이보다 두 살 위로군…."

유동근은 자못 감탄한 눈빛으로 이벽을 응시했다. 드높은 의기가 눈빛에 넘쳐나는 청년이었다.

"항검아, 네가 무사한 것을 보았으니 나는 초남이로 가야겠다. 향교에 미련이 없다고 네 입으로 말했으니 너도 몸을 추스르는 대로 곧장 돌아오너라."

"그리하겠습니다, 아버님."

항검의 대답이 있자 속을 알 길 없는 표정으로 묵묵히 앉아 있는 이벽을 향해 유동근이 가볍게 고개를 숙였다.

"자네에게 입은 천의는 죽는 날까지 잊지 않겠네."

"위기에 처한 사람을 돕고 병든 사람을 구완하는 것은 사람의 마땅한 도리이거늘 어찌 은혜라 하십니까? 보답을 받고자 한 일이 아니오니 마음에 담아두지 않으셔도 됩니다, 어르신."

"그리 말해주니 고맙네. 예원 선생께도 큰 은의를 입었습니다. 혹 이곳에서 지내시면서 필요한 것이 있으면 초남이로 연통을 주십시오. 제 능력이 닿는 한 도움이 되어드리겠습니다."

이내 유동근이 천천히 자리에서 일어섰다. 그때였다. 예원의 담담한 목소리가 문으로 향하는 유동근을 잡아챘다.

"항검일 제게 맡겨주십시오."

"무슨 말씀이신지요?"

"피해서는 아니 됩니다. 썩은 제도가 있으면 고쳐야 하고, 악행을 일삼는 이가 있으면 그것이 얼마나 잘못된 것인지 깨닫게 해주고 바른길로 인도하는 것이 윗사람의 도리가 아니겠습니까? 허니 항검일 향교에 머물게 해주십시오. 이 아이가 도망치는 것이 최선이 아니라는 것을 스스로 깨우치도록 돕고 싶습니다."

"백번 지당한 말씀이오나 재장의 횡포로 인해 이 아이마저 망가지는 꼴을 저는 두고 볼 수는 없습니다. 그런 일은 이 아이의 형 하나만으로 충분하오."

"그런 일은 일어나지 않을 겁니다."

이렇게 나선 것은 항검이었다. 내내 침묵하던 항검이 고개를 똑바로 들고 유동근을 쳐다보며 말했다.

"소자가 한순간의 고통과 수모를 이기지 못하고 비겁하게 달아나려 했습니다. 장부가 되어 세상에 나서려면 부조리에 맞서 싸우는 법도 익혀야 하는 법. 소자는 향교에 남겠습니다. 재장 녀석이 또 어떤 치졸한 방법으로 소자를 괴롭힐지 알 수 없으나 한번 부딪쳐보겠습니다."

"으음."

짧은 신음을 토한 유동근은 항검 앞으로 가 앉았다. 언제나 담담한 표정을 유지하던 유동근의 얼굴에 깊은 근심이 서리는 것을 항검은 놓치지 않고 보았다.

캄캄한 문밖에서 점례의 목소리가 나직이 들려온 것은 그 순간이었다.

"나으리…. 시장하실 것 같아서 소인이 저녁상을 준비했는데…."

"이리 고마울 데가 있나. 어서 들여오게."

예원의 말이 떨어지기 무섭게 방문이 열리고 뜨거운 국과 밥이 담긴 밥상을 들고 점례가 방안으로 들어왔다.

"자자, 얘기는 차차 더 나누기로 하고 이리 와서 앉으시지요. 차린 이의 성의가 고맙질 않습니까?"

무거운 표정으로 앉아 있던 유동근이 마지못해 엉덩이 걸음으로 다가왔고, 이벽과 예원이 그의 맞은편에 나란히 자리를 잡고 앉았다. 그 모습을 흡족한 눈길로 바라보던 점례가 깜빡 잊은 것이 있다는 듯 서둘러 방문을 나가더니 곧이어 미음 그릇이 놓인 소반을 들고 되돌아왔다.

"항검 도련님께서는 음식을 넘기시는 것이 어려울 것 같아서 미음을 끓여봤습니다요. 완숙아, 뭐하니? 나리들께서 편히 식사하시게 네가 도련님을 도와드려."

"아, 예!"

점례에게 죽 그릇을 넘겨받은 완숙이 무릎걸음으로 침상으로 다가가 희멀건 죽을 한 수저 떠서 항검의 입으로 가져갔다. 항검이 가만히 머리를 가로저었다.

"거기 두게. 출출하다고 하면 그때 내가 먹이도록 하지."

"예, 나리."

완숙이 예원 앞으로 조용히 그릇을 밀어두었다.

"허면 저희는 이만 나가보겠습니다."

점례가 완숙의 손목을 잡아끌며 자리에서 일어섰다. 흰 김이 올라오는 국그릇에 수저를 가져가다 말고 예원이 놀란 목소리로 일렀다.

"나가다니? 이리 와 같이 드세나. 귀한 음식인데 나눠 먹어야지."

"예? 저, 저희가 어찌 나리들과 겸상을…."

"일찍이 천주께서는 서로를 존중하고 이웃에게 사랑을 베풀라 하셨네. 여인도, 가난한 이도, 심지어 죄인까지도 핍박하지 말고 내 몸처럼 사랑하라 하셨지. 모두가 천주님이 사랑하는 자녀이기 때문이라네. 아무리 신분이 높아도, 제아무리 천한 신분이어도 그분 안에서는 동등한 자매요, 형제야. 이 자리에서도 마찬가지네. 귀천이 따로 없어. 더군다나 위로 들어간 음식이 아래로 나오는 건 사람이라면 모두 같은데 밥 한 끼 먹는 것을 가지고 위아래 따질 필요 없네. 허니 어서 이리 와 앉아. 괜찮으시지요?"

"그, 그러시지요."

엉겁결에 대답은 했지만, 유동근은 큰 충격을 받은 얼굴이었다. 평소 신분에 얽매이지 않는 공정함으로 사람을 대해왔다고 자부하던 그였다. 그러나 아녀자, 그것도 아랫사람과의 겸상은 꿈에서조차 생각해본 적이 없었다. 남존여비 사상이 뼛속 깊이 각인된 것은 항검 역시 매한가지였다. 항검은 묵직한 둔기로 머리를 얻어맞은 충격을 느꼈다. 그러나 점례와 완숙의 가슴을 강타한 놀람과 감격을 따라올 수는 없었다.

"말씀만이라도 고맙습니다, 나리. 소인들은 옹기전에 들러봐야 해서 이만 일어나보겠습니다. 편히 드셔요."

점례와 완숙은 달빛이 살얼음처럼 깔린 밤길을 천천히 걸었다. 벅찬 기쁨과 난생처음 맛보는 희열이 마음속에 차올라 소용돌이쳤다.

"그런데 엄마, 엄마는 아는 분이야?"

점례의 손을 잡고 콧노래를 부르며 가볍게 발을 놀리던 완숙이 문득 점례에게 물었다.

"알다니? 누굴?"

"천주라는 분 말이야."

"천주? 아, 아까 예원 나리께서 말씀하셨던 그분?"

"응. 사람은 귀천이 따로 없다고 하셨다잖아. 모두 그분 자녀니까 서로 존중하며 사랑해야 한다고 그러셨다잖아. 그렇게 훌륭한 말씀을 하신 분이 계신 줄은 꿈에도 몰랐지 뭐야. 엄마는 알고 있었어?"

"아니. 엄마도 처음 듣는 이름이란다."

우주 만물을 창조한 전지전능하신 분이며, 인간을 지으시어 이 땅에 살게 해주신 인류의 아버지시며, 인간을 선악으로만 구분하되 죄

지은 인간까지도 사랑으로 보듬으시고 구원해주시는 하늘의 임금님. 서역에서 비롯된 천주교의 하느님이 바로 천주라는 사실을 알 리 없는 두 사람이었다.

"뉘신지 모르겠지만 꼭 만나 뵙고 싶어."

"그럼 예원 나리께 여쭤보렴. 나리라면 잘 알고 계시질 않겠어?"

"그렇잖아도 내일 다시 찾아뵐 생각이었어. 나리한테 긴히 드릴 청이 있거든."

"청이라니?"

"나리한테 글을 배울 거야. 예원 나리라면 가르쳐 주시고도 남을 것 같아."

연신 웃음을 흘리던 점례의 얼굴이 글이란 소리에 일순 굳어지며 안색이 창백해졌다. 우뚝 걸음을 멈춰 선 점례가 완숙의 어깨를 거칠게 잡아 제 쪽으로 돌려세웠다.

"글을 배워서 뭘 하려고? 설마 상소를 진짜 쓰려는 건 아니지?"

"왜 아니겠어. 반드시 써서 임금님께 올리고야 말 거야."

"안 돼, 이것아! 절대로 안 돼!"

"판관 나리의 실체를 누군가는 꼭 임금님께 알려야 해. 그러니까 말리지 마, 엄마. 엄마가 말려도 난 꼭 쓰고야 말 거니까."

답답한 듯 가슴을 치는 점례를 고개를 돌려 외면한 완숙은 한성부가 위치한 검은 하늘가를 우러르며 작은 주먹을 힘껏 쥐었다. 거울을 닮은 둥근 달이 비장한 표정의 완숙을 걱정스럽게 내려다보았다.

비밀스러운 움직임

도둑눈이 흰 요처럼 깔린 궁로를 부리나케 밟아나간 흑화가 횃불이 밝혀진 동궁전 뜰에서 서서히 멈췄다.

"오셨습니까, 대감."

동궁전 집무실 앞을 지키고 섰던 세자익위사들이 흑화의 주인을 향해 읍을 올렸다. 말없이 고개를 끄덕인 관복의 사내가 불빛이 일렁이는 동궁전 집무실을 바라봤다. 진즉에 퇴궐한 터에 다시 입궁하라는 세손의 명을 받고 득달같이 달려온 채제공이었다.

"듭시지요. 아까부터 기다리고 계십니다."

왕세손 이산은 집무실 책상 앞에 앉아 돌상처럼 미동이 없었다. 그의 앞에 놓인 서책을 뚫어지게 건너다보면서 채제공 역시 놀란 얼굴이 되어 선뜻 입을 열지 못했다. 얼마간 침묵이 흐르고 나서 채제공이 여쭈었다.

"선세자저하의 서신이라 하셨사옵니까? 정녕 그런 것이 남아 있다는 말씀이옵니까?"

물었으나 믿기지 않는다는 말투였다.

"말씀드린 대로입니다. 임오년에 아바마마께오서 남기신 비밀서신이 이 서책에 있습니다. 하여 대감을 급히 뵙자 청했습니다."

서책의 낡은 겉장을 쓰다듬는 산의 손길이 몹시도 조심스러웠다. 채제공의 눈길이 서둘러 서책으로 향했다. 겉표지에 붙어 있는 표제를 읽고 난 채제공의 눈동자가 더욱 크게 벌어졌다.

"칠극…?《칠극》이라면 이국의 교리서가 아닙니까?"

"예. 방적아가 쓴 서학서지요."

"하온데 선세자저하의 서신이 이 책에 남아 있다는 말씀이시옵니까?"

"그렇습니다. 이 불효막심한 아들이 아바마마의 유품을 오늘에서야 발견한 겁니다. 그토록 오래 들여다보고 들여다봤으면서도 아바마마의 억울함을 풀어드릴 단서를 이제야 찾아낸 겁니다, 대감."

"방금 단서라 하셨사옵니까? 선세자저하의 누명을 벗겨드릴 단서가 정녕 존재했단 말씀이옵니까? 망극하오나 저하, 소신 아둔하여 일의 정황을 파악하지 못하겠나이다. 미욱한 소신을 위해 어찌 된 영문인지 들려주시옵소서."

산은 저간의 일들을 설명하기 시작했다.

죽은 아비가 못 견디게 그리운 순간들이 있었다. 아비의 기일이 다가오면 할아비 몰래 아비가 묻힌 배봉산을 다녀올 때가 그러했고, 날카로운 발톱을 세우고 달려드는 정적들을 상대로 변변한 측근 하나 없이 고군분투할 때가 그러했다. 하지만 가슴이 사무치도록 아비가 그리운 순간은 따로 있었다. 할아비로부터 칭찬을 받을 때가 유독 그러했다.

산은 자신에게 얹어진 할아비의 기대와 희망을 누구보다 먼저 아비에게 자랑하고 칭찬받고 싶었다. 그러나 아비는 가고 없었다. 산은 먹먹한 가슴을 안고 홍서각으로 향했다.

자고로 우물 속에 들어앉아 올려다보는 하늘은 딱 우물만큼의 크기로 보이게 마련이었다. 하지만 나라의 안녕과 번영을 위해서 누구보다 넓은 견문을 지녀야 하는 것이 일국의 왕이요, 조정의 신하였다. 조선 밖에서 벌어지는 실정을 백성보다 먼저 파악하고 대비해야 할 이들도 그들이다. 역대의 선왕들이 중원으로 떠나는 사절단에 서학서를 들여오도록 명한 까닭이고, 그 서책들과 함께 유입된 천주학 교리서가 세자 전용 도서관인 홍서각에 비장된 것도 그래서였다. 그런데도 신료들 대부분은 천주학을 다룬 교리서에는 눈길도 주지 않았다.

이산은 달랐다. 천주라는 단어를 사용하여 가톨릭의 교리를 맨 처음 동방인에게 설명한 마테오 리치의 저서를 비롯하여 천주교에 관한 서적들을 읽기 시작했다. 그중에서도 《칠극》은 사도세자가 그리울 적마다 이산이 맨 먼저 찾아보던 서학서였다.

"그런데 놀랍게도 이 《칠극》에 아바마마의 서신이 있었습니다. 9년이란 세월 동안 굳건히 서두에 붙어 있던 겹지가 습기와 열기, 바람과 충해에 부식되면서 이렇게 풀기가 약해진 겁니다. 때마침 겹지가 벗겨지려는 찰나에 제가 발견한 것이 얼마나 다행인지 모르겠습니다. 아마도 아바마마께오서 저를 인도해주신 듯합니다."

"가히 하늘이 도우셨사옵니다. 감축드립니다, 저하."

채제공은 깊이 허리를 숙여 경하했다. 하지만 마음에 걸린 의구심 하나는 여전히 풀리지 않았다.

그리스도교는 저 먼바다 건너 수만 리나 떨어진 서방국 이스라엘 땅에서 처음으로 씨앗을 틔운 종교다. 그 옛날, 근 300년간이나 로마 제국으로부터 극심한 박해를 받은 이국의 종교가 또한 그리스도교다.

잔혹한 박해는 콘스탄티누스 1세가 국교로 공인하기 전까지 계속되었다.

유럽 안에서만 전교 활동을 펼치던 그리스도교가 먼 이국땅 동방에까지 전파된 것은 15세기 말엽부터 유럽을 뜨겁게 달군 신대륙 탐험의 열기에서 비롯되었다. 유럽의 교회들은 전지전능하신 하느님의 존재를 알지 못하는 신대륙의 원주민들에게 하느님의 말씀을 전하는 것이야말로 보편 교회를 추구하는 그리스도교의 진정한 의무라고 믿었다.

"나는 하늘과 땅의 모든 권한을 받았다. 그러므로 너희는 가서 모든 민족을 제자로 삼아, 아버지와 아들과 성령의 이름으로 세례를 주고, 내가 너희에게 명령한 모든 것을 가르쳐 지키게 하여라. 보라, 내가 세상 끝날까지 언제나 너희와 함께 있겠다."

죽은 지 사흘 만에 부활한 예수님이 그 제자들에게 부여하신 사명이다. 마태오 복음서에 기록된 이 명령을 수행하기 위해 유럽 교회들은 경쟁적으로 선교사들을 신세계로 파견했다. 이들 중 일부는 인도와 일본으로 떠났다. 이탈리아 출신의 예수회 신부 마테오 리치가 중국 땅을 향해 출발한 것도 그즈음의 일이라고 했다.

마테오 리치를 비롯한 예수회 선교사들이 그리스도교를 중국에 포교하기 위해서는 중국인들에게 생소한 '데우스'라는 단어보다는 쉽게 받아들일 수 있는 저들의 언어로 하느님을 표현할 필요성을 느꼈고,

그렇게 탄생한 것이 '천주'였다. 하느님은 천지 만물의 주인이라는 의미로 천주라고 한 것이었다.

상제의 개념을 보완하여 천주라는 단어를 정립한 마테오 리치는 이전부터 익혀둔 한어와 해박한 서양 과학지식을 동원하여 서양 학술서적의 한역에 착수했다. 그렇게 만들어진 한역 서학서가 중국 지식층에 보급되면서 천주교에 흥미를 느끼는 이들이 많아졌고, 그들의 반응에 고무된 예수회 선교사들은 서양 언어로 적힌 복음서를 한문으로 번역하거나 대륙의 글로 새로 집필하고 편찬하는 데 매진했다. 1773년에 예수회가 해산되기 전까지 400여 종에 달하는 한역 서학서가 출판된 배경이었다.

"하온데 선세자저하께서 서학을 가까이하셨다니… 소신은 금시초문입니다."

"이 몸은 오래전부터 알던 사실입니다."

"예? 어찌 말씀이옵니까?"

"그날의 일을 나는 똑똑히 기억하고 있습니다, 대감."

산은 서글픈 눈길로 경춘전을 응시했다. 아버지를 마지막으로 보았던 9년 전의 일이 스쳤다.

"임오년 윤5월. 그날 창경궁은 당장이라도 무슨 일이 터질 것처럼 살벌한 분위기가 감돌고 있었지요…."

사도세자가 기거하는 경춘전을 금군이 에워싸듯 지키는 가운데 그 앞을 지나가는 궁인들의 얼굴에는 내남없이 두려운 빛이 어렸다. 사도세자는 처소에 유폐되어 며칠째 답답한 시간을 보냈다.

아비를 찾아뵙겠다는 산의 간절한 청을 어미인 혜빈 홍씨가 외면했고, 궁인들이 만류했다. 지엄한 어명을 어겼다가는 더 큰 화를 초래할 수 있다는 것이 이유였다. 산이 그들의 저지를 따돌리고 사도세자의 처소에 숨어든 것은 어쩌면 영영 아비를 볼 수 없을지도 모른다는 직감 때문이었다.

"산아, 아비를 위해 네가 꼭 해줬으면 하는 일이 있다."

사도세자는 열한 살 어린 산을 보자마자 조막만 한 손에 서책 하나를 쥐어주었다.

"아버지와 너를 살릴 책이니라. 이 서책을 반드시 홍서각에 가져다 놓아야 한다. 너라면 금군도 의심하거나 제지하지 않을 게야. 허니 네가 아버지 대신 이것을 홍서각으로 가져다 놓으려무나. 그리 해줄 수 있겠느냐?"

절박한 물음 끝에 사도세자의 흐느낌이 따라 나왔다.

사도세자의 뺨에 흐르는 눈물을 닦아준 산은 결연히 일어섰다. 여전히 걱정스러운 얼굴로 어린 아들을 지켜보던 사도세자가 서책을 둘둘 말아 산의 흑룡포 소맷자락 속으로 밀어 넣었다.

"산아, 명심해야 한다. 이 책이 이곳에서 유출되었다는 사실을 아무도 모르게 해야 한다. 절대로 들켜서도, 누군가에게 발설해서도 안 돼. 아비의 말을 알아듣겠느냐…?"

"걱정 마시옵소서, 아바마마. 소자, 명심 또 명심하겠사옵니다!"

궁인들의 의심을 사지 않기 위해 엉엉 울면서 경춘전을 나선 산은 바람처럼 휘달려 무사히 서책을 홍서각에 가져다 두었다. 하지만 아비의 칭찬을 기대하며 되돌아간 사도세자의 침소는 텅 비어 있었다. 홍봉한의 제안으로 창경궁 휘령전 뜰에 뒤주가 놓이고, 사도세자가 그 뒤주에 갇히고 말았다.

"마지막 인사도 끝내 전할 수가 없었어요…."

"저하…."

누구 하나 사도세자의 무고를 아뢰러 나서지 않던 그날, 유일하게 아비를 살려달라고 울부짖던 어린 세손은 어느새 스무 살 준수한 청년으로 장성해 있었다. 사도세자를 쏙 빼닮아 훤칠하게 잘생긴 세손이 아비의 서신이 적힌 교리서를 가슴에 끌어안고 소리 죽여 울었다. 그런 세손의 모습이 안타깝고 가여워 채제공의 가슴이 먹먹해졌다.

"늘 궁금했습니다. 아바마마께오서 이 《칠극》을 그토록 홍서각에 돌려놓고자 하신 이유를요. 그런데 이제야 그 연유를 알 것 같습니다. 아바마마께서는 비밀서신을 누구에겐가 전하려 하셨던 겁니다."

"하오나 하필 왜 이 책에…?"

"조선은 성리학을 근간으로 세워진 나라입니다. 사대부에게 천주학은 불경하기 짝이 없는 삿된 학문이지요. 조선의 만백성이 하늘과 통하는 유일한 존재로 받들고 어버이로 섬기는 임금을 천주학이 부정하고 있을 뿐 아니라 조선의 왕보다 높은 자리에 올라 있는 이가 천주라고 주장하고 있으니까요."

"저하의 말씀대로입니다. 그 모든 것을 익히 알고 계셨을 선세자저하께서 서교의 교리서에 비밀서신을 남기신 까닭을 소신은 도무지 모르겠사옵니다."

"조정의 신료들이 혹세무민한 학문이라며 꺼리는 것이 서학이 아닙니까? 서학서를 찾는 신료들이 드문 이유이기도 하고요. 아바마마께오서 비밀스럽게 《칠극》에 서신을 남기신 까닭도 그래서일 겁니다."

“노론의 눈을 피하고자 하셨다는 말씀이시옵니까?”

“그렇습니다. 번암께서 아바마마의 서신을 직접 읽어보시지요. 대감께서 확인해주셔야 할 것이 있습니다.”

산은 《칠극》을 채제공 쪽으로 밀어주면서 책갈피 사이에 꽂아놓은 갈피표를 가리켰다.

“비밀서신이 있는 부분입니다. 열어보시지요.”

“…….”

긴장으로 마른 침을 목울대로 넘긴 채제공은 갈피표가 꽂힌 지점의 책장을 열어젖혔다. 순간, 무거운 책장의 무게로 인해 납작 눌려 있던 겹지의 모서리가 파르르 경련하더니 호접의 주둥이 관처럼 또르르 말려 올라가기 시작했다. 책장의 사주四周를 둘러싼 광곽 중에서도 상단에 그어진 검은 선 바로 위, 책머리에서였다.

“오, 이럴 수가…!”

엄지손가락만 한 넓이의 겹지가 떨어져 나간 지점을 내려다보던 채제공의 두 눈이 휘둥그레졌다. 여느 서책이라면 아무런 글자도 적혀 있지 않을 위쪽 여백에 깨알 같은 글씨가 가득 적혔다. 그 끝의 두 글자가 채제공의 눈길을 잡아챘다.

“굳셀 의毅, 재계할 재齋. 이건 사도세자저하께오서 생전에 사용하신 아호가 아니옵니까?”

묻는 채제공의 목소리가 감격과 흥분으로 높아졌다.

“맞습니다. 번암께서 아바마마의 필체를 누구보다 잘 알고 계시니 자세히 봐주십시오.”

채제공은 촛불 가까이 자리를 옮겼다.

"어, 어찌 이런 일이…!"

서두를 빠르게 읽어 내려가는 채제공의 눈동자가 놀라움으로 점점 더 벌어졌다. 이윽고 서신의 말미에 적힌 임오년 윤5월 14일이라는 날짜를 확인한 채제공은 끝내 눈물을 참지 못하고 오열했다. 사도세자가 뒤주에 갇힌 바로 그날이었다.

"…굵기나 크기의 변함이 적은 것 하며, 힘 있는 글자 하며, 오른쪽 어깨가 위쪽으로 비스듬히 올라가 있는 것이 일찍이 소신이 보아온 선세자저하의 그것과 일치합니다."

흐르는 눈물을 손등으로 닦아내며 읽기를 마친 채제공이 《칠극》을 내려놓으며 말했다.

"오!"

이산이 탄성을 터트렸다. 하지만 채제공은 마냥 기뻐할 수만은 없었다. 비밀서신에 적힌 엄청난 내용 때문이었다.

노론이 수라간의 나인들을 매수하여 광증을 유발하는 음식을 동궁전으로 들여보내고 있다는 사실을 알게 된 이후로 사도세자가 기록하기 시작한 비밀 서록이라고 했다. 그 일에 관련된 수라간의 나인들과 정적의 수뇌부가 누구인지 사도세자는 은밀히 조사하여 기록해놓았다고도 했다. 사도세자가 부러 광인 행세를 한 것도 정적들의 의심에서 벗어나기 위해서였다던가. 더군다나 서록에는 부왕 몰래 관서 행을 택할 수밖에 없는 절박한 사정도 담겨 있는 모양이었다. 사도세자는 부왕이 서록을 읽는 순간 자신을 둘러싼 모든 의심이 풀릴 것이라고도 확신했다.

문제는 그다음이었다.

조정의 젊은 몇몇 관료들이 '천주회'를 결성했다. 그들은 만인에게 공평한 천주교를 백성들에게 널리 퍼뜨려 조선의 새로운 앞날을 도모할 작정이었다. 천주교는 신분과 지위, 학식과 남녀노소를 가리지 않고 누구에게나 공평하게 열린 새로운 세상이었다. 그리고 재능과 인격을 중시했다. 비록 천출일지라도 능력과 덕망이 있으면 그것만으로도 크게 쓰였다. 유교의 독선적인 신분 사회에 염증을 느낀 그들은 천주교를 통해 새로운 조선을 만들고자 했다.

놀랍게도 천주회와 교류해온 사도세자는 예원에게 비밀 서록을 맡겼다. 《칠극》에 남긴 서신은 사도세자가 예원에게 내린 밀명이었다. 그 서신을 읽는 즉시 서록을 임금께 전하라는 것이다. 채제공이 두려움으로 신음을 흘렸다.

"세자저하께서 천주회와 어울렸다는 사실이 외부에 알려지면 한바탕 피바람이 불어닥칠 것이옵니다. 부디 이 서신에 대해 함구하시옵소서."

"그럴 수는 없습니다."

"저하…."

"아바마마께서 《칠극》에 붙여놓으신 겹지를 맨 처음 발견한 것이 바로 접니다. 그 말은 곧, 아바마마의 서록을 지닌 예원이 이 서신을 읽지 못했다는 얘기가 되지요. 또 아바마마의 서록을 아직도 예원이 보관하고 있다는 말도 됩니다."

"그렇기는 하겠사오나…."

"아바마마의 억울함을 풀어드리기 위해서라도 예원을 꼭 찾아내야 합니다. 별호로 보아 예원은 사팔뜨기가 분명합니다."

"하오나 무슨 수로…."

《칠극》의 겉장을 한 차례 쓰다듬은 이산이 잠시 끊었던 말을 이었다.

"대감께서도 아시다시피 서학에 우호적이던 이가 바로 성호 선생입니다."

성호는 실학의 대가인 이익의 호다. 조선에 유입된 서학서를 통해 서양의 발전상을 접하게 된 이익은 중국보다 몇 걸음 앞서 있는 서양을 세계의 중심으로 이해했다. 특히 과학과 수학, 천문과 역법, 기하학 등을 다룬 서학서를 읽고 이익은 무릎을 쳤다. 천문을 관측하고, 기기를 제조하고, 산수 등을 헤아리는 서양의 과학기술이 중국보다 월등하다고 본 이익은 거기에 실린 내용을 조선의 실정에 맞도록 적용한다면 조선의 경제가 이전보다 한층 윤택해지고 백성이 고루 행복해질 것이라고 믿으며 제자들을 계몽하고 나섰다.

서양의 신문화를 적극적으로 수용하는 길만이 더 나은 조선을 위한 길이라고 여긴 선각자들은 이익의 문하생이 되어 성호학파를 형성했다.

"그런데 성호께서 한때 천주설 때문에 곤욕을 치른 적이 있다고 들었습니다."

이산의 말에 채제공이 고개를 끄덕였다. 이익은 한때 천주교에 관심을 보였다. 동양의 그것과는 분명 추구하는 바가 다르지만, 동방의 성학聖學만큼이나 중요한 가치를 지닌 학문이 천주학이라고 판단했다. 그 천주교학부에 실린 내용이 유교와 뜻을 달리한다는 이유로 무조건 배척할 것이 아니라 장점을 취하여 유교의 빈 구멍을 메워야 한다고도 주장했다. 이익은 천주설을 긍정적으로 받아들여 제자들에게도 전했다.

하지만 신후담과 안정복 등은 스승의 천주설 동조를 극렬히 공격했다. 이익을 못마땅하게 여긴 다른 이들은 오죽했으랴. 결국, 이익은 말을 뒤집어 천주설을 믿지 않는다고 선언하고 말았다.

"그 뒤로 성호학파 내에서 천주설의 논의는 중단된 것으로 아옵니다."

채제공이었다.

"스승이 공격을 당하자 내놓고 동조하지는 못하고 은밀히 따른 제자들이 있었는지도 모르지요. 천주회는 그런 제자들이 결성했을 것입니다. 그러니 성호학파를 조사하면 천주회의 정체가 분명해질 겁니다. 번암께서 이 일을 맡아주세요."

"꼭 그리하셔야겠사옵니까?"

채제공의 음성에 두려움과 망설임의 기색이 역력했다.

"예. 그러니 번암께서 저를 좀 도와주세요."

한동안 말이 없던 채제공이 탄식하듯 긴 한숨을 내쉰 뒤 고개를 끄덕였다.

"그리하겠나이다."

"정체가 드러나는 것을 우려하여 예원이 다른 아호를 사용하고 있을지도 모릅니다. 허나 생김마저 바꿀 수는 없는 법이지요. 성호 선생의 제자들을 만나보시되 사팔뜨기가 있었는지 알아보세요. 특히 아바마마 생존 당시의 춘방春坊(세자시강원) 남인 요속들을 캐물어야 할 것입니다."

"그리하겠나이다."

"아바마마의 서록을 손에 넣기 전까지 이 사실을 아무도 알아서는 아니 됩니다. 우리 쪽에서 예원의 행방을 쫓고 있다는 사실 또한 절대로 저들의 귀에 들어가서는 안 됩니다."

하지만 이미 집무실 안에서 새어 나오는 소리를 몰래 주워 담는 귀가 있었다. 당나귀 귀를 가진 동궁전 내시였다.

'사도세자의 서록이라니… 퇴궐했던 번암 대감이 다시 입궁할 때부터 이상하다 했는데 그런 엄청난 일이 있었구먼.'

진작부터 동궁전 그늘에 숨어 있던 내시가 의미심장한 미소를 흘리며 중얼댔다. 정순왕후가 깊이 신임하여 친히 동궁전에 박아놓은 내시는 십 리 밖의 소리까지 놓치지 않는 특출한 청력을 타고난 자였다.

'가, 가만… 내가 이렇게 놀라고만 있을 때가 아니지! 얼른 이 소식을 그분께 전해야 해!'

살금살금 전각을 벗어난 내시는 눈송이가 흩날리는 뜰로 내려서기 무섭게 어둠 속으로 쏜살같이 내달렸다.

● ● ●

"감히 내게 거짓을 고하다니! 이러고도 살기를 바라신단 말입니까!"

북촌 외진 곳 안가의 눈 쌓인 기왓장이 대로한 정순왕후의 호통으로 들썩거렸다. 동궁전의 내시가 그녀의 처소를 은밀히 다녀가고 한 식경이 지나서였다.

"입들이 있으면 어디 말을 해보세요! 그 내시 놈이 잘못 들은 것이라고 발뺌이라도 해보시란 말입니다!"

"……."

정순왕후의 매서운 질타에 누구도 감히 입을 열지 못했다.

서록과 관련이 있을 법한 사도세자의 측근들을 비밀리에 잡아들여 잔인하게 고문했지만, 서록의 '서'자조차 들었다는 이가 없었다. 서록을 보았다고 처음으로 발고한 동궁전의 내시감조차 계속되는 추궁에 겁을 먹고 자진해버렸다. 어디에서도 찾을 길 없고, 누구도 들은 적이 없다던 서록이 아니던가. 그 뒤로 서록 사건은 잊혔다. 그런데 9년이 지난 지금, 없다던 서록이 다시 튀어나온 것이다. 대체 예원이란 자가 누구란 말인가. 좌중은 좌불안석이다.

"죽여주시옵소서, 마마!"

"죽여주시옵소서!"

서로 눈치를 살피던 측근들이 누가 먼저랄 것도 없이 납작 부복하며 외쳤다.

"암요, 죽음으로 죄를 물어도 시원치 않지요."

정순왕후는 꿇어 엎드린 측근들을 싸늘하게 노려봤다. 착잡한 표정으로 앉아 있던 사내가 조용히 끼어들었다.

"마마, 지금은 죄를 묻기보다는 이 사태를 어찌 수습할지 생각을 모아야 할 때입니다."

아비인 김한구와 합세해 사도세자 탄핵에 앞장선 정순왕후의 오라비 김귀주다.

"지금 이 상황에 대책이랄 게 따로 있겠습니까? 막아야지요. 우리가 먼저 그 물건을 가져와야 한단 말입니다."

"알겠사옵니다, 마마. 날이 밝는 즉시 번암에게 사람을 붙이지요."

"그것은 하수들이나 쓰는 방법이 아니옵니까?"

모두의 시선이 소리가 난 쪽으로 돌아갔다. 살바람이 새어 들어오는 문 쪽의 구석진 자리에 앉아 있던 까만 피부의 사내가 좌중을 향해 가볍게 목례를 올렸다. 통렬한 언론을 펴서 삼사의 요직을 두루 거치고, 사간원에 재직 중인 박철오였다. 벽파의 촉망받는 인재로 급부상한 박철오를 아끼다 못해 이곳 안가의 내밀한 회의에까지 데려온 김귀주가 미소를 지으며 물었다.

"다른 비책이라도 있다는 말인가?"

"어떤 행동도 취하지 말고 가만히 지켜보는 것입니다."

"그걸 지금 비책이라고 내놓는 것인가?"

"쯧쯧. 저 사람이 사태의 심각성을 모르는 모양이구먼."

기대에 찬 눈빛으로 박철오를 응시하던 좌중은 미간을 찡그리며 웅성거렸다.

"공연히 번암의 뒤를 캐어 일을 더 복잡하게 만들 필요는 없다고 사료되어 드리는 말씀이옵니다."

좌중의 날선 질책에도 박철오는 태연했다. 정순왕후의 붉은 입술에 재미있다는 미소가 걸렸다. 말석의 애송이가 노회한 대신들을 하수 대하듯 하니, 흥미로웠다.

"상세히 말해보게."

정순왕후의 명이 떨어졌다.

"번암은 남인의 영수입니다. 서학에 골몰한 이들 역시 대부분 남인이지요. 서록이 세상에 드러나면 피를 보는 것은 우리 노론이지 남인이 아닙니다. 노론이 사도세자를 죽이려고 했다는 사실이 서록에 적혔으니, 남인으로서는 노론을 밀어낼 명분이 생깁니다."

"그래서?"

"십목소시언비천리十目所視言飛千里라 했습니다. 세상에 비밀은 없고, 숨기고 싶은 비밀일수록 빨리 퍼져나가는 법입니다. 우리가 저들의 뒤를 캐고 있다는 사실도 결국은 드러나고 말 겁니다."

"사설은 그만하면 됐고, 하고 싶은 말이 뭔가?"

성미 급한 김귀주가 재촉했다.

"세손저하께서 미행을 나가실 때까지 기다리시옵소서."

"번암이 아니라 세손을 주목하라, 그 말인가?"

정순왕후였다.

"그렇사옵니다. 세손저하는 스스로 살고자 일부러 의심증을 키우고 계신 분입니다. 돌다리를 두들겨보고 건너는 정도가 아니라 아예 돌을 들어 이것이 진짜 돌인지 몸소 만져보시는 분이지요. 그런 저하의 성정을 이편에서 역으로 이용하면 됩니다."

"어찌 말인가?"

"번암의 보고라도 저하께서 친히 확인하셔야 믿으실 게 뻔합니다. 예원의 행방을 알고 있는 자가 나타나면 더더욱 그러하시겠지요. 하오니 저하께오서 잠행을 나가시는 그때, 귀가 밝고 발이 빠른 자를 미행에 붙이십시오. 그리고 날랜 말과 비호같은 무사들을 준비해두셨다가 정보가 닿는 즉시 급파하셔야 합니다."

"세손을 앞질러 예원을 잡아야 한다는 말이로군."

박철오에게 가 있던 정순왕후의 눈길이 좌중을 향해 천천히 돌아갔다.

"하나도 버릴 게 없는 의견입니다. 따로 명이 있을 때까지 대감들께선 섣불리 나서지 마세요."

좌중이 일제히 머리를 조아렸다.

"또 하나, 세손이 서록에 매달린 동안 대감들께서 해주셔야 할 일이 있습니다."

자못 긴장한 사내들이 다음 명을 숨죽여 기다렸다.

"수라간에 남아 있는 임오년의 기록을 살펴보세요."

"그 점은 크게 심려치 않으셔도 되옵니다, 마마. 그 일에 가담한 나인들은 오래전에 모조리 명줄을 끊어놓았고, 증거가 될 만한 것들 또한 하나도 남아 있질 않사옵니다."

김귀주였다.

"조심해서 나쁠 건 없습니다. 당시 동궁전으로 들어간 식재료부터 조리법까지 다시 한번 살펴보고 조금이라도 의심쩍은 것이 있으면 깨끗이 고쳐놔야 합니다."

어느덧 밝아온 새벽빛이 안가의 분합문을 파랗게 물들였다. 정순왕후가 찬바람을 일으키며 일어섰다.

"살펴 가시옵소서."

방문을 나서는 정순왕후에게 측근들이 일제히 머리를 숙였다. 문턱을 넘어선 정순왕후가 문득 멈춰 서서 뒤돌아보며 쏘아붙였다.

"실수는 한 번으로 족합니다."

● ● ●

그 시각, 예원은 놀란 숨을 헉 들이마셨다. 처소의 뒷마당 한쪽에 비밀스럽게 자리한 두어 평 남짓한 땅속 화실 안에서였다.

"어찌하여 허락도 없이 들어온 게야? 썩 올라가지 못할까!"

어지럽게 늘어놓은 그림들을 허둥지둥 거둬들이며 예원은 기겁하여 소리쳤다. 정신을 집중하여 색칠하고 그림을 완성하던 중이었다.

"와아! 멋지다! 와아!"

신기한 장면이 그려진 커다란 종이들이 벽지처럼 붙은 사방의 벽을 둘러보며 완숙은 감탄사를 연발했다. 거대한 십자가를 등에 지고 가파른 언덕길을 올라가고 있는 깡마른 사내의 뒷모습, 푸른 초원에서 풀을 뜯고 있는 양 떼, 하늘을 가득 메운 뭉게구름을 뚫고 내려온 신비로운 빛이 흰 포말을 일으키는 붉은 바다 위로 쏟아져 내리는 풍경, 백설처럼 흰 피부에 곱슬곱슬한 갈색 머리를 지닌 갓난아기가 어머니로 보이는 젊은 여인의 품에 안겨 귀엽게 웃고 있는 모습…. 그림 속 사람들은 하나같이 낯설었다.

"나리, 이게 다 뭐예요? 이런 그림은 처음 봐요!"

땅 위에서 화실로 통하는 나무계단을 딛고 내려서는 순간부터 휘둥그레진 눈으로 사방을 둘러보던 완숙이 해맑은 목소리로 물었다.

"이, 이런 낭패가 있나!"

예원은 들고 있던 붓을 내팽개치듯 던지고 화실 입구에 서 있는 완숙의 양어깨를 아프게 그러쥐었다.

"언제부터 거기 있었던 게냐? 이곳은 어찌 알아낸 게야?"

지난여름 처소에 짐을 푼 뒤로 집안을 자세히 살피던 중 지하창고를 발견했다. 먼저 살던 이들이 곡식을 저장할 요량으로 파놓은 것인지는 알 수 없었으나 무릎을 쳤었다. 오랫동안 계획해온 그림을 마음껏 그릴 수 있는 은밀한 공간, 그 물건을 안전하게 보관할 장소를 드디어 찾았기 때문이었다. 그런데….

"이곳을 어찌 알았느냐고 묻질 않느냐?"

"저, 저는 그냥… 어저께 글방을 빼먹어서 못한 공부를 나리께 배우려고 들른 건데요. 나리가 방에 안 계셔서 혹 뒷간에 가셨나 하고 뒤곁에 와봤다가 여기서 불빛이 새어 나오는 걸 보고…."

완숙이 그를 찾아와 글을 가르쳐달라고 간청한 것은 이벽이 포천현으로 떠난 이튿날의 일이었다. 예원은 완숙처럼 글공부를 원하는 아이들이 있으면 그의 집으로 불러들여《천자문》을 가르쳤다.

완숙은 군계일학이었다. 또랑또랑한 생김새만큼이나 글을 익히는 속도가 빠르더니 열흘 만에《천자문》을 떼어 예원을 놀라게 했고,《소학》 공부를 하기 전에 배우는《동몽선습》도 단박에 끝냈다. 하나를 가르치면 열을 깨쳤다. 어미의 일을 돕느라 간혹 결석할라치면 때를 가리지 않고 글방에 들러 빼먹은 내용을 배우고 가야 직성이 풀리는 아이였다. 완숙의 남다른 열정이 기특하여 예원은 귀찮아하는 법 없이 가르침을 베풀고는 했다. 하지만 비밀 화실을 완숙에게 들키고 만 터라 제정신이 아니었다.

"너 말고 누가 또 알고 있느냐?"

"저 말고는 아무도…."

"정말이냐?"

"예, 나리. 다른 애들이 저보다 먼저 알고 있었다면 제가 여태껏 몰랐을 리가 없어요."

완숙의 어깨를 움켜쥐고 있던 예원의 손에서 스르르 힘이 빠져나갔다.

"보다시피 이곳은 내가 그림을 그리는 방이란다. 어떤 방해도 받고 싶지 않아서 아무에게도 알리지 않은 비밀공간인 셈이야. 그러니 내가 마음 편히 그림을 그릴 수 있도록 아무한테도 말하지 말아다오."

"걱정하지 마세요, 나리."

저만 믿어달라는 듯이 완숙은 손바닥으로 가슴을 기운차게 팡팡 쳤다.

"고맙구나."

"근데요, 나리…."

완숙은 예원의 사시 눈을 배시시 웃으며 올려다봤다.

"이왕 이렇게 된 거, 처음이자 마지막으로 그림 구경을 하고 싶어요. 허락해주세요, 예?"

예원의 물감 묻은 손을 잡고서 완숙은 사정했다. 예원의 불안한 눈길이 화실 안쪽의 벽을 힐끗거렸다. 화선지를 자르지 않고 전지 상태로 벽에 붙여놓은 채 그림을 채워 넣은 삼면의 벽과 달리, 예원의 사시 눈이 향한 안쪽 벽면에는 족자 하나가 오롯이 걸려 있었다. 한때 중국에서 머문 적이 있던 예원이 당시에 어렵게 구했던 성화聖畵였다. 그날 이후로 예원은 그가 어디에 있든, 어디를 가든 족자 성화를 반드시 지니고 다녔다.

언제부터 자신이 성화의 매력에 흠뻑 빠졌는지 예원은 기억나지 않았다. 그러나 한 가지는 확실히 알고 있었다. 완숙의 굳은 맹세가 있었으나 화실은 이제 안전한 곳이 아니라는 점이었다. 언제 어느 때 또 다른 눈에게 발각될지 알 수 없었다. 추후에 생길지도 모를 불행을 막기 위해서라도 가능한 한 빨리 화실로 통하는 출입구를 엄폐시켜놓아야 한다고 예원은 생각했다.

"이 신새벽에 내 집에 온 걸 보면 어제 빼먹은 수업을 보충하고 싶어서인 듯한데… 먼저 올라가 있거라. 내 곧 따라갈 것이니."

"오래 안 걸려요! 언제 또 이런 그림 볼 수 있을지 모른단 말예요. 제발요, 나으리. 예?"

예원은 하는 수 없다는 듯이 짧은 한숨을 내쉰 뒤 고개를 끄덕였다.

"대신 잠시만이다. 화구 정리가 끝나는 대로 곧 나갈 것이니 서둘러야 할 것이야."

"감사합니다! 감사합니다, 나으리!"

거듭 허리를 굽혀 인사를 올린 완숙은 천천히 벽을 따라 움직였다.

"와아… 대단하다… 진짜 잘 그리셨어요. 이런 그림은 뭐라고 불러요?"

"성화라고 한단다."

마지못해 대답하면서도 예원은 힐끗힐끗 완숙의 움직임을 살폈다.

"그렇구나. 이런 걸 성화라고 하는구나…."

처음 듣는 단어가 완숙의 뇌리에 선명하게 각인되었다. 크고 검은 눈을 휘둥그레 뜨고 그림을 하나하나 자세히 훑고 지나던 완숙은 문득 발을 멈췄다. 화실의 가장 안쪽, 족자 근처에서였다.

"희한하네…."

완숙은 감히 가까이 다가설 엄두를 내지 못하고 그 자리에 선 채 족자를 태워버릴 듯 뚫어지게 건너다봤다.

푸른 물이 흐르는 갯가에 이상하게 생긴 사내가 서 있었다. 광배가 어린 사내의 머리 위에서 흰 비둘기가 날아오르고 있었다. 하늘에 그려진 손 하나가 손가락을 아래로 한 채 뻗어있기도 했다. 그 손에서 내려온 빛줄기가 비둘기와 사내를 관통하고 있었다.

벽에서 얼마간 떨어져 성화를 쳐다보던 완숙은 좀 더 자세히 보고 싶어서 좀 더 가까이 다가갔다. 그런 완숙을 따라붙는 눈길이 있었다. 붓을 빨고 안료가 묻은 사기접시를 챙기느라 분주히 양손을 놀리면서도 예원은 완숙을 예의주시하는 것을 잊지 않았다.

"후우…."

예원은 긴장된 숨을 가만히 내쉬었다. 완숙이 벽 앞으로 다가갈수록 예원의 심장박동이 불안으로 점점 빨라졌다.

"엇!"

외마디 소리와 함께 완숙의 상체가 앞으로 기울어진 것은 그때였다.

"헉!"

예원은 벌떡 일어섰다. 불길한 예감이 그를 후려쳤다. 그토록 우려했던 사단이 기어이 벌어지리라는 예감이었다. 아니나 다를까.

"이게 뭐지?"

무언가 버선코에 걸리며 고꾸라질 뻔한 완숙은 가까스로 중심을 잡고 발밑을 내려다봤다. 바닥에 깔아놓은 거적 위로 방문 손잡이를 닮은 둥근 쇠고리가 삐죽 도드라진 것이 눈에 들어왔다.

"그 손 치우지 못할까!"

쇠고리를 잡아당기려고 팔을 뻗던 완숙은 쾨당 엉덩방아를 찧었다. 예원이 벼락같은 고함을 지르며 쏜살같이 달려와 완숙을 힘껏 밀어젖힌 것이었다.

"나, 나리…."

완숙은 어리둥절한 눈길로 예원을 올려다봤다.

이벽

죽엽산 골 깊은 산자락 안쪽의 내동은 한파로 얼어붙었다. 냉기가 감도는 서고에서 이벽은 책에 코를 박고 있었다.

“아이고, 도련님. 이제 그만 가십시다요. 장군님께서 아까부터 기다리고 계신다고 말씀드리질 않았습니까요.”

노복의 목소리가 줄기차게 서고 안으로 날아들었다.

“읽을 책이 산더미라고 하질 않았느냐? 나는 가지 않을 것이야. 그러니 그만 돌아가거라.”

“도련님! 제발 쇤네 좀 살려주십쇼!”

“정 난처하면 내가 이 집에 없는 걸로 해 두거라. 잠깐 한눈판 사이에 어느새 사라졌다고 말씀드려. 그리하면 아버님께서도 더 이상 날 찾지 않으실 게야.”

“어이구, 내가 미쳐! 복장이 터져서 내 명에 못 살지!”

가슴을 퍽퍽 쳐댄 노복이 무어라 구시렁대면서 멀어져갔다. 이벽은 다시금 서학서로 눈길을 돌렸다. 종이 색이 누렇게 변하고 끝부분이 닳아 너덜대는 《천주실의》였다.

이벽의 고조부 이경상은 소현세자의 스승이었다. 소현세자를 따라 청나라로 건너간 이경상은 8년간의 타국 생활을 접고 귀국하던 해에 《천주실의》를 비롯한 여러 권의 서학서를 조선으로 반입했다. 본디 상하로 나뉘어 전해지던 것을 하나로 묶어놓아 제법 두툼한 《천주실의》는 그 뒤로 긴 세월 동안 집안의 가보로 내려오고 있었다.

어릴 적부터 유난히 책을 좋아하여 닥치는 대로 서고의 서책들을 탐독했던 이벽이지만, 《천주실의》는 그저 호기심 차원에서 들춰봤을 뿐이었다. 그러나 예원을 만난 이후로 이벽은 달라졌다. 스승은 천주교에서 조선이 나아갈 길을 찾고 있었다. 그리고 제자가 그 일에 함께 하기를 바랐다.

그러나 이벽이 틈만 나면 《천주실의》를 읽고 또 읽는 까닭은 정작 다른 곳에 있었다. 자신의 기도를 들어줄 존재가 얼마큼의 능력을 지닌 대단한 신인지 먼저 확실히 알고 싶었다. 이벽은 좀처럼 확신이 서질 않았다. 스승은 의심 없이 얻어지는 진리는 없노라고 했다. 어쩌면 그 의심의 답을 《천주실의》에서 찾을 수 있을 것이라고도 스승은 덧붙였다. 오늘도 어김없이 서고로 발길을 한 연유였다.

"……."

이벽은 착잡한 표정이 되어 말없이 책표지를 쳐다보았다. 겉표지의 중앙에 희미하게 남아 있는 오래된 핏자국이 이벽의 시선을 끌어당겼다. 말라붙은 피 얼룩은 인간의 형상을 닮은 듯도 했다.

이벽은 핏자국을 한참 동안 응시했다. 뿌리를 알 수 없는 열기가 별안간 이벽을 강타했다.

"헉!"

자기도 모르게 비명을 흘렸다. 불에 덴 듯 정수리에서 시작된 열기가 삽시간에 전신으로 퍼져나갔다. 식은땀이 비 오듯 쏟아지는가 싶더니 걷잡을 수 없이 전신에 경련이 일었다.

책 표지에 흐릿하게 번져 있던 핏자국이 누군가 방금 흘린 선혈처럼 선명한 붉은빛을 띠더니 갑자기 어느 한 지점을 향해 급속도로 몰려들었다.

머리칼이 쭈뼛 섰다. 《천주실의》 겉장에 응집되어 있던 핏물이 꿈틀거리더니 십자가 모양으로 변해갔다. 혹여 잠시 헛것이 보였는가 싶어 이벽은 눈을 질끈 감았다가 떴다. 십자가 형상의 핏자국에서 품어져 나온 빛이 《천주실의》를 감싸더니 공중으로 두웅 떠오른 것은 그 순간이었다.

"헉!"

의자를 박차고 일어선 이벽이 서고의 구석을 향해 도망치듯 뛰었다. 하지만 그는 의자에서 일어섰던 그 자리 그 지점에 붙박였다. 이윽고 그를 둘러싼 주변의 모든 것들이 하나씩 형체를 잃어갔다. 《천주실의》를 떠받치고 있던 책상도, 마룻바닥도, 서책들이 빽빽하게 꽂혀 있던 선반들도 점차로 윤곽이 희미해지는가 싶더니 끝내 형체가 사라져버렸다. 얼마나 지났을까.

농무가 낀 것처럼 뿌연 사위 한가운데, 태양처럼 공중에 떠서 빛을 발하며 자신을 내려다보는 《천주실의》를 이벽은 두려운 눈길로 올려다봤다. 이벽은 두려움에 서고의 문을 향해 뒷걸음쳤다. 그 순간 《천주실의》를 감싸고 있던 빛의 덩어리가 파앗 소리를 내며 갈라지면서 헤아릴 수 없이 많은 활자가 그 빛줄기들과 함께 사방으로 튀어나왔다.

일제히 책장을 박차고 솟구친 활자들이 파닥파닥 소리를 내며 허공을 날아다녔다. 꿈인가 싶었지만, 모든 것이 너무나 생생했다. 무술 훈련이 한창인 수련장에서 아비와 형제들이 우렁차게 질러대는 기합 소리가 여전히 들렸다.

그 소리에 섞여 어디선가 아름다운 음악이 들려오더니 저도 모르게 마음이 편안해졌다. 다음 순간 흡사 나비 떼처럼 날아다니던 활자들이 거짓말처럼 움직임을 딱 멈추고 문장을 만들어냈다.

天主矜宥生靈천주긍유생령 必有開匡正之日필유개효광정지일

눈에 익은 글귀였다. 그러나 마테오 리치가 《천주실의》 서문에 썼던 글이라는 데까지는 미처 생각이 미치지 못했다.

"천주께서 인간들을 불쌍히 여기시고 용서하시어… 그 잘못을 바로잡아 주실 날이 반드시 있으리라."

허공에 멈춰 있던 글자들이 다시금 뒤섞이더니 또 다른 문장을 만들어냈다.

故態不辭今世苦勞고태불사금세고노 顯揚天主之教 家傳人誦현양천주지교 가전인송

"이승에서의 고생과 수고로움을 마다하지 말고, 천주의 높고 큰 공덕과 가르침을 집집이 전하고 읽게 하라."

저 글귀들은 이곳이 아닌 다른 곳에 계신 분이 자신에게 내리는 소

임이라는 생각이 스쳤다.

"소임을 기필코 잊지 않겠나이다!"

안개가 자욱한 바닥에 이마를 조아리며 납작 부복한 이벽이 떨리는 목소리로 외쳤다. 그러자 찬란한 빛을 발하며 허공에 떠 있던 글자들이 일제히 돌진하더니 이벽을 휘감았다. 그 순간 글자가 아닌 소리로 이루어진 마지막 계시가 이벽의 귓가에 들려왔다. 온몸이 뜨거운 열기에 휩싸인 채 이벽은 새하얗게 질린 얼굴로 푹 그 자리에 쓰러졌다.

• • •

정신이 들었을 때 맨 처음 눈에 들어온 것은 맞은편 서고에 빽빽이 꽂힌 서책들이다. 아무 일도 없었다는 듯 《천주실의》도 책장이 덮인 그대로 책상에 놓여 있다. 그 자신 또한 들창 밑의 책상 의자에 똑바로 앉아있다.

"……."

한동안 서고 안을 휘둘러보던 이벽은 《천주실의》를 챙겨 들고 문을 나서 댓바람이 차가운 툇마루에 주저앉아 《천주실의》의 책장을 열었다.

"첫 문장은 여기였어. 이마두께서 적은 이 서문… 그리고 두 번째 계시는 여기와 여기에 적힌 것들이고…."

책장을 뒤적이다 말고 이벽은 마지막 계시가 떠올라 부르르 떨었다.

"왜 그리 두려운 계시를 내리신 걸까…. 하필 왜 내게…."

연무장으로 통하는 후원의 계단을 정신없이 뛰어 내려오는 소리가 들려온 것은 그때였다.

“도련님! 벽이 도련님! 장군님께서 속히 오시랍니다!”

종복이 울상이 되어 뛰어오며 외쳤다. 천천히 고개를 들어 종복을 건너다본 이벽이 바위 같은 한숨을 쉬며 풀죽은 목소리로 말했다.

“나는 지금 외출하고 없는 몸이라 이르질 않았느냐….”

“말도 마십쇼. 시키신 대로 아뢰었다가 쇤네만 경을 칠 뻔했습니다요. 도련님이 서고에 계신 걸 누가 일러바쳤는지 진즉부터 알고 계시더란 말입니다. 장군님께서 노발대발하고 계시니 더 큰 꾸중을 듣기 전에 얼른 가셔서 무조건 잘못했다고 비세요.”

그러고도 얼마간 이벽은 꿈쩍도 하지 않았다.

“지체할 시간이 없습니다, 도련님. 당장 뫼셔 오지 않으면 소인의 목을 치겠다고 하셨단 말입니다요. 소인을 살려주시는 셈치고 서둘러 주십시오. 자, 어서 신을 신으세요, 도련님.”

섬돌에 무릎을 굽히고 앉은 종복이 이벽의 흑화를 들어 올리며 사정했다.

“후우….”

탄식 같은 한숨을 내쉰 이벽이 경장 앞섶으로 《천주실의》를 밀어 넣었다. 그리고는 무거운 걸음을 놀려 연무장으로 향했다.

“게 꿇어라.”

연무장으로 들어서는 이벽을 무섭게 노려보던 융복 차림의 이부만이 손에 들린 검 끝으로 이벽을 겨누며 명했다.

“아버님….”

난감해진 이벽은 주위를 살폈다. 연무장 곳곳에서 병사들의 무술 수련이 한창이었다. 그들 가운데 이벽의 맏형인 이격과 손아래 아우인 이석의 모습이 보였다. 두 형제는 병사들과 더불어 검술 연습에 여념이 없었다.

"아랫것들이 보는 앞에서 무릎을 꿇자니 수치스럽기라도 한 것이냐? 부끄러움을 아는 놈의 행동거지가 어찌 그 모양인 게야?"

"송구합니다, 아버님."

이벽이 고개를 숙였다.

"우리 가문이 어떤 가문인지 잊은 것이냐?"

이부만은 노기 띤 눈으로 이벽을 쏘아보며 물었다.

"그럴 리가 있겠습니까?"

"허면 네 입으로 말해보아라. 우리 집안이 어떤 집안이냐?"

"고려의 문관으로 널리 이름을 떨친 익조 이제현의 후손으로, 증조부 대에서 무반으로 관직을 바꾸신 뒤로 대대로 무반을 역임하고 있습니다. 또 아버님께서는 종2품의 동지중추부사를 지내셨고, 형님도 장수의 벼슬에 올랐으며, 석이는 무예와 강서講書에 능통하여 무과의 급제는 따 놓은 당상이라는 말을 듣는 재목입니다."

"그런데 어찌하여 너만 그 모양인 게냐?"

둘째 아들 이벽은 열 살이 되기도 전에 경서를 통달하여 신동 소리를 들었다. 이렇듯 영특하니 무관이 싫다면 문관으로 이름을 떨치면 그만이라고 이부만은 마음을 놓았다. 그런데 아들은 아예 과거시험을 보지 않겠다고 고집을 부리더니 한술 더 떠 해괴망측한 서학서를 끼고 살며 세월을 허송했다.

병기가 꽂혀 있는 거치대로 이벽을 끌고 간 이부만이 환도 하나를 빼들어 이벽에게 내밀었다.

“검을 들어라.”

“싫습니다.”

“어째서냐? 근명이… 그 아이 때문이냐?”

이벽은 대답 대신 시리도록 푸른 겨울 하늘을 올려다봤다. 이벽의 눈동자에 맺히는 물기를 발견한 이부만이 소리를 질렀다.

“그깟 노비 하나 죽은 걸 여태 마음에 품고 있는 것이냐?”

순간, 이벽의 두 눈에 분노의 불길이 확 일었다. 이벽은 이부만을 노려보며 울음 섞인 목소리로 외쳤다.

“그깟 노비가 아니라 사람입니다! 근명이는 소자가 아끼던, 소자에게 둘도 없는 벗이었단 말입니다!”

그런 근명을 제 칼로 찔러 죽였다. 2년 전의 일이었다. 목검을 휘두를 적에는 여느 검호 못지않은 실력을 발휘하면서도 정작 진검을 잡으면 사시나무처럼 벌벌 떠는 이벽을 보다 못해 이부만이 특단의 조치를 하면서 생겨난 비극이기도 했다.

평소와 다름없이 이부만의 부름을 받고 이벽은 형제들과 연무장으로 향했었다. 연무장에는 검술 수련에 사용되던, 짚으로 만든 사람 형상의 표적이 나무기둥에 묶여 횡렬로 세워져 있었다. 여느 때와 다른 점이 있다면 짚 인형의 머리를 가린 검은 복면이었다. 이벽은 그 복면이 근명의 얼굴을 알아보지 못하도록 부러 씌워놓은 것이라는 사실을 까맣게 몰랐다. 무언가 크게 잘못되었다고 느낀 것은 이벽의 칼날이 근명의 급소를 관통한 순간이었다. 단단한 칼끝을 통해 전해져오던 물컹한 느낌에 잠시 어리둥절하여 어찌할 바를 모르던 이벽은 설마 하는 심정으로 표적의 머리를 덮고 있던 복면을 벗겼고, 근명의 얼굴을 확인한 순간 혼절했다.

"비명조차 지르지 못했습니다, 그 아이는…."

입에 재갈이 물린 채 피를 철철 흘리면서도 자신을 웃는 눈으로 바라보던 근명의 모습이 생생하게 되살아나 이벽의 가슴이 찢어졌다.

수하들이 연무장에서 모두 물러가는 모습을 확인한 이부만이 이를 가는 소리로 말했다.

"주제를 망각하고 상전을 욕보이려 한 놈이다. 그런 놈은 죽어 마땅해."

딸아이를 음란한 눈길로 훔쳐보던 근명이 떠올라 이부만은 부르르 몸을 떨었다.

"그래서 그리 비참하게 보내셨습니까? 고작 열여섯 사내아이가 상전을 흠모했다는 이유로 소자의 손에 목숨을 잃어야 했느냔 말입니다!"

이부만을 노려보는 이벽의 눈동자에 원망이 불타올랐다.

술을 마셔도 취하지 않고, 울분이 치솟는 나날이었다. 길거리를 걷다가 누가 어깨라도 살짝 부딪쳐오면 공연히 시비를 걸었고, 끝내 싸움이 붙었다. 하지만 상대에게 실컷 두들겨 맞아도 아프지 않았다.

예원을 처음 만난 그날도 이벽은 집을 나와 무작정 길거리를 쏘다니고 있었다. 그러던 중에 무뢰배들에게 폭행을 당하고 있는 예원을 보게 되었다. 언 속을 녹일 요량으로 찾아 들어간 주막에서였다.

이벽이 평상에 엉덩이를 부리고 앉자마자 대낮부터 거나하게 취해 있던 무뢰배 중 하나가 술병을 들어 건너편 평상을 향해 던졌다. 그쪽

평상에 앉아 국밥을 먹고 있던 예원이 자신들을 째려보았다는 이유였다. 예원이 해명했지만, 무뢰배들은 막무가내였다.

느닷없이 날아온 술병에 얼굴을 맞고도 예원은 태연히 일어섰다. 그런 그에게 무뢰배들의 주먹이 쏟아졌다. 누구 하나 나서서 막는 이가 없었다. 쓰러진 예원에게 발길질을 해대는 이들을 보다 못한 이벽이 무뢰배를 하나씩 제압해가던 중이었다. 제 편이 하나둘 나가떨어지자 주춤주춤 물러나던 무뢰배 하나가 시퍼런 식칼을 들고 나왔다.

“안 돼! 피하게!”

다급한 외침과 함께 예원이 몸을 날려 이벽을 등 뒤에서 안았다. 예원의 외마디 비명과 함께 비릿한 피 내음이 퍼졌다. 이벽은 예원을 들쳐 업고 의원에게로 뛰었고, 상처가 어느 정도 아물자 내동으로 모셔왔다.

“그때 그놈을 네 독선생으로 받아들이지 말았어야 했어. 그랬다면 이 지경까지 오지는 않았을 게야!”

아들의 청을 수락한 것이 생각할수록 분하다는 표정으로 이부만이 이를 갈았다.

“그랬다면 소자는 지금껏 살아있지 못했을 겁니다. 아버님도 아시질 않습니까?”

살아있는 것이 죽는 것보다 괴롭다고 느낀 나날이었다. 그래서 이벽은 하루에도 몇 번씩 자진할 결심을 다지곤 했다. 스승 예원이 그런 이벽의 마음을 돌려놓았다.

이벽은 쉽사리 예원의 말을 받아들일 수가 없었다. 원죄라는 이름으로, 없는 죄를 뒤집어씌우는 천주교가 불쾌했다. 그런 이벽에게 예원은 말했다.

"누구도 네게 믿으라고 강요할 순 없다. 믿고 안 믿고는 온전히 네 몫이기 때문이다. 마음이 천주의 가르침을 부정하는데 억지로 받들고자 애쓰라 하지도 않겠다. 그러나 알고서 부정하는 것과 모르면서 무조건 부정하는 것은 천양지차다. 그러니 읽어라. 진심으로 교리서를 탐독해봐. 그다음에 비판해도 늦지 않다. 다만, 눈이 아닌 마음으로 읽고 또 읽어라. 그리하다 보면 어느 순간 천주의 말씀을 가슴으로 받아들이는 때가 올 것이라 믿는다."

그 말이 이벽의 가슴을 쳤다. 그때 이후로 이벽은 서학서에 깊이 빠져들었고, 예원과 천주교에 관해 열띤 토론도 벌였다.

"네놈을 망친 건 그 사팔뜨기야. 좀 더 일찍 그놈을 내쫓지 않은 것이 화근이었다!"

"스승님은 아무런 잘못이 없습니다! 스승님에 대해 함부로 말하는 이는 제가 용서치 않을 겁니다. 설령 아버님이라도…."

"뭐, 뭐라?"

이부만이 뒷목을 잡고 비틀거렸다.

"아버님!"

이석이 황급히 이부만을 부축했다. 그때였다.

퍽!

이격의 매운 주먹이 아우의 얼굴을 후려쳤다.

"어서 아버님께 용서를 빌고, 검을 들거라."

"죄송합니다, 형님. 천주께서는 살인하지 말라 가르치셨습니다. 그

것은 스승님의 가르침이기도 합니다."

"그따위 황망한 생각에 빠져 검을 멀리했구나! 내가 선조들을 뵐 면목이 없다. 이런 꼴을 보려고 《천주실의》를 가보로 간직해온 것이 아니다. 네놈이 죽고 못 사는 그 천주학 때문에 우리 집안이 망해가는 꼴을 기어이 보아야 직성이 풀리겠느냐!"

이부만은 성난 발을 구르며 고함을 질러댔다.

"말해보아라. 예원에게 그리 배웠느냐? 애비를 증오하고, 애비의 말을 거역하라고 배웠느냐 이 말이다!"

아차, 싶었다. 하느님은 계명으로 부모에게 효도하라고 했다. 그렇기에 예원은 천주를 공경하듯이 부모를 공경하고 순종해야 한다고 가르쳤다. 더구나 조선은 그 어떤 덕목보다 충효를 중시하는 사회였다.

"소자가 잘못했습니다. 흥분한 나머지 실언을 했습니다. 하오나…."

"더 긴 말 할 것 없다. 서고에 보관 중인 서학서들을 모조리 불살라 버릴 것이니 그리 알거라."

이부만은 단호했다. 이벽의 심장이 철렁했다.

"아버님! 그 서학서들은 고조부님께서…."

이부만의 칼날이 이벽의 앞을 막아섰다.

"마지막 기회를 주마. 그간의 일은 모두 불문에 부칠 것이니 다신 서교의 '서'자도 꺼내지 말거라. 이제부터는 오로지 과거 준비에만 전념하란 말이다."

칼을 겨누면서까지 자식을 올바른 길로 인도하려는 아비의 마음이 이벽에게는 가닿지 못했다. 황망한 눈길로 제 앞을 가로막은 아비의 검을 노려보던 이벽이 싸늘한 음성으로 말했다.

"…아버님께서 무어라 하셔도 소자의 결심은 변함이 없습니다. 서학 공부를 그만두느니 차라리 이 집에서 나가겠습니다."

"오냐, 당장 나가거라! 꼴도 보기 싫으니 내 눈앞에서 썩 꺼지란 말이다!"

이부만의 성난 칼날이 대문을 가리켰다.

휙!

이벽은 매몰차게 몸을 돌렸다. 형과 아우가 무어라 외치는 소리가 등 뒤에서 들렸지만, 곧장 솟을대문을 향해 걸었다. 그러나 막상 대문을 나서자 어디로 갈지 갈피를 잡을 수가 없었다. 이벽은 낯선 곳에서 길을 잃은 아이처럼 우두망찰 서 있었다.

격한 아비의 반응에 덩달아 분노를 터트린 처신이 뒤늦게 후회되었다. 수중에 엽전 한 푼 없었다. 그나마 다행이라면 《천주실의》를 미리 챙겨 나온 것이다.

"아아…."

탄식을 쏟은 이벽이 고샅을 터벅터벅 걸어갔다. 문득 서고에서 자신에게 내린 계시가 떠올랐다. 그 마지막 계시의 뜻을 스승이라면 알지도 모른다는 생각이 들었다.

'그래. 전주부로 가자. 가서 스승님을 뵙고 여쭤봐야겠어!'

천근만근 무겁던 이벽의 발걸음이 가벼워졌다. 그때였다. 골목 어귀의 느릅나무 뒤에서 사내 둘이 소리도 없이 모습을 나타냈다.

"저자일세. 보는 눈이 없을 때 재빨리 끝내야 하네."

사내가 미리 준비한 재갈을 꺼내 들며 곁의 사내에게 말했다. 말없이 고개를 끄덕인 사내가 커다란 검은 자루의 아가리를 열며 저만치 걸어가는 이벽의 등짝을 노려보았다.

"지금일세!"

속삭이는 소리와 함께 괴한들이 번개 같은 속도로 골목을 휘달렸다.

쿵!

모퉁이를 돌다 말고 느닷없이 뒷덜미를 가격당한 이벽이 밑동 잘린 나무처럼 허리를 꺾으며 고꾸라진 것은 다음 순간이었다.

● ● ●

얼마큼의 시간이 흘렀을까. 가까스로 일어나 앉다 말고 이벽은 끄응, 신음을 토했다. 뒷목이 뻐근했다.

어디인가, 여기는….

버려진 창고인지 횃불이 꽂혀 있는 흙벽 한쪽에 다리 한쪽이 부러진 의자며 문짝 떨어진 반닫이 같은 세간이 먼지가 뿌옇게 앉은 채 쌓여 있었다. 굵은 나무판을 촘촘히 박아 만든 창고 문은 아무리 밀쳐대도 열리지 않았다. 나무문 위쪽 빗살 창 너머로 달 뜬 밤하늘이 올려다보였다. 점심나절에 집을 나섰으니 적어도 한나절은 의식을 잃고 갇혀 있었다는 얘기다.

다행히 《천주실의》는 경장 안에 남았다. 대체 누가 왜…. 이벽은 불안하게 문 앞을 서성였다. 그때 문밖에서 사람 기척이 났다. 이벽이 재빨리 몸을 날려 의자를 집어 드는 것과 동시에 문이 벌컥 열리면서 발걸음이 쏟아져 들어왔다. 환도를 찬 대여섯 명의 무사였다.

휘익!

이벽은 힘껏 의자를 휘둘렀다. 그러나 무사들의 날랜 몸짓이 먼저였다. 손목을 가격당한 이벽이 잡고 있던 의자 다리를 놓치기 무섭게 팔과 어깨를 잡혀 바닥에 꿇려졌다.

"귀한 분께서 널 보고자 하신다. 곧 납실 것이니 예를 갖추라."

"이런 무례를 저지르고도 나더러 예를 갖추라니?"

무사의 난데없는 통보에 이벽은 버럭 소리를 질렀다.

"미안하게 됐구나."

이벽은 소리가 난 쪽을 바라보았다. 미복 차림의 이산이 채제공의 안내를 받으며 창고 안으로 들어섰다.

"보는 눈을 피하려다 보니 다소 거친 방법을 쓸 수밖에 없었다. 네가 이벽인가?"

"그렇습니다만, 댁은 뉘시오?"

이산의 정체를 알 길 없는 이벽이 고개를 빳빳이 들고 되물었다.

"어허, 어느 안전이라고 눈을 똑바로 뜨는 것이냐? 세손저하시다. 냉큼 예를 갖추지 못할까!"

관골이 장대한 무사가 당황하여 외치며 이벽의 뒤통수를 힘껏 눌렀다. 이벽이 뒷목에 잔뜩 힘을 주면서 버텼다.

"세손저하? 허참, 이거야말로 갈수록 태산이로군. 그처럼 고귀하신 분이 나 같은 사람을 보실 까닭이 없질 않소? 믿을 만한 말이라야 믿을 게 아니오!"

고개를 끄덕인 이산은 호패를 꺼내 채제공에게 건넸다. 채제공이 눈앞에 들이댄 호패를 들여다본 이벽이 납작 엎드렸다.

"저, 저하…! 망극하옵니다. 무례를 용서하시옵소서."

"아니다. 널 이곳으로 데려온 까닭이 궁금할 것이다."

"그러하옵니다."

"네 스승, 예원은 지금 어디 있느냐?"

마음 급한 채제공이 다짜고짜 물었다.

"스승님이라 하셨습니까?"

되묻는 이벽의 얼굴에 곤혹스러워하는 빛이 역력했다.

이산의 명을 받은 즉시 채제공은 9년 전에 사라진 예원에 관해서라면 사소한 실마리도 놓치지 않고 추적해왔다. 마침내 포천의 한 주막에서 예원이 시비에 휘말린 것을 본 적이 있다는 사람이 나타났다. 예원과 한때 동문수학한 적이 있다는 사내였다. 그 즉시로 채제공은 심복을 급파했고, 예원의 부상을 치료했던 의원을 수소문한 끝에 이벽의 존재까지 밝혀낼 수 있었다. 그러나 우여곡절 끝에 찾아간 내동에 예원은 없었다. 채제공의 심복들이 이부만 휘하의 노복들을 은밀히 추궁했으나 예원의 행방을 알 길이 없었다.

"종사와 전하의 안위가 달린 중요한 일이다. 속히 고하라."

"……."

채제공의 재촉에도 이벽은 선뜻 입을 열지 못했다. 누구한테도 거처를 알리지 말라는 스승의 각별한 당부가 있었다.

"모두가 예원을 위해서다. 예원이 지닌 물건을 빨리 찾지 않으면 예원이 위험에 처할 수도 있어. 허니 나를 믿고 말해다오."

위험에 처한 스승을 구하기 위해서라는 말에 이벽은 의심을 풀었다.

"…스승은 전주부에 계십니다."

"전주부라면… 이번에 조경묘의 봉안식이 거행되는 그곳이 아닌가!"

"예, 저하. 스승은 지난여름부터 부성 내에 있는 전주향교에서 임시 교관으로 있습니다."

전주라면 며칠 새로 다녀올 수 있는 거리가 아니었다. 세자도 번암도 궐을 오래 비울 수 없는 처지였다.

"전주부에는 그 사람을 보내는 것이 좋겠습니다."

한동안 생각에 잠겨 있던 이산이 결심을 굳힌 목소리로 말했다.

"저하께서 심중에 두고 계신 이가 혹 승문원 부정자로 있는 그 청년이옵니까?"

"승문원은 이문의 교육도 담당하고 있으니 그를 보내 일을 진행하면 저들의 의심을 피할 수 있을 겁니다."

어둠이 빽빽하게 들어찬 창고 앞의 나무들 사이에서 수상한 기운이 강하게 느껴졌다. 이산이 급히 손가락을 입술로 가져갔다. 다들 두려움에 찬 시선을 돌려 정면의 숲을 노려봤다.

스윽.

이산의 손짓이 있자, 서너 걸음 떨어진 뒤쪽에서 호위 중이던 세자익위사들이 번개처럼 다가와 읍을 표했다.

"살펴라."

검을 뽑아 든 세자익위사들이 창고를 둘러싼 숲 안쪽을 향해 발소리를 죽이며 뿔뿔이 흩어져 들어갔다. 숲 안으로 스며들었던 세자익위사들이 하나둘 모습을 나타낸 것은 그로부터 한참 뒤였다.

"어찌 되었느냐?"

"수상한 기척은 없었습니다."

그런데도 불안감은 쉬 가시질 않았다.

"대감, 서둘러야겠습니다. 예감이 좋질 않아요."

"알겠사옵니다."

그때까지 침묵을 지키던 이벽이 성큼 앞으로 나서더니 허리 숙여 청했다.

"스승이 위험에 처했으니 소생도 전주부로 가겠습니다. 동행을 허락해주시옵소서."

한밤의 통곡

구름 한 점 없이 맑은 하늘에 아침햇살이 눈부셨다.

"아니, 봉안식이 코앞으로 다가왔는데 여기 꼬라지 좀 보소! 여보시오, 주인장!"

털벙거지를 뒤집어쓴 하급관원이 목청을 돋웠다. 성문을 들어서면 곧장 보이는, 길가에 면한 초가 앞에서였다.

맨상투에 홑저고리 차림의 주인사내가 헐레벌떡 사립문 밖으로 뛰쳐나오며 굽실거렸다. 군졸의 육모방망이가 사립문 옆의 토담과 바깥마당 한쪽의 두엄, 그리고 텃밭을 차례로 가리켰다.

"감영에서 집 안팎 단속을 철저히 하란 명이 내려온 것이 언젠데 여태 저 모양 저 꼴이오? 저기 저 물건들을 싸게싸게 치우시오!"

"워매 어째야스까, 어저께 밤에 들여놓는다는 것이 깜빡해부렀어라. 깔끔허니 치워놓을 텐께 걱정 붙들어매시요."

이른 아침부터 면박을 당하고도 지적당한 물건을 서둘러 거둬들이는 사내의 입가에서 웃음이 떠나질 않았다.

봉안식이 거행되는 초길初吉(초하루)이 내일로 다가왔다. 온 나라의 관심이 전주부로 쏠렸고, 부민들은 자긍심을 양어깨에 훈장처럼 얹고서 전국 각지에서 몰려들 손님맞이에 여념이 없다. 게다가 조경묘 봉안식을 기념하여 대사습놀이가 시기를 앞당겨 열렸다.

“요날 요때를 목 빼고 기다린 나여. 소리 심 좋은 사람들이 떼로 몰려들 오겠지만 나도 요번엔 자신있당께.”

기대에 찬 얼굴로 중얼거린 맨상투의 사내가 흠흠, 호흡을 가다듬더니 소리 한 자락을 풀어놓았다. 창악 한 대목 멋들어지게 불러내지 못하면 남도 사람 행세를 할 수 없고, 온갖 소리재의 장단을 모조리 기억하고 품평까지 곁들일 줄 아는 귀 명창들이 널린 풍류의 고장 사람답게 사내의 소리는 가히 일품이었다. 하지만 사내의 초가를 스치듯 달려가는 완숙은 노랫소리가 하나도 들어오지 않았다.

어젯밤, 글공부를 마치고 일어서는 완숙에게 예원이 말했다. 오늘 아침 향교로 와서 서고의 책을 봐도 좋다고. 서고를 구경하게 해달라는 완숙의 오래된 청을 드디어 예원이 허락한 것이었다. 향교를 향해 휘달리는 두 발이 날개라도 달린 듯 가벼웠다.

“와…!”

서고에 들어선 완숙은 탄성을 터트렸다. 넓은 서고 안에는 칸칸의 선반마다 서책이 가지런히 놓인 책장들이 나란히 길게 늘어서 있었다.

“다행이다. 외출할 생각에 다들 들떠서 이쪽으론 눈길도 안 주고 있어.”

살짝 열어놓은 문틈으로 밖의 동태를 살피던 향검이 안심한 얼굴로 돌아서며 말했다. 서책이 놓인 책상에서 재빨리 시선을 돌린 완숙이 꾸벅 허리를 숙였다.

"도련님이 안내해주신 덕분에 교생 분들 눈에 안 띄고 들어올 수 있었어요. 고맙습니다."

"스승님이 부탁하셔서 널 이곳으로 데려오기는 했다만, 솔직히 걱정스럽기는 하다."

문가를 벗어나 완숙의 곁으로 다가오는 항검의 표정이 그의 말투처럼 심각했다.

학노비로부터 예원이 찾는다는 전갈을 받은 것이 일각 전이었다. 교관실에 들어선 항검은 완숙의 모습에 먼저 놀랐고, 완숙을 데리고 서고로 가서 그녀가 원하는 서책을 볼 수 있도록 도와주라는 예원의 명에 또 한 번 놀랐다. 향교의 서고는 교생들에게만 출입이 허락된 곳이다.

"네가 여기 들어온 걸 재장 그 자식이 알면 곱게 넘어가지 않을 거야. 그러니 서둘러야 한다. 나는 동재로 가서 외출 채비를 마치고 오마."

"어디 가세요?"

"몰랐느냐? 오늘부터 나흘간 향교는 임시 휴교야."

경기전이 들어서고 근 400년이 지나 전주부에 조경묘가 세워지자 향교의 교생들에게 나흘간의 외박이 허락되었다. 봉안식과 대사습놀이를 마음껏 즐기라는 예원의 배려였다. 부성 외곽에 살고 있는 교생들의 부모들은 서둘러 숙박할 방을 잡아놓았고, 유동근 역시 나흘간 그의 가족들이 머물 숙처를 벌써 예약해놓았다.

"익검 도련님도 오세요?"

"아니. 형님은 암자에서 내려오시지 않은 모양이야. 이번엔 사촌들이 동행한다는 전갈을 받았단다."

항검이 주위를 사리며 서고를 빠져나갔다. 항검이 닫고 나간 문에 빗장을 걸고 휙 돌아선 완숙은 빼곡히 들어찬 책장들을 비장하게 쳐다봤다.

"판관 나리의 악행을 드디어 임금님께 고할 수 있게 되었어."

백성들을 수탈해온 조남용의 행각은 나날이 더욱 악랄해졌다. 지난번 남문시장에서 난동을 부린 무뢰배들이 벌써 몇 달째 점례를 괴롭혔다. 당시에 물지 않은 자릿세를 당장 내놓으라는 것이다. 점례가 방물장사를 다시 시작한 까닭이다.

'아버지도 밉지만, 그놈들은 더 미워. 다신 우리 집에 얼씬도 못 하게 할 거야.'

그러려면 상소를 써야 했는데, 반드시 봐둬야 할 책이 있었다. 상소문을 모아놓고 그 작성법을 기록한 《공거유람》이다. 완숙은 서책이 빽빽이 들어찬 책장을 천천히 훑어나갔다. 상소를 적을 때는 엄격한 규칙과 절차를 거쳐야 했다. 완숙이 글방을 드나들면서 스승에게 지나가는 말처럼 상소에 관해 묻곤 했다. 그러는 가운데 《공거유람》 필사본이 향교의 서고에 비치된 사실을 알게 되었다. 완숙은 예원에게 읍소하며 부탁했고, 드디어 오늘 그 소원을 이룬 것이다.

"어디 보자…. 이것도 아니고… 아, 찾았다…!"

어렵사리 책을 찾아낸 완숙은 서둘러 읽어나갔다. 반쯤이나 읽었을 때였다.

덜컹덜컹….

누군가 서고의 출입문을 밖에서 흔들어댔다.

'항검 도련님이 오셨나 보네.'

완숙은 읽던 책을 그대로 든 채 쪼르르 달려가 빗장을 풀었다.

"네 이년! 지금 여기서 무얼 하는 것이냐?"

새된 고함과 함께 성큼성큼 걸어온 유생이 완숙의 손에 들린 필사본을 휙 낚아채 갔다. 보다 말고 놔둔 서책을 가져가기 위해 퇴교를 하는 길에 서고에 잠깐 들른 재장이었다.

"사실은…. 이 책만 좀 보고 금방 나가려던 참이었어요."

완숙이 공손하게 사정을 말했다.

"닥쳐라! 감히 천한 잡것 따위가 이곳에 발을 들여놓고도 무사하기를 바라느냐!"

무어라 더 변명할 틈도 없었다. 완숙의 댕기 머리를 잡아 서고 밖으로 끌어낸 재장이 곧장 명륜당 쪽으로 향했다. 완숙을 명륜당 앞뜰에다 내동댕이친 재장은 강학당에 대고 소리쳤다.

"거기, 너희들! 당장 이리 나와봐라!"

강학당의 마룻바닥을 청소하던 교노비들이 부리나케 뛰어왔다.

"부르셨습니까요?"

"쥐새끼처럼 서고에 숨어들어 서책을 도적질하려던 계집이다. 이 물건을 창고에 가두고 물 한 모금도 주지 마라!"

재장의 억지에 완숙은 눈앞이 아찔해졌다.

숙소를 나서던 교생들이 느닷없는 소란에 명륜당 앞으로 몰려들었다. 영문을 알 길 없어 웅성거리는 교생들 앞에 《공거유람》이 툭 떨어졌다.

"저년이 훔치려 한 책일세. 없어진 책들이 또 있을지도 모르니 자네들은 퇴교를 잠시 미루고 서고를 살펴보게. 비는 책이 한 권이라도 나오면 이년을 관아에 넘겨야 할 것이니."

외출복으로 갈아입고 숙소를 나서던 항검이 무슨 일인가 싶어 다가왔다가 사색이 되어 외쳤다.

"이 아이를 서고에 들인 사람은 접니다. 이 아이는 도둑이 아닙니다!"

가뜩이나 예원을 못마땅하게 생각하는 재장이었다. 예원을 향교에서 몰아낼 기회를 호시탐탐 노리고 있는 재장에게 사실대로 고할 수는 없는 노릇이었다.

"네놈이 이년을 서고에 들였다? 나라에는 지엄한 국법이 있고, 향교에도 지켜야 할 교칙이란 게 있다. 서고는 교생들만 이용할 수 있는 곳이다. 외부인을 함부로 들이는 일은 교칙에 어긋나는 일임을 정녕 몰라서 이런 짓을 벌였느냐?"

"배우고자 하는 열의가 기특해 서고의 서책을 열람하게 해준 것뿐입니다. 도둑으로 몰 일은 아닙니다."

"죄를 지었는지 아닌지는 조사를 해보면 밝혀지겠지. 우선 저것의 죄부터 밝혀낸 뒤에 너의 처벌을 어찌 내릴지 정하마. 뭣들 하는가? 사실이 밝혀질 때까지 저년을 창고에 가두어놓질 않고!"

재장의 서슬 퍼런 호통이 서너 발짝 떨어져 눈치를 보고 있던 교노비들을 후려갈겼다. 완숙에게 달려든 교노비들이 양팔을 잡아 일으켜 세우는 순간 항검이 완숙을 데리고 빠져나와 입덕문을 향해 걸어갔다.

"……."

재장이 두 사람을 끌고 가 감금하라는 눈짓을 보냈다. 동재생들이 한꺼번에 달려들어 항검과 완숙을 질질 끌고 가서 창고 안으로 밀어 넣었다.

"지금 뭣들 하는 짓인가!"

묵직한 호통이 좌중의 뒤통수를 가격했다. 백색 심의가 성난 옷자락을 펄럭이며 다가오고 있었다.

"나, 납시었습니까?"

예를 올리는 교생들의 면면을 예원의 싸늘한 시선이 훑고 지나갔다.

"향교는 선현들을 형사하는 존엄한 공간이다. 예를 지켜야 마땅한 이곳에서 어찌 소란을 피우는가?"

벼락같은 질책에 교생들이 슬금슬금 뒤로 물러났다. 재장이 불쾌한 낯으로 나서며 말했다.

"상액 유항검과 이 요망한 계집이 감히 서고를 더럽혔습니다."

고드름과도 같은 예원의 시선이 재장에게로 가 꽂혔다.

"그 아이에게 서고의 책들을 봐도 좋다고 허락한 건 나일세. 그러니 당장 저들을 놔주게."

"이미 소생이 명했습니다. 교생들의 기강을 바로잡기 위해서도 필요한 조치이니 거둬들일 수 없습니다."

"결국, 그것 때문이었군. 교생이 아닌 아이가 서고에 출입했다는 것이 이 소란의 발단이었어. 허면 내 자네에게 한 가지 묻겠네. 자네가 주장하는 그 규율이란 것이 어디 기록되어 있는가?"

"예?"

"향교는 그 지역의 유풍을 진작시킬 소임을 띠고 있는 도량일세. 유학을 배우고자 하는 이가 있다면 신분 여하를 막론하고 도와줄 책무가 이 향교에 있다는 말일세. 그 사람이 양민의 아이라 하여 서고의 출입조차 막아야 한다는 교칙을 나는 들어본 적이 없네. 허니 어디서 그 같은 규율을 보았는지 말해보게. 내 눈으로 직접 확인한 다음에야 자네의 이 한심한 작태를 막지 않을 것이니 말이야!"

"끄응!"

교생들 앞에서 무안을 당한 재장이 분을 참지 못해 부들부들 떨었다.

"다들 이곳에서 밤샐 텐가? 곧 퇴교시간이다. 모두 해산하여 각자 갈 곳으로 가거라."

● ● ●

짧은 겨울 해가 지고 어둠이 내렸다. 등촉이 밝혀진 방에 우두커니 앉아 예원은 당혹스러운 표정을 감추지 못했다. 다담상을 마주하고 좌정한 젊은 사내가 시종 초조한 눈길로 예원을 건너다보았다. 이산이 전주부로 급파한 홍국영이다.

"들게나. 차가 식겠네."

홍국영의 찻잔에 찻물을 붓는 예원의 손에 색색의 안료가 묻어 있었다.

"기별도 없이 이리 불쑥 내려올 줄은 몰랐구나."

이벽의 찻잔에 차를 채우며 예원이 말했다.

홍국영은 폭넓은 도포의 소맷자락 속에서 서책을 꺼내 놓았다. 사도세자의 비밀서신이 남아 있는 《칠극》이다.

"이리 갑자기 찾아온 연유가 여기에 있습니다."

낯익은 《칠극》을 내려다보는 예원의 사시 눈이 커다랗게 벌어졌다.

"홍서각에 있어야 할 서책이 어이하여 이곳에…."

"중요한 물건인지라 얼마 전 세손저하께서 빼내 오셨다고 하더이다. 그분이 이 책을 보여주라고 하셨습니다."

"세자저하의 서신이라니?"

홍국영은 갈피가 꽂힌 부분의 책장을 펼쳐 예원에게 건넸다. 예원이 단숨에 서찰을 읽어 내려갔다. 이윽고 예원의 어깨가 출렁였다.

"저하… 세자저하…. 소신이 불민하여 저하를 지켜드리지 못했습니다. 이 노릇을 어찌…. 으흐흑…."

예원은 이마로 방바닥을 두드리며 통곡했다. 울음이 잦기를 기다렸다가 홍국영이 물었다.

"노론이 세자저하를 시해하려 음모를 꾸몄다는 세록의 내용이 사실입니까?"

"그렇다네. 세자저하는 당시 그렇게 믿고 계셨어. 우리 천주회 사람들도 저하께 그 얘길 듣고 처음에는 많이 놀랐지."

"천주회라면…."

"노론의 정책에 반감을 품은 선세자저하의 측근들로 이뤄진 비밀모임이었네. 처음에는 학문과 정치에 관한 토론을 나누던 회동이었지."

그리고 그들은 모두 성호학파 내에 양명학을 파급한 이병휴를 추종했다. 그런 성호학파 가운데 양명학을 처음으로 수용한 학자가 이익의 조카이자 제자인 이병휴다. 예원과 그의 막역지우들도 성호학파 내의 양명학자들과 뜻을 같이했다. 모임 초반에는 주로 정치와 학문을 두고 토론을 벌였는데, 이익과 안정복이 서신으로 천주설에 관해 설전을 벌이고 난 뒤부터는 토론의 주제가 천주교 탐구로 기울었다.

"우리는 성호께서 천주설에 왜 동조하셨는지 궁금해지고 말았네. 스승님이 천주설을 받아들이려 했을 때는 그만한 이유가 있을 거라고도 생각했지. 문득 과연 천주란 누구인가, 궁금해지더군. 우리는 천주라는 존재에 대해 알고 있는 것이 하나도 없었어. 천주교 한문 저술을 모아놓은 천학초함을 뒤져 읽기 시작한 것은 그래서였네."

그 서적들에서 예원과 동료들은 새로운 세상을 보았다.

그런데 뜻밖에도 사도세자가 천주회의 회동에 모습을 비쳤다. 세자가 관서 행을 결행하기 8개월 전의 일이었다. 당시 종기를 앓고 있던 사도세자는 치료차 온양온천 별궁으로 행차했다가 급히 환궁했다.

소론을 지지하는 사도세자에게 힘이 실리는 것을 두려워한 노론은 세자가 온양 행차를 하기 전부터 미치광이로 몰아가고 있었다. 그러나 온양 행차에서 보여준 사도세자의 행실은 그야말로 어진 군주의 모습 그 자체였다. 온양 행차를 통해 사도세자의 건재함이 만천하에 알려지자 노론이 그간 퍼트린 소문이 거짓이었음이 들통났다. 다급해진 노론은 세자가 궐을 비운 사이에 또 다른 모략을 꾸몄다. 사도세자의 온양 행차에 백성들이 보여준 환호를 과장함으로써 영조의 불안증에 불을 지핀 것이다. 아들을 의심의 눈초리로 감시하던 아비는 노론의 의도대로, 온양 행차에서 돌아온 아들이 알현을 청했으나 한 달간이나 만나주지 않았다.

세자는 대전에 감도는 팽팽한 긴장감을 확연히 느꼈다. 자신을 향한 백성들의 신망이 두터워질수록 위태로워질 터였다. 동궁전으로 올라오는 모든 차대를 거부하는 한편 상서에도 우악하게 비답하는 등 정사에서 멀어지려 한 것은 그래서였다. 부왕의 의심을 가라앉히는 한편, 노론의 경계를 누그러뜨리기 위한 것이다. 사도세자가 천주회를 찾아온 것은 그즈음이었다.

…저들은 차라리 내가 미쳐버리기를 바라고 있네. 그래서 나는 저들의 소원대로 미치기로 작정을 했어. 그러면서 저들이 내게 저지른 만행을 낱낱이 적어낸 기록으로 저들의 목을 옭아맬 것이야. 그 일에 자네들의 도움이 필요하네.

사도세자가 천주회를 찾아와 비장하게 꺼내 놓은 계획이었다.

그다음 날로 사도세자는 수시로 궐 밖 미행을 감행했다. 그 미행에서 만난 비구니를 궐로 데려와 희롱하는가 하면 해괴한 행동을 주저 없이 벌이고는 했다. 부왕은 혀를 찼고, 노론은 쾌재를 불렀다. 그러는 동안 천주회 회원들은 동궁전 수라간을 은밀히 조사했다.

그즈음 예원은 춘방을 나와 노론의 눈을 피했다. 그 대신 홍서각 출입이 허락된 천주회 회원이 비밀 서신이 적힌 서학서를 반출해 예원에게 전해주었다. 임오화변 발생 몇 달 전의 일이다.

"이《칠극》이 홍서각에 남아 있던 것은 그래서였군요. 이 책을 교관께 전하고 싶어도 전할 수가 없게 되었으니까요."

홍국영이다.

"저하께오서 영면하시는 순간조차 내가 할 수 있는 일이란 아무것도 없었네. 저하께오서 남기신 서록을 보존하기 위해 가능한 멀리 떠나는 일밖에는 내가 할 수 있는 일이 없었어."

예원은 청국으로 밀입국하여 8년간이나 청인 행세를 하며 지냈다.

그렇게 깊이 숨어서 예원은 천주교 공부에 매진했다.

“어떤 계기로 돌아오신 겁니까?”

이벽이 궁금했던 바를 홍국영이 먼저 물었다.

“먼발치서라도 노모를 뵙고 싶었거든.”

하지만 예원을 반겨준 것은 돌보는 이 하나 없이 잡풀만 무성한 봉분이었다. 하루아침에 종적을 감춘 아들을 쓸쓸히 그리워하던 노모가 명을 달리했다. 예원이 세 살 나던 해, 남편을 여의고 아들을 홀로 키워온 어머니였다.

“수소문 끝에 포천현 집안 선산에 모셔졌다는 걸 알게 되었네. 어머니를 뵙고 돌아가던 길에 벽이를 만났던 게야.”

뜸을 들인 홍국영이 예원에게로 바짝 다가앉으며 벼르던 말을 꺼냈다.

“예원께서도 보셨다시피 선세자저하께서는 서록을 주상전하께 전하라는 명을 남기셨습니다. 그 명을 따르고자 세손저하께서 소인을 보내셨지요. 세손저하께서 기다리고 계십니다.”

홍국영의 재촉에도 한동안 예원은 결정을 내리지 못했다. 무엇인가 종잡을 수 없는 두려움이 전신을 옥죄고 있었다. 서신을 한참 동안 응시하던 예원이 굳게 다문 입을 열었다.

“저하의 명을 따르겠네.”

홍국영의 호위를 거듭하여 사양한 예원이 가까운 곳에 가서 기다리라며 이벽만 대동하고 나섰다.

“허면 잠시 뒤에 뵙겠습니다.”

홍국영과 호위무사들이 자리를 뜨자 마당을 가로지른 예원이 신을 벗고 툇마루로 올라서며 말했다.

"방에 들어가 가지고 나올 것이 있느니라. 잠시 여기 있거라."

"예, 스승님."

목례를 올린 이벽이 숙였던 고개를 들어 올린 순간이었다. 가볍게 초가지붕을 뛰어내리는 사람의 움직임이 느껴지더니 등 뒤에서 손이 뻗어왔다. 뒷목에 서늘한 기운을 느낀 이벽은 몸을 빙그르르 돌려 칼끝을 피했다.

"누, 누구냐?"

복면의 사내가 다시 한번 검신으로 허공을 찌르며 짓쳐 들었다. 찰나, 서늘한 정적에 이벽은 모골이 송연했다.

"피하십시오, 스승님!"

재빨리 주먹을 내뻗어 상대방의 인중을 가격한 이벽이 방안의 예원을 향해 소리쳤다. 그 순간 휘파람 소리를 내며 무언가가 담장 쪽에서 날아왔다.

"헉!"

신음과 함께 이벽이 환도를 놓쳤다. 표창이 이벽의 어깻죽지에 깊숙이 박혔다.

"으윽!"

이벽이 표창을 뽑아내며 상황을 뒤집으려 했지만, 중과부적이었다. 괴한들의 연이은 공격을 받은 이벽은 그 자리에 고꾸라졌다.

"벼, 벽아!"

뒤늦게 상황을 알아챈 예원이 버선발로 뛰어나왔다가 그 자리에 얼어붙었다. 십여 명의 복면 사내들이 마당에 가득했다. 예원은 도리질을 치며 주춤주춤 뒤로 물러섰다. 그때였다.

"사도세자의 서록을 내놔라. 모가지가 날아가고 싶지 않으면."

서늘한 냉기가 목덜미에서 느껴졌다. 지붕에서 뛰어내린 또 다른 자객이 예원의 목에 칼을 겨누었다.

● ● ●

그 시각, 완숙은 보따리 하나를 품고서 급히 발을 놀렸다. 깨끗하게 빨아 풀을 먹여 다린 예원의 심의를 싸맨 보따리다.

'나리께서 마음을 다치신 것에 비하면 내 손목 아픈 건 아픈 것도 아냐.'

안간힘으로 쓴 상소를 심의와 함께 보따리에 넣어 예원을 뵈러 가는 중이다. 완숙은 달빛을 등불 삼아 걸음을 재촉했다. 예원의 집이 저만치 건너다보일 즈음이었다.

"어딜 그리 바삐 가는 게냐?"

뒤 꼭지를 잡아채는 소리에 완숙이 흠칫 멈췄다. 어둠 저편에서 누군가 뛰어오고 있었다.

"어, 항검 도련님! 이 시각에 여긴 어쩐 일이세요?"

완숙은 가쁜 숨을 몰아쉬며 다가온 항검을 의아하게 바라보았다.

"아버님께서 스승님을 모셔오라고 하셨거든."

완숙의 걸음이 주춤했다.

"나리를요? 왜요?"

"아까 아침 일도 그렇고, 재장 녀석이 못되게 굴 때마다 스승님께서 막아주셨거든. 아버님께 그 말씀을 드렸더니 대접을 하고 싶으신가 봐."

댕기 머리를 달랑거리며 폴짝폴짝 따라오는 완숙을 꼬리처럼 매달고 항검은 예원의 집으로 향했다.

마당으로 한 발을 들여놓던 항검이 혼겁하여 뒷걸음질을 쳤다. 무어라 종알대며 항검을 쫓아오던 완숙이 항검의 등짝에 이마를 쿵 박았다.

"아이쿠! 깜짝이야. 왜 그러세요, 도련님?"

무슨 일인가 싶어 마당 쪽으로 시선을 돌린 완숙은 아연실색했다. 복면의 사내들이 마당 한가운데에 빙 둘러서 있었다. 그들 사이로 빈 자루처럼 힘없이 주저앉아 있는 예원이 얼핏 보였다. 그 옆으로 한 사내가 엎어져 있었다. 서글픈 표정의 예원이 엎어진 사내 쪽을 안타깝게 바라보고 있었다.

"저놈을 살리고 싶으면 어서 대라! 서록은 어디 있느냐?"

괴한이 환도를 예원의 목에 들이대고 상투를 세차게 잡아당기며 윽박질렀다.

저것이 대체 무슨 일인가….

제 눈으로 똑똑히 보면서도 완숙은 실감이 가지 않았다.

"그 칼 치워요! 우리 나리한테서 썩 떨어지란 말예욧!"

어디서 그런 용기가 나온 것일까. 새된 소리를 내지르면서 자객들을 향해 돌진한 완숙이 들고 있던 보따리를 미친 듯이 휘둘러댔다. 쫓아오는 자객의 칼날을 피해 초가 뒤꼍으로 달아났다가 마당으로 되돌아온 완숙은 그때까지도 사립문 초입에 멍하니 서 있는 항검을 발견하고 절규처럼 외쳤다.

“그렇게 서 계시기만 하면 어떡해요! 사람을 불러오세요, 도련님! 옆집이든 어디든 들어가서 도와달라고 하시란 말예요!”

정신이 번쩍 든 항검이 옆집 마당으로 허둥지둥 뛰어들었다.

“살려주시오! 누가 좀 도와주시오!”

항검이 큰소리로 외쳐댔지만, 기척도 없었다. 봉안식 전야제를 구경하기 위해 다들 나가고 없다는 사실이 뒤늦게 뇌리를 스쳤다. 낭패한 항검이 골목 어귀를 향해 사력을 다해 뛰었다. 이윽고 복면의 사내들 셋이 무리에서 떨어져 나와 항검을 좇았다.

나머지는 감나무 뒤로 달아난 완숙을 양쪽에서 감싸듯 좁혀들었다.

“꾸물거릴 시간이 없다! 베어버려!”

그때였다. 의식을 잃고 주저앉아 있던 예원이 번쩍 눈을 떴다.

“아니 되오. 이 일과 아무런 상관도 없는 아이요. 차라리 나를 죽이시오!”

소스라쳐 놀란 예원이 금빛 환도의 종아리를 부여잡고 다랑귀를 떼며 사정했다.

“그냥 해서는 입을 열지 않을 놈입니다. 저 아이를 이용해보시지요.”

이렇게 말하며 나선 것은 당나귀 귀를 한 작달막한 자객이다. 정순왕후가 동궁전에 심어놓았던 청력 좋은 그 내관이다.

“계집을 끌고 와라!”

“예!”

우두머리 사내가 완숙의 뒷덜미를 거칠게 낚아챘다. 마음이 급해진 완숙이 보따리로 자객의 낯짝을 짓이기며 발버둥을 쳐댔다. 두어 차례 얼굴을 가격당한 우두머리가 눈을 부라리며 보따리를 빼앗아 힘껏 집어던졌다. 허공을 가로지른 보따리가 섬돌 앞의 흙바닥에 널브러져 있는 젊은 사내의 등짝에 맞고 튕겨 나갔다. 안면을 흙바닥에 박은 채 쓰러져 있던 젊은 사내가 신음을 흘리며 머리를 좌로 틀었다. 그런데 완숙의 눈이 놀라 크게 벌어졌다.

'저분은 벽이 도련님이잖아!'

예원의 곁에 짐짝처럼 부려진 완숙은 눈물이 그렁그렁한 눈으로 예원의 면면을 들여다보며 안타깝게 물었다.

"나리! 괜찮으세요?"

긴 머리칼이 엉망진창으로 빠져나와 산발이 된 예원의 상투가 힘없이 아래위로 끄덕댔다.

홍국영을 통해 전해 듣기로, 세손은 죽은 세자를 닮아 서학에 관대한 편이라고 했다. 백성을 긍휼히 여길 뿐 아니라 신분으로 차별하지 않고, 인재를 소중히 여긴다고도 했다. 그런 세손이 노론의 기세에 짓눌려 날개를 펴지 못하고 있었다. 사도세자의 서록을 한시바삐 세손에게 전해야 하는 이유였다.

"완숙아, 달아나거라. 반드시 살아서 이곳을 벗어나…."

예원은 완숙의 귀에 대고 속삭였다.

"그럴 수 없어요, 나리…. 나리 혼자 두고 저만 어떻게…."

"네가 꼭 해줘야 할 일이 있다. 오목대로 가서 꼭 전해야 할 말이 있어."

그때 서너 걸음 떨어져 있던 당나귀 귀의 내관이 이런 속말을 낱낱이 듣고 있다는 사실을 까맣게 모른 채 예원은 말을 이었다.

“부탁이다, 완숙아. 자객들은 내가 어떡하든 붙잡고 있을 테니까 너는 오목대로 가거라. 그곳에 가면 도성에서 온 분들이 있을 거야. 그 사람에게 서록이 있는 장소를 말해줘야 해.”

“홍국영한테 할 말을 우리에게 하거라. 안 그러면 이 아이가 무사하지 못할 거야. 대체 서록을 어디에 감춰둔 것이냐?”

내관이 한 발 앞으로 나서며 끼어들었다.

“헉!”

절망에 찬 탄식을 토한 예원은 어두운 하늘을 우러렀다. 느릿느릿 움직이는 구름 뒤에서 달은 빛을 숨기고 있었다. 그렇다 하여 달이 사라졌는가 하면 그건 아니었다. 천주 또한 우리 눈에 보이지 않을 뿐 저 머나먼 창공 어디에선가 지상을 내려다보고 있을지도 모른다는 생각이 문득 스쳤다. 가려져 있다고 하여 없어진 것이 아니듯, 보이지 않는다고 하여 존재하지 않는 건 아닐 것이다. 무심코 흘려버린 장면 하나가 그 순간 뇌리를 스쳤다.

‘그래! 그리하는 수가 있었어! 내가 왜 그 생각을 하지 못했단 말인가!’

예원은 가만히 시선을 내려 완숙의 무릎께를 봤다. 치맛자락이 무릎 위로 훌러덩 뒤집히는 바람에 고쟁이가 무릎 아래로 훤히 모습을 드러내고 있었다.

‘저곳에 적는 거다. 천주를 알고, 나를 잘 아는 사람만이 서록이 있는 곳을 알 수 있도록 그 방법을 써서 적는 거야. 그리 하면 놈들에게 들통이 난다고 해도 절대로 해독할 수 없을 것이야.’

생각을 마친 예원이 우두머리에게 말했다.

"벽의 상태를 살펴봐 주시오. 생명에 지장은 없는지 알아야겠소. 내 청을 들어줘야만 당신들도 원하는 답을 들을 수 있을 것이오."

"가봐라."

우두머리가 명했다. 가당치도 않은 수작이라는 듯 코웃음을 치던 수하 두엇이 급히 이벽에게로 향했다. 자객들의 시선이 일제히 그쪽으로 쏠렸다.

스윽.

예원은 허벅지의 상처로 오른손 검지를 가져갔다. 뜨뜻한 피가 흠뻑 묻은 손가락을 슬그머니 내린 예원은 완숙의 고쟁이 바짓단에 글자를 빠르게 적어나갔다. 목을 쭉 빼고 이벽을 바라보는데 정신이 팔려 완숙은 제 몸을 가림막으로 삼고 있는 줄도 모르는 눈치였다. 한 글자를 쓰고 피를 묻히고 또 한 글자를 쓰고 다시 상처로 손가락을 옮기는 예원의 팔놀림이 은밀하고도 빨랐다.

"의식을 잃었을 뿐입니다. 맥박이 고르게 뛰고 있습니다."

수하의 보고를 받은 우두머리가 다그쳤다.

"되었느냐? 자, 이제 말해라. 서록은 어디 있느냐?"

"벽과 이 아이가 안전하게 이곳을 빠져나가는 것을 본 뒤에 말하겠소."

"뭣이?"

예원의 말에 상대의 눈꼬리가 매섭게 찢어졌다. 그예 멱살을 쥐고는 예원의 면상에 주먹질을 해대며 입을 열라고 다그쳤다.

"큰일 났습니다!"

한 내관이 심각한 표정으로 황급히 다가왔다.
“무슨 일인가, 한 내관?”
“아까 도망쳤던 유생 놈 하나가 사람들을 불러 몰려오고 있소.”
“젠장, 너무 지체했어. 애당초 여기서 미적대는 게 아니었는데….”
우두머리가 수하들을 급히 불러 모았다. 그 틈에 한 내관이 슬금슬금 사립문을 향해 뒷걸음쳤다. 우두머리의 서늘한 명령이 마당을 울렸다.
“이리된 이상 말이 새나가지 않도록 두 아이 모두 처치해라.”
휘익!
완숙 가까이 서 있던 자객이 환도를 치켜들었다. 허공을 가른 환도가 완숙의 심장을 노리고 짓쳐들었다. 용수철처럼 튕겨 오른 예원의 몸이 완숙을 힘껏 밀친 것은 그 찰나였다.
“억!”
자객의 날카로운 검신이 부드러운 살갗을 깊이 베고 지나갔다. 예원의 목에서 분출한 피가 하늘로 솟구쳤다.
“아악! 나리… 나리…!”
울컥울컥 피가 솟는 예원의 목덜미를 틀어막으며 완숙은 울부짖었다. 희미한 예원의 음성이 들려온 것은 그때였다. 완숙이 한쪽 귀를 예원의 입술에 바짝 가져갔다.
“서… 서록을 찾을 단서를… 쿨럭쿨럭… 네게 남겨두었다. 그러니 그 말을… 벽에게… 쿨럭쿨럭… 벽에게 꼭 전해야….”
한 내관이 사라진 뒤였다. 예원의 속삭임을 아무도 알아채지 못했다.

홍국영이 내려보낸 호위무사들이 항검을 앞세워 들이닥친다는 첩보를 접한 복면 자객들이 괭이처럼 날렵하게 담장을 넘어서 도망쳤다. 호위무사들이 그들의 뒤를 쫓았고, 항검은 스승에게 달려왔다.

"이게… 이게 어찌 된 거냐…?"

항검의 목소리가 떨려나왔다. 뜨거운 눈물을 쏟는 완숙의 품 안에 예원은 미동도 없이 안겨 있었다. 목덜미에서 분출하던 피의 분수도 어느덧 멎었다.

돌연한 스승의 죽음이 믿기지 않아 멍하니 주검을 내려다보던 항검이 여전히 따뜻한 예원의 어깨를 안아 일으켰다. 어느 틈에 다가온 이벽이 항검에게서 스승을 넘겨받아 가슴에 안고는 캄캄한 하늘에 원망스러운 눈길을 보냈다.

• • •

"일을 이따위로 망쳐놓고 네놈들이 살기를 바란단 말이냐!"

전주부영 정청에서 격노한 호통이 솟구쳤다.

"내 무어라 했느냐? 홍국영이 눈치채기 전에 서록을 빼내오라 했잖는가?"

정순왕후의 가까운 인척으로 홍문관에 재직 중인 김관주였다. 세손이 홍국영을 전주부로 급파했다는 소식을 들은 정순왕후가 박철오와 더불어 본향으로 급히 내려보낸 인물이 김관주였다.

복면 자객의 우두머리가 부복하여 죄를 청했다.

"죽여주십시오."

"허면 일을 이따위로 처리하고도 목숨이 온전하리라 바랐던 게냐?"

네발로 기어와 옆에 엎드린 한 내관이 울며불며 발뺌했다.

"소인은 잘못이 없습니다. …하오니 소인은 제발 살려주십시오."

"시끄럽다!"

목구멍까지 올라온 불호령을 김관주는 꿀꺽 삼켰다. 작금의 사태를 수습하는 것이 무엇보다 시급했다. 저자들의 실수는 추후에 벌해도 늦지 않을 것이다.

"꼴도 보기 싫으니 물러가 있으라!"

자객들과 한 내관이 방을 나가자 김관주는 경상 너머의 두 사람을 초조하게 갈마봤다. 박철오와 전주부 판관 조남용이 어두운 표정으로 말없이 앉아 있다.

"예원이 죽었다는 사실이 홍국영의 귀에 들어가는 건 시간문제일세. 그리되면 우리가 서록을 쫓고 있다는 사실을 세손한테 알려주는 꼴이 되고 말아. 의심을 사서는 아니 되네. 어떡해서든 우리가 이번 사건에 개입되었다는 정황을 없애야 해. 어찌하면 좋겠는가?"

김관주의 물음에 박철오가 답했다.

"우선 판관께서 중영의 군사들을 예원의 집으로 보내 누구도 사건 현장에 접근하지 못하도록 막아주셔야 합니다. 그리고 돈을 노린 자들이 예원의 사가를 침입해 인명을 살상했다는 소문을 퍼뜨려야 합니다."

"단순한 강도사건으로 몰아가자는 얘긴가?"

"그렇습니다. 번암의 의심을 줄이기 위해서라도 그리 처리해야 합니다."

"허나 살해 현장을 목격한 아이들이 있다고 했어. 그 녀석들도 처치해야 하질 않겠는가?"

살인사건이 벌어져 골치가 아프다는 표정으로 앉아 있던 조남용은 애성이 나서 끼어들었다. 박철오가 단호하게 고개를 저어댔다.

"봉안식이 내일입니다. 백성들은 물론이고 조정의 눈들이 전주부를 주시하고 있단 말입니다. 일을 크게 만드실 생각이 아니라면 그 아이들은 건드리지 않는 것이 좋습니다."

"하지만 만사 불여튼튼이라 했네. 혹여 그 녀석들이 이상한 소리를 나불대고 다니기라도 하면…."

"그땐 판관이 알아서 처리하면 될 테고, 꾸물거릴 시간이 없으니 판관은 빨리 중영으로 나가봐!"

스물두 살 새파랗게 젊은 김관주가 아비뻘 되는 조남용에게 서슴없이 하대를 늘어놨다. 그런데도 조남용은 조금도 개의치 않는 눈치였다. 김관주는 정순왕후의 가까운 인척이었다. 품계의 높고 낮음을 따지기는커녕 하대보다 더한 무시를 당한다 해도 무조건 상대의 비위를 맞춰줘야 한다고 생각하는 조남용이었다. 김관주보다 열다섯 살이나 많으면서도 박철오가 꼬박꼬박 존대하는 것도 같은 이유에서였다.

"소인은 먼저 나가보겠습니다!"

조남용은 방석을 박차고 일어섰다. 관복 자락을 휘날리며 문밖으로 나간 그의 발걸음 소리가 사라질 때였다.

"예원이 반점 안에 서록을 찾아오겠다고 했다지? 그 말은 서록이 예원의 집에서 멀지 않은 곳에 있다는 뜻이야. 그렇지 않나?"

"제 생각도 같습니다. 듣자 하니 예원은 향교와 집만 오갔다고 하더군요. 필시 두 곳 중 한 곳에 서록을 숨겨두었을 겁니다."

"홍국영도 그 점을 간파하고 있을 것이네."

"그래서 중영 군사로 하여금 예원의 집을 지키도록 했습니다. 그자들이 번을 서는 동안 홍국영은 그곳을 살펴보고 싶어도 살필 수가 없을 겁니다."

"그 사이 우리 쪽에서 서록을 찾겠다?"

박철오의 의중을 파악한 김관주였다.

"예. 우선 예원의 집에 사람을 잠입시켜 파지 한 장 소홀히 넘기지 않고 샅샅이 뒤짐을 해볼 생각입니다. 그런 다음에 향교를 살펴보고, 그래도 나오지 않으면 그자와 안면을 트고 지낸 자들을 탐지할 작정입니다."

"그리 했는데도 나오지 않는다면? 그땐 어찌해야 하는가?"

"긴 싸움이 될 수도 있겠지요. 그래서 말씀인데…."

"주저 말고 얘기해보게."

"좀 더 세밀하고 신속하게 조사를 마치려면 지금 인력으론 한계가 있습니다. 그 일에 적합한 자들을 사서 부릴 수 있도록 판관의 주머니를 열어주셔야겠습니다."

"그건 걱정하지 마. 판관 저자가 중전마마 눈에 들려고 별짓을 다 하는 놈이야. 내 말 한마디면 돈이 아니라 목숨까지도 내놓을 놈이지. 내가 말해두겠네."

"감사합니다."

"그나저나 골치 아프게 생겼어. 중전마마께서 일이 이 지경으로 꼬인 사실을 아시게 되면 실망이 크실 것이야."

"면목이 없습니다."

"사죄는 나중에 중전마마께 직접 드리게."

"알겠습니다."

"어찌 됐든 이제까지의 일을 중전마마께 보고는 올려야 할 것이야. 날이 밝는 대로 도성으로 출발하겠네. 한 내관도 동궁을 너무 오래 비웠다가는 세손의 의심을 살지도 모르니 그 사람도 데리고 갈 생각이네. 자네가 이곳에 남아 은밀히 움직여주게."

"예…."

"저쪽에서 눈치채지 못하게 은밀히 진행해야 하네."

"여부가 있겠습니까. 소인에게 맡겨주십시오."

"예원이 죽다니? 어찌 된 일이오?"

경악한 유동근의 목소리가 처소의 격자문을 뚫고 나갔다.

스승을 모시고 오겠다며 처소를 나선 항검은 소식이 없더니 밤이 이슥해서야 넋이 나간 얼굴로 돌아왔다. 유동근이 아들을 맞으려는데, 검은 그림자들이 수북이 마당으로 들어섰다. 피투성이가 된 이벽과 완숙이 정신을 잃은 채 낯선 사내들의 등에 업혀 있었다.

영문을 묻는 유동근에게 홍국영은 호패를 꺼내 보여 신분을 밝혔다. 유동근은 난데없는 홍국영의 등장이 당황스러웠으나 자초지종을 캐물을 겨를이 없었다. 우선 홍국영을 사랑채로 안내한 뒤 서둘러 세 아이를 방에 눕히고 의원을 불렀다. 그때에야 홍국영이 예원의 죽음을 알렸다.

유동근에게 자초지종을 들려준 홍국영은 간곡히 부탁했다.

"벽을 절대로 밖에 내보내지 마시고, 한시도 눈을 떼지 말아야 합니다."

서록의 존재를 알고 있는 이들 중 하나가 벽이었다. 정적들이 여차하면 벽의 입을 영영 막으려 할지도 몰랐다.

"걱정하지 마시오. 내 잘 지켜보리다."

"한 가지 청이 더 있습니다. 벽이가 정신을 차리면 꼭 전해주십시오. 서록에 관해 반드시 함구할 것, 그리고 세손저하의 명이 하달될 때까지 경거망동하지 말고 기다릴 것. 무사들 절반을 이곳에 남겨두겠습니다. 그러니 저들의 사소한 낌새라도 무사들에게 말씀해주셔야 합니다."

서둘러 제 할 말을 마치고 마당을 밟아나가는 홍국영의 발짝이 바람처럼 빨랐다.

동궁전에서 홍국영의 소식을 기다리는 이산과 채제공은 착잡했다. 임오년 전후로 동궁전의 수라간에서 자행된 음모를 뒤쫓는 일은 처음부터 쉽지 않았다. 당시의 모든 관련 기록을 밤새워 샅샅이 조사했으나 수상쩍은 점을 발견하지 못했다.

하지만 의심스러운 면이 아예 없는 것은 아니었다. 당시에 동궁전의 음식에 관련된 자들이 궁 안에 하나도 남아 있지 않았다. 그 많은 관련 궁인들이 어떻게 한 명도 남김없이 모조리 궐 밖으로 내쳐질 수 있는지 의아했다.

"이는 필시 증인을 없앤 겁니다."

"그러니 지금으로선 선세자저하의 서록에 희망을 걸어보는 수밖에 다른 방도가 없는 듯합니다. 그때의 정황을 상세히 적어놓으셨다 하셨으니 그걸 보면 작은 실마리라도 잡을 수 있지 않겠사옵니까?"

"번암께서 사람을 좀 모아주셔야겠습니다."

"사람이라니요?"

"홍국영이 전주부로 데리고 간 무사가 고작 열 남짓입니다. 서록을 없애려고 혈안이 된 자들을 대적하기엔 턱없습니다."

"소신도 그 점이 마음에 걸렸습니다."

"그렇다고 궐 안의 군사를 움직일 수는 없는 노릇입니다. 금군 내에도 첩자들이 있을 테니까요. 그러니 번암께서 믿을 만한 자들을 알아봐 주세요. 서록과 《칠극》을 무사히 지키는 일이 번암께 달렸습니다."

● ● ●

허기와 피로에 지친 완숙이 권상연의 등에 업혀 서문 밖 집으로 향한 것은 새벽 무렵이었다.

"제가 걸어갈게요. 내려주세요…."

유동근의 처소가 저만치 뒤로 물러나자 완숙이 말했다. 상연의 만류에도 완숙이 고집을 꺾지 않자 상연은 완숙을 가만 내려놓았다.

"고숙 덕분에 봉안식 구경을 할 수 있게 되어 기뻐했더니만 이게 뭔 날벼락인지 모르겠구나."

"원, 상연 형님도… 봉안식 구경이 대수랍니까? 항검 형님이 저만하길 천만다행으로 여겨야지요."

등롱을 들고서 상연을 따라 종종걸음을 놓던 사내아이가 조곤조곤

타박을 늘어놓았다. 진산에서 온 윤지충이다. 자신보다 머리 하나는 작은 지충의 어른스러운 말투에 완숙은 힐끗 시선을 돌렸다. 완숙을 몰래 힐끔거리다가 그녀와 시선이 마주치자 지충은 빰까지 빨개졌다.

참으로 어여쁜 계집아이다. 피로 얼룩진 남루한 입성과 바람결에 날리는 헝클어진 머리, 땟물처럼 빰에 번진 눈물 자국에도 불구하고 어여쁜 용모 때문인지 완숙은 지충의 마음을 강하게 잡아끌었다. 유동근이 상연에게 완숙을 집까지 바래다주고 오라고 하자 저도 모르게 동행을 자청했다.

“이숙님 말씀대로 몸을 추슬러 날이 밝거든 돌아가지 그랬니?”

등롱의 불빛을 완숙의 얼굴에 비치며 지충이 걱정스럽게 말했다.

“아니에요. 전 괜찮아요. 헌데 나리를 그리 부르시는 걸 보면 두 분이 항검 도련님 사촌들인가 봐요?”

완숙의 물음에 지충은 들뜬 목소리로 자신을 소개했다.

“응, 난 지충이라고 해. 항검 형님의 이종 동생이지.”

“나는 상연이야. 항검이 고종 형이지.”

완숙은 적이 의외라는 눈길로 지충을 내려다봤다. 양반집 자제라고 하기엔 초라한 차림새였다. 말을 섞어보니, 몸집이 작아서 그렇지 나이는 완숙보다 두 살이나 많은 열세 살이었다. 올 정월에 아버지를 여의고 어머니와 둘이 사는 지충이었다. 아버지가 병석에 누우면서부터 살림이 궁핍해졌다. 고산 윤선도의 6세손인 공재 윤두서가 지충의 증조부다.

상연 또한 조선 초기 양촌 권근으로부터 시작되는 명문대가의 후손이다. 상연의 할아버지는 아들 없이 딸만 내리 다섯을 두었는데 가문을 이으려고 사촌의 아들을 양자로 들였다. 그가 바로 상연의 아버지 권세학이다. 권세학의 다섯 누이 중 첫째는 지충의 아버지 윤경에게 출가하고, 둘째는 항검의 부친과 연을 맺었다. 그리하여 지충의 어머니는 상연에게는 고모이고, 항검에게는 이모였다. 항검에게 상연의 아버지는 외숙이고, 지충의 아버지는 이숙이다.

유동근은 그런 두 사람을 남달리 챙겼다. 상연은 바보스러울 정도로 착한 성품으로 인해 식솔들로부터 반푼이 취급을 받았다. 그들의 형편을 익히 아는지라 유동근은 추수철이면 어김없이 햇곡식을 실려 보냈고, 가끔 장구동으로 넘어가 지충의 손에 용채를 쥐어주곤 했다. 상연에게는 귀한 서책을 선물하는 것도 잊지 않았다.

등롱의 노란 불빛이 종이를 파는 상인들이 밀집해 있는 지전거리를 지나 서문을 통과했을 때였다. 깊은 생각에 잠겨 묵묵히 발을 놀리던 완숙이 우뚝 멈춰 섰다.

"…여기부턴 저 혼자 가도 돼요. 조심해 가셔요. 고맙습니다."

꾸벅 인사를 올린 완숙은 푸르스름한 여명이 번지기 시작하는 거리를 뒤 한 번 돌아보지 않고 뛰었다. 상연이 무어라 소리쳤지만, 귀에 와 닿지 않았다. 운명하기 전 자신을 바라보던 예원의 눈길이 불에 지진 화인처럼 머리에 박혀 떠나지 않았고, 가슴이 찢어질 것처럼 아팠다.

"왜 이리 늦었어? 항검 도련님댁 나리는 또 어디서 만났고?"

점례가 방문을 들어서는 완숙을 끌어 앉히며 물었다. 완숙의 귀가가 늦어질 것이라는 유동근의 연통을 받아놓고도 원인 모를 불안에 새벽녘까지 조바심을 친 그녀였다.

"엄마… 나 어떡해. 무서워서 죽겠어…. 으아앙…."

완숙은 점례의 품을 파고들며 울음을 터트렸다. 순간, 점례는 비릿한 피 냄새를 맡았다. 황급히 완숙을 떼어낸 점례가 등잔불 가까이 완숙을 데려다 앉혔다.

"완숙이 다쳤어? 어디서 어떻게 다친 거야?"

딸의 치마며 저고리에 말라붙은 핏자국을 발견한 점례가 소스라쳐 놀라며 몸 곳곳을 살폈다.

"나리… 나리께서 나 대신… 나를 살리느라 칼을 맞으셨어."

"이게 다 무슨 소리니? 알아듣게 좀 얘기를 해봐, 이것아!"

하지만 완숙은 점례의 가슴골에 얼굴을 파묻고 하염없이 울음을 터트렸다. 점례는 비 맞은 참새처럼 그녀의 품 안에서 떠는 완숙을 다그치는 대신 다독이며 끌어안았다.

남겨진 단서

고통스러운 신음과 함께 눈을 떴다. 이벽은 자신을 내려다보는 사내들을 한동안 먼 눈길로 바라보다가 힘겹게 몸을 일으켰다. 상체에 붕대가 칭칭 감긴 이벽을 유동근이 염려했다.

"사나흘 거동하지 말라는 의원의 말이 있었네. 무리하지 말게!"

"…여기가 어디입니까?"

"우리가 묵고 있는 거처네. 홍국영이 자네를 부탁하고 떠났어. 초남이에 있는 집사와 노복들 몇을 이곳으로 불러들였으니 곧 당도할 게야. 한동안 지내기에는 불편함이 없을 것이니 어렵게 여기지 말고 편히 지내게."

유동근은 덧붙여 홍국영의 당부를 전했다. 괴로운 표정으로 생각에 잠겨 있던 이벽이 물었다.

"하오면 저희가 어찌해야 하는지요?"

"우선은 홍국영의 당부에 따르자꾸나. 나는 수시로 동헌의 동태를 살필 테니 그동안 벽이와 항검이는 문밖출입을 삼가거라. 그리고 다들 입조심해야 한다. 상연이 너도 이곳에서 오간 얘기는 절대 함구해야 한다. 알겠느냐?"

"물론입니다, 고숙. 심려 마세요."

자신이 끼어들 대화가 아닌지라 있는 듯 없는 듯 조용히 귀를 기울이던 상연이 그제야 목소리를 내며 씩 웃었다. 상연을 향해 마주 웃어주던 유동근이 문득 긴 한숨을 내쉬었다.

"그나저나 예원의 장례는 어찌 치러야 할지 걱정이구나. 상주는 누가 맡아야 할지…."

그 말에 항검과 이벽의 낯빛이 다시금 어두워졌다.

"연장자이신 아버님께서 맡아주시는 편이 낫지 않을까요?"

"저도 항검이 생각과 같습니다. 어르신께서 나서주시면…."

물기 어린 두 도령의 눈동자를 착잡하게 응시하던 유동근이 가만히 고개를 저었다.

"슬하에 자녀가 없고, 부모가 아니 계실 땐 망자와 가까운 사람이 상주를 서기도 한단다. 나보다는 예원과 가까이 지낸 항검과 벽이 중에서 상주를 서는 편이 낫지 않을까 싶다만, 우선은 주검부터 찾아야 하니 그 일은 차후에 의논하자꾸나."

유동근은 어스름이 깃들기 시작하는 바라지창을 바라보았다. 그의 시선을 따라 눈길을 돌리던 이벽이 바라지창 밑의 바닥에 놓인 낯익은 물건을 발견하고 흠칫 어깨를 떨었다.

누가 언제 자신의 품에서 꺼내 그곳에 놓아둔 것일까. 갈아입으라고 준비해둔 듯 새 옷 위에 낡은 책 한 권이 올려 있었다. 생전에 스승과 수도 없이 들여다보던 《천주실의》였다.

"……."

이벽은 원망이 서린 얼굴로 《천주실의》를 노려봤다. 눈부신 빛을 발하며 그 책 속에서 쏟아져 나오던 활자들과 나비 떼처럼 팔랑대며 날아다니던 그 활자들이 삽시간에 조합해냈던 계시들, 납작 부복하여 제게 내려진 소임을 따르겠노라 맹세하던 자신의 모습 하며, 피투성이가 되어 쓰러진 스승의 처참한 몰골이 두서없이 이벽의 눈길 속에서 떠올랐다 사라졌다.

못하겠습니다. 당신은 현세에서의 고난과 수고로움을 마다하지 말라고 하셨지만… 제 안에는 지금 원망만 가득합니다. 스승님의 죽음을 막지 못한 저 자신이 너무나 밉고, 그분을 지켜주지 않으신 당신 또한 원망스러울 뿐입니다. 그래서 못하겠습니다.

이벽은 《천주실의》를 바라보던 눈길을 차갑게 돌렸다. 그때였다.

믿으라!

서고에서 들었던 그 소리였다. 짧으나 강렬하고, 낮으나 웅장한 그 소리가 다시금 이벽의 귓전을 울렸다.

이벽은 창 아래 《천주실의》를 향해 고개를 돌렸다. 찰나, 이벽의 심장이 거세게 뛰었다.

오, 천주시여….

《천주실의》를 향해 돌아앉은 이벽이 무릎을 꿇고 부복하며 혼란스러운 표정으로 중얼거렸다. 방안의 사내들이 그런 이벽을 의아한 눈길로 바라보고 있었다.

● ● ●

혼곤한 꿈의 나락에서 빠져나오려 기를 쓰는 가운데 완숙은 그 소리를 들었다. 소매를 걷어붙인 점례가 윗목에 놓인 목간통에 뜨거운 물을 쏟았다.

이제껏 뜨거운 물로 하는 목욕은 일 년에 한 번 치르는 연례행사였다. 화목이 귀한 탓에 연중 하루 날을 잡아 한 해 동안 묵힌 때를 시원하게 밀어댔다. 그 목욕을 이미 며칠 전에 해치웠는데, 어미가 어쩐 일로 목욕물을 또 준비하고 있다.

“웬 거야?”

“깼어?”

이불을 들치고 일어나 앉는 완숙을 돌아보며 점례가 희미하게 웃었다. 어젯밤의 일 때문인지 기미가 거뭇하게 내려앉은 점례의 얼굴이 하룻밤 사이에 폭삭 늙어버린 느낌이다.

“밖이 몹시 추워. 고뿔이라도 걸리면 큰일이니까 방에서 씻자. 내 새끼가 꼴이 말이 아니야.”

그 난리를 겪고 난 뒤에 씻지도 않고 잠이 든 터라 완숙의 몰골은 말이 아니다.

점례는 딸의 피 묻은 옷을 속곳까지 벗겼다. 어미의 손길에 몸을 맡긴 채 완숙은 말이 없다. 옷가지를 방문 밖으로 내놓은 점례가 완숙의 손을 잡아끌었다.

“얼른 씻자. 엄마랑 갈 데가 있어.”

얼굴이며 팔다리에 묻은 핏물을 닦아내고 머리까지 개운하게 감긴 점례는 더러워진 목욕물을 버린 뒤 다시 방으로 돌아와 반닫이의 문짝을 열었다. 낡은 옷가지들이 가지런히 개켜 있는 반닫이 안쪽으로 깊숙이 손을 넣은 점례가 완숙의 난벌을 꺼내 들었다.

"애들 크는 건 하루 다르고 이틀 다르다더니 어느 틈에 이리 자랐누…. 이럴 줄 알았으면 자주 꺼내 입힐 걸 그랬나 보다…."

지난 생일에 큰맘 먹고 지어준 외출복이다. 비록 질박한 무명옷에 불과했으나 솜을 넣어 겹으로 지었고, 몇 해를 입힐 욕심에 품을 크게 잡아 여식의 몸피에 헐렁했으나 치자와 홍화로 염색한 새 옷을 입은 완숙은 반가의 아기씨들 못지않게 예쁘고 귀티가 났다. 그 옷을 아끼느라 생일 하루만 입히고 계속 옷장 안에 고이 모셔두었더니 노랑 저고리와 다홍치마는 턱없이 짧아졌다.

"어딜 가는데?"

완숙을 끌어당겨 무릎 앞에 앉힌 점례가 머리칼을 땋아 내리며 대답했다.

"엄마랑 남고사에 좀 가자."

"거긴 갑자기 왜?"

물었으나 답을 듣지 않아도 이미 들은 기분이었다. 공력 높은 스님이 남고사에 계셨다. 어미와는 오래전부터 알고 지낸 스님을 완숙도 몇 차례 뵌 적이 있었다. 흉사를 당한 예원의 영가가 극락왕생할 수 있도록 빌어달라고 기도를 청하기 위함이리라. 아니나 다를까.

"나리께서 널 지켜주시려다 운명하셨는데 어미가 되어 어찌 가만있을 수가 있겠어. 원산 스님을 뵙고 영가 기도를 올려달라고 할 생각이란다. 그리하면 나리께서도 편히 잠드실 수 있을 거야."

아는 사람 하나 없는 전주부에 입성하던 첫날부터 점례는 악몽에 시달렸다. 분명 끔찍했지만 깨고 나면 하나도 기억나지 않는 꿈이었다. 천륜을 거스른 죄의식을 견디지 못해 점례는 수시로 죽을 결심을 하고, 실제로 목을 맨 적도 있다. 다시금 노름에 손을 대기 시작한 막쇠의 도박벽까지 겹쳐 점례는 그야말로 죽지 못해 사는 날들을 보냈다. 그런 그녀를 고덕산 자락에 자리한 남고사로 이끈 분이 원산 스님이다.

"네 이름까지 지어주신 고마운 분인데 먹고 살기 바쁘다는 핑계로 한동안 발길을 못했구나."

점례의 말에 완숙이 놀란 눈을 떴다.

"그 얘기는 처음 듣네. 진짜 그분이 내 이름을 지어주셨어?"

"그랬지."

십 년 전, 백설이 분분한 겨울날이었다. 눈만 떴다뿐이지 시체나 다름없는 모습으로 툇마루에 앉아 눈 쌓인 마당을 멍하니 바라보고 있을 때였다. 고요한 눈발 사이로 목탁 두드리는 소리가 들려왔다. 바닥이 드러난 쌀독을 박박 긁어 스님의 바랑에 붓고 돌아서려는데 스님이 점례를 불러세웠다. 그러더니 목에 걸고 있던 염주를 벗어 점례에게 건넸다. 그때 스님이 한 말이 아직도 기억에 생생했다.

"보살님, 이 염주는 백여덟 개의 알알이 한 줄에 꿰여서 하나를 이루고 있답니다. 세상 인연도 마찬가지지요. 염주의 낱알처럼 제각기인 사람들이 인연이라는 한 줄에 엮이면 번뇌와 업보가 생겨나지요. 그렇다고 해서 억지로 끊을 수가 없는 것이 인연이랍니다. 저 방안에 누워 있는 아이도, 저 아이의 운명을 어그러뜨린 거사님도 다 보살님이 이승에서 풀고 가야 할 인연이고 업보입니다. 허니 나쁜 마음을 먹지 마시고 이 염주를 항상 지니고 다니면서 부처님께 기도하세요. 삼보의 이름을 부를 적마다 한 알씩 돌리다 보면 마음에 산란함이 없어지고 평안함이 깃들 겁니다."

누구에게도 말하지 못했던, 말하고 싶어도 꺼낼 수 없었던 아이의 출생에 얽힌 비밀을 모두 알고 있다는 말투였다. 점례는 큰 충격에 빠져 합장을 하고 돌아서는 스님을 멍하니 바라보았다. 정신을 차리고 보니 스님의 승복 자락을 부여잡고 있었다.

"스님! 알려주세요, 스님! 제가 어찌해야 하나요? 언년이가 보고 싶어서… 그 사람이 미워서… 저 아이를 똑바로 볼 수가 없어서 하루하루가 너무 괴롭고 숨이 막혀요. 도무지 살 수가 없습니다, 스님. 제발 저를 좀 살려주세요."

울며 매달리는 점례에게 스님은 말했다.

"진심으로 부처님께 기도하고, 그 기도로도 풀리지 않는 것이 있으면 언제든 남고사로 오셔서 원산을 찾으세요."

스님의 그 말이 점례의 마음을 건드렸다. 눈발 속으로 멀어지는 스님의 뒷모습을 바라보며 뜨거운 눈물을 원 없이 쏟아낸 점례는 다음날로 남고사를 찾았다.

"쇤네는 배운 것이 없어 적당한 이름이 떠오르질 않습니다. 스님께서 이 아이에게 좋은 이름을 지어주세요. 제발 부탁드립니다."

완숙.

점례가 내민 아기를 오래도록 들여다보고 난 후에 원산 스님이 지어준 이름이었다. 어른들의 욕심 때문에 얽혀버린 운명을 맑은 심성으로 풀어내어 제자리로 돌아가기를, 그리하여 종국엔 만인에게 이로운 사람이 되어주기를 염원하는 뜻에서 그리 지었다 했다. 모든 비밀을 꿰뚫고 있는 성심은 스님의 공력에 점례는 눈물로 합장했다.

그로부터 10년 세월이 흘렀다. 동굴 속 같던 점례의 얼굴에도 웃음꽃이 자주 피었다. 완숙은 건강하고 명랑하게 자랐다. 영리하고 속정이 깊은 데다가 의협심이 강했다.

"얼른 머리 땋고 나가자. 사람들이 몰려나올 시각이 거의 다 됐어."

해는 벌써 중천에 이르고 있었다. 이윽고 총총 땋아 내린 완숙의 머리에 붉은색 댕기까지 곱게 매어준 점례가 여벌의 옷이 들어 있는 보퉁이를 챙겨 들고 방문을 열었다.

"어?"

점례의 뒤를 따라 문턱을 넘어선 완숙이 문득 발치를 내려다봤다. 붉은색의 뭔가가 완숙의 시선을 잡아끈 것이다. 빨랫감 속에서 고쟁이를 끌어낸 완숙이 고개를 갸웃거렸다.

"이게 뭐지?"

피였다. 더 정확히 말하자면 피로 쓴 글씨였다. 군데군데 피가 묻은 고쟁이 밑단에 누군가 급히 갈겨쓴 '三一之畵'(삼일지화) 네 글자가 검게 말라붙었다.

"이상하다… 누가 내 고쟁이에다 이런 글을…."

찰나 예원의 유언이 완숙의 머릿속을 강하게 치고 지나갔다. 죽어가던 예원은 서록이 있는 곳을 남겨놓았으니 벽에게 전해달라고 했다. 유동근의 처소에서 정신이 들었을 때도 맨 먼저 생각난 유언이었다. 하지만 아무리 기억을 더듬어도 예원이 그녀에게 준 물건은 없었다. 그래서 의아하게 여기던 중이었다.

더군다나 이벽은 예원의 집에서 혼절한 이후로 좀처럼 깨어나지 못했다. 예원의 유지를 그에게 아직 전하지 못한 이유였다. 그런데….

“엄마, 난 같이 못가. 어디 좀 가봐야 할 곳이 있어. 남고사는 엄마 혼자 갔다 와. 나는 나중에 따로 찾아뵐게!”

고쟁이를 챙겨 들고 허둥지둥 짚신을 꿰어 신으며 완숙은 섬돌 아래에서 기다리고 있는 점례에게 말했다. 화들짝 놀란 점례가 제 옆을 스쳐 가는 완숙의 팔을 잡아챘다.

“가긴 어딜 간다는 거야?”

완숙은 고쟁이를 점례의 눈앞에 들이댔다.

“나리가 돌아가시기 전에 남기신 글이야! 이걸 빨리 벽이 도련님께 보여드려야 한단 말이야! 그러니까 혼자 다녀오세요.”

점례의 팔을 뿌리친 완숙이 후다닥 사립문을 향해 뛰었다. 그런 완숙을 놓치지 않기 위해 점례가 마당을 가로질러 쫓아왔다.

아랫집으로 향하는 경사진 골목에 막 발을 들여놓았을 때였다. 막쇠가 부목을 댄 한쪽 발을 절뚝거리며 집 쪽으로 올라오다가 모녀를 발견하고 인상을 팍 썼다.

“이것들이 시방 어딜 가는 거야?”

막쇠를 발견하고 그 자리에 얼어붙은 모녀에게 다가와 으르대는 그의 입에서 술 냄새가 진동했다. 겁에 질린 점례의 손에 들린 보따리를 발견한 막쇠가 눈알을 희번덕거렸다.

“가장은 죽게 생겼는데 네년들은 유람이라도 가는 게여, 뭐여? 엉?”

눈을 부릅뜨고 모녀를 노려보던 막쇠가 다짜고짜 점례의 얹은머리를 잡고 흔들더니 마당으로 끌고 가 난폭하게 내다 꽂았다.

"엄마!"

완숙이 달려가 점례를 안았다. 점례가 헝클어진 머리채로 도리질을 치면서 나서지 말라고 했지만, 완숙은 치밀어 오르는 부아를 억누르지 못했다.

"아버지! 달포 만에 와서 한다는 짓이 이거에요? 이 짓거리 질리지도 않아요? 엄마 좀 그만 괴롭혀요!"

퍼억!

턱을 빳빳이 치켜들고 대들던 완숙이 머리통을 감싸며 쓰러졌다. 얼얼한 주먹을 탁탁 털면서 막쇠가 고함을 질러댔다.

"네년이 도끼눈을 뜨고 노려보면 어쩔 거여? 여직 먹여주고 입혀준 은공도 모르고 누구한테 대거리여, 대거리가? 나 몰래 꿉쳐둔 돈 있지? 뒈지고 싶지 않으면 얼른 다 꺼내와!"

숨겨놓은 돈이란 게 있을 턱이 없었다. 그렇다면 아비가 노릴 물건은 한 가지였다.

"엄마, 열쇠…."

움직이기 편하도록 입고 있던 고쟁이 위에 예원의 유언이 적힌 고쟁이를 화급히 겹쳐 입은 완숙이 방을 향해 튀어나갈 자세를 취한 채 점례에게 속삭였다.

딸의 머릿속을 훤히 들여다보고 있는 점례가 슬그머니 치맛자락 속으로 손을 넣었다. 속곳 안에 달아놓은 주머니에서 꺼낸 구릿빛 열쇠가 완숙의 손에 쥐어졌다.

후다닥!

짚신도 벗지 않고 곧장 방으로 뛰어들어간 완숙은 반닫이에 채운 자물쇠에 열쇠를 가져갔다. 막쇠의 무지막지한 발길질 소리와 점례의 비명이 방안으로 뛰어들었다.

마음이 너무 급한 탓인지 자물쇠 구멍에 들이민 열쇠가 자꾸만 어긋났다. 한 번, 두 번, 세 번…. 그러고도 몇 차례 시도 끝에 자물쇠가 텅 소리를 내며 열렸다.

"찾았다!"

방물함을 반닫이에서 끌어낸 완숙이 재빨리 일어서 부엌과 통하는 쪽문을 벌컥 열어젖혔다. 부엌에 고인 어둠 속에서 무언가 불쑥 튀어나온 것은 그 순간이었다.

휘익!

바람을 가르는 소리에 이어 완숙의 몸이 방물함과 함께 방바닥으로 나뒹굴었다.

"그년을 잡았다!"

피 묻은 육모방망이를 완숙의 치마에 쓱쓱 문질러 닦은 관졸이 밖을 향해 외쳤다. 그의 육모방망이가 완숙의 이마를 후린 것이다.

왜… 도대체 왜….

관졸의 어깨에 거꾸로 들쳐 매여 끌려나가며 완숙은 혼미해지는 의식 사이로 중얼거렸다. 예닐곱 명의 관졸들이 정신을 잃고 마당에 널브러진 막쇠와 점례를 사립문 밖의 평차에 옮겨 실었다.

● ● ●

태산 같은 침묵이 옥사를 짓눌렀다. 오랏줄에 묶인 완숙 모녀는 불안한 침묵에 잠겨 말이 없었다. 간혹 쿵쿵대는 소리가 옥사의 문 쪽에서 들려왔다. 완숙 모녀와 마찬가지로 두 팔이 결박당한 막쇠가 옥사 문을 어깨로 부딪는 소리였다.

"얌전히 기다리란 말 못 들었어? 판관 나리께서 납실 때까지 그 안에서 꼼짝 말고 찌그러져 있어!"

옥사를 지키는 군뢰가 다가와 창검 끝으로 위협하며 눈알을 부라렸다.

"니기미, 왜 잡혀 왔는지 죄명은 들려줘야 덜 답답할 거 아녀!"

군뢰의 가세에 눌려 슬금슬금 뒤로 물러나면서 막쇠는 구시렁댔다.

이유도 모른 채 부영으로 끌려와 옥사에 갇힌 것이 반나절 전이었다. 미세하게나마 옥사 안에 감돌던 온기는 겨울 해가 서산 너머로 지고 어스름 어둠이 내리자 차디찬 냉기로 바뀌었다. 얼음장처럼 차가운 맨바닥에 웅크리고 앉아 완숙은 이빨을 딱딱 부딪쳤다. 완숙의 이마는 불덩이처럼 뜨거웠다. 나졸의 몽둥이에 얻어맞은 후유증이었다. 다행히 깨진 상처의 피가 멈췄다.

그로부터 반점이나 지났을까.

콰당!

출입문을 거칠게 열어젖히는 소리가 울렸다. 쇠 자물통을 푼 관졸들이 옥사 안으로 들어와 세 사람을 우악스럽게 잡아끌었다. 횃불이 환히 밝혀진 옥사의 너른 마당에 세 사람이 줄줄이 꿇어 앉혀진 것은 잠시 뒤였다.

"네년이 완숙이냐?"

조남용이 칼날 같은 목소리로 물으며 완숙을 내려다보았다.

"그, 그러합니다만…."

툭!

조남용이 내던진 봉투가 완숙 앞에 떨어졌다. 찰나 완숙의 심장이 쿵 하고 내려앉았다. 어젯밤에 예원의 심의와 함께 보따리에 넣어 그의 집으로 가져간, 조남용의 비리를 고발하는 내용을 적은 상소였다. 그 상소를 끼워놓은 보따리를 예원의 집에 남겨두고 왔다는 사실이 그제야 완숙은 생각났다.

"예원의 집에 보초를 서던 군사가 그곳 마당에서 주웠다며 내게 가져온 상소다. 과도한 자릿세와 고리대로 백성을 수탈하는 탐관오리가 있으니 하루빨리 잘못을 고쳐 무너진 관리의 기강을 바로잡고 백성의 고충을 덜어 달라고 적혀 있더구나. 네가 쓴 것이 맞느냐?"

"……."

봉투 안의 내용을 확인하던 순간의 분노가 새삼 되살아나 조남용의 안면이 노기로 푸들거렸다.

"상소… 라굽쇼? 이 화상은 까막눈입니다요. 헌데 어찌… 뭔가 착오가 있는 모양입니다요."

막쇠가 밧줄에 묶인 채 손사래를 쳤다.

"거기 저년의 이름 석 자가 분명히 적혀 있으니 발뺌할 생각일랑 않는 것이 좋을 것이다."

이윽고 형틀이 옥사 마당에 갖춰졌다.

"자식이 오만방자하게 날뛰도록 방관한 너희 부부의 죄 또한 용서할 수 없다. 저것들이 다시는 운신하지 못하도록 매우 쳐라!"

"살려주십쇼, 나으리!"

네 발 달린 짐승처럼 바닥을 기어간 막쇠가 머리를 조아리며 애걸했다. 관졸들이 완숙의 팔에 묶인 오랏줄을 푼 뒤 십자가 모양의 형틀로 끌고 갔다. 그 모습을 초조하게 바라보던 점례가 완숙의 사지가 형틀에 묶이자 꿇어 앉혀진 자리에서 솟구치듯 일어서더니 누각 앞으로 뛰어가 넙죽 엎드리며 빌었다.

"잘못했습니다, 나리! 저 어린 것이 철이 없어 저지른 일이니 제발 한 번만 용서해주세요, 나리!"

"어림없는 소리!"

점례의 애원을 단칼에 자른 조남용은 심상치 않은 눈길로 완숙과 점례를 갈마봤다. 히죽 웃어 보이며 성큼성큼 누각을 내려선 조남용이 형틀 앞으로 오더니 관졸의 허리춤에서 환도를 척 빼 들었다.

"다시는 함부로 붓을 들지 못하도록 네년의 손모가지부터 자르는 것이 좋겠다."

말이 끝나기 무섭게 허공으로 치켜 올라간 은빛 칼날이 형틀에 묶인 완숙의 손목을 향해 내리꽂혔다.

"헉!"

완숙은 두 눈을 질끈 감았다. 뜨뜻한 피가 완숙의 얼굴을 확 덮쳤다. 비릿한 피 냄새를 맡으며 뭔가 이상하다고 느낀 완숙은 천천히 눈을 떴다.

"어, 엄마!"

완숙은 형틀에 묶인 채 몸부림을 쳐댔다. 방금까지만 해도 누각 앞에서 여식의 용서를 빌던 점례가 오랏줄에 묶인 상태 그대로 달려와 완숙 대신 칼을 맞고 쓰러져 있는 것이었다.

"용서하지 않을 거야! 우리 엄마를 저리 만든 당신을 절대로 용서하지 않겠어!"

완숙의 분노에 찬 고함이 옥사 마당을 뒤흔들었다. 칼날이 베고 간 앞섶에서 배어 나온 피가 점례의 가슴팍을 붉게 물들이고 있었다. 삽시간에 벌어진 일에 잠시 당황한 기색이던 조남용은 이내 냉정한 얼굴이 되어 수하들을 쏘아봤다.

"언제까지 멍청히 서 있을 셈이냐! 어서 계집년의 볼기를 쳐라!"

관졸들이 허둥지둥 형구를 집어 들었다. 완숙의 붉은색 치맛자락이 허리 위로 훌러덩 젖혀졌다. 순간 조남용의 눈이 반뜩였다.

"저리 비켜봐라!"

뭔가를 발견한 그가 관졸들을 밀쳐내고 형틀 앞에 오금을 접고 앉았다. 그리고는 고쟁이 밑단에 적힌 혈서를 빨아들일 듯 쳐다봤다.

"삼일지화라… 이 글자가 무엇이냐?"

완숙의 심장이 철렁 내려앉았다. 조남용은 사악한 미소를 지으며 피 묻은 고쟁이를 잡아 휙 아래로 내렸다.

● ● ●

"그렇다고 이걸 빼앗아오시면 어찌합니까!"

박철오의 얼굴이 낭패감으로 창백하게 질려 있었다. 관졸로부터 고쟁이를 건네받기 무섭게 풍낙헌으로 달려온 조남용이 득의만면한 얼굴로 획득물을 박철오에게 건넨 뒤였다.

"예원이 죽던 순간에 곁을 지키고 있던 아이가 완숙이란 계집아이네. 그런데 그 아이의 고쟁이에서 이런 글자가 나왔어. 예원이 남긴 단서가 확실해. 그런데 이리 귀한 물증을 보고도 그럼 모른 척해야 한단 말인가?"

면박을 당하자 조남용은 침을 튀기며 역정을 냈다.

"홍국영, 그 눈치 빠른 자가 지금 어디로 향하고 있습니까? 예원이 죽자마자 자세한 내막을 조사해 보지도 않고 곧장 도성으로 출발했어요. 이미 예원의 죽음에 우리 쪽이 연관되어 있다는 걸 눈치챈 겁니다. 우리 쪽에서 급파한 살수들이 그자를 쫓고는 있으나 만약 홍국영을 제거하지 못한다면 세손도 이번 일에 우리가 개입되어 있다는 사실을 알게 되겠지요. 그런데 판관께서 이 고쟁이를 빼앗아오셨습니다. 그것이 무엇을 의미하는지 정녕 모르신단 말입니까?"

"그래! 난 모르겠네! 대체 내가 뭘 잘못했다는 게야?"

"그 아이의 입을 어찌 막으실 셈입니까? 그저 눈으로만 확인하고 고쟁이는 놔뒀어야지요."

"그년이 함부로 입을 나불대지 못하도록 이참에 아예 없애버리면 그만인 것을 왜 저리 예민하게 구는지 원."

"그러면 잡혀들어온 그 아이의 부모까지 죽여서 입을 봉해야 한다는 얘기인데, 그리되면 더욱 의심을 사게 됩니다. 홍국영이 부성에 떨궈놓고 간 자들이 있습니다. 그자들의 의심을 사서 좋을 것이 없습니다. 하오니 심사숙고하셔야 합니다."

"알았네. 그건 내가 알아서 할 테니까 이 수수께끼 같은 글이나 풀어봐."

건성으로 고개를 끄덕인 조남용은 고쟁이를 박철오의 앞으로 밀었다.

"삼일지화라니, 대체 이게 뭔 말이야? 짐작 가는 거라도 있어?"

"천지의 세 신인 천일天一, 지일地一, 태일泰一을 삼일三一이라고 합니다. 또 정精과 신神과 기氣, 이 셋이 섞여 일체를 이룬 허무의 도를 도가에서 그리 부르기도 합니다. 이 세 가지의 것들이 하나를 이룬다는 것, 즉 삼위일체를 줄여서 삼일이라고 하지요."

예원의 짐작대로 박철오는 천주교의 교의에도 삼위일체가 존재한다는 점을 까맣게 모른 채 엉뚱한 풀이를 늘어놓고 있었다.

"천지의 삼신과 도가에서 말하는 삼일 중 어떤 내용을 그린 것인지는 모르겠으나 서록은 분명 그 그림 근처에 있습니다. 그러니 예원이 가리킨 그림을 먼저 찾아내야 하겠지요."

"향교와 예원의 집을 조사하라고 들여보낸 자들 중에서 그런 그림을 봤다는 얘기를 한 자가 있었는가?"

"들은 기억이 없습니다."

"그렇다면 그 계집년을 족쳐보면 되겠군! 내 당장 가서 그년의 입을 열겠네!"

"방금 말씀드리질 않았습니까. 더는 그 아일 건드려서는 아니 됩니다. 그 아이를 족친다고 해서 해결될 일이 아닙니다."

"이것도 안 된다, 저것도 안 된다. 그럼 대체 어찌하자는 거야?"

조남용은 들었던 엉덩이를 방석에 도로 갖다 붙이며 울화통을 터트렸다.

“완숙이 그 아이의 입을 열었다손 치더라도 그 아이가 지목한 사람을 함부로 잡아들여서는 아니 됩니다. 우리가 그러하듯이 그자 역시 삼일지화라는 단서가 어떤 그림을 가리키는지 모를 수도 있으니까요. 그런 자를 무작정 잡아들여서 무엇에 쓰겠습니까? 공연히 일을 복잡하게 만드는 꼴이 될 뿐입니다.”

“그렇다고 이대로 가만히 있을 수만은 없질 않은가?”

“완숙이란 그 아이는 지금 어쩌고 있습니까?”

“옥사에 다시 가두었네.”

“풀어주십시오.”

“말이 되는 소릴 하게. 그 계집이 날 발고하는 상소를 썼어! 그리 발칙한 계집을 풀어주다니? 절대 그럴 수 없네.”

“모두 서록을 찾기 위함입니다. 그러니 저를 믿고 놓아주세요.”

숨겨진 의미

전주성의 곳곳이 간밤에 내린 눈으로 새하얗게 변했다. 바자울 너머 나뭇가지마다 눈꽃이 소담하게 피었고, 집 밖으로 튀어나온 아이들이 눈싸움을 벌이며 쏟아내는 천진한 웃음소리가 시린 하늘 위로 솟구쳤다.

항검은 스승의 시신을 수습하는 일로 중군 청사를 찾아간 아버지를 기다리느라 전라감영 앞을 바장였다.

굳게 닫힌 합문이 열리고 유동근이 모습을 드러냈다. 낭패한 기색이 역력했다.

"아버님!"

"자세한 이야기는 저쪽으로 가서 하자꾸나."

합문을 지켜선 위병들을 의식한 유동근이 감영 앞 빈터의 번개 맞은 은행나무 쪽으로 항검을 이끌었다.

"범인은요? 그자들에 관해 뭐라도 알아낸 게 있답니까?"

"강도를 저지른 전력이 있는 범죄자들을 잡아들여 조사한다더구나. 강도살인 쪽으로 종결을 볼 모양이야. 아무래도 대책을 세워야겠다.

이대로 있다가는 예원을 빼내 오지도 못하게 생겼어."

"예? 그게 무슨 말씀입니까?"

"헌데 여태 검시관의 검시조차 이루어지질 않았다는구나."

"아니, 주검을 데려가 놓고 검시를 안 하다니요?"

"그 문제로 여태 실랑이를 하다가 오는 길이다. 연유를 알고 싶어 중군을 좀 만나야겠다고 했더니 집무실 근처에는 가지도 못하게 하더구나. 그래서 하는 수 없이 돌아 나오고 말았다."

"스승님을 돌아가시게 만든 놈들의 소행이 분명합니다. 범행을 은폐하려고 사건마저 조작하고 있는 게 틀림없다니까요!"

"그래서 대책을 마련해야겠다는 것이 아니냐. 어서 처소로 돌아가자. 벽이도 우리가 오길 기다리고 있을 테니 서두르자꾸나."

한숨을 내쉰 항검은 아비의 뒤를 따랐다. 동헌을 벗어난 두 사람은 저잣거리의 약방 앞에서 흠칫 멈춰섰다.

꽈당!

약방의 나무문이 거칠게 열리는가 싶더니 계집아이 하나가 길바닥으로 튕겨 나왔다. 잠시 뒤 열린 문 안에서 작은 궤짝 하나가 휙 날아와 길바닥에 쿵 하고 부딪친 뒤 저만치 굴러가는 모습이 보였다.

"이 가시나가 시방 날 장물아비로 아나…. 어디서 훔쳐낸 것인지도 모를 물건을 들고 와서 약을 내놓으라고?"

"아저씨! 제발 우리 엄마 좀 살려주세요, 아저씨! 으흐흑!"

약방 사내와 계집아이 사이에 매달리고 밀치는 실랑이가 오갔다. 하지만 이내 계집아이는 또 길바닥으로 내동댕이쳐졌다.

"어? 완숙이잖아!"

눈 바닥에 떨어진 궤짝을 끌어안고 굳게 닫힌 약방문을 하염없이 바라보고 있는 계집아이의 얼굴은 분명 완숙이다.

"얘, 완숙아. 무슨 일이야?"

눈길에 쓰러져 있는 완숙의 어깨를 잡아 일으키며 항검이 물었다. 귀에 익은 목소리에 완숙은 눈물범벅이 된 얼굴을 천천히 들어올렸다. 자신을 걱정스레 내려다보고 있는 두 사람을 알아본 완숙이 다시금 오열을 쏟아냈다.

"항검 도련님… 나리…. 우리 엄마 좀 살려주세요. 제발 우리 엄마를 살려주세요! 흑흑흑!"

"대체 무슨 일이야? 울지만 말고 얘길 해봐."

소맷자락 속에서 손수건을 꺼내든 유동근이 눈물 콧물 범벅이 된 완숙의 낯을 닦아주며 진정시켰다. 하지만 완숙은 쉽사리 울음을 그치지 않았다.

● ● ●

장터 점막의 봉놋방 구들은 뜨뜻했다. 방물함을 품에서 놓지 않는 완숙을 그 방에 데려와 앉히고, 유동근 부자가 마주 앉았다.

완숙은 관졸들에게 납치되어 옥사에 갇힌 일과 점례가 조남용의 칼에 맞은 사정을 울먹이며 털어놓았다. 이내 유동근 부자의 표정이 붉으락푸르락해졌다.

옥사에 납치되어 갔을 때 그런 것처럼 완숙의 가족은 관졸들의 평차에 실려 집으로 돌아왔다. 막쇠의 폭언과 주먹이 소나기처럼 쏟아졌지만, 완숙은 도망갈 생각조차 떠오르지 않았다. 가슴에 자상을 입은 점례의 출혈이 하루 반이 지나도록 멈추지 않았기 때문이다. 의식불명 상태에 빠진 점례를 보다 못한 완숙은 방물함을 집어 들고 미친 듯이 의원을 찾아 뛰었다.

"차라리 우리 아버님을 먼저 찾지 그랬어? 그랬다면 이런 봉변을 안 당했을 거 아냐."

"갔었어요. 근데 집사 어른이 나리마님 안 계신다면서 저를 쫓아내시는 바람에 돌아설 수밖에 없었어요. 예원 나리가 벽이 도련님한테 꼭 전하라던 물건도 드리질 못하고요."

"스승님께서 벽이한테 전하라는 물건이 있었다고?"

되묻는 항검의 음성이 흥분으로 떨려 나왔다.

"예. 벽이 도련님이 그걸 보셔야 서록을 찾을 거라는 말씀도 하셨더랬어요."

"서록? 방금 서록이라 했느냐?"

"예, 제 두 귀로 똑똑히 들었어요. 예, 분명 그렇게 말씀하셨어요. 그 글귀가 있어야 서록을 찾을 수 있을 거라고요. 그 글귀를 제 고쟁이에 피로 적어놓으셨어요."

완숙의 치마 쪽으로 눈길을 돌린 유동근이 떨리는 가슴을 진정시키며 명했다.

"네 고쟁이를 좀 보자. 지금 입고 있느냐?"

완숙이 죄스러운 얼굴로 고개를 저었다. 그리고는 기어들어 가는 음성으로 말했다.

"판관 나리가 빼앗아갔어요."

당장이라도 그녀의 가족을 해칠 기세로 달려들던 조남용이 느닷없이 자신들을 풀어준 이유 역시 완숙은 짐작할 수 없었다. 유동근은 달랐다. 그동안 뜨더귀되어 일어났던 일의 정황들이 하나의 실에 꿴 구슬처럼 한순간 연결되면서 눈에 보이듯 환하게 파악되었다.

"판관도 서록의 존재를 알고 있다. 그리고 그자도 서록의 뒤를 쫓고 있어."

"예? 판관이 그걸 어찌 안단 말입니까?"

완숙이 묻고 싶은 이야기를 항검이 먼저 묻고 있었다.

"판관이 노론임을 잊었느냐? 서록의 존재를 알고 있는 노론의 수뇌부 중 누군가가 이곳 전주의 측근들에게 은밀히 명했겠지. 세손저하가 홍국영을 급파하신 것처럼 노론 쪽 사람들이 도성에서 내려와 있는지도 모르고. 홍국영이 부성을 떠나기 전에 벽을 보호해줄 것을 신신당부했던 이유가 그 때문이었는지도 모르겠구나."

"맞아요! 내관이라는 자가 자객들 사이에 끼어 있었어요. 예원 나리를 죽인 자객이 그 사람한테 '한 내관'이라고 부르는 걸 제가 똑똑히 들었어요."

소리치며 나선 것은 완숙이었다. 완숙은 그날 밤 자신이 듣고 본 것을 빠짐없이 고했다.

유동근은 자신들이 매우 위험한 사건에 직면했음을 직감하고 있었다. 예원의 죽음에 대한 진실을 규명하기는커녕 자신들의 목숨마저 위태로워질 수 있는 상황임이 확실해 보였다. 다시 생각이 완숙의 고쟁이에 미쳤다.

"완숙아. 고쟁이에 적힌 글을 기억하느냐?"

"삼일지화라고 적혀 있었어요."

"삼일지화… 그게 무엇이란 말이냐?"

"그것까지는 저도 몰라요. 예원 나리께서 벽이 도련님한테 전하라고만 하셨거든요."

"그렇다면 형은 삼일지화에 대해 알고 있다는 얘기가 됩니다. 아버님, 어서 일어나시지요. 속히 처소로 가서 형에게 물어봐야겠습니다."

"벽에게 네가 들은 바를 모두 전하고 어찌 된 영문인지 자세히 들어보거라. 그리고 내 명이 있기 전에는 절대로 무엇을 결정해서는 아니 된다. 너희들끼리 단독으로 움직이는 일도 없어야 해. 그리 따라줄 수 있겠느냐?"

"예."

"내 곧 뒤따를 테니 너 먼저 처소에 가 있거라."

"아버님은 아니 가시고요?"

"완숙이 어머니 병세가 위중하다니 의원부터 찾아봐야지."

완숙이 댓돌에 놓인 신을 꿰어 신는 중인 유동근을 울먹이는 눈길로 바라보았다.

항검이 처소를 향해 냅다 뛰었다. 맨발의 완숙을 다독여 비싼 운혜를 사서 신긴 유동근이 의국 쪽으로 급히 발걸음을 놀렸다. 그런 그들의 모습을 처음부터 끝까지 쭉 매의 눈으로 지켜보는 이들이 있다. 박철오의 영을 받고 완숙의 뒤를 밟던 왈패들이다.

• • •

천변에 면한 색주가의 아침은 을씨년스러웠다. 간밤의 시끌벅적한 소란은 간데없이 쓰레기만 나뒹굴었다. 넉가래로 밀어놓은 눈이 석 자나 쌓인 담장 밑에서 한쪽 다리를 척 들고 오줌발을 갈겨대던 누렁이가 제 쪽으로 다가오는 막쇠를 물끄러미 바라보았다. 느닷없이 날아든 막쇠의 신경질적인 발길질에 옆구리를 걷어 채인 누렁이가 깨갱깨갱 요란하게 울부짖으며 골목 저편으로 달아난 것은 잠시 뒤였다.

"썅! 내가 제 발로 여길 다 오다니…. 이게 다 완숙이 그년 때문이여!"

막쇠는 누렁이가 사라진 담장 앞에 우뚝 서서 욕지거리를 뱉어냈다. 죄 없는 누렁개에게 공연히 화풀이를 해대고도 분이 풀리지 않는다는 표정이었다.

조남용에게 끌려간 이유는 자신의 노름빚이 아닌 완숙의 상소 때문임이 밝혀졌다. 그 탓에 점례가 크게 다쳤다. 숨이 붙어 있기는 하나 주검이나 다름없는 점례를 차마 모른 척할 수 없어 분주하게 사람들을 만나고 다닌 막쇠였다.

하지만 누구 하나 막쇠를 반겨주지 않았다. 돈을 빌려줬다가 되돌려 받지 못한 사람들이었다.

"성님, 그간 무고하셨습니까요?"

색주가의 포주 사내가 묵고 있는 방으로 들어선 막쇠가 다짜고짜 넙죽 엎드려 큰절을 올렸다.

"왔는감. 그렇잖아도 애들을 풀까 혔는디."

포주 사내는 눈길조차 주지 않으며 말했다. 덤덤하다 못해 서늘하기까지 한 반응이었다.

"이놈이 진즉에 찾았어야 했는디 이런저런 사정이 있어 이리 늦었습니다요. 죄송혀라."

"고놈의 사정이 뭔지는 관심 없고, 가져왔으면 고짝에다 놔두고 가보드라고."

"예? 뭣을요?"

"아, 몰라서 물어? 자네가 꿔간 내 돈 말여."

"성님. 실은 고것 땜시 지가 상의드릴 것이 있구만요…."

"상의?"

"예, 성님. 지한테 어린 딸년이 하나 있습니다요."

"그란디?"

"접때 듣자 하니 잔심부름할 계집이 필요하다던데… 아직 못 구하셨으면 제 딸년을 데려다 쓰십쇼."

"무신 뜬금없는 소리여, 시방? 자네 딸년을 팔아 빚잔치라도 하겠다는 거여?"

"그라지라."

"일 읎어."

"그라고 단칼에 짤라불지 마시고 지 좀 봐주쇼, 성님."

"몇 살인디?"

"열한 살이구먼유."

"하!"

외마디 소리를 내지른 포주 사내가 더는 들을 필요도 없다는 듯 치부책을 뒤적였다.

“이잉, 여기 있구만. 자네가 갚을 돈이 그랑께 이게 다 얼마다냐.”

그간 노름판을 전전하던 막쇠가 밑천이 바닥날라치면 그에게 달려와 손을 벌리고는 했다. 그 돈을 갚기로 한 날짜가 닷새나 지났다.

“하이고, 성님. 성님마저 지를 내쳐불면 지는 진짜 죽어라. 지가 말 못헐 사정이 있어서 그란다니께요. 한 번만 더 지를 봐주신다믄 앞으로 지가 성님 시키시는 일이라믄 지옥불에라도 뛰어들거구만요.”

기듯이 포주 사내의 곁으로 다가온 막쇠가 붉은 점이 닳도록 이마를 조아리며 사정했다.

“이마빡에 피도 안 마른 가시나를 데려다 뭣에 쓰라고?”

포주 사내는 짜증 섞인 목소리로 버럭 소리를 질렀다.

“그라지 마시고 한번 보시기라도 하십쇼. 고년 낯짝이 제법 반반합니다요. 두어 해만 지나 거시기가 쪼매 여물면 손님방에도 들여보낼 수 있을 겁니다요.”

순간, 외로 꼬고 있던 포주 사내의 고개가 막쇠 쪽으로 휙 돌아갔다. 북문 밖 김 진사 댁에서 부친의 방에 들일 어린 계집을 물색하고 있다던 얘기가 문득 떠올랐기 때문이다.

까다로운 조건 탓인지 그 댁을 찾았던 여러 계집아이가 퇴짜를 맞고 되돌아 나왔다던가. 애초에 김 진사가 내건 동첩의 몸값도 날이 갈수록 금액이 커진다는 얘기도 들려왔다. 동첩 중개인한테는 사례비를 톡톡히 챙겨주겠다 했다던가.

포주 사내의 우락부락한 안면이 환하게 밝아졌다.

“그람 일단 데리고 와봐. 낯짝 먼저 본 담에 결정을 헐 텐께.”

"하이고, 고맙습니다요, 성님. 그란디…."

"헐 말이 남았는가?"

"이왕 이놈 사정 봐주시는 김에 다믄 얼마라도 급전을 좀 돌려주시면 안 될깝쇼? 그리만 해주신다면 그 은혜 잊지 않겠습니다요."

"워메, 저 낯짝 두꺼운 것 좀 보소. 딸년 팔아치우는 놈이 부끄러운 줄을 알아야지. 염치도 없이 무신 급전까지 해달라고 지랄이랴!"

포주 사내가 어림없다는 표정으로 퉁바리를 놓았다.

"긴하게 쓸 데가 있습니다요. 사정 좀 봐주십쇼."

"물건마다 값이 다를 것인데 면상도 안 보고 셈을 치를 수는 없는 법이구먼. 일단 델고 와봐. 급전이고 뭐고 그 담에 거시기할 거니께."

막쇠는 사내의 말이 끝나기 무섭게 튀어나갔다. 나는 듯이 마당을 가로지른 막쇠가 대문의 문짝을 향해 손을 뻗었을 때였다.

쿵!

무언가 세차게 부딪치는 소리에 이어 막쇠의 비명소리가 마당에 울려 퍼졌다. 누군가 대문을 벌컥 열고 들어오는 바람에 그만 이마를 부딪친 것이었다.

"괜찮으시오?"

"됐으니까 저리 비키쇼!"

인상을 있는 대로 구긴 채 아픈 이마를 손바닥으로 문질러대던 막쇠가 절뚝발이 사내의 가슴팍을 거칠게 밀치며 일어섰다.

"내가 저이를 어디서 보았더라…?"

사과의 말을 건넬 틈도 주지 않고 가느다란 다리로 줄달음을 놓는 막쇠의 뒷모습을 멍한 눈길로 쳐다보면서 절뚝발이 사내는 고개를 갸웃거렸다. 넙데데한 낯짝에 뱀의 그것처럼 길게 찢어진 눈, 이마의 커다란 붉은 점이 어쩐지 눈에 익었다.

"이, 그려! 이마빡의 점을 보니 영락없는 막쇠여! 틀림없구먼!"

절뚝발이 사내는 막쇠를 잡기 위해 허둥지둥 색주가를 나섰다. 골목 초입을 향해 바람처럼 달려가는 막쇠의 모습이 시야에 들어오자 절뚝발이 사내의 기우뚱거리는 걸음걸이가 더욱 급해졌다.

"막쇠 아저씨! 나 덕배유, 내포 살던 덕배! 할 말이 있은께 거기 좀 서 봐유!"

덕배의 안타까운 외침이 인적 없는 홍등가 거리에 허망하게 울려 퍼졌다.

● ● ●

그즈음, 유동근은 완숙의 집에서 오도 가도 못한 채 발이 묶였다. 점심 가까울 무렵에 단칸방으로 들어간 의원은 오후를 훌쩍 넘기도록 나올 기미가 없다. 간혹 점례의 비명이 문밖으로 튀어나왔다. 물을 끓이고 피 묻은 수건을 빨아대느라 방과 부엌을 바쁘게 오가던 완숙이 그때마다 겁먹은 얼굴로 우뚝 멈춰 서서 눈물을 뚝뚝 흘렸다. 유동근의 발길이 차마 떨어지지 않은 까닭이다.

"…여긴 제가 있으니까 염려 마시고 그만 가보셔요, 나리."

"아니다. 이왕 기다렸으니 좀 더 있어 봐야지. 네 어머니가 괜찮다는 말을 듣고 가야 나도 마음이 놓이겠구나."

왕진 가방과 초립을 챙겨든 의원이 방문을 열고 나온 것은 그때였다.

"쇠붙이에 장이 끊어지지 않은 것이 천만다행입니다. 상처가 워낙 자심하여 진땀을 빼기는 했습니다만 위급한 상황은 넘겼습니다."

아닌 게 아니라 초립을 머리에 올려 쓴 의원의 얼굴이며 목덜미가 온통 땀투성이였다.

"고맙습니다! 정말 고맙습니다! 의원님께서 엄마를 살려주셨어요."

몇 번이고 코가 땅에 닿도록 사례하는 완숙의 눈동자에 기쁨의 눈물이 그렁거렸다.

"수고했소. 병자가 쾌차할 때까지 자주 들여다보고 치료해주시오. 탕약도 좀 지어 먹이고…."

유동근의 도포에서 나온 전낭이 통째로 의원의 손으로 건네졌다.

"아이고, 이렇게나 많이…. 알겠습니다. 소인이 특별히 신경을 쓰도록 합지요."

의원이 진료 가방을 잠깐 뒤적이더니 자그마한 쌈지 하나를 집어 올렸다.

"황단 가루다. 내가 자주 와보기는 하겠다만 혹시 네가 병구완을 하는 동안 상처 부위에 피가 비치면 그 가루를 바른 뒤 깨끗한 천으로 싸매거라. 그러면 금방 피가 멎을 것이야. 허나 피가 보인다면 상처가 덧나서일 터이니 내가 다시 살펴봐야 할 것이다. 허니 잠깐 지혈된 틈을 타서 날 부르러 오거라."

"알겠습니다. 나리."

"허면 소인은 이만 가보겠습니다."

의원이 유동근에게 예를 표하고는 발길을 돌렸다.

잠시 뒤였다.

"엄마…."

점례가 누워 있는 이불 곁으로 바짝 다가앉은 완숙이 조심스레 점례의 손을 부여잡으며 어미를 불렀다.

"푹 자게 그냥 두어라. 치료를 받느라 네 어머니도 지쳤을 게다."

유동근이 점례의 호흡에 귀를 기울이며 말했다. 잡았던 점례의 손을 이불 속으로 밀어 넣은 완숙이 조용히 침상에서 떨어져 앉았다.

"안색이 좀 안 좋기는 하다만 숨이 편안한 걸 보면 통증이 한결 가라앉은 모양이다. 다행이야."

"예, 정말로요…."

단칸방의 외짝 문이 벌컥 열리면서 바깥의 찬 공기가 방안으로 왈칵 들어온 것은 그 순간이었다. 완숙이 흠칫 놀라 그 자리에 굳어버렸다. 막쇠가 거친 숨을 헉헉 몰아쉬며 방으로 들어서고 있었다. 완숙의 눈동자에 분노의 불길이 확 일었다.

"아버지, 제정신이에요? 엄마 혼자 놔두고 대체 어딜 갔다 온 거예요!"

의원을 불러올 동안 어미 곁을 지키고 있으라는 완숙의 신신당부를 뭉개고 오간 데 없이 사라졌던 막쇠가 이제야 나타난 것이었다. 완숙의 원망 섞인 외침이 막쇠는 귀에 들어오지 않았다. 엄한 눈길로 자신을 노려보는 도포 차림의 낯선 중년이 시야에 잡혔지만, 그가 누구인지 궁금하지도 않았다.

"가자."

유동근을 지나쳐 곧장 완숙에게로 걸어간 막쇠가 다짜고짜 손목을 잡아끌었다.

"이거 놔요! 엄마가 저리 누워 계신데 어딜 가자는 거예요!"

"어딘지 가보면 알 거 아녀, 이년아! 다 네 엄마를 살리자고 하는 일이니 잔말 말고 따라와!"

막쇠의 우격다짐을 보다 못한 유동근이 성큼성큼 걸어가 막쇠의 한쪽 팔을 힘껏 잡아 뒤로 비틀었다.

"뉘신지 모르지만 참견 말고 비키십쇼."

뼈가 뒤틀리는 고통에 오만상을 찌푸리면서도 막쇠는 완숙의 손목을 쥔 아귀힘을 풀지 않았다.

"자네야말로 그 손 놓고 물러나게. 완숙이가 싫다질 않아!"

"싫어도 가야 합니다요! 색주가 김 포주 맘이 바뀌기 전에 얼른 이년을 팔아넘겨야 한단 말입니다요!"

기어이 유동근의 팔을 탁, 쳐낸 막쇠가 핏대를 세우며 외쳐댔다.

"팔아요? 나, 나를 판다구요?"

완숙은 제 귀를 의심했고, 그것은 유동근도 매한가지였다.

"방금 뭐라 했는가? 완숙이를 어찌한다고?"

"못 들으셨소? 이 화상을 팔아 그 돈으로 내 마누라를 살리고 내 노름빚도 좀 갚아야겠습니다요. 허니 공연히 남의 가정사에 끼어들지 말고 저리 비키십쇼!"

이 정도였나…. 나를 향한 아비의 미움이. 짐작하지 못한 바는 아니었으나 가슴속에서 무언가가 쿵 하고 떨어져 산산이 부서졌다.

"아비가 되어 부끄럽지도 않느냐? 당장 완숙이에게 사죄하거라! 아니 그러면 내가 가만두질 않을 것이야!"

막쇠 앞으로 성큼 다가선 유동근이 멱살을 움켜쥐고 무서운 소리로 으르댔다. 막쇠가 지지 않고 핏발이 선 눈알을 부라리며 고함을 질러 댔다.

"젠장! 당신이 뭔데 이래라저래라 하는 거여? 당장 돈이 필요한데, 돈 나올 구멍은 저년밖에 없어. 그니까 짜증 나게 굴지 말고 이거 놔!"

유동근을 힘껏 밀어젖힌 막쇠가 완숙의 댕기 머리를 우악스럽게 잡아채더니 마당으로 질질 끌고 나갔다.

"게 섰지 못할까!"

막쇠를 막아선 유동근이 그대로 주먹을 날렸다. 막쇠가 비명과 함께 쓰러졌다.

"이 양반이…."

터진 입술에서 핏물이 흐르자 막쇠가 이빨을 우두둑 갈며 주먹을 그러쥐었다.

"얼마냐? 얼마면 이 망나니짓을 그만두겠느냔 말이다!"

그 순간 강석환의 얼굴이 뇌리를 스치며 봉을 잡았다는 생각이 든 막쇠는 쥐었던 주먹을 스르르 풀었다.

"그건 왜요? 인정이라도 베푸시려우?"

비척비척 일어선 막쇠가 유동근의 눈치를 살피며 비열하게 웃었다.

"오냐. 그러니 다시는 완숙일 어찌할 생각일랑 말아라. 만일 또다시 그런 말이 내 귀에 들어온다면 그땐 네놈을 요절내고 말 것이야. 알겠느냐, 이놈!"

"예, 예, 나리. 그리합지요. 하고 말굽쇼."

구부정한 어깨를 비굴하게 굽실거리며 막쇠가 히히, 웃어댔다. 낯익은 청년의 음성이 바자울 안으로 급하게 뛰어든 것은 그 순간이었다.

"고숙님!"

"네가 여긴 어인 일이냐?"

상연을 알아본 유동근이 놀란 얼굴로 물었다. 잠시 숨을 몰아쉰 상연이 유동근의 귀에 대고 나지막이 아뢰었다.

"알아냈습니다. 벽이 단서의 비밀을 풀었어요."

● ● ●

"속히 말해보아라. 삼일지화가 대체 무얼 뜻하는 것이었더냐?"

상연과 완숙을 꼬리처럼 매달고 처소에 도착한 유동근은 사랑방 안으로 들어서기 무섭게 이벽을 재촉했다.

"우선 앉으시지요."

이벽이 다들 좌정하기를 기다렸다가 경상 위에 《천주실의》를 올려놓으며 말했다.

"이 책은 저의 가문에서 가보로 내려오던 서학서입니다. 오래 전 저의 고조부께서 소현세자를 모시고 청국에 갔다가 귀국하시면서 가져온 책이지요."

유동근이 물었다.

"그 서학서가 이번 일과 관련이 있단 말이냐?"

"혹 천주학이라고 들어보셨습니까?"

"글쎄다. 생소한 것 같다만…."

"서역에서 중원으로 전파된 학문입니다. 성호학파 내 양명학자들 중 소수가 그 천주학을 연구하고 있었는데, 저희 스승님도 그분들 중 한 분이셨습니다."

"오, 그래? 나는 금시초문이로구나."

"이 서학서는 천주교의 교리를 배울 수 있는 입문서입니다. 이 책 말고도 여러 교리서가 있지요. 소생은 그것들을 읽으면서 천주교에 대해 알게 되었고, 스승님을 통해 삼위일체가 무엇인지 배웠습니다."

"삼위일체?"

"예. 천주께서는 한 분이지만, 성부와 성자와 성령이라는 세 위로 존재하고 계신다고 했습니다. 삼위일체란 거기서 비롯된 말이고요."

"성부는 뭐고, 성자는 또 무슨 뜻입니까?"

지충이 호기심을 보이며 이벽에게 물었다.

"천주교에서는 천주를 성부라고 부른단다. 하늘에 계신 아버지라 하여 그리 부르는 것이지. 그 천주의 아드님 되시는 분이 야소야. 성부께 낳음을 받으신 분이라서 성자라고 한단다."

"그럼 성령은 영을 뜻하는 거겠네?"

권상연이었다.

"맞습니다, 사형. 성령은 성신이라고도 하는데, 성부와 성자에게서 발하는 성스러운 영혼을 뜻합니다. 좀 전에 말씀드렸듯이 성부와 성자와 성령을 천주교에서는 삼위일체라고 말한답니다. 세 위격으로 나뉘지만 애초에 성자와 성령은 성부 한 분에게서 나온 것이므로 상하 선후가 없고, 온전히 같은 하나를 이루지요. 삼위일체란 그런 뜻입니다. 그리고 그 삼위일체를 줄여서 성삼위라고 부르지요."

이벽의 설명에도 이해가 안 된다는 표정으로 유동근이 말했다.

"하지만 예원은 완숙이의 고쟁이에 삼위일체가 아니라 삼일지화라고 썼다. 그렇지 않느냐, 완숙아?"

"예, 맞아요. 제가 본 건 삼일지화였어요…."

완숙이 답했다.

"그 삼일이 바로 삼위일체를 줄인 말입니다. 그리고 삼일 뒤에 붙은 '화'자는 그림을 뜻하고요. 필시 스승님께선 성화를 염두에 두고 그 글을 남기셨을 겁니다."

벽이었다.

"성화라니?"

"천주교의 교리 내용을 그린 그림을 성화라고 부릅니다."

"그러니까 네 말은, 성화를 찾으면 서록도 찾을 수 있다는 거냐?"

"성화 중에서도 삼위일체를 그린 그림이어야겠지요."

유동근과 이벽이 나누는 대화를 조용히 듣고 있던 항검이 나직이 입을 열어 설명을 곁들였다. 황소처럼 큰 눈을 껌뻑이며 유동근과 이벽을 갈마보던 상연이 이때다 싶어 끼어들었다.

"예원께서 독선생으로 계실 때 벽한테 보여주신 성화가 있답니다. 삼위일체가 담긴 성화 족자였대요."

"그게 사실이냐?"

"그렇습니다. 푸른 갯가에 광배 서린 사내가 서 있는 그림이었습니다."

순간, 티눈을 잡아 뜯던 완숙의 손이 흠칫 멈췄다. 푸른 갯가… 광배 서린 사내…. 본 적이 있다. 그 즉시, 머릿속에서 화첩의 책장이 훠훠 넘어가기 시작했다. 어서 얘기가 끝나고 유동근이 아비에게 주기로 약조한 돈을 받아서 집으로 돌아가고 싶다던 생각은 순식간에 사라진 뒤였다. 골똘히 생각에 잠긴 완숙을 아까부터 몰래 훔쳐보는 이가 있다. 완숙이 사랑방에 들어온 순간부터 얼굴이 가을 홍시처럼 달아오른 지충이다. 여느 때 같았으면 사촌들의 대화에 몇 번이나 제 의견을 꺼내 놓았을 지충이 말없이 수줍어하는 모습을 상연이 의아한 눈빛으로 힐끔댔다.

"예원께서 이곳 전주로 내려오시면서 그 족자를 챙기는 것을 벽이 보았답니다. 그런데 그 족자가 어디 있는 것까지는 밝혀내질 못했습니다."

상연은 유동근을 부르러 가기 전에 이벽으로부터 들은 바를 고숙에게 전했다.

"허어, 저런! 그렇다면 다시 원점으로 돌아간 셈이 아니냐. 족자가 어디 있는지 알지 못하면 서록도 찾을 길이 없으니 말이다."

완숙이 갑자기 큰소리로 외친 것은 그때였다.

"제가 알아요!"

느닷없는 소리에 방안의 사내들이 화들짝 놀라 완숙을 돌아보았다.

"안다니? 뭘 말이냐?"

유동근이 물었다.

"족자 있는 곳을 제가 알아요!"

족자란 말에 좌중의 안색이 환하게 밝아졌다. 가슴에 붕대를 감은 이벽이 벌떡 일어나더니 완숙을 아랫목 쪽으로 이끌어 앉힌 것은 다음 순간이었다. 완숙을 제 옆에 주저앉힌 이벽이 긴장한 낯으로 말했다. 가슴의 통증 따윈 느껴지지 않는다는 표정이었다.

"완숙아. 네가 봤다는 그 그림이 어땠는지 작은 것 하나도 빠뜨리지 말고 소상히 설명해다오."

큰 코에 곱슬곱슬한 머리칼을 늘어뜨린 벌거벗은 색목인이 푸른 갯가에 서 있던 그림이었다. 색목인의 뒤통수 뒤로 신비롭게 어려 있던 광배 하며, 그의 머리 위로 날아오르던 흰 비둘기, 사내를 향해 하늘에서 뻗어 내려오던 손과 그 모두를 하나로 묶듯이 관통하고 있던 영롱한 빛줄기도 완숙은 방금 보았던 것처럼 생생하게 떠올랐다. 완숙은 제 머릿속의 화첩에 또렷이 들어 있는 그림의 형상을 그대로 전했다.

"오…!"

이벽의 입에서 환성이 터졌다.

"완숙이가 봤다는 그림이 형이 말한 족자가 맞아?"

항검의 물음에 이벽이 크게 고개를 끄덕였다.

"어디냐? 네가 본 족자가 어디 있었어, 응?"

이벽의 음성이 심하게 떨려 나왔다. 항검과 그의 사촌들도 마른 침을 꼴깍이며 완숙의 입에서 시선을 떼지 못했다.

"예원 나리 댁 뒤곁 땅 밑에 화실이 있어요. 거기 걸려 있는 걸 분명히 봤어요. 그래서 제가 문고리를 잡으려 했을 때 나리께서 역정을 내셨던가 봐요."

유동근이 완숙에게 다그치듯 물었다.

"그건 또 무슨 말이냐?"

"성화가 그려진 족자 아래 화고 바닥에 문고리 같은 게 있었거든요. 그림을 자세히 보려고 가까이 갔다가 제가 그만 문고리에 걸려서 넘어질 뻔했어요. 이게 뭔가 싶어서 잡아당겨 보려고 하니까 예원 나리께서 불같이 화를 내셨어요."

"거기구만! 거기 서록이 있는 거야! 근데 왜 이러고들 있어? 노론 놈들이 알아차리기 전에 어서 가서 서록을 꺼내와야지! 얼른들 일어나, 얼른!"

솟구치듯 일어선 상연이 이벽과 사촌들의 등짝을 다급하게 두드려댔다.

"어? 그, 그래야지!"

상연의 기세에 나머지 세 도령이 덩달아 방석을 박차고 일어섰다. 방문으로 우르르 몰려가는 그들의 발목을 잡아 앉히는 소리가 있었다.

"모두 이리 와 앉거라! 앞뒤 계획도 없이 무작정 움직여서 어쩌자는 것이냐! 나와 한 약조를 그새 잊은 것이야?"

유동근의 호통이 있자 아차 싶은 얼굴이 되어 도령들이 제자리로 돌아와 좌정했다.

"중영의 군사들이 예원의 집을 감시하고 있다. 너희들이 이리 몰려가면 사건 현장에 난입한 꼴이 돼."

"지당하신 지적이십니다. 저희가 흥분하여 그걸 놓치고 말았습니다."

이벽이 머쓱한 얼굴로 사죄했다. 항검은 여전히 마음이 급한 눈치였다.

"그렇다고 이대로 있을 수는 없질 않습니까? 더구나 판관 쪽에서도 단서를 알고 있어요. 그자들도 우리처럼 단서의 비밀을 풀었을 수도 있지 않습니까?”

엉덩짝을 들썩이며 당장이라도 튀어나갈 기세로 조바심을 치는 아들을 향해 유동근이 말했다.

“풀었는지 아닌지는 군사들이 예원의 집을 지키고 있는지 아닌지 확인해보면 명확해질 게다. 그자들이 아직도 그곳을 지키고 있다면 서록이 무사하다는 증거고, 반대라면 이미 그들 손에 넘어갔다는 얘기가 될 테니까. 상연아!”

유동근이 상연을 불렀다.

“네가 묵샘골에 다녀오너라. 가서 군사들이 있는지 살펴보고 오너라.”

“알겠습니다.”

● ● ●

시간이 더디게 흘러갔다. 사랑채의 대문이 열린 것은 이른 겨울 해가 지고 방안에 어스름이 고였을 때였다.

“어찌 됐습니까, 형님?”

완숙의 곁에 바짝 붙어서 문가를 지켜선 지충이 반가운 낯으로 장지문을 활짝 열고 상연을 맞았다.

“있습니다! 군사들이 아직도 보초를 서고 있어요!”

“판관 쪽에서 단서를 아직 풀지 못한 게로구나. 천만다행이다. 수고했다, 상연아.”

"서록이 무사한 것을 확인했으니 이제 대책을 마련해야지 않겠습니까, 아버님?"

항검의 말에 이벽이 동조하고 나섰다.

"그렇습니다. 저들에게 들키기 전에 한시라도 빨리 서록을 화실에서 꺼내와야 합니다."

그때였다. 땀으로 범벅이 된 상연의 얼굴을 손수건으로 닦아주다 말고 지충이 고개를 갸웃거렸다.

"뭔가 이상합니다."

"뭐가 말이냐?"

"중영에서 군사를 예원 댁에 배치한 건 그분이 돌아가신 그날 밤이었습니다."

"헌데?"

"완숙은 화실이 예원 어른 댁 뒤꼍에 있다고 했습니다. 그렇다면 군사들이 그날 밤 뒤꼍도 조사했을 테고, 지하에 화실이 있다는 사실도 충분히 알 수 있었을 겁니다. 화실을 수색했다면 그곳 바닥에 비밀공간이 따로 있다는 것도 발견했을 거고요. 제 추측대로라면 서록이 거기 있다는 보고가 판관 측에도 올라갔을 겁니다. 헌데 지금껏 서록을 발견하지 못했다는 게 이상합니다."

"화실이 거기 땅속에 있는 걸 몰랐을 수도 있어요. 저한테 비밀 화실을 들키신 다음에 예원 나리께서는 거길 장독대로 만들어버리셨거든요."

완숙이었다.

"뭐라? 화실로 통하는 입구를 아예 막아버렸단 얘기냐?"

이벽이 놀라 물었다.

"그건 아니고요. 화실로 들어가는 출입문 크기가 뒤주만 해요. 그 문 주위에다 항아리 여남은 개를 빙 둘러놓으셨어요."

술래잡기하던 글방 아이 중 하나가 뒤꼍으로 숨기 위해 달려가는 모습을 본 완숙이 허둥지둥 뒤쫓았다가 알게 된 사실이었다.

"군사들도 항아리만 보고 장독대라고 여기고 그냥 지나쳤나 봐요."

"그렇다면 큰일이로구나. 화실로 내려가려면 그걸 먼저 치워야 한다는 얘기가 아니냐. 독 안에 장이든 뭐든 들어 있을 테고, 군사들 몰래 옮기는 게 쉽지는 않을 텐데… 이 일을 어찌하면 좋으냐, 항검아…."

이벽이 근심 가득한 얼굴로 항검에게 의견을 구했다. 이벽의 걱정을 덜어준 것은 항검이 아니라 완숙이었다.

"그렇게 어렵진 않을 거예요. 화고 문을 덮은 항아리는 안이 비어 있는 데다가 작아서 별로 무겁지 않을 거예요."

"군졸들을 스승님 집에서 멀찍이 유인해낸 뒤 그 틈에 빼내오면 그다지 어려운 일도 아닐 것 같습니다, 아버님."

항검이 허락을 청하는 눈빛으로 유동근을 향해 말했다. 방안 아이들의 간절한 눈빛이 유동근을 에워쌌다. 떴던 눈을 감아 아이들의 시선을 차단한 유동근이 강경한 어투로 못을 박았다.

"예원의 집은 군사들이 지키고 있어. 함부로 움직일 수 없는 상황이다. 더욱이 홍국영이 최대한 서둘러 전주부로 내려온다고 했어. 저쪽에서 서록을 손에 넣지 못했으니 아직 시간 여유는 있다. 허니 홍국영이 돌아올 때까지 다들 기다려라. 지금으로선 그게 상책인 것 같구나."

이벽이 불끈 화를 내며 반기를 들었다.

"그분이 전주를 떠난 것이 이틀 전입니다. 아무리 서둘러도 이삼일은 족히 더 걸려야 도성에 도착할 수 있을 테고요. 거기서 다시 전주로 내려오려면 또 그만큼의 시일이 소요될 겁니다. 어림잡아도 여드레 이상을 기다려야 된다는 얘기입니다. 저희가 단서를 풀지 못했다면 모를까 그곳이 어딘지 알고 있으면서 마냥 기다릴 수는 없습니다."

"지금 이 상태로는 우리가 먼저 서록을 손에 넣는다면 더 위험해져. 홍국영이 남겨놓고 간 무사들이 처소 주변에서 우릴 보호하고 있지만, 그 수가 고작 다섯이니라. 허나 저쪽은 중군을 쥐락펴락하는 판관까지 합세하고 있어. 저들이 군사를 풀어 처소를 급습이라도 한다면 너희의 안전을 보장할 수도 없거니와, 서록을 빼앗기는 건 시간문제다. 그러니 모두 홍국영이 내려올 때까지 경거망동하지 말고 진중히 기다려라. 섣불리 서록을 찾겠다고 나섰다가 오히려 세손저하께 누가 될 수 있어."

"송구하오나 어르신, 저는 어르신의 명을 따를 수 없습니다. 스승님께서 제게 내리신 마지막 명이자 유언이셨습니다. 스승님을 지켜드리지 못한 못난 제자가 그분을 위해 마지막으로 해드릴 수 있는 일이 바로 서록을 지켜내는 일입니다. 하온데 어찌 제 한 목숨 구하고자 몸을 사릴 수 있단 말입니까?"

"……."

말없이 이벽의 말에 귀를 기울이는 아이들의 표정이 숙연해졌다.

"으음…."

눈물이 그렁한 눈으로 제 얼굴을 간절하게 바라보는 이벽을 착잡하게 응시하는 유동근의 마음도 편치가 않았다.

"아버님…."

"으음…."

유동근이 무거운 한숨을 내쉬었다. 그 한숨을 잡아채듯 이벽이 간절한 눈빛으로 읍소했다.

"어르신…. 어르신께서 무엇을 걱정하는지 짐작하고도 남습니다. 쉽지 않은 결정이란 것도 압니다. 그런데도 부탁을 드립니다. 부디 도와주십시오. 어르신…."

유동근의 침묵을 초조하게 지켜보던 방 안의 도령들이 한목소리로 간절하게 청을 올렸다. 깊은 고뇌에 빠져 있던 유동근이 결심을 굳힌 듯 눈꺼풀을 천천히 밀어 올린 것은 그러고도 얼마의 시간이 지나고 난 뒤였다.

"…그럼 이렇게 해보는 건 어떻겠느냐?"

침묵을 깨고 유동근이 방안의 아이들을 신중하게 갈마보았다. 다들 상기된 얼굴로 유동근에게 바짝 다가앉았다. 눈빛을 빛내는 그 아이들을 향해 유동근이 은밀한 목소리로 제안 하나를 꺼내놓았다. 한마디도 놓치지 않기 위해 잔뜩 긴장한 채 귀를 활짝 열고 집중하던 아이들의 낯빛이 유동근의 제안이 이어질수록 심각하게 변해갔다.

서록을 찾아서

밤하늘은 칠흑 같은 어둠에 잠겼다. 전주부성의 중심가는 대낮처럼 밝았다. 깊은 밤의 저잣거리는 화톳불이 활활 타오르고 왁자지껄 소란스러웠다. 저자로 몰려든 사람들은 판소리 경연에 나설 소리꾼들의 명단과 이력을 거간꾼이 읊어댈 적마다 눈치를 살피며 내기 돈을 걸었고, 술청에 자리를 잡고 앉아 거나해진 술꾼들은 재인인 양 어깨춤을 들썩이며 소리를 뽑아댔다.

바둑판처럼 잘 닦인 성도를 따라 즐비하게 들어선 한옥들도 밤잠을 잊은 것은 매한가지였다. 가야금 뜯는 소리, 고수의 북장단에 가객이 풀어놓는 창가 소리가 솟을대문 높은 대가의 담장 밖으로 구성지게 흘러나왔다.

저 멀리 개천에서는 꽃등을 들고 나온 아녀자들이 등에 불을 밝혀 강물에 띄워 보내며 소원을 빌었다. 어른들을 따라 나온 아이들이 출렁이는 물살을 따라 흘러가는 꽃등을 좇아 뛰어가며 내지르는 환호성이 저자에까지 들려오고는 했다.

중영의 순라군들이 쇠도리깨를 흔들어대며 나타나 취객들의 싸움을 잠재운 뒤 묵샘골로 발길을 옮겼다. 동료들이 번을 서고 있는 예원의 집 앞에 이른 순라군들은 별 이상이 없다는 것을 확인하자 곰방대에 연초를 재워 나눠 태우고서 자리를 떴다. 예원의 집은 다시 적막에 잠겼다. 얼마나 지났을까.

투둑!

마른 나뭇가지가 뭔가에 밟히며 부러지는 소리가 들렸다.

"게 누구냐?"

어둠 저편에서 이쪽으로 다가오는 불빛을 향해 병졸이 소리쳐 물었다.

"아따, 뭔놈의 날씨가 이라고 맵다냐. 요런 날은 따땃한 아랫목이 제격인디 말이요. 나랏일 보시느라 거시기는 안 얼었는가 모르겄소."

횃불을 든 사내가 예원의 집 사립문 쪽으로 가까이 오며 너스레를 떨었다.

"웬 놈이냐?"

사립문 좌우에서 번을 서던 보초병이 사내 쪽으로 창검을 겨눴다. 예원의 집 뒤쪽을 감시 중이던 병졸들이 그 소리를 듣고 내쳐 달려와 사내를 에워쌌다.

"그 사람은 내가 부리는 집사일세."

날카로운 창끝을 보고 히뜩 놀라는 사내의 뒤쪽에서 굵직한 목소리가 건너왔다. 병졸들의 눈동자가 일제히 그쪽으로 향했다.

"자네들의 언속을 달래주고자 이리 걸음을 한 것이니 경계를 풀게. 저기 마당 안쪽에 풀어놓거라."

보초병들 앞으로 성큼 걸어간 유동근이 미소를 띠며 어둠을 향해 일렀다. 건장한 체격의 머슴 하나가 등에 지게를 지고서 다가오고 있었다. 당황한 보초병들이 사립문 안으로 들어서려는 머슴을 막아서며 유동근에게 말했다.

"뉘신지 모르겠으나 외인의 접근을 금하라는 상부의 명이 지엄하니 이들을 데리고 속히 돌아가시오."

"나는 여기 살던 예원의 절친한 지기일세. 막역지우가 변을 당했다는 소식을 듣고 어찌된 영문인가 싶어 초남이에서 한달음에 달려왔다네."

죽은 예원의 지기라는 말에 뾰족하게 곤두서 있던 보초병들의 말투가 슬며시 누그러졌지만, 상부의 엄명 때문인지 조금도 물러설 기색이 없었다. 짐작했던 바인지라 유동근은 담담히 미소를 지었다.

"정 그러하다면 하는 수 없지만, 자네들을 위해 일부러 챙겨온 음식들이야. 이왕 가져온 것들이니 여기서라도 한술씩들 떠보게."

이윽고 소쿠리를 덮은 광목 보자기가 들춰지고, 국이 든 작은 항아리와 맛난 냄새가 폴폴 나는 음식들이 바리바리 들어 있는 커다란 함지가 땅바닥에 부려졌다.

"호의는 고맙지만, 먹은 걸로 치겠으니 도로 가져가십시오, 나리."

말과는 달리 병졸들의 눈길은 바닥에 부산하게 옮겨지는 그릇들에 붙박여 떨어질 줄을 몰랐다. 색색의 갖은 나물에 육회와 황포묵, 오실과로 멋을 내고 햇김을 얹은 뒤 생계란 노른자를 깨어 얹은 비빔밥이 놋그릇에 소담하게 담겼다. 게다가 토실한 백숙 닭이 군침을 돌게 했다. 그 밖에도 갖가지 음식이 푸짐했지만, 흰 김이 모락모락 올라오는 콩나물국과 반주로 곁들일 술병을 보자 병사들은 눈빛이 달라졌다.

그렇잖아도 추위에 떨며 보초를 서느라 내장까지 얼어붙은 병졸들은 뜨끈한 국물 앞에서 저도 모르게 부르르 진저리를 쳤고, 집사가 대접 한 가득 모주를 따르자 스읍 입맛을 다셨다.

"음식이 죄다 식겠습니다. 어서들 오세요."

집사가 국자 가득 콩나물국을 떠서 대접에 담으며 호들갑을 떨었다. 딸기코의 병사가 못 이기는 척 털썩 주저앉더니 국그릇을 통째로 입으로 가져가 뜨거운 국물을 후루룩 들이켰다.

"캬! 시원하다! 아, 뭣들 혀? 얼른 와. 나리 성의를 봐서라도 우리가 맛나게 먹어드려야지."

어느 틈에 닭다리 하나를 뜯어 입으로 가져가며 딸기코의 병사가 동료들을 향해 손짓했다. 연신 침을 꼴깍이던 나머지 병졸들이 그예 한 자리씩 차지하고 수저를 들었다.

"나중에 자네 혼자 문책받을까 싶어 우리가 거들어주는 거야. 그러니까 그리 알아."

시답잖은 변명을 한마디씩 주절대고 난 군졸들이 언제 사양했냐는 듯 허겁지겁 음식을 우겨넣기 시작했다.

보초병들의 눈을 피해 감쪽같이 화실로 잠입시키기 위해 유동근이 고심 끝에 내놓은 것이 밤참 작전이었다. 그가 병졸들의 관심을 잡아두는 사이 그의 처조카들이 무사들의 호위를 받으며 화실 안으로 스며들기로 했다. 그 아이들이 무사히 화실을 빠져나오면 휘파람을 불어 알리기로 약조하고, 그 즉시 유동근 일행이 빈 그릇을 챙겨 숙처로 돌아가기로 했다. 일이 순조롭게 풀려나가는 듯싶었다. 그 순간이었다.

와장창!

뭔가 깨지는 시끄러운 파열음이 뒤곁에서 들려왔다. 뒤이어 쇳덩이끼리 부딪는 날카로운 소리가 파열음에 끼어들었다. 사립문 밖에 퍼질러 앉아 음식을 먹던 병졸들이 화들짝 놀라 솟구쳐 일어나더니 뒤곁을 향해 뛰었다. 사색이 된 유동근 일행이 부리나케 그 뒤를 따랐다.

"오, 이런!"

유동근은 절망에 찬 신음을 토했다. 험상궂은 왈패들 십여 명이 화실 밖을 지키던 홍국영의 호위무사들과 엉겨 붙어 한바탕 싸움을 벌이고 있었다.

"멈춰라! 싸움을 멈추란 말이다!"

창졸간에 벌어진 난리판에 어리둥절한 표정으로 잠시 서 있던 보초병들이 창검을 마구 휘두르며 낯선 사내들을 향해 고성을 질러댔다.

"판관께서 보낸 사람들이오. 허니 당신들도 우릴 도우시오!"

왈패 중 누군가가 외쳤다.

"뭐? 판관께서?"

보초병들이 뜨악한 얼굴로 되물었고, 그 틈을 타 유동근이 머슴에게 일렀다.

"무엇하는가! 어서 돕게!"

"예, 나리!"

지게의 바소쿠리 밑에 감춰둔 환도를 꺼내 든 머슴이 맹호의 기세로 싸움판을 향해 뛰어들었다. 머슴으로 변복하고 유동근 곁을 지키던 호위무사였다.

왈패와 보초병들이 환도를 뽑아들고 무사들을 향해 짓쳐들었다. 시퍼렇게 날이 선 병장기들이 비좁은 뒤꼍을 어지럽게 오가며 뒤섞였다가 떨어졌다. 그때마다 살기 띤 금속성이 어두운 대기를 갈랐다. 화실 주변은 깨진 옹이 조각과 그 독에서 쏟아져 나온 내용물이 뒤섞이며 짠내가 진동했다.

병장기의 공격을 아슬아슬하게 피한 항아리들 틈새로 뒤주 크기만 한 화실 출입구가 활짝 젖혀졌다. 왈패와 무사들의 접전이 급박하게 돌아가는 동안 땅속에서 지상으로 올라온 불빛이 어찌할 바를 모르며 화실 안을 우왕좌왕했다. 저 안에 갇힌 아이들이 지금 얼마나 두렵고 불안한 상태인지 불빛의 움직임만으로도 가늠이 되고도 남아 유동근의 심장이 바짝바짝 타들었다. 집사의 손에서 횃불을 휙 낚아챈 유동근이 화실 앞으로 뛰어가 횃불로 허공을 베었다. 화실의 출입구 안으로 막 상체를 들이밀던 왈패들이 유동근이 휘두른 횃불에 뒤통수를 맞고 머리칼에 불이 붙었다.

"이, 이놈이…."

머리통에 붙은 불을 끄고 벌떡 자리에서 일어선 왈패들이 바닥에 떨어진 부월과 협도를 주워들었다. 나무뿌리처럼 끝이 갈라지는 새된 고성이 채찍처럼 좌중을 후려친 것은 바로 그때였다.

"네 이놈들! 네놈들 머릿수가 얼만데 아직도 제압하지 못했단 말이냐!"

도포 차림의 조남용이 올라앉아 있는 남여의 뒤쪽으로 스물 남짓의 군사들이 마당을 장악하고 있는 것이 보였다.

"음…."

유동근은 끝내 올 게 왔다는 표정으로 신음을 쏟았다. 비웃음을 날리며 유동근을 쏘아보던 조남용이 수하들에게 명령했다.

"저놈들을 포박하고, 저자들은 빨리 해치워라!"

남여를 지키고 섰던 군사 몇이 유동근과 집사에게 달려들어 거칠게 밧줄로 묶고, 나머지 군사들은 왈패들과 합세하여 호위무사들을 공격했다. 이윽고 마지막까지 용심을 다해 대적하던 무사들이 한꺼번에 서넛씩 덤벼드는 적의 칼날을 피하지 못하고 그예 피를 토하며 쓰러졌다.

"그만! 그만두시오!"

자책의 눈물을 하염없이 흘리며 유동근이 절망적인 목소리로 외쳐댔다.

그때였다.

"갖고 있거라."

삿갓을 깊숙이 눌러쓰고 남여 곁을 지키고 섰던 사내가 삿갓을 벗어 군사에게 넘기고는 화실 쪽으로 걸어갔다. 유동근 일행이 숙처를 벗어나 묵샘골 쪽으로 향하고 있다는 보고를 수하들로부터 받자마자 바람처럼 달려와 예원의 초가 지근에 잠복해 있던 박철오였다.

"그 안에 있는 걸 다 알고 있다! 썩 나오너라!"

박철오는 화실 안에다 대고 소리쳤다.

"……."

지하로 통하는 나무계단을 두어 걸음 내려간 박철오는 고개를 쭈욱 밑으로 빼고 화실 안을 살폈다. 좁디좁은 화실의 사방 벽에 빽빽이 붙어 있는 요상한 그림들이 먼저 박철오의 눈에 들어왔다.

저것들은 다 뭔가….

의아한 눈길로 벽의 그림을 훑어나가던 박철오는 흠칫 멈췄다. 겁에 질린 상연과 지충이 벽 모서리에 등을 찰싹 붙이고 서 있는 것이 보였다. 천천히 나무계단을 올라오는 박철오의 입가에 비열한 미소가 걸렸다.

"어디 있느냐? 그 물건은? 순순히 내놓지 않으면 네놈들 목이 날아갈 것이니 어서 내놓아라!"

마당 한가운데로 끌려가 나란히 무릎이 꿇린 세 사람을 노려보면서 조남용이 고함쳤다. 조남용을 의연한 눈길로 응시하던 유동근이 속삭이듯 상연에게 물었다.

"서록은 찾았느냐?"

"예…."

상연이 어깨를 가로질러 매고 있던 걸낭을 끌어내리며 속삭였다.

"이제 됐다. 준비하거라."

걸낭을 쥔 상연의 손에 잔뜩 힘이 들어갔다. 그 모습을 곁눈질로 확인한 유동근이 바른손을 들어 입술로 가져갔다.

휘익!

높고 가는 휘파람 소리가 어둑발이 짙어진 허공을 날카롭게 가르고 지나갔다.

"무슨 짓이냐?"

박철오가 당황한 목소리로 물었다. 그 외침의 여운이 사라지기도 전이었다.

따그닥 따그닥!

어디선가 나타난 두 필의 말이 요란한 말발굽 소리를 내며 마당으로 돌진했다. 기다렸다는 듯 상연이 벌떡 일어서더니 자신을 향해 달려드는 백마를 향해 힘껏 걸낭을 던졌다. 검은 경장을 걸친 항검이 재빨리 팔을 뻗어 걸낭을 받아 채더니 그대로 말머리를 틀어 사립문 밖으로 줄달음을 놓았다. 항검이 걸낭을 낚아챌 시간을 벌어줄 요량인 듯 흑마를 타고 종횡무진 마당을 누비며 군사들을 향해 쌍검을 휘둘러대던 이벽이 백마를 따라 예원의 집을 벗어난 것은 다음 순간이었다.

"어, 어…."

초가의 툇마루로 몸을 피했던 조남용은 달아나는 마필의 뒤꽁무니를 떨리는 손으로 가리키며 차마 말을 잇지 못했다. 삽시간에 끝나버린 상황을 당해 넋이 나간 것은 박철오도 마찬가지였다.

"이, 이게 무슨…."

삿갓을 벗어들고서 방금 마당을 벗어난 말과 상연의 빈손을 믿기지 않는다는 눈길로 갈마보던 박철오가 소리소리 질러대기 시작한 것은 잠시 뒤였다.

"서록이 저놈들 손에 있다! 절대로 놓쳐서는 아니 된다! 너희는 저놈들이 어느 쪽으로 가는지 알아내고, 너희는 나와 같이 중영으로 가자!"

마상에서 쏟아지는 쌍검을 피해 이리저리 도망치던 군졸들과 왈패들이 박철오를 따라 사립문 밖으로 우르르 몰려나갔다.

"서록을 꼭 찾아야 하네!"

사립문 밖으로 쫓아나간 조남용은 휘달리는 박철오를 향해 외쳤다.

그런 조남용을 주시하던 유동근이 슬그머니 일어서며 곁을 지키던 집사와 처조카들에게 눈짓을 했다. 고개를 끄덕인 세 사람은 기척도 없이 접은 다리를 펴고는 발소리를 죽이며 뒤꼍으로 향했다. 세 사람의 그림자가 초가 뒤쪽으로 사라졌을 때였다.

삐그덕.

닫힌 부엌문이 열리고 가마꾼들이 주위를 두리번거리며 텅 빈 마당으로 내려섰다.

"저어, 나리…. 소인들은 어찌할깝쇼…? 가마를 대령할깝쇼?"

창졸간에 벌어진 난리에 부엌으로 숨어든 가마꾼들이 쭈뼛쭈뼛 다가가며 여쭈었다.

"시끄럽다! 일이 이 지경이 되었는데 지금 가마가 문제냐? 내 당장 저놈들을 족쳐서… 헉!"

가마꾼들에게 버럭 성을 내며 돌아서던 조남용이 당황한 목소리로 다그치듯 물었다.

"여, 여기 있던 놈들이 어딜 간 게냐?"

"좀 전에 저쪽으로 가던뎁쇼."

가마꾼 가운데 하나가 뒤꼍을 가리켰다. 순간, 조남용이 뜰을 가로질러 달리기 시작했다. 놀란 가마꾼들이 허둥지둥 뒤를 따랐다.

희끄무레한 형체 셋이 뒤꼍의 낮은 토담을 훌쩍 뛰어넘는 모습이 보였다. 하얗게 질린 조남용이 유동근 일행이 사라진 토담 너머를 가리키며 길길이 날뛰었다.

"뭣들 하느냐? 당장 저놈들을 쫓아라!"

● ● ●

정순왕후에게 놀라운 소식 두 가지가 날아들었다. 정순왕후가 주재하는 노론 대신들의 대책회의가 급하게 열렸다. 정순왕후는 자리에 앉기 무섭게 내시감의 보고를 전했다.

"성상께서 낮것(점심)을 어진하시는 도중에 사도세자를 찾으셨다 합니다."

좌중의 낯빛이 일순 창백해졌다.

"사도세자에 관한 함구령을 내리신 주상께서 죄인을 언급하시다니요?"

"단순히 사도세자를 언급한 정도가 아닙니다. 사도세자가 요즘 들어 문안인사를 올리지 않고 있다고 노여워하시면서 동궁의 입시를 명하셨다고 하더군요."

급기야 좌중은 경악했다.

"치매증이 옥체에 침노하지 않고서야 어찌 죽은 사람더러 입시를 명한단 말이옵니까?"

"당치도 않은 말씀입니다!"

당황한 김귀주의 물음이 날카로운 여인의 호통 소리에 묻혔다. 노론 척신들과 더불어 사도세자를 뒤주에 갇혀 굶어죽게 만든 화완옹주였다.

"치매증이라니요? 어찌 그런 터무니없는 말씀을 함부로 입 밖에 내신단 말입니까!"

"내시감이 없는 말을 지어내지는 않았을 것이오."

"허면 중전마마께서도 아바마마가 치매에 걸리셨다고 믿으시는 겁니까?"

"그리 말한 적은 없소. 허나 여든을 앞두고 계신 주상이시오. 입에 담기조차 망극한 일이나 주상의 성후가 예전 같지 않은 것도 사실이구요. 옹주를 이곳으로 부른 연유도 그래서요. 내명부에는 내가 따로 조치를 취해놓을 터이니 옹주는 당분간 별궁에서 지내도록 하시오."

"아바마마께서 정말 치매에 걸렸는지 저더러 확인이라도 해보라는 말씀이시옵니까?"

"그 일은 옹주가 아니라 어의를 통하면 명확해지겠지요."

"하옵시면…."

"주상께서 내시감에게 몇 차례나 물어 확인하셨다는구려. 당신이 사도세자의 입시를 명한 것이 사실이냐고 말이오. 주상께서도 적이 놀라신 눈치였다고 하더이다. 왜 아니 그러하시겠소. 어쩌면 성명이 더 흐려지기 전에 세손에게 대리청정을 시키겠다는 성의를 품고 계실지도 모르오."

"아니 됩니다! 절대로 그리되도록 내버려 둬서는 아니 되어요!"

화완옹주의 새된 소리에 좌중의 술렁거림이 뒤섞여 방안은 잠시 소란스러워졌다. 정순왕후가 소란을 잠재웠다.

"나 또한 그리되도록 내버려 두지는 않을 것이오. 허니 옹주는 성상의 마음이 세손에게 기울지 않도록 중간에서 애를 좀 써주시오. 그리고 여러분은 주상께서 어의의 입진을 윤허하시도록 계속해서 청을 올려주세요. 세손을 대신할 인물로 우리 쪽 사람을 옹립하기 전까지 성상께서 쓰러지시면 절대로 아니 됩니다."

"충심으로 마마의 명을 따르겠나이다."

좌중이 일제히 고개를 숙이며 한목소리로 외쳤다.

"외척들은 계속 주시하고 있겠지요?"

정순왕후의 하문에 김귀주가 답했다.

"전 판서 홍인한이 전하의 노여움을 사 충청 수사로 내쳐진 뒤로는 몸을 사리고들 있습니다."

"그렇다고 마음을 놓아서는 아니 됩니다. 그쪽의 움직임을 항시 주시하세요. 그리고 홍인한을 조정으로 복귀시켜야 한다고 계속해서 주청하세요. 세손을 제거하는 일에 앞장서고도 남을 위인입니다."

"명심하겠나이다."

"은언군은 어찌 지내고 있습니까?"

정순왕후가 좌중에게 물었다.

왕세손의 이복동생인 은언군 이인은 아우 은신군 이진과 더불어 안하무인의 방종과 포학을 일삼다가 임금에게 덜미가 잡혀 충청도 직산을 거쳐 제주로 유배되었다. 나이 어린 은신군은 유배를 당한 공포와 낯선 환경을 견디지 못하고 시름시름 앓더니 결국 짧은 생을 마감했다. 지난봄의 일이다. 어린 왕자의 죽음에 충격을 받은 임금은 은언군의 유배를 풀어 도성 밖에 기거토록 하라는 어명을 내린 바 있었다.

"가끔 중추부사의 사저를 찾아가 담소를 나누곤 하는 모양이옵니다."

정순왕후의 하문에 김귀주가 답했다.

"뭐라? 그것이 사실입니까?"

"아니, 은언군이 그곳을 드나든다고요?"

사도세자의 서자인 은언군과 세손의 외조부인 홍봉한이 왕래를 하고 있다는 보고에 정순왕후와 화완옹주가 경악하여 동시에 물었다.

"예. 탐라에서 돌아온 뒤로 서너 번 오간 모양이옵니다."

화완옹주가 격한 어조로 정순왕후에게 말했다.

"중전마마! 중추부사 그 늙은이가 은언군을 이용해 북당 세를 확장하려는 것이 틀림없사옵니다!"

북당. 사도세자가 죽은 뒤로 세손을 보필하던 홍봉한이 정순왕후의 오라비인 김귀주를 중심으로 결집된 남당을 견제하기 위해 형성한 척신당이다. 훗날 벽파와 시파로 불리게 되는 두 척신당은 사도세자의 죽음을 두고 극렬하게 대립하고 있었다.

하지만 은언군 형제의 비행으로 홍봉한의 처지가 곤궁해지고, 홍인한마저 한직으로 밀려나자 북당의 세는 확실히 위축되었다.

"비록 북당의 세가 예전 같지 않으나 세손과 혜빈이 중추부사 뒤에 버티고 있어요. 그러니 중추부사 그자를 만만히 봐서는 아니 됩니다. 더구나 은언군이라니…."

죽은 사도세자가 자신의 무고를 입증하기 위해 기술한 서록이 나타난 마당이었다. 그런데 세손과 은언군이 홍봉한의 북당과 한 편이 되어 사도세자의 누명을 벗기고자 달려든다면 그땐 어찌해야 하는가…. 임금에게 치매 증상이 나타났다는 보고를 받은 정순왕후는 불안과 두려움으로 심장이 오그라드는 기분이었다.

"여러분도 알다시피 번암이 사옹원이며 동궁의 수라간을 들쑤시고 다녔습니다. 당시의 물증을 모조리 없앤 터라 별무소득으로 끝난 모양입니다만, 우리는 사도세자가 서록에 무어라 적었는지 알지 못해요. 답답한 노릇입니다. 그 흉물을 없애기 전까지는 우린 잠도 편히 잘 수 없어요. 전주에서는 아직 소식이 없었습니까?"

장방 밖에서 회동이 끝나기를 기다리던 김 상궁이 김관주가 전주에서 올라왔음을 알렸다.

"어서 들라 이르게."

명이 떨어지자마자 김관주가 뛰어들어 부복하고 아뢰었다.

"중전마마! 예원이 죽었나이다!"

"죽다니? 허면 서록은? 서록은 어찌 되었는가?"

김관주가 전주에서 일어난 일을 낱낱이 아뢰었다. 정순왕후는 노여움으로 온몸을 떨었다.

"예원은 죽고, 서록은 간 데를 모른다?"

"마, 망극하옵니다."

"망극! 망극! 그놈의 망극! 언제까지 그 망극 타령만 할 셈이냐!"

정순왕후의 노여운 음성이 장방에 쩌렁쩌렁 울렸다.

"주, 죽여주시옵소서…."

김관주가 바들바들 떨며 머리를 조아렸다. 정순왕후의 눈치를 살피며 김관주를 노려보던 방 안 사람들이 한마디씩 분통을 터트렸다.

"아니, 일을 그 지경으로 만들어놓고 상경을 하면 어쩌자는 게야?"

"그러게 말입니다! 저 정도로 생각이 짧은 사람인 줄 미처 몰랐습니다."

"우리 노론의 사활이 걸린 일이라는 말씀을 듣지 못했는가?"

"그, 그게… 마마께 하루속히 아뢰어야 한다는 생각이 앞선 나머지…."

며칠 밤낮을 쉬지 않고 달려왔건만 일언반구의 치사도 없이 질책만 늘어놓는 측근들이 서운하다는 듯 김관주는 변명을 늘어놓았다.

"그런 소식이라면 파발마를 써도 충분하질 않아! 그게 안전하지 않을 것 같으면 박 정언을 올려보내든가 했어야지! 어쩌자고 일개 정언 따위에게 서록 찾는 일을 맡겨두고 여길 올 생각을 했단 말인가!"

김귀주의 매서운 일갈이 뚱한 낯짝을 씰룩대는 김관주를 후려쳤다. 화완옹주가 더는 궁금증을 참지 못하고 정순왕후에게 물었다.

"예원은 누구고 서록은 또 무슨 소리입니까?"

"사도세자가 제 무고를 입증하는 서록을 죽기 전에 남겨놓았다고 하오."

"그, 그렇다면 예원이라는 자는…?"

"사도세자가 서록을 맡겨놓았던 자요. 그자에게서 서록을 빼앗아오기 위해 전주로 사람을 보냈건만 그 일이 실패하고 말았소."

"설마 제가 오라버니에게 자행한 일이 서록에 적힌 것은 아니겠지요?"

화완옹주의 음성이 자못 떨렸다.

"알 수 없는 일이오. 그래서 서록을 기필코 찾아야 하오. 옹주도 우리와 한 배를 탔으니 서록이 주상께 전해지지 않도록 힘껏 도와야 할 것이오."

"그야 여부가 있겠습니까. 그리하고말고요. 소녀가 어찌 도우면 되는지 알려주세요, 마마."

"성상께서 서록의 존재를 아셔서는 절대로 아니 되오. 허니 옹주는 이번 일이 조용히 마무리될 때까지 주상을 뫼시고 궐을 떠나 있으시오. 성상의 옥체가 미령하시니 나와 대신들이 온행을 추진해보리다."

"그리하겠사옵니다."

정순왕후가 김관주를 쏘아보며 영을 내렸다.

"자네는 지금부터 이 일에서 빠지게. 이번 일이 마무리될 때까지 외출을 삼가고 근신하란 말일세."

"하, 하오나…."

"그만. 더는 아무 말도 말게. 서록에 관해서도 함구해야 하네. 알겠는가?"

"예, 마마…."

김관주는 구겨진 낯짝을 들지 못하고 마지못해 대답했다.

● ● ●

얼마를 달리고 여기가 어딘지 종잡을 수 없었다. 밤낮이 바뀌는 동안 앞만 보고 달린 길이었다.

팽팽하게 긴장한 말의 옆구리에 연신 박차를 가하는 두 사람은 온통 땀으로 젖어 있었다. 내쳐 달리면서도 항검은 수시로 뒷길을 살피는 것을 잊지 않았다. 그악스럽게 쫓아오던 한 떼의 군마가 얼마 전부터 보이지 않았다.

상연이 던진 걸낭을 받아 쏜살같이 예원의 집을 나설 때만 해도 모든 것이 계획대로 풀리는 듯했다.

그러나 성문을 빠져나가는 길에서 뜻하지 않은 난관에 봉착했다. 밤늦도록 군칠에 모여 술잔을 기울이던 부성과 영문의 통인들이 취중에 설전이 붙어 멱살잡이들을 하더니만 그예 길거리로 쏟아져 나와 패싸움을 벌인 것이다. 이벽과 항검은 돌덩이가 날아다니는 싸움판에 가로막혀 앞으로 나아가지 못했다. 그러는 사이 말을 집어탄 왈패들이 떼를 지어 달려오는 모습까지 먼발치로 보였다. 그 즉시 지름길인 큰길을 버리고 외진 골목을 지나 가파른 산길로 기를 쓰고 달아났다.

굴참나무 울창한 숲길을 쉼 없이 달려 산을 벗어난 두 필의 말은 개울물이 얼어붙은 산 아래에 다다르자 걸음을 늦추었다. 항검이 고삐를 당겨 개울가로 향하며 이벽에게 말했다.

"여기서 잠시 쉬었다 가, 형."

"아직 안심하기는 일러. 그러니 잠시 숨만 고르고 출발하자."

불그스름한 빛을 띤 오후 해가 산마루를 향해 기우뚱 내려가고 있었다. 이벽은 핏물이 배어나오도록 도진 상처를 추스르고 《천주실의》를 단단히 갈무리했다.

"죽는 한이 있어도 너는 내가 기필코 지킨다. 그러니 너는 네 말이나 어찌해 봐라."

이벽이 저만치 떨어진 다복솔 숲으로 들어서는 백마를 가리켰다. 모든 것이 얼어붙은 와중에도 푸른빛을 잃지 않은 어린 소나무의 잎이 허기를 자극했는지 주둥이를 씰룩거리며 잎사귀를 뜯어대던 백마가 좀 더 여린 잎을 찾아 산과 면한 자드락으로 걸음을 옮겼다.

"저러다 정말 놈들한테 따라잡히고 말겠다. 어서 가자."

깨끗한 눈을 한 움큼씩 집어 흑마의 입에 넣어주던 이벽이 손바닥에 묻은 눈을 툭툭 털고는 말의 목덜미를 쓰다듬었다. 백마의 고삐를 잡아챈 항검이 평지로 말을 끌고 내려와 등자에 올라타는 모습이 보였다.

"으윽!"

훌쩍 몸을 날려 안장에 오른 이벽이 미간을 찡그렸다. 통증이 전신을 강타했다. 이마에 맺힌 식은땀을 손등으로 훔쳐낸 이벽은 몇 차례 숨을 크게 들이마신 뒤 허리를 꼿꼿이 폈다.

그 순간이었다.

쉭! 쉭!

바람을 가르는 소리와 함께 어디선가 화살이 빗발치듯 날아들었다. 이벽의 흑마가 앞다리를 허공으로 치켜들고 고통스런 비명을 내지른 것과 함께 이벽의 기다란 몸뚱이가 마상에서 땅으로 굴러 떨어졌다.

"형!"

항검이 새파랗게 질려 이벽에게로 뛰어왔다. 중영의 군사들과 왈패들로 이루어진 수십의 사내들이 폭 좁은 개울가의 초입과 후미를 가득 메운 채 와와, 함성을 내지르며 양쪽에서 몰려왔다.

"형! 정신 좀 차려봐!"

적들의 포위망이 시시각각 좁혀지고 있었다. 도저히 안 되겠다는 듯 항검이 이벽의 겨드랑이에 팔을 끼웠다. 이벽의 눈이 번쩍 뜨인 것은 그때였다.

"…어, 어찌 된 거야?"

이벽이 힘없이 물었다.

"서책이 형을 살린 모양이야. 화살을 정통으로 맞고서도 무사한 걸 보면."

이벽이 걸낭 안에 넣어두었던 두툼한 《천주실의》가 살촉을 막아준 덕택이었다. 이벽이 부리나케 걸낭의 끈을 풀었다.

"저자들이 노리고 있는 건 이거야. 난 저쪽으로 튈 테니까 넌 반대 방향으로 튀어."

걸낭을 부여안은 이벽이 단단하게 얼어 있는 개울의 얼음 쪽으로 휘달리기 시작했다. 엉겁결에 따라 일어선 항검이 개울 반대편의 숲을 향해 장달음질을 놓았다.

"뭣들 하느냐! 당장 저놈들을 잡아와라!"

이미 한 차례 속임수에 당한지라 열이 오를 대로 오른 박철오였다.

"제놈들이 뛰어봤자 벼룩입니다. 이번엔 결코 실수가 없을 것이니 만회할 기회를 주십시오!"

검은 경장의 사내가 금빛 환도를 빼 들며 청했다. 예원에게 칼을 휘두른 그 자객이었다.

"가라."

승낙이 떨어지자 금빛 환도의 자객이 맞은편에서 다가오는 왈패들을 향해 외쳤다.

"어이, 거기! 너희들은 저놈을 쫓고, 너희들은 나를 따른다!"

금빛 환도의 예리한 칼끝이 산비탈을 오르는 항검과 개울의 얼음 위를 미끄러지듯 건너는 중인 이벽을 차례로 가리켰다. 말굽으로 눈 쌓인 땅을 차며 대기하던 군마들이 바다처럼 갈라졌다.

죽을힘을 다해 도망치던 두 도령이 군마들에 포위되었다. 올가미에 걸린 짐승처럼 목에 밧줄이 묶인 두 도령은 이내 무릎이 꿇렸다.

"쥐새끼처럼 용케도 빠져나가더구나. 허나 이젠 끝났다."

수하들을 제치고 뚜벅 나선 박철오의 두 눈이 분노로 이글거렸다.

"서록이 거기 있으렷다."

이윽고 이벽의 어깨에서 걸낭을 난폭하게 잡아채 간 박철오가 걸낭에 박힌 화살들을 뽑아낸 뒤 그 안에 든 서책을 끄집어냈다.

"천주실의? 이, 이게 무엇이냐…?"

"우리 가문 대대로 내려오는 가보입니다. 서록은 없습니다!"

둘을 잡아먹을 듯 노려보던 박철오가 수하들에게 영을 내렸다.

"뭣들 하느냐! 저놈들의 몸을 샅샅이 뒤져라! 어딘가 서록이 있을 것이야!"

잠시 뒤, 왈패 하나가 난감한 표정으로 아뢰었다.

"서록 같은 건 없습니다요."

"그럴 리가 없어! 저놈들이 서록을 갖고 달아나는 걸 너희도 보지 않았느냐?"

"미끼였으니까요."

항검이다.

"서록이 안전하게 부성을 빠져나가도록 최대한 시간을 벌어주는 것이 우리의 임무였소. 당신들이 죽자사자 우릴 쫓아온 걸 보면 그 임무는 성공한 모양입니다."

"뭐, 뭐라? 허면 서록이 다른 놈에게 있단 말이냐?"

두 사람이 《천주실의》를 서록처럼 위장하여 상대를 유인하는 틈을 타 상연과 지충은 채제공의 사저가 아닌, 정재원이 현감으로 있는 연천으로 향하기로 미리 약조했다. 정재원은 지충의 고모인 해남윤씨와 재혼했기에 지충에게는 고숙이다. 그는 차남 정약전을 서울로 유학을 보내놓은 상태였다. 정약전은 이가환의 집을 드나들며 학문을 닦았다. 정약전이 안면을 트고 지내는 이가환의 부친 이용휴는 당대의 문장가로, 남인계 인사들과 친분을 쌓았다.

지충을 처조카로 두고 있는지라 유동근은 정재원 부자와 이용휴 부자의 얘기를 가끔 전해 들었다. 그런 그들이 서록을 세손에게 전하는 중간다리가 되어줄지도 모른다고 유동근은 생각했다. 화실에 잠입할 계획을 세우고 난 뒤 정재원 앞으로 서찰을 적어 지충에게 쥐어준 연유였다. 상연과 지충이 사도세자와 관련된 중요한 책자를 지니고 있으니 두 사람을 데리고 도성으로 향한 뒤 이용휴를 만나 왕세손을 알현할 방안을 마련해 달라는 내용의 서찰이다.

화실 안에서 찾아낸 서록을 지충의 옷 속에 숨겨놓게 한 뒤 상연에게는 화선지 뭉치가 들어 있는 걸낭을 이벽에게 건네라는 명이 네 도령에게 내려진 것은 그다음이었다. 유동근의 그 명에 따라 지충과 상연은 호위무사들과 함께 예원의 집 뒤꼍으로 잠입했다. 이벽과 항검은 말을 준비해 묵샘골의 숲속에 매어두었다. 조남용 쪽에서 미리 함정을 파놓고 기다릴 것을 우려한 계획이었다. 무사히 화실에서 서록을 빼내 온다고 해도 도성으로 향하는 도중에 적들에게 따라잡힐 위험도 있었다. 그들이 왕세손에게 직접 서록을 전할 수 없는 사정을 이미 꿰고 있는 적들이었다. 채제공과 홍국영의 사저 주변에서 습격당할 수도 있었다. 그리되면 다 된 밥에 재를 뿌리는 격이다. 그 모든 것을 미리 헤아린 유동근이 숙처를 나서기 전에 상대를 교란시킬 묘책을 생각해낸 것이다. 그런 사정을 알 리 없는 박철오가 답답함을 이기지 못하고 발을 쿵쿵대며 벼락같은 소리를 내질렀다.

"어디냐? 그놈들이 향한 곳이 어딘지 빨리 말해라!"

"목에 칼이 들어와도 발설할 수 없습니다."

이벽이다.

"뭐라?"

수하의 손에서 금빛 환도를 빼앗아든 박철오가 항검의 목에 칼을 겨누고는 이벽을 노려보며 으름장을 놓았다.

"불어라. 네놈이 불지 않는다면 이놈은 이 세상 사람이 아니게 될 것이다. 그러니 이놈을 살리고 싶다면 어서 불어!"

"……."

"정녕 피를 봐야 털어놓을 모양이구나. 하는 수 없지."

저무는 저녁 햇살이 박철오가 치켜든 검신에서 차갑게 반짝였다.

"안 돼!"

이벽이 항검에게 내리꽂히는 칼날을 향해 몸을 날렸다. 그 순간 칼날이 이벽의 바른쪽 어깻죽지를 가르고 지나갔다.

"벽, 벽이 형!"

항검이 제 품으로 무너져 내리는 이벽의 몸을 받아 안았다. 날카로운 칼날에 베인 어깨에서 흘러나온 선혈이 항검의 경장 앞자락에 번지고 있었다.

"이번엔 네놈 차례다. 순순히 토설을 할 테냐, 저놈 꼴이 될 테냐?"

피 묻은 검신을 허공으로 번쩍 치켜든 박철오가 항검을 노려보며 으르댔다.

"서, 서록은…."

그 순간이었다.

"네 이놈들!"

희뿌연 저녁 이내가 내려앉은 개울가에 우레와 같은 호통이 진동했다. 흰 창옷 차림의 사내들이 예도를 곧추세우고 이쪽을 향해 달려오는 모습이 어둠 속에서 희끗하게 보였다. 그들의 맨 앞에서 달려오는 사내의 얼굴이 어쩐지 낯이 익다고 박철오는 생각했다.

"헉! 저, 저자는…!"

두 눈에 힘을 주며 상대를 뚫어져라 응시하던 박철오는 절망적인 목소리로 중얼대며 뒷걸음질을 쳤다.

"쳐, 쳐라! 저, 저놈들을 모조리 없애버려!"

화급히 삿갓을 내려 얼굴을 가린 박철오가 우왕좌왕하는 수하들에게 고함을 질렀다.

이윽고 목숨을 건 접전이 어스름 저녁 빛 속에서 펼쳐졌다. 맹수처럼 개울가에 난입한 창옷의 사내들은 종횡무진 누비며 예도를 휘둘러댔다. 무예로 단련된 군사들과 싸움으로 이골이 난 왈패들 또한 창옷 사내들에 맞서 죽기 살기로 짓쳐들었다. 하지만 창옷 사내들의 무예는 가히 신기에 가까웠다. 박철오 패거리들이 비명을 올리며 바닥으로 쓰러졌다. 사색이 된 박철오가 산기슭 쪽으로 달아난 말을 향해 슬금슬금 뒷걸음쳤다.

"후퇴하라! 어서 후퇴하라!"

박철오가 간신히 말에 오르며 소리를 질러댔다. 목숨을 부지한 잔당들이 줄행랑을 놓았다. 홍국영의 눈길이 너럭바위 쪽으로 향했다. 날아다니는 창칼을 피해 바위 뒤로 피신한 항검과 이벽이 비척비척 일어서는 모습이 보였다.

창옷의 사내들이 밝힌 횃불이 홍국영의 미소 띤 얼굴을 희미하게 비추었다. 이벽이 반가운 얼굴로 예를 취했다.

"이런 곳에서 뵙게 되는군요."

채제공이 내려보낸 일단의 무사들과 조우한 것은 가히 기적이었다. 통솔 무사가 세손이 홍국영에게 보내는 서찰을 내보였다. 홍국영은 《칠극》을 통솔 무사에게 건넸다. 그가 수하들을 이끌고 도성으로 향하자 홍국영은 나머지 무사들과 함께 전주부로 휘달렸다. 그러던 중에 병장기를 지닌 일단의 무리들이 뿌연 먼지를 일으키며 어디론가 달려가는 모습을 발견한 것이다.

이벽으로부터 서록을 빼돌린 낭보를 접한 홍국영의 얼굴이 횃불처럼 환하게 빛났다.

드러나는 진실

다가산 북쪽 기슭의 다가정多佳亭은 전주팔경으로, 숙종 재위 당시 사수들의 사랑을 받던 활터였다. 버들잎을 화살로 꿰뚫었다 하여 천양정穿楊亭이라고 불리던 그 활터가 축조된 지 9년 만에 홍수로 쓸려나가고 말았다. 그리하여 김삼민 등의 유지들이 뜻을 모아 새롭게 누정을 짓고 다가정이라고 이름을 붙였다. 그곳에서 대사습놀이의 꽃인 판소리 경연의 본선이 한창이었다.

"얼쑤, 그렇지!"

"조오타!"

발 디딜 틈 없이 누정 앞의 너른 뜰을 가득 메운 청중이 고수의 북장단에 맞춰 추임새를 넣는 소리가 흥겹게 솟구쳤다. 햇살이 눈부신 정오 무렵이다.

"아가, 청아… 불쌍한 우리 청아… 인간 부모 잘못 만나 생죽음을 당하였구나…."

옥색 도포를 정갈하게 차려입은 소리꾼이 심청가 한 대목을 힘겹게 풀어냈다. 긴장해서인지 목소리가 후들거린다. 멀리서 모셔온 소리꾼이 바짝 얼어 목청이 틔지 않자 청중 사이에 끼어 앉은 본관의 통인들이 영문 쪽 통인들을 힐끗대며 조바심을 쳐댔다. 영문의 통인들이 벌겋게 달아오른 얼굴로 겨우겨우 소리를 이어가는 본관 쪽 재인을 향해 이죽거렸다. 이에 본관의 통인 하나가 눈알을 부라리며 버럭 고함을 지르면서 양측이 뒤엉켜 경연장은 아수라장이 되었다.

판소리 경연을 진행하는 수통인이 중영의 군사들까지 데려와 소란을 가라앉혔다. 색 고운 치마저고리를 한껏 차려입고, 두 갈래로 땋아 내린 월자를 풍성하게 틀어 올린 재인이 무대로 사뿐히 올랐다.

"워매, 저 인물 잘난 것 좀 보소!"

다가정 앞뜰의 좌우 가장자리에 쳐놓은 흰 장막에서 터져 나온 탄성이다.

다가정의 네 칸 방마다 분합문이 활짝 열렸다. 그 방안에 두툼한 비단 핫옷을 차려입은 사내들이 주안상을 끼고 앉아 술잔을 기울였다. 통문을 받고 온 전주부성의 토호들과 상속 관원들이다. 이번 대사습대회에 소용되는 경비 일체를 자신들이 부담했다는 사실을 자랑이라도 하듯이 한껏 거드름을 피우며 좌정한 그들은 한 떨기 꽃 같은 명창이 무대에 오르자 불콰한 얼굴을 쭉 빼고서 미색 구경에 여념이 없다.

"인물만 훤해서야 어디 명창이라 할 수 있겠습니까요? 소인이 어젯밤에 살짝 들어봤는데 사설이면 사설, 득음이면 득음, 너름새까지 어디 하나 흠잡을 데가 없더군요. 필시 저 명창이 이번 소리판의 장원을 차지할 테니 두고 보십시오, 나리들."

장막 안의 의자 사이를 분주하게 돌아가며 따뜻한 차를 따라주던 영문 쪽의 통인이 양반 사내들을 향해 자신만만한 목소리로 말했다.

아닌 게 아니라 미색의 명창은 첫 소절을 시작하자마자 좌중을 단숨에 사로잡았다. 그녀가 구성지게 소리를 풀어갈 적마다 청중이 같이 울고 웃으며 추임새를 넣었고, 심금을 울리는 대목에 이르러서는 한탄과 눈물을 쏟았다. 그런 구경꾼들 사이로 슬그머니 끼어들면서 뭔가를 불쑥불쑥 들이미는 계집아이가 있었다. 무명천을 둘둘 말아 치마허리에 복대처럼 질끈 둘러멘 완숙이었다.

"큰일이네…. 엄마 깨시기 전에 얼른 돌아가야 하는데…."

완숙은 걱정스러운 눈길을 들어 중천에 뜬 해를 올려다봤다. 방물을 복대 속에 챙겨 넣고 집을 나선 것이 이른 아침이었다. 방구들을 데울 화목마저 동이 난 터였다.

완숙은 다홍색 치마 위를 슬그머니 만져보았다. 치마의 천을 통해 묵직한 염낭이 느껴졌다. 여인들이나 쓰는 백분과 분첩, 유기와 빗접, 족집게와 빗치개 등의 화장구 등을 다가정에 모인 사내들만 골라 다니며 하나씩 내밀었던 그녀였다. 완숙은 전주부성 사람들의 사정을 제 집 일처럼 훤히 꿨다. 그동안 점례의 그림자를 자처하며 전주부성의 곳곳으로 방물을 팔러 다니며 주워들은 소식 덕분이다. 게다가 한 번 눈에 익힌 사람은 절대 잊지 않는 남다른 눈썰미를 지닌 그녀였다. 그 타고난 기억력에 능청스런 수완까지 가미하여 완숙은 다가정에 모인 사내들에게 그들이 필요로 할 만한 방물들을 골라 내밀었다. 처음에는 뜨악한 표정을 짓던 사내들도 이내 허허 웃으며 완숙의 손에 방물 값을 쥐어주고는 했다. 사람들이 많은 곳에는 절대로 가지 말라던 어미의 당부가 내내 마음에 걸렸지만, 판소리 본선이 열리고 있는 다가정으로 향할 수밖에 없었던 까닭이었다.

'그나저나 나리랑 도련님들께서 서록을 무사히 꺼내 오셨는지 모르겠네….'

이틀 내내 그 점이 몹시도 궁금했지만 제 코가 석 자인지라 한 발짝도 집 밖으로 나설 수 없던 완숙이다.

'일단 이거부터 빨리 팔아야 해. 그래야 나리를 뵈러 가지.'

복대에서 작은 빗 하나를 꺼내든 완숙은 뜰 왼편에 우람하게 서 있는 은행나무 쪽으로 재게 걸음을 옮겼다.

"10전만 주세요."

은행나무 둥치 뒤에 몸을 숨기듯 서 있는 청년 앞으로 뚜벅 다가선 완숙이 다짜고짜 빗을 내밀며 말했다.

"헉! 뭐, 뭐냐?"

어딘지 우울한 기색으로 맞은편 장막을 바라보던 청년이 풀쩍 놀라 뒷걸음치며 물었다.

"이거 보세요. 등마루에 인두로 꽃그림을 지져 넣은 살 고운 참빗이에요. 10전이면 거저에요, 거저. 이 값이면 공짜나 진배없다니까요."

청년의 손을 덥석 잡아 벌린 완숙이 참빗을 억지로 쥐어주며 너스레를 떨었다. 잠시 뜨악한 얼굴로 손안의 빗과 완숙을 갈마보던 청년이 다시금 우울한 낯빛이 되어 고개를 저었다.

"궐에 계시는 마마님들이 쓰는 빗도 10전을 넘질 않아. 헌데 이따위 흔해빠진 낙화 빗을 그리 비싸게 받다니… 얼굴은 착하게 생긴 녀석이 그리 사람을 속이려 들면 못써, 이것아."

청년은 질타와 함께 참빗을 완숙에게 되밀었다. 완숙이 세차게 손을 저어대며 고집을 부렸다.

"이게 이래 뵈도 알아주는 영암 장인이 만든 물건이거든요. 그래서 값이 좀 나가요."

"사람 잘못 찾아왔다. 여인네들이나 쓰는 빗을 사내인 내가 사서 어디다 쓰겠다고…."

"이 빗은 도련님 거란 말이에요. 꼭 도련님이 사셔야 해요."

"뭐라? 이런 억지를 봤나?"

"저만 믿고 얼른 이 빗 사세요. 도련님이 값만 치르시면 제가 진짜 임자에게 꼭 전해줄게요."

"뭐? 물건도 주질 않고 값을 받겠다고? 내가 바보더냐? 널 언제 봤다고 이 빗을 사고, 또 그 빗을 네게 맡겨?"

"저, 모르시겠어요? 서문 밖 방물장수 딸이잖아요. 이쁘고 실한 물건들만 가져온다고 도련님네 마나님께서 얼마나 우릴 반겨하시는데요."

"헌데도 내게 강매를 하려 든단 말이야? 고얀 꼬맹이일세."

"다 그럴 만한 이유가 있다니깐요."

"그럴 만한 이유라…. 어디 얘기나 좀 들어보자. 대체 왜 이리 귀찮게 구는 게냐?"

"글쎄요. 제가 왜 그러는 걸까요?"

완숙이 맞은편 장막을 의미심장하게 바라보며 배시시 웃었다. 완숙의 시선을 따라잡던 청년의 눈동자가 문득 당황한 빛을 띠며 미세하게 흔들렸다.

"연이 아씨는 언제 봐도 참 고와요. 자태도 저리 아름다우신 분이 경전도 두루두루 섭렵하셨다질 뭐예요. 그토록 총명하신 분이 손끝은 또 어찌나 여문지….”

“…그러냐?”

“예. 자수를 놓았다 하면 완전 살아서 움직이는 생물처럼 보인다니까요. 또 마음씨는 얼마나 고우신데요. 저런 분을 각시로 맞는 분은 참 행복할 거예요. 도련님도 그리 생각하시지요?”

“그렇겠지….”

그 말끝에 땅이 꺼질 듯 긴 한숨이 흘러나왔다.

“어휴! 또 한숨만 쉬시네. 도련님이 연이 아씨 때문에 한숨 쉬시는 거, 저 백 번도 넘게 들은 거 같아요.”

“뭐? 네, 네가 어떻게…?”

“연이 아씨네 방물 팔러 갔다가 도련님을 뵌 것만 해도 열 번이 넘어요.”

연이의 처소에 들렀다가 꽃담 사이에 난 후문을 통해 초당 밖으로 나오던 와중의 일이었다. 청년은 온 세상 고민을 다 짊어진 사람처럼 두 어깨를 축 늘어뜨리고는 괴로운 얼굴로 초당의 꽃담 앞을 서성였다. 그가 내딛는 걸음마다 무거운 한숨이 징검다리처럼 먼저 땅에 박혔다. 그 뒤로도 여러 차례 같은 일이 반복되었다. 완숙은 연이에게 자신이 목격한 바를 털어놓았다. 비록 어린 나이기는 하나 완숙은 청년의 한숨이 어떤 의미인지 어렴풋이 짐작되었기 때문이다.

연이는 새빨개진 얼굴로 담장 너머를 간절하게 넘겨다보았다. 그런 그녀의 붉은 입술 사이로 청년의 그것과 같은 한숨이 바위처럼 굴러 떨어졌다. 전에 보이지 않던 디딤돌이 꽃담 밑 화단에 놓인 것을 발견한 것은 연이가 주문했던 낙화 빗을 점례 대신 전하기 위해 초당을 방문한 날의 일이다. 마른 꽃나무 가지들로 어설프게 가려놓은 디딤돌을 보던 순간, 완숙은 연이의 떨리는 운혜가 조심스레 돌 위로 오르는 장면이며 꽃담 밖의 청년에게 행여 들킬세라 마음 졸이며 발뒤꿈치를 들고 상대방을 훔쳐보는 연이의 모습이 눈앞에서 보는 것처럼 그려졌다.

"도련님, 그 말 들으셨어요? 한양의 명문가에서 아씨를 탐내신대요. 이번에 혼인을 맺자고 매파를 보냈다던데, 도련님은 모르고 계시죠?"

"그, 그게 정말이냐?"

놀란 눈을 뜬 청년이 당황한 목소리로 물었다.

"제가 누구에요? 온 동네 소문이란 소문은 다 듣고 다니는 방물장수 딸이잖아요. 벌써 보름이나 됐어요. 혼사 얘기가 오간 것이."

"이, 이럴 수가…."

"실은 연이 아씨도 도련님을 연모하고 계세요."

"뭐? 그 말이 사실이냐?"

"제가 강매는 해도 거짓부렁은 안 하거든요. 나중에 후회 마시고 아씨께 도련님의 마음을 지금 보여드리세요."

"으음…."

"또, 또 망설이신다! 사내대장부가 그리 용기가 없어서 무슨 큰일을 하시겠어요?"

완숙의 타박에도 한참을 망설이던 청년이 이윽고 입을 열었다.

"…허면 이렇게 하자꾸나."

"어떻게요?"

“너도 서원 제작 뜰에 선 은행나무를 알고 있겠지?”

“그럼요. 부성 사람치고 그 나무를 모르는 사람이 있을라구요.”

“사흘 뒤 술시에 그 은행나무 앞에서 내가 기다리고 있겠다고 아씨에게 전해주렴. 직접 뵙고 내 마음을 털어놔야겠다.”

“와아!”

다가정에 모인 사람들이 큰소리로 환호했다. 완숙과 청년이 은밀히 얘기를 나누는 동안 소리를 마친 미색의 명창이 좌중의 열화와 같은 박수와 탄성을 받으며 무대를 내려섰다. 이어 무대에 오른 수통인이 잠시 휴식을 취한 뒤 다음 순번의 소리꾼을 불러올리겠다는 안내를 좌중을 향해 외쳤다. 간간이 추임새가 솟아오를 뿐 소리에 취해 쥐 죽은 듯 조용하던 다가정의 앞뜰 여기저기서 웅성대는 소리가 먼지처럼 일어났다. 연이가 머물고 있는 장막 안에서도 움직임이 부산해졌다. 화로의 숯을 갈고, 준비해온 다과를 꺼내고, 차를 다시 끓이느라 분주한 여종들 사이로 어딘지 우울해 보이는 연이의 옆얼굴이 설핏 보였다. 그녀의 여동생으로 보이는 어린 처자 둘이 연이를 잡아 일으키며 무어라 말을 하는 모습도 건너다보였다. 행여 연이가 자리를 뜨면 어쩌나 초조해진 청년이 허리끈에 묶어둔 전낭을 열었다.

“낭자께 폐가 가지 않도록 조심 또 조심해다오.”

“그럼요! 저만 믿으세요!”

손바닥으로 제 가슴을 팡팡 쳐댄 완숙이 왁자지껄한 소리가 가득한 뜰을 쪼르르 달려 나갔다. 연이를 비롯한 장막 안의 여인들을 향해 꾸벅 인사를 올린 완숙이 넉살좋게 웃으며 무어라 말을 건네는 장면이며, 여인들의 승낙이 떨어졌는지 그녀들 앞에 복대를 풀어놓는 모습,

연이의 여동생들은 물론이고 부산하게 움직이던 여종들까지 완숙의 주위로 몰려들자 이 물건 저 물건 보여주며 설명을 늘어놓는 완숙을 청년은 긴장 어린 눈길로 바라보았다. 그러다 은근슬쩍 연이의 곁으로 다가간 완숙이 연이의 손에 빗을 쥐어주고는 귓속말을 건네자 청년은 숨을 멈췄다.

"오오!"

가을날 단풍처럼 붉게 물든 연이의 고운 얼굴이 보일 듯 말 듯 위아래로 끄덕이자 청년은 기쁨의 탄성을 터트렸다. 신이 나서 되돌아온 완숙이 청년을 향해 방긋 웃었다. 비녀를 비롯해 서너 개 남아 있던 물건들마저 연이의 식솔들에게 모조리 팔고 난 뒤라 완숙은 날아갈 듯 마음이 가벼웠다.

"보셨어요, 도련님? 빗을 얼른 챙겨 넣는 아씨를요. 거봐요. 제가 뭐라 했어요. 아씨도 마음이 있다고 했잖아요. 헤헤헤."

"그래. 그러시더구나. 하하하!"

턱을 치켜들고 호탕하게 웃어젖힌 청년이 전낭을 열어 돈을 꺼내 완숙에게 쥐어줬다.

"이건 내 마음이니 넣어두어라."

"고맙습니다! 아씨랑 잘 풀리시길 빌게요."

꾸벅 인사를 올린 완숙은 출구 쪽을 향해 재빨리 몸을 틀었다. 파리한 안색의 점례가 비틀비틀 다가정 입구로 들어서는 것이 보인 것은 그때였다.

"헉! 어, 엄마! 여길 오면 어떡해! 나 여기 있는 줄은 어찌 알았어?"

한달음에 점례에게로 달려간 완숙이 혼겁한 표정으로 물었다.

"너 왜 이리 엄마 말을 안 듣니? 엄마가 사람 많은 곳에 오면 안 된다고 했어, 안 했어?"

점례가 완숙의 등짝을 찰싹찰싹 때리며 거친 숨을 헉헉 몰아쉬었다.

"잘못했어요. 다신 안 그럴게. 그러니까 얼른 집에 가자. 이렇게 다니다간 큰일 난단 말야!"

완숙이 점례의 손목을 끌어당겼다. 그 순간이었다.

"아니, 이게 누구래유? 점례 아줌니 아니유?"

그 소리에 뒤를 돌아보던 점례가 귀신이라도 본 사람처럼 경악하여 뒷걸음쳤다.

"다, 당신은…!"

"그래유. 나, 덕배구먼유. 막쇠 형님 뒤만 캐고 다녔는데 이렇게 아줌니를 먼저 보게 되는구만유. 흐흐흐…."

덕배가 노름꾼들에게 뒷돈을 대주는 포주를 만나기 위해 색주가로 향한 것은 순전히 막쇠의 행방을 묻기 위해서였다. 그런데 뜻하지 않게 막쇠와 마주쳤다. 덕배는 절뚝이는 다리 탓에 막쇠를 놓치고 나서 전주부성을 이 잡듯 뒤지고 다니던 터였다.

"혹시나 했더니 이렇게 만나는구먼요. 그간 잘 지내셨슈?"

"사, 사람 잘못 봤어요. 저리 비켜요. 가자, 완숙아."

완숙을 이끌고 황급히 덕배를 지나치는 점례의 두 발이 후들거렸다. 허둥지둥 뒤따라온 덕배가 완숙의 어깨를 잡아 돌려세우며 물었다.

"얘야, 니 이름이 완숙이냐?"

"우리 애한테서 떨어져요!"

점례가 역정을 내며 완숙을 끌어안았다.

"알았어유. 근디 참 신기한 일이네유. 이 아이 생김이 우째 아줌니나 막쇠 형님을 안 닮고 내가 아는 어떤 마나님을 요리 쏙 빼다박았나 모르겄슈. 아무래도 우리 할망구 말이 사실이었나 봐유."

"무, 무슨 소리예요? 설마…."

더듬대며 묻는 점례의 온몸이 떨렸다.

"흐흐흐. 아줌니 짐작대로유. 우리 할망구한테 죄다 들었수다."

"…엄마, 이 아저씨는 누구야?"

두 사람 사이에 오가는 대화를 말없이 듣고 있던 완숙이 호기심을 참지 못하고 그예 끼어들었다.

"궁금하냐? 내가 누구냐 하면 말이지…."

"입 다물어요! 얘는 아무것도 모른단 말예요!"

하얗게 질린 점례가 완숙의 등을 세차게 밀어댔다.

"완숙아. 엄마가 데리러 갈 때까지 유동근 나리 숙처에 가 있어, 얼른!"

● ● ●

그즈음, 유동근은 당혹스러운 심정으로 옥사의 출입문을 뚫어지게 쳐다보았다. 귀에 익은 목소리의 여인이 장옷을 뒤집어쓰고서 옥사의 출입문을 넘어선다.

"금방 마치고 나오셔야 합니다요."

옥문의 열쇠를 관리하는 입직 관원이다.

"그리하리다. 사정을 봐주어 고맙소."

장옷으로 얼굴을 가린 여인이 옷자락 사이로 손을 내밀어 입직 관원에게 무언가를 슬그머니 건네는 모습이 유동근의 시야에 잡혔다.

"서, 설마…?"

옥사 입구를 바라보던 유동근이 이쪽을 향해 돌아서는 여인을 발견하고 금세 표정이 어두워졌다.

"부인!"

유동근의 낮게 가라앉은 목소리가 불빛이 일렁이는 옥사의 통로에 울렸다. 소리가 난 쪽으로 얼굴을 돌린 젊은 여인의 눈동자에 금세 눈물이 그렁그렁해졌다.

"영감…."

"부인께서 어찌 알고 오셨소?"

항검 형제의 친모이자 첫 번째 부인이던 안동권씨가 불의의 사고로 절명한 뒤로 오랫동안 홀로 지내온 유동근이, 젊은 나이에 남편과 사별한 유 소사를 재취로 맞아들인 것이 4년 전으로, 둘 사이에 아들 관검을 낳았다.

"대사습 구경 나가신 분이 하옥이라니…? 집사를 붙잡고 아무리 물어도 여기 계시다는 말 이외엔 아무 대답도 해주지 않아 이리 달려왔습니다. 대체 무슨 일이 있었습니까?"

유씨 부인은 애타는 심정으로 물었다.

"죄를 지었으면 벌을 받는 것이 당연한 일이오. 나는 군영을 어겨 여기 들어온 것이오. 허니 그리 아시고 어서 돌아가시오."

"얼핏 듣자니 영감께서 상연이랑 지충일 어디 먼 곳으로 보내셨다면서요? 이리 날씨가 추운데 그 아이들이 올 때만 어찌 기다린단 말입니까? 소첩이 맏이에게 사람을 보내놨습니다. 그 아이가 돌아오는 즉시 문중 어른들을 뵙고 도움을 청할 것이니 조금만 더 고생하셔요."

"무엇하러 그리 쓸데없는 일을 하셨소!"

유동근이 미간을 찡그리며 나무랐다.

"집안의 장자가 아닙니까? 응당 알아야지요."

유동근은 주위를 한 번 살피고는 나직하나 단호한 어조로 일렀다.

"부인께서는 속히 집으로 돌아가시오. 지금쯤 항검이가 초남이로 향하고 있을지도 모르오."

조이 임무를 맡고 부성을 떠난 항검과 이벽은 아직까지 어떤 소식도 없었다. 그리고 조남용은 이틀간 수차례 옥사로 찾아와 유동근에게 두 아이의 행적을 다그쳐 묻고 돌아갔다. 그것은 곧 항검이 조이 임무에 성공했다는 것을 의미했고, 상연과 지충이 무사히 연천으로 향하고 있다는 방증이다.

"내가 항검이에게 초남이로 가 있으라고 일러놓았소. 허나 그곳도 이제 안전하지 않게 되었소. 상연과 지충이 전주부로 돌아올 때까지 항검이와 벽은 안전한 곳에 숨어 있어야 하오."

"항검이 벽이란 아이와 같이 있어요?"

"그렇소. 두 아이가 무사할 수 있도록 부인이 좀 도와주어야겠소."

"어찌 말입니까?"

"집에 돌아가시는 즉시 노복들을 풀어 마을로 들어오는 길목마다 지키고 있게 해주시오. 항검일 보거든 벽이와 함께 진산으로 가 있으라는 말을 전하라 이르시오."

"사촌들도 없는 그곳에 항검일 왜…?"

유씨 부인은 도무지 영문을 모르겠다는 표정으로 물었다.

"그럴 만한 사정이 있어서 그러오. 더 이상은 설명할 수 없으니 부인께서는 내가 방금 한 말이나 항검이에게 꼭 전해주시오. 부탁하오."

그때 입직 관원이 헐레벌떡 뛰어 들어왔다.

"군관이 이쪽으로 오고 있어요! 들키기 전에 어서 나가셔야 합니다!"

화들짝 놀란 유씨 부인이 입직 관원에게 끌려가다시피 출입구 쪽으로 뛰었다. 막 옥사의 문을 열어젖히려던 찰나였다.

척, 척, 척….

발걸음 소리가 문 바로 너머에서 들려오고 있었다.

사색이 된 입직 관원이 황급히 주위를 두리번거렸다. 옥뢰 안을 환기시키려고 살창을 뚫어놓은 벽 아래, 두꺼운 거적이 겹으로 쌓여있었다.

"잠시만 여기 숨어계십쇼! 숨소리도 내서는 아니 됩니다요!"

입직 관원이 거적을 펼쳐 그녀에게 뒤집어씌우며 신신당부했다.

이윽고 눈매가 부리부리한 군관이 십여 명의 병졸을 이끌고 옥사로 들이닥쳤다. 유동근이 갇혀 있는 옥방 앞으로 뚜벅뚜벅 걸어간 군관이 차갑게 명령했다.

"옥문을 열어라."

이내 자물쇠가 쇳소리를 내며 풀렸다. 입직 관원을 밀쳐내고 옥문을 활짝 열어젖힌 군관이 대기하고 있던 병졸들에게 명했다.

"죄인을 숲정이로 압송하라!"

병졸들이 유동근의 몸을 꽁꽁 묶은 오랏줄을 난폭하게 잡아당겨 옥사 밖으로 끌고 나갔다.

"휴우…. 십년감수했다…. 하마터면 큰일 날 뻔…."

가슴을 쓸어내리던 입직 관원이 얼른 입을 다물었다. 어느 틈에 거적에서 나왔는지 낯빛이 하얗게 질린 유씨 부인이 관원의 팔뚝을 아프게 그러쥐며 물었다.

"방금 어디라 했소? 저 사람들이 방금 숲정이라고 한 것 같은데… 내가 제대로 들은 것이 맞소?"

"예. 소인도 그리 들었습니다요."

"뭔가 잘못됐어…."

유씨 부인은 허방을 딛는 걸음으로 오후 햇살이 번진 옥사 문을 나섰다. 다음 순간, 유씨 부인이 옥뢰의 앞마당을 가로질러 달려가기 시작했다.

● ● ●

노을이 궁색한 초가의 처마 너머 하늘을 붉게 물들였다. 끓어오르는 화를 참을 길 없는지 방문을 벌컥 열어젖힌 막쇠는 산불처럼 번진 노을을 성난 눈으로 쏘아보며 담배를 뻑뻑 피워댔다. 그런 지아비의 구부정한 등짝을 노려보는 점례의 눈동자에서 불같은 분노가 활활 타올랐다.

유동근의 신상에 어떤 일이 벌어졌는지 알지 못한 채 완숙을 그의 숙처로 보낸 뒤 점례는 덕배를 잡아끌다시피 하여 다가정을 빠져나왔다. 집으로 가봤자 막쇠를 볼 수 없다고 점례가 아무리 말해도 막무가내였다. 하는 수 없이 마을로 향한 까닭이었다.

막쇠는 집에 붙어 있지 않았다. 덕배는 막쇠를 불러오라며 방 안으로 들어가 벌러덩 누웠고, 점례는 그가 알고 있는 사실을 먼저 털어놓지 않으면 막쇠를 볼 수 없을 것이라며 버텼다. 그제야 덕배는 완숙의 비밀을 알게 된 사연을 털어놓기 시작했다.

여윳돈이란 것이 있을 리 없는 할미가 속전을 지불하고 자신을 감옥에서 빼내자 덕배는 돈의 출처에 대해 캐물었다. 삼할미는 고마운 분이 빌려준 돈이라고 둘러댔다. 덕배는 갸우뚱하면서도 그 말을 믿었다. 그런데 화영에게서 받은 돈이 바닥나자 삼할미는 화영을 수시로 찾아가서 손을 벌린 모양이었다. 외출했다가 귀가하던 길에 덕배는 검은 복면을 한 괴한들이 집에서 뛰쳐나가는 장면을 목격했다. 피투성이가 되어 쓰러져 있는 할미를 발견한 덕배는 어찌 된 영문인지 물었다. 화영의 짓이라고, 완숙과 옥련이 뒤바뀐 사연을 간당간당 털어놓은 삼할미는 끝내 숨을 거두고 말았다.

한밑천 잡아볼 속셈으로 화영에게 협박을 가하던 덕배는 화영이 보낸 괴한들에게 죽을 뻔한 위기에서 도망쳐 그 길로 내포를 떠났고, 막쇠 부부를 찾아 전국팔도를 헤매고 다녔다.

전주에서 두 사람을 만난 것은 자신과 의기투합해 화영을 벌하라는 하늘의 뜻이라고 덕배는 흥분해서 떠들어댔다. 그리고 민씨 부인이 심한 하혈 끝에 반송장이나 다를 바 없는 명을 이어가고 있다는 소식을 전했다. 덕배의 얘기가 이어지는 동안 점례는 놀란 입을 다물지 못했다. 하지만 언년의 소식을 들었을 때처럼 놀랍지는 않았다.

죽었다고 했다. 막쇠 부부가 강석환의 집을 나와 도망치던 그날 밤, 별당의 아기는 급사했다고 덕배는 말했다. 그 말끝에 화영의 소행이 틀림없다는 덕배의 추측이 딸려 나왔다.

점례는 의식을 잃고 바닥으로 무너져 내렸다. 당황한 덕배가 차가운 물을 그녀의 얼굴에다 뿜어댔다. 한참만에 정신을 차리고 일어난 점례는 문을 박차고 나갔다. 덕배가 절뚝절뚝 뒤따라 뛰었다. 노름 삼매경에 빠져 있던 막쇠를 남문시장 안의 봉놋방에서 찾아낸 것은 그로부터 한 시진이 지나서였다.

"…사실대로 말해요. 당신은 알고 있었죠? 언년이 잘못될 걸…?"

담뱃대를 휙 낚아채 재떨이에 탕탕 두드려 속을 비워낸 점례가 막쇠를 제 쪽으로 난폭하게 돌려 앉히고는 분노에 찬 음성으로 물었다.

"아녀. 설마 화영이 그럴 줄은 나도 진짜 몰랐어."

막쇠가 얼굴에 고통스러운 빛을 띠며 말했다. 앞에 앉은 점례가 세차게 도리질을 쳐댔다.

"몰랐다면 다예요? 우리 언년이가 죽었어! 당신이 언년일 죽인 거나 진배없다구요!"

"닥쳐, 이 여편네야. 이웃집에서 듣기라도 하면 어쩌려고 그래?"

황급히 방문을 닫은 막쇠가 잡아먹을 듯 점례를 노려보며 낮은 소리로 으르댔다.

"다른 사람 귀는 무섭고 하늘은 안 무서워요? 이게 다 당신 때문이에요. 당신이 그 잘난 노름빚 갚는다고 언년일 팔아넘기지만 않았어도… 으흐흑….”

막쇠는 죄책감에 양 손이라도 자르고 싶은 심정이었다. 그러나 이미 언년이는 죽고 없었다. 이제와 후회한들 죽은 아이가 살아 돌아올 리도 없으니, 산 사람은 어찌 되었든 살아야 한다고 막쇠는 생각했다.

“어쩌겠어. 그게 제년 명이고 팔자인 모양이지. 그러니 임자도 언년이 일일랑 인제 잊어. 인제 와서 사실을 까발릴 수는 없는 일 아녀. 그래봤자 다치는 건 우리여.”

풀 죽은 목소리로 점례를 다독인 막쇠가 방 한편에 놓인 반닫이를 건너다봤다.

“여태 그래왔던 것처럼 우리만 조용히 입 다물고 살면 어찌 됐든 목숨은 부지할 수 있을 거여.”

아까부터 한마디도 없이 반닫이에 등을 기대고 앉아서 그들 부부를 갈마보던 덕배가 할 말이 있다는 표정으로 입을 열었다.

“덕배 자네도 암말 마. 나는 공연히 분란 일으킬 생각 없으니께. 그러니까 그리 알고 그만 가봐. 우릴 봤다는 얘기를 씨부릴 생각도 말어. 만일 그랬다간 자넬 요절내고 말 거여.”

“진짜로 안 가유?”

덕배가 물었다.

“그려.”

“후회 안 하겄슈?”

“아, 그렇다니까!”

막쇠는 버럭 소리를 질러댔다. 덕배의 눈동자가 점례를 향했다.

“아줌니는 어쩔래유? 억울하게 죽은 언년이 복수, 해야 될 거 아니

것슈?"

대답 대신 점례는 자리에서 일어나 반닫이 쪽으로 걸어갔다. 덕배가 재빨리 옆쪽으로 몸을 피해 앉았다.

"지금 뭐 하자는 수작이여?"

반닫이 문짝을 열고 그 안에서 자신과 완숙의 옷을 주섬주섬 꺼내는 점례를 의아한 눈빛으로 바라보며 막쇠가 물었다.

"완숙이 데리고 내포로 가서 쥔어른을 뵈어야겠어요."

"이 여편네가 죽을라고 환장을 했나! 못 가! 절대 안뎌!"

"아, 형님은 빠져유. 아줌니가 간다는디 형님이 왜 막고 난리여유."

"너야말로 넘의 일에 끼어들지 말고 빠져!"

"이게 왜 넘 일이래유? 우리 할망구도 그 일에 얽혔구만유. 형님이 안 간다믄 아줌니라도 모시고 가서 사실을 죄다 까발리고 말 거구먼유."

"까발릴 거면 니눔 혼자 가서 해!"

서로 멱살을 잡고 외쳐대는 두 사람의 실랑이에 귀를 닫아건 채 묵묵히 옷 보따리를 꾸린 점례가 끙, 신음을 토하며 몸을 일으켰다. 막쇠의 당황한 눈길이 방문으로 향하는 점례를 뒤쫓았다.

"어이쿠!"

덕배의 다리를 냅다 걷어찬 막쇠가 단숨에 뛰어와 점례 앞을 막아섰다.

"완숙이라도 돌려보내야 해요. 언년이 그리된 마당에 완숙이라도 쥔어른의 핏줄로 살게 해줘야 하질 않겠어요."

점례가 막쇠를 똑바로 응시하며 완강하게 말했다.

"화영이가 어떤 년인지 듣고도 그런 소리를 해? 언년일 죽이고 삼할미까지 죽였어. 임자나 완숙이도 그 꼴이 되지 말란 법은 없어!"

"그래도 가야겠어요. 완숙이한테 용서를 비는 일은 그 길밖에 없어요."

"그럼 완숙이한테 죄다 말하겠다는 거여?"

"이제 완숙이라도 행복하게 살도록 가서 다 제자리로 돌려놓겠어요. 언년일 그리 만든 화영이한테 복수하기 위해서라도 꼭 그리하고야 말 테니 당신도 막지 마세요."

"진심이여? 후회 안 할 거여?"

"물론이에요."

"좋아. 그라믄 어디 맘대로 해보드라고."

막쇠가 옆으로 한발 비켜서면서 이죽거리는 말투로 말을 이었다.

"그란디 완숙이 고것이 선선히 임자를 따라갈랑가 모르겄네. 임자가 친딸 살리자고 지를 유괴한 걸 알면 길길이 뛸 것인디, 그 원망을 우째 감당할 것이여?"

막쇠의 엄포가 있자 점례의 얼굴에 두려움이 짙게 어렸다. 두려움으로 해쓱해진 점례는 막쇠의 다음 말을 듣는 순간 다리 힘이 풀리고 말았다.

"아, 뭐해? 얼른 가서 완숙이한테 죄 까발리지 않구. 완숙이한테 유동근 나리 처소에 가 있으라고 했다고? …헉!"

큰소리로 외치며 방문을 벌컥 열어젖히던 막쇠가 놀란 숨을 토하며 황급히 입을 다물었다. 언제부터 그곳에 서 있었던 걸까. 완숙이 쪽마루 너머의 섬돌 위에 망부석처럼 서 있었다.

"…그게 무슨 소리야? 내가… 엄마 딸이 아니라니…?"

"와, 완숙아. 어, 언제 왔어? 드, 들어가자. 엄마가 다 말해줄게."

버선발로 뛰어나온 점례가 완숙의 손을 잡아끌며 더듬거렸다.

"말해봐! 엄마가 내 엄마가 아니라니? 친부모가 따로 있다니? 엄마 친딸을 살리려고 정말로 날 유괴했어?"

외쳐 묻는 완숙은 분노와 배신감으로 온몸을 사시나무처럼 떨었다. 점례는 가슴을 부여잡고 땅바닥으로 무너져 내렸다.

● ● ●

유동근의 육신이 숲정이에 부려진 것은 그즈음이었다. 횃불과 창검을 든 이십여 명의 군사들이 유동근을 무릎 꿇린 채 병풍처럼 둘러싸고 있었다.

"살고 싶다면 지금이라도 이실직고해라."

유동근의 상투를 휘어잡고 머리를 난폭하게 뒤로 젖힌 박철오가 나직이 으르댔다.

"이번이 마지막 기회다. 말해라. 서록은 어디로 향하고 있느냐?"

"모르오."

"후회하지 마라."

잡았던 상투를 놓고 일어선 박철오가 망나니를 향해 고개를 끄덕였다. 군졸 두엇이 유동근의 어깨와 등짝을 우악스럽게 밀어 바닥에 밀착시켰다. 반원형의 통나무가 유동근의 목 아래 놓였다.

히죽거리며 앞으로 나온 망나니는 도끼를 자유자재로 돌려대면서 유동근의 주변을 맴돌기 시작했다.

"쳐라!"

춤이라도 추듯이 펄쩍펄쩍 뛰어다니며 도끼날로 어둔 허공을 베어 대던 망나니가 빠르게 유동근의 뒷목 바로 옆으로 와 섰다. 국법으로 엄히 금하는 불법 처형을 한다며 유동근이 항의했지만, 박철오는 요지부동이었다. 이윽고 묵직한 도끼날이 번쩍 치켜 올라갔다.

"멈춰라!"

십여 명의 군사와 두 마리의 말이 끄는 마차를 꼬리처럼 매단 조남용이 형장으로 들어서며 외쳤다.

"오셨습니까?"

박철오가 예를 표하며 미묘한 눈길을 보냈다. 조남용이 의미심장한 미소를 흘렸다.

"어찌 이리 무모한 짓을 벌였는가? 이 일에 대한 추궁은 나중에 할 것이니 자네는 잠자코 물러나 있게!"

짐짓 박철오를 힐난한 조남용은 유동근을 일으켜 앉혔다.

"네놈들도 참… 그래도 명색이 양반인 사람인데 손목을 이 지경으로 만들어놓으면 어쩌겠다는 게야. 쯧쯧!"

유동근의 등 뒤로 돌아가 오금을 접고 앉은 조남용은 야무지게 묶인 오랏줄 매듭을 풀며 혀를 찼다. 조남용은 자못 다정한 말투로 유동근에게 말했다.

"많이 놀랐겠구먼. 자네가 서록을 빼돌렸다는 사실을 알고 저 사람이 격분한 모양이야. 그러기에 왜 그리 무모한 짓을 저질렀단 말인가? 정녕 내가 자네와 자네의 조카들을 죄인 신세로 만들어야 속이

시원하겠는가?"

"죄를 지었으면 벌을 받아야겠지요. 허나 이런 식은 아니라고 사료됩니다만."

"그래, 그래…. 이번 일은 저 사람이 심했네. 내가 대신 사과하지."

조남용은 유동근의 손등을 토닥이며 자못 다정한 말투로 말을 이었다.

"이보게. 자네들이 처벌을 받는 것을 나는 원치 않아. 그래서 말인데… 대체 서록을 어디로 보낸 건가?"

"모릅니다, 저는."

유동근이 매몰차게 손을 뿌리치자 조남용은 미간을 찌푸렸지만, 이내 너털웃음을 지었다.

"허허허! 이 사람아, 다 자네 가문의 앞날을 위해서 하는 얘기야. 자네 가문이 번듯한 벼슬 하나 없이 살아온 날이 얼마인가? 내 듣자하니 자네 장남이 암자 생활을 하면서까지 과거에 목을 매고 있다지? 항검이도 향교에 들어온 걸 보면 관직에 욕심이 있는 게 분명하고. 그런데 항검일 범법자로 만들겠다고? 그리되면 향교에서 어찌 나올 성싶은가? 쫓겨나는 것은 물론이고, 청금록에서 삭제당할 수도 있어. 자식 앞길을 막는 아비가 되고 싶지는 않겠지?"

시종 결연하던 유동근의 눈빛이 흔들렸다.

성균관을 비롯하여 각 지방의 향교와 서원에 소속되어 있는 양반 유생들의 이름을 적어놓은 명부가 청금록이다. 이 명단에 올라 있어야만 과거 응시 기회가 주어지기에 청금록은 과거 응시자 명단이라 해도 무방했다. 그 명부에서 한번 제명된 이름은 나라의 구제가 없는 한 다시 올리지 못했다.

자식의 앞길을 막고자 하는 부모는 세상 어디에도 없을 터였다. 유동근이라고 해서 다르지 않았다. 그럼에도 유동근의 입술이 쉬 떨어지지 않았다. 평소 유동근은 두 아들에게 명예에 연연하기보다는 신의를 중히 여기는 대장부로 살라고 당부했다. 그 생각은 지금도 변함이 없었다.

설령 자식 앞길을 막았다는 원망을 들을지라도 물러서서는 아니 된다…. 상연과 지충의 안전을 위해서도 절대 그 아이들의 행적을 발설해서는 아니 돼….

결심을 굳힌 유동근이 모두가 들으라는 듯 결연하게 말했다.

"설령 목이 떨어지더라도 모르는 건 모르는 겁니다."

"이자가 두 번 죽는 꼴을 봐도 그리 말하는지 두고 보자."

어느결에 마차 옆으로 간 박철오가 이를 가는 소리로 말하며 수레의 짐칸을 덮고 있던 거적을 휙 걷어 올렸다.

살해당하던 당시에 입은 피 묻은 옷차림 그대로인 예원이 수레 짐칸에 아무렇게나 눕혀져 있었다.

"지금 망자의 주검을 훼손하겠다는 것이오? 대명천지에 하늘이 무섭지도 않으시오!"

마차를 향해 튀어나간 유동근이 군사들이 겨눈 창끝에 가로막히자 격노하여 소리쳤다.

"서록이 어디로 가고 있는지 말해라. 만일 이번에도 입을 열지 않으면 구더기가 우글대는 이자의 뱃속을 보게 될 것이다."

박철오는 곁에 있던 군사가 차고 있던 환도를 낚아채듯 빼앗아 들고 시신의 복부를 쿡쿡 찔러대며 으르댔다.

"도와주시오!"

군사들을 뿌리친 유동근이 조남용에게 달려가 무릎을 꿇었다. 손을 들어 박철오를 제지한 조남용이 속삭였다.

"나도 인두겁을 쓴 사람이고 하늘 무서운 줄을 아네. 더군다나 예원은 자네 아들뿐 아니라 내 아들을 가르친 스승이기도 하였어. 그런 예원의 주검을 나라고 어찌 훼손하고 싶겠는가?"

"헌데 어찌하여 저자의 만행을 보고만 계신 겁니까?"

"예원의 주검을 이곳으로 가져온 것이 날세. 저 냄새 나는 물건을 여기까지 가져온 데는 다 이유가 있어서였어."

조남용은 비열하게 웃었다.

오후 무렵, 흙먼지를 뒤집어쓴 파발마가 풍낙헌에 당도했다. 파발이 도착한 이후로 발생하게 될 모든 분란의 뒷수습은 정순왕후 자신이 책임질 것이니 수단을 가리지 말고 닷새 안에 서록을 찾아오라는 엄명이 하달되었다. 기일을 넘기는 날에는 죽음을 각오해야 할 것이라는 정순왕후의 경고에 조남용의 가슴이 서늘해졌다. 이벽과 유항검을 추격하기 위해 기병을 이끌고 부성을 떠났던 박철오가 집무실에 뛰어든 것은 그 순간이었다.

"어째서 빈손인가?"

유동근의 계략에 속아 추격이 무위로 돌아갔다는 박철오의 말에 조남용은 분노했다. 애써 화를 누른 조남용이 정순왕후의 서찰을 내밀었다.

"그분이 보내신 걸세. 읽어보게."

"……."

모든 것을 조남용의 지시에 절대복종하라는 명령에 박철오는 당혹했다.

"이제부터는 내가 알아서 할 것이니 그리 알게."

그러고는 유동근을 숲정이로 압송한 것이다. 뒤이어 예원의 주검도 숲정이로 옮겨오도록 했다. 유동근을 압박하려고 사체를 옮겨오긴 했지만, 그도 사체를 훼손하고 싶지는 않았다.

유동근은 절망했다.

"아직 늦지 않았네. 지금이라도 순순히 불게. 그럼 예원의 주검을 넘겨주지."

"……."

"모든 걸 끝까지 비밀로 해주지. 자네도 조카들도 더는 쫓기지 않게 될 걸세. 항검인 과거를 볼 수 있게 되겠지."

"아아…."

유동근은 신음을 토했다. 조남용은 기대에 찬 표정으로 유동근을 구슬렸다.

"이런다고 자네에게 득이 되는 건 하나도 없네. 그러니 내 말을 듣게. 자네가 입을 연다면 해줄 것들이 많단 말이야. 자네가 원한다면 자네를 유향소에 넣어주겠네. 그러니 고집 그만 부리게. 언제까지 자네를 봐줄 수는 없어!"

유동근도 알고 있다. 시간이 많지 않다는 걸. 산발한 유동근의 상투가 천천히 땅을 향했다.

"…연천입니다."

"연천?"

되묻는 조남용의 입가에 사악한 미소가 번졌다.

"그렇소. 그곳 현감이 내 조카의 인척이오."

유동근의 말이 끝나자마자 날래게 말에 오른 조남용이 소리쳤다.

"이곳은 저자에게 맡겨두고 모두 나를 따른다! 가자!"

횃불의 그림자마저 사라진 숲정이는 짙은 어둠에 휩싸였다. 초저녁 달이 설핏 모습을 드러냈다.

"……."

캄캄한 형장 한가운데 주저앉아 미동도 없던 유동근이 비척비척 몸을 일으켰다. 예원의 주검을 향해 한 발 한 발 내딛는 유동근이 갈지자로 비틀댔다. 예원의 시신을 어루만지는 유동근의 손등 위로 자책의 눈물이 뚝뚝 떨어져 내렸다.

그때였다.

"아버님! 어디 계십니까, 아버님!"

항검이 자신을 찾는 소리가 꿈결인 양 들려왔다. 눈물이 흥건한 유동근의 얼굴이 아들의 목소리가 난 쪽으로 향했다. 빽빽한 숲정이의 고목들 너머, 좌우로 나뉜 십여 개의 불빛이 연무처럼 번진 숲의 어둠을 헤치며 이쪽으로 밀려왔다.

● ● ●

등잔 불이 꺼지기 전에 기름을 채워 넣어야 한다는 생각이 문득 들었다. 하지만 몇 시간째 말없이 그녀를 무섭게 노려보고만 있는 딸의 눈길에 포박되어 손가락 하나 까딱할 수가 없다. 그렇다고 언제까지 시간을 마냥 흘려보낼 수는 없는 노릇이다.

"…남고사로 가자."

어렵게 말을 꺼내는 점례의 얼굴이 창백했다.

"남고사로 가자, 완숙아. 네 아비보다 먼저 도착해야 해."

막쇠가 덕배를 잡아끌어 도망치듯 집을 나선 것이 서너 시각 전이다. 완숙이를 함께 데려가지 않으면 따라가지 않겠다며 덕배가 사립문 앞에서 버티자 막쇠가 협박하듯 말하는 소리를 점례는 똑똑히 들었다.

"잔말 말고 따라나서. 저것들이 나타나면 화영이가 가만 안 있을 거여. 그러니 복수고 나발이고 그딴 건 다 개나 주고 화영이 숨통을 조여서 한밑천 잡을 생각이나 하란 말여."

점례는 두 사람을 막아 세울 틈이 없었다. 진실을 말하라며 울부짖던 완숙이 충격을 이기지 못하고 끝내 혼절했다. 그 사이 막쇠는 덕배와 함께 사립문을 빠져나갔다. 점례는 완숙을 업어 방으로 옮겼다. 하지만 정신이 든 뒤로 지금껏 완숙은 꼼짝을 하지 않았다.

"가면서 다 말해 줄 테니 일단 남고사로 가자."

"왜 남고사로 가? 내 친부모님은 내포에 계시다며?"

"원산 스님이 네 짐을 보관하고 계셔."

갓난쟁이 완숙이 입던 배냇저고리와 비단 강보, 그리고 강씨 문중의 표식이 새겨진 비녀가 그것들이었다. 집안에 두었다가는 막쇠가 팔아넘길까 두려워 점례는 원산 스님에게 그 물건들을 맡겨두었다.

"네가 그분의 딸이라는 증거니까. 그것만 있으면 돼."

탁!

점례의 손을 매몰차게 뿌리친 완숙이 차갑게 물었다.

"왜… 왜 날 속였어…?"

점례는 십 년 전의 일을 하나씩 털어놓았다. 점례의 고백이 이어질수록 엄지손가락의 티눈을 잡아 뜯는 완숙의 손놀림이 난폭해졌다.

"그만해, 완숙아. 엄마가 잘못했으니까 그만해, 제발."

점례는 완숙의 두 손을 부여잡았다. 살점이 뜯겨 나간 티눈에서 흐른 핏물이 완숙의 손가락을 빨갛게 물들였다.

"하던 얘기나 계속해. 날 데리고 도망쳐서 온 곳이 여기였어?"

"그래. 엄마가 그때 어떡하든 네 아비를 말렸어야 했는데… 나라도 쥔어른한테 모든 걸 털어놓았어야 했는데 그러질 못했어. 미안해, 완숙아…."

"…하나만 물을게."

"그래, 뭐든 다 물어봐."

"언년이… 엄마가 낳았다는 그 아이…. 그애가 살았다면 어찌했을 건데? 화영이란 그 여자가 엄마 친딸을 죽이지 않고 잘 거둬주었다면… 그때도 나더러 친부를 만나러 가자고 했을 거야?"

"……."

"왜 대답을 못해?"

"으흐흑… 완숙아…. 엄마가 잘못했어…."

오열하는 점례의 저고리 앞섶이 붉게 젖어 들고 있다고 완숙은 생각했다. 그러고 보니 온몸으로 흐느껴 우는 점례의 파리한 이마와 창백한 목덜미에서 비 오듯 땀이 쏟아졌다.

하지만 저 어린 것이 받은 충격과 상처만큼 아프고 괴롭겠는가. 완숙을 바라보는 점례의 눈동자에 죄책감이 짙게 어렸다.

“용서해달라는 말은 하지 않으마. 내가 어찌 뻔뻔하게 그런 말을 입에 담겠니? 하지만… 엄마한테는 이제 너밖에 없어. 네가 지체 높은 양반집 딸로 곱게 자라서 좋은 배필 만나 혼인하는 모습을 보는 게 엄마의 마지막 소원이야. 엄마가 꼭 그렇게 되도록 해줄게. 우리 때문에 네가 잃어버린 것들… 모두 되찾아줄게. 그러니까 엄마랑 같이….”

“이젠 안 속아. 친부를 찾는 일도 내가 알아서 할 거야.”

점례가 잡을 틈도 없이 완숙은 방문을 박차고 나갔다. 점례는 피울음을 내지르며 완숙을 뒤쫓았다.

“완숙아! 너 혼자 가선 안 돼! 제발 엄마랑 같이 가! 완숙아!”

완숙은 귀를 틀어막고 어둠 속을 달리고 또 달렸다. 고샅을 지나 언덕을 넘어 동리를 벗어났다. 그러고도 완숙은 한참을 멈추지 않았다.

화강암을 네모반듯하게 잘라 높게 쌓은 성벽이 어느결에 코앞에 다가와 있었다. 남문시장 거리에서부터 쭉 이어져 온 서문의 성벽이었다.

“엄마…?”

저도 모르게 발걸음을 멈춘 완숙은 어둠이 그득한 성문 너머를 건너다보며 점례를 불렀다.

완숙의 심장이 덜컥 내려앉았다. 그리고 그제야 깨달았다. 모진 말로 점례의 가슴에 대못을 박아놓고도, 마음 한편에서는 점례가 쫓아와 주기를 바랐다는 사실을.

“엄마! 간 거 아니지? 내가 독하게 굴었다고 그냥 간 거 아니지?”

길 잃은 아이처럼 패서문 앞을 떠나지 못하고 우두망찰 서 있던 완숙이 성문 너머를 향해 소리를 질러댔다. 하지만 점례의 목소리는 어디에서도 들려오지 않았다.

"엄마! 얼른 와! 안 오면 그냥 가버린다!"

완숙은 발을 동동 구르며 외쳐댔다. 그때였다. 남바위를 꾹 눌러쓰고 혀를 끌끌 차며 성문을 통과해 들어오던 중년의 사내가 완숙에게 다가오며 물었다.

"얘, 어머니를 기다리는 게냐?"

"예? 예!"

"어떤 아낙이 성문 너머에 주저앉아 있더구나. 혹시 네 어머니일지도 모르니 어서 가보렴. 어디가 많이 안 좋은지 끙끙 앓고 있던데."

"어… 엄마…!"

중얼대며 한 발 두 발 내딛던 완숙이 정신없이 성문 밖을 향해 휘달렸다.

"어… 엄마…. 일어나…. 여기서 이러고 있으면 어떡해…. 얼른 일어나라고!"

점례는 찬 바닥에 누워 미동이 없다. 점례의 가슴 상처에서 흘러나온 선혈로 저고리 앞섶은 물론 치마 밑으로 드러난 고쟁이까지 젖었다. 앉히면 쓰러지고 잡으면 축축 늘어지는 점례를 간신히 일으켜 앉힌 완숙은 안간힘을 다해 업으려 했지만, 힘이 달렸다.

"날 믿어, 엄마. 내가 엄말 꼭 살릴 거야!"

그때였다. 겨우 정신을 차린 점례가 속삭이듯 말했다.

"완숙아… 엄마한테 소원이 있어…."

"응, 엄마. 내가 들어줄게. 그러니까 말해봐."

"원산 스님과 함께 내포로 가서 그분을 만나. 그래야 엄마 마음이 놓일 것 같아…. 그래주겠니?"

가파른 숨을 힘겹게 내뱉으며 간당간당 명줄을 잡고 있던 점례가 육신에 남은 진기를 모조리 끌어모아 간절하게 부탁했다.

"그럴게! 엄마 말대로 할게! 그러니 기운을 내."

완숙의 눈에서 흘러내린 눈물방울이 희미하게 미소 짓는 점례의 입술에 툭툭 떨어져 내렸다.

"고마워, 내 딸… 그리고… 미안해."

핏물과 눈물로 얼룩진 점례의 얼굴이 서글프게 웃었다.

"미안하면 살아! 살아서 날 지켜달란 말야!"

완숙의 손을 움켜쥔 점례의 손이 스르르 풀렸다. 그것으로 끝이었다. 완숙의 애끓는 절규가 시커먼 하늘 가득 울려 퍼졌다.

역공

"속히 안내하게."

"예, 저하."

바람처럼 휘달려온 일단의 마필이 채제공의 사저 마당에 차례로 정지했다. 하마석을 딛고 내려선 미복 차림의 이산이 앞장서는 채제공을 따라 열린 대문 안으로 뛰어들었다. 사랑채의 솟을대문 앞을 서성이던 홍국영이 두 사람을 발견하고 서둘러 다가와 예를 표했다.

"오셨사옵니까?"

"자네가 고생이 많았네."

홍국영의 어깨를 두드린 이산이 누군가를 찾는 듯 주위를 둘러보며 물었다.

"어디 있는가?"

"번암 대감의 아우가 객방을 내주었사옵니다."

"자네가 가서 내 방으로 데려오게. 저하를 뫼시고 먼저 들어가 있겠네."

"알겠습니다, 대감."

상연과 지충이 사랑방에서 이산에게 큰절로 인사를 올린 것은 잠시 뒤였다.

문후를 여쭙는 상연과 지충의 낯이 바짝 얼었다. 돈의동 사저에서 보낸 인편이 궐 안의 채제공을 급히 찾아온 것은 퇴청을 막 앞둔 신시 무렵이다. 웬 도령들을 대동한 홍국영이 돈의동 사저에 와서 급히 뵙기를 청한다는 전갈이 인편을 통해 채제공에게 전해졌다. 그 소식에 이어 홍국영이 쓴 밀서가 은밀히 건네졌다. 사도세자의 서록을 드디어 확보했으나 궐로 향하던 중 자객들의 공격을 받아 채제공의 사저로 일단 피신했으니 속히 귀가해달라는 밀서였다.

"도중에 습격이 있었다고 들었다. 다친 데는 없느냐?"

이산이 걱정스런 눈빛으로 물었다.

"가히 천우신조로 소인들은 크게 다친 데는 없사옵니다. 허나 불행히도 번암께서 붙여주신 무사들이 그만 모두…."

홍국영이 아뢰자 채제공의 눈에 당혹한 빛이 어렸다.

"그 사람들의 무예가 보통이 아닌데 모두 당했단 말인가?"

"매복한 자들이 워낙 많기도 했고, 우리가 먼저 빠져나갈 활로까지 열어주느라…. 면목 없습니다."

홍국영은 서록을 찾아내 예까지 무사히 가져오기까지의 내막을 상세히 아뢰었다.

홍국영이 이벽과 항검을 만난 것은 마방에서 하룻밤을 묵고 연천으로 향하던 중의 일이었다. 서록의 행방을 조남용에게 토설한 것이 못내 부끄러운 유동근이 두 아이를 다급히 연천 쪽으로 올려보낸 것이다.

“연천 입구에서 그 아이들이 장맞이를 하고 있지 않았다면 판관 무리와의 충돌을 피하지 못했을 것이옵니다. 다행히 그 아이들이 죽을 힘을 다해 달려와 준 덕분에 간발의 차로 저들과 마주치지 않을 수가 있었지요.”

유동근을 협박하여 정보를 캐낸 박철오와 조남용이 미친 듯이 말을 몰아 연천으로 향했으나 상연과 지충의 그림자도 보지 못한 채 빈손으로 되돌아 나온 연유이기도 했다.

“벽과 항검은 왜 같이 오지 않은 것인가?”

“스승의 장례를 속히 치러야 하는지라…. 그 아이들이 전주로 떠나는 것을 보자마자 저희는 도성 쪽으로 방향을 틀었사옵니다.”

상연과 지충이 항검과 벽을 따라 전주로 내려가지 않은 것은 순전히 유동근의 엄명 때문이다. 유동근은 서록이 세손에게 전해지는 현장을 두 아이의 눈으로 똑똑히 지켜본 다음에야 돌아오라 일렀다. 연천으로 휘달려온 항검은 그 명을 재차 상기시키고 돌아갔다.

이산이 여전히 긴장한 낯을 풀지 못한 상연과 지충을 돌아보았다.

“서록을 지키느라 고초가 컸구나. 고맙다.”

“미약하나마 저하께 힘이 되어드릴 수 있어 소인들이 오히려 기쁘옵니다.”

이윽고 홍국영은 방 한쪽에 놓아두었던 푸른 비단꾸러미를 조심스럽게 들어올렸다. 이산이 좌정한 경상 위에 꾸러미를 내려놓고 물러났다. 이산이 보퉁이를 풀자 세자인世子印을 찍어 봉인한 네모난 봉통이 모습을 드러냈다.

“이것이… 이것이 정녕 아바마마께서 남기신 서록이란 말인가….”

"지금 봉인을 푸시겠나이까?"

채제공이 기대에 찬 목소리로 여쭈었다. 이산은 가만히 고개를 저었다. 자신 역시 서록의 내용이 참을 수 없이 궁금했다. 하지만 아비는 봉인을 풀 자격이 할아비에게 있다고 칠극의 비밀서신에 분명히 밝히고 있었다.

"성상께 독대를 청할 것입니다. 이 안에 어떤 엄청난 비밀이 들어 있는지 곧 알게 되겠지요."

풀어헤쳤던 보퉁이의 네 귀퉁이 천을 끌어당겨 매듭을 짓고 난 이산은 맞은편에 앉아 있는 상연과 지충에게 물었다.

"그대들의 이름자가 어찌 되느냐?"

"진산에서 온 권자 상연이옵니다."

"윤자 지충이라 하옵니다."

홍국영이 덧붙였다.

"상연은 양천 권근 선생의 후예가 되옵고, 지충은 고산 윤선도 선생의 6세손이라 하옵니다. 서록을 찾는 일에 발벗고 나서준 유동근의 조카들이며, 벽과 더불어 조이가 되어준 항검은 이 두 아이와 사촌지간이옵니다, 저하."

진천의 마방에서 돈의동까지 오는 동안 상연과 지충이 홍국영에게 귀띔해준 집안의 내력이다.

"오, 훌륭한 가문의 자제들을 미처 몰라보았구나. 지금은 성상을 뵈옵는 일이 시급하니 내 따로 연통하마. 그동안 여독을 풀면서 기다려라."

"아뢰옵기 송구하오나, 소인들은 그만 전주로 내려갔으면 하옵니다."

"혹 전주에 남은 이들 때문에 그러는 것이냐?"

이산의 하문에 상연과 지충이 차례로 답했다.

"예, 저하. 판관이란 자가 저희가 서록을 빼돌린 사실을 지금쯤이면 알고, 서록이 어디 있는지 대라며 고숙님과 항검을 겁박하고 있을 것입니다."

"벽이 형님이랑 완숙이도 잡혀 들어갔을지 모르옵니다."

"내 미처 거기까지는 생각이 미치지 못했구나. 허면 너흰 먼저 전주로 내려가 있거라. 이른 시일에 전주로 사람을 보내 손을 쓰겠느니라."

"고맙사옵니다, 저하!"

두 도령의 면면을 눈에 새겨 넣으려는 듯 그윽한 눈길로 바라보던 이산이 더는 지체할 수 없어 서록이 든 보따리를 챙겨들었다.

● ● ●

"세손이 그리 급하게 돈의동으로 향한 걸 보면 홍국영이 그곳에 숨어든 것이 틀림없사옵니다."

"서록이 그자의 손에 들어가 있는 것도 분명할 테고요."

"일이 이 지경이 되도록 판관이란 작자는 대체 무얼 하고 있었단 말입니까?"

"그러게 말입니다. 중전마마의 선견지명이 아니었다면 서록이 도성으로 반입된 사실조차 눈치채지 못할 뻔했습니다."

측근들이 비분강개하여 한마디씩 보탤 적마다 살천스럽게 다탁의 찻잔을 노려보는 정순왕후의 눈꼬리가 파르르 떨렸다.

"오라버니께서는 지금 즉시 별궁으로 가세요."

안석에 기댄 등을 곧게 펴고 앉은 정순왕후가 조용히 명했다.

"옹주마마께 말이옵니까?"

"서록이 세손에게 전해졌다면 성상을 뵈려고 환궁을 서두르고 있을 겁니다. 세손이 독대를 청하기 전에 기필코 전하를 궐 밖으로 뫼시고 나가야 합니다. 세손이 전하를 뵙지 못하도록 막아야 해요. 허니 무슨 꾀든 내서든 성상을 궐 밖으로 모시고 나가라고 하세요. 만일 이번에도 내 뜻이 어그러지면 뒷감당을 각오해야 될 거란 말도 꼭 전하십시오."

"알겠사옵니다. 허면 소신은 잠시…."

김귀주가 나가는 모습을 착잡하게 응시하던 정순왕후가 방안의 측근들에게 시선을 돌렸다.

"옹주가 실패할 경우를 대비해 여러분은 다른 방도를 모색해두어야 합니다. 좋은 의견이 있으면 기탄없이 말씀들 해보세요."

"소신이 한말씀 올려도 되겠나이까?"

내내 침묵을 지키던 홍인한이다.

"말씀해보세요."

그는 세손이 번암의 사저를 나서는 순간 기습을 감행해서 서록을 빼앗자는 안을 냈다가 정순황후의 힐난만 들었다. 화완옹주를 만나기 위해 나간 김귀주가 허둥지둥 분합문을 열고 들어온 것은 그때였다.

"어이하여 되돌아오신 겁니까?"

심상치 않은 안색의 김귀주에게 정순왕후가 물었다.

"긴히 드릴 말씀이 있사옵니다. 주위를 물려주시지요."

무슨 일인가 싶어 궁금증이 묻은 눈으로 김귀주를 바라보던 측근들이 정순왕후의 손짓이 있자 하나둘 일어나 나갔다.

"그 사람들이 뵙기를 청하옵니다."

"그 사람들이라니요?"

"전주로 내려갔던 박 정언과 부성의 판관이 입궐해 있사옵니다."

"뭐라? 그 작자들이 일을 모두 망쳐놓고 겁도 없이 제 발로 찾아와요?"

김귀주가 별궁으로 향하기 위해 곤전의 합문을 넘어섰을 무렵이다. 낯익은 얼굴들이 합문 밖을 지켜선 금군에 가로막혀 실랑이를 벌이는 모습이 보였다. 사전에 발부받은 궁중 출입패가 있어 궐문은 무사히 통과했으나 먼지 구덩이에 빠졌다 나온 양 더러운 행색에 금군이 곤전으로 들어가는 것을 막아선 모양이다. 김귀주는 황급히 두 사람을 후원으로 이끌고는 저간의 사정을 캐물었다.

"서록을 가진 아이들을 쫓아 연천으로 갔다가 허탕을 치고 곧장 궐을 향해 달려온 길이라고 하옵니다. 중전마마를 뵙고 꼭 보여드릴 것이 있다면서 알현을 간곡히 청하고 있사옵니다. 어찌할까요?"

"들여보내세요."

이윽고 불안과 공포로 낯짝이 돌처럼 굳은 조남용과 박철오가 정순왕후 앞에 머리를 조아렸다.

"그래, 내게 뭘 보여주겠다는 게냐?"

혀끝에 숨긴 칼날이 여실히 느껴져 조남용과 박철오는 목덜미가 서늘했다. 박철오는 떨리는 손을 뻗어 방석 옆에 내려둔 원통 모양의 나무 화통을 집어 들었다. 조남용이 재빨리 봇짐을 끌어당겼다.

"예원의 유품들이옵니다."

봇짐 안에서 꺼낸 서학서들과 화통에서 끄집어낸 그림들이 경상에 죽 놓였다. 두 사람의 협박을 이기지 못한 유동근이 행여 거짓을 토설했을 경우를 대비하여 연천으로 떠나기 전에 예원의 집에 들러 챙겨 온 물건들이다.

"이것들이 자네들 구명줄이라도 된단 말인가?"

경상에 놓인 물건들을 하나씩 살피는 정순왕후의 손길에 짜증이 가득했다.

"이 서학서 필사본들을 찾아낸 곳이 바로 예원의 지하 화실이었습니다."

박철오였다.

"가만, 이 책들은 나도 읽은 적이 있네. 천주교 교리서들이 아닌가?"

경상에 놓인 서책들을 호기심 어린 눈길로 바라보던 김귀주가 정순왕후 옆으로 바짝 다가와 앉으며 물었다. 대답할 틈도 없이 정순왕후가 되물었다.

"천주교라… 근간에 양명학자들이 심취했다는 그 사학 말인가?"

"그렇사옵니다, 마마."

"허면 이 그림들은…."

둘둘 말린 화선지를 반듯하게 펴고 유심히 들여다보던 김귀주가 아는 척을 하고 나섰다.

"천주교에서는 교리서 그림을 성물로 여겨 성화라고 하옵니다. 이게 바로 그것이 아닌가 사료되옵니다."

"예원이 서록을 숨겨놓았던 지하 화실의 벽마다 이런 그림이 가득 붙어 있었습니다."

박철오였다.

"그래서?"

정순왕후가 묻자 조남용이 재빨리 대답했다.

"소신의 기억으로는 성호 선생이 한때 천주학을 좋게 얘기했다가 곤경에 처한 적이 있습니다. 천주학이 사학이라고 공격을 받았다지요."

김귀주가 고개를 끄덕이며 조남용의 말을 받았다.

"맞네. 천주만이 우주의 유일한 창조주이며, 인간의 길흉화복을 관장하고, 선과 악을 심판하는 능력을 지닌 으뜸신이라고 믿는 것이 천주교야. 그 흉악한 사교는 우리의 존엄하신 주상전하보다 높은 곳에 있는 임금이 천주고, 부모보다 더 큰 부모가 천주라고 부르짖고 있다네."

김귀주가 정순왕후를 바라보며 설명을 덧붙였다.

"게다가 천주교에는 십계명이 있다 하온데, 그중 처음이 천주를 만유萬有 위에 높이라는 것이라고 하옵니다."

"그것이 정말입니까?"

"예, 마마. 예원은 임금도 없고 부모도 없는 무군무부의 종교에 빠져 있었던 것이옵니다. 선세자저하는 그런 자를 곁에 두셨고요."

눈알을 굴리며 끼어들 때를 기다리던 조남용이 흥분한 어조로 핏대를 올렸다.

"무군무부라…."

정순왕후의 입술에 슬그머니 미소가 걸리는 것을 박철오는 놓치지 않았다. 영악한 그녀는 벌써 자신들의 의중을 알아차린 눈치였다.

"이것들도 봐주시옵소서."

조남용은 완숙의 고쟁이와 필기장 하나를 꺼내 정순왕후에게 올렸다.

"예원이 단서를 적어놓은 바로 그 물건입니다. 그리고 필기장은 예원이 그날그날 떠오른 시상을 적어놓은 일기장입니다. 화실에서 찾아낸 서학서 필사본이 모두 예원의 필체임을 증명합니다."

"예원은 사도세자가 서록을 맡긴 사람입니다. 그리고 사도세자는 예원이 몸담은 천주회와 은밀히 내통했사옵니다. 그 점을 역으로 이용하면 세손저하를 궁지로 몰아넣을 수 있사옵니다. 또 세손의 오른팔을 자처하는 번암 대감은 물론 대감을 따르는 남인의 무리까지 한꺼번에 조정에서 몰아낼 수 있을 것이옵니다."

"정녕 그리할 수 있단 말인가?"

짐짓 태연한 척했지만 묻는 정순왕후의 심장이 힘차게 뛰었다.

"마마께오서 조금만 도와주시면 불가능한 일도 아니옵니다."

"나의 도움이 필요하다?"

"예, 마마."

"무엇을 어찌 도우면 되는지 속히 말해보게."

김귀주가 답답함을 이기지 못하고 재촉했다.

"소신들이 서학서와 예원의 필기장을 가져온 이유가 있사옵니다. 거기 적힌 예원의 필적을 이용해 서찰을 하나 위조해야 하옵니다. 하오니 안심하고 그 일을 맡길 모사가를 급히 물색해주시옵소서."

그로부터 한 시진이 지났을 무렵이었다.

"저하, 어딜 그리 급히 가시옵니까?"

이산이 회랑 저편에 나타나자 김귀주는 부리나케 잔걸음으로 달려가 발길을 막았다.

"긴히 상달할 사안이 있어 편전에 가는 길입니다. 혹여 제게 하실 얘기가 있어 기다리신 거라면 나중에 하시지요. 가자."

미복을 벗고 평상복으로 갈아입은 이산에게서 서두르는 기색이 역력했다.

잰걸음으로 다시 앞을 가로막은 김귀주가 짐짓 태연하게 말했다.

"성상께선 지금 편전에 아니 계시옵니다. 옹주마마께오서 전하를 뫼시고 사저로 출발하신 것이 일각 전이옵니다."

"아!"

김귀주와 마주하고 있던 세 사내의 입에서 당황스러운 탄식이 터졌다. 세손의 일거수일투족을 꿰뚫고 있는 저들이다. 정적들이 간계한 꾀로 자신들의 앞을 막아서기 전에 서록을 어전에 올려야만 했다. 그런데 성상의 갑작스런 궐 밖 행차라니….

김귀주가 한발 다가서며 정순왕후의 명을 고했다.

"중전마마께오서 저하를 급히 뵙기를 청하시옵니다."

이산이 단호히 고개를 저었다.

"할바마마를 뵙는 것이 우선이오. 고모님의 사저에 나가봐야 하니 할마마마께는 내가 나중에 찾아뵙겠다고 전해주시오."

"선세자저하를 두 번 죽이실 작정이 아니라면 미루지 않는 편이 좋을 겁니다."

"!!"

작은 회오리를 만들며 회랑 주변을 얼쩡대던 바람은 더 불지 않았다. 바람마저 멈춘 회랑에 한기보다 싸늘한 침묵이 감돌았다.

"아바마마를 두 번 죽이다니… 무슨 뜻이오?"

묻는 이산의 음성에서 무서운 분노가 느껴졌다. 노려보는 이산의 시선을 마주 응시하면서 김귀주가 태연하게 말했다.

"가보시면 압니다."

● ● ●

"내가 이곳으로 세손을 부른 이유를 짐작하시겠소?"

이산이 앉기를 기다린 정순왕후가 짐짓 다정한 목소리로 물었다.

"모르겠사옵니다."

김귀주는 엉뚱하게도 정순왕후의 거처인 경희궁의 침전으로 향하지 않고, 임금이 경희궁으로 이어한 뒤로 수개월 간 비어 있던 창경궁의 통명전으로 이산을 이끌었다.

"희빈 장씨가 이곳 통명전에서 자행했던 흉측한 일을 세손도 알고 있을 것이오. 그 일로 한바탕 피바람이 불었다지요."

서인은 인현왕후 무고죄로 장 희빈을 탄핵했다. 장 희빈은 결국 사약을 받았고, 남인은 조정에서 배척되었다. 이후로 임금이 두 번 바뀌었으나 한번 몰락의 길로 내몰린 남인은 다시는 집권의 기회를 얻지 못했다.

한편 독주 체제를 갖춘 서인은 노론과 소론으로 갈렸다. 노론은 경종 재위 4년간 소론에게 잠시 정권을 내주었을 뿐, 영조가 즉위한 이후 50여 년을 집권하고 있었다. 그 사실이 정순왕후는 흡족했다.

"불경한 무리가 종묘사직을 흔들어놓으려 하더이다. 그래서 세손을 이곳으로 불렀소."

"무슨 말씀을 하시는지 모르겠사옵니다."

"허면 알려드리지요."

정순왕후는 교리서들과 성화 뭉치를 구설합의 상판 위에 올려놓았다. 김귀주가 이산을 부르러 간 사이 박철오와 조남용이 통명전으로 옮겨놓은 것들이다.

"이것들이 다 무엇이옵니까?"

상연과 지충에게서 들은 얘기가 있는지라 이산은 뜨끔하면서도 애써 태연하게 물었다.

"전주향교에서 교관을 지낸 예원이란 자가 죽기 전에 지하 화실을 꾸며놓고 해괴한 짓거리를 한 모양인데, 전주의 판관이 강도사건을 조사하던 중에 그 사실을 알게 된 모양이오. 판관이 예원의 화실에서 찾아내 보내온 것들인데, 천주교 교리서와 성화라고 하더이다."

"하온데 어이하여 소손에게…."

정순왕후는 구설합의 서랍을 열더니 누군가 뜯어본 흔적이 남아 있는 봉투 하나를 건넸다.

"예원이 세손에게 남긴 밀서랍니다."

밀서라니? 불길한 예감이 이산을 옥죄었다.

"직접 읽어보시오. 참으로 흥미로운 내용이더군요."

"……."

이산은 천천히 서찰을 꺼내 읽어 내려갔다.

서록은 봉인되어 있었다. 사도세자는《칠극》에 남긴 서신에서 영조에게 서록을 전하라고 적고 있었다. 그 모든 것을 익히 아는 예원이 서찰에서는 서록을 읽어달라고 간절히 이산에게 청하고 있었다. 무엇보다 천주회를 결성한 것은 사도세자가 아니었다. 홍국영은 예원의 입을 통해 알게 된 천주회의 탄생 배경을 이산에게 빠짐없이 전해준 바 있었다. 지푸라기라도 잡는 심정으로 천주회의 일원들에게 도움의 손길을 청한 것이 전부라 하질 않았던가. 그런데 예원의 서찰에는 천주회의 결성과 무관한 사도세자가 모든 것을 주도했다고 적혀 있었다. 그렇다면….

'조작이다. 이건 거짓으로 꾸민 편지가 분명해!'

밀서를 조작한 이가 누구인지는 불문가지였다. 이산은 침착한 눈길로 정순왕후를 건너봤다. 야릇한 미소를 입가에 매달고 있던 정순왕후가 자못 걱정스럽다는 투로 말했다.

"사도세자가 사학에 빠진 자들과 역모를 꾀했다니… 참으로 놀랍지 않소?"

"한 가지 여쭈어도 되겠사옵니까?"

"그리 하시오."

"전주부의 판관은 이토록 중요한 사건의 물증을 형조에 상고하기는커녕 규율대로 수순을 따르지 않은 채 할마마마께 직접 전했사옵니다. 소손이 이 일을 어찌 납득해야 하옵니까?"

정순왕후가 빙긋 웃었다.

"명민한 세손이니 그 이유를 충분히 짐작할 것이라 생각되오만."

"이 밀서가 위조된 것이기 때문이옵니까?"

"맞소."

조금의 거리낌도 없는 답변이었다. 이산은 듣고도 믿기지 않아 정순왕후를 멍하니 바라보았다.

"전주에서 올라온 이 교리서들의 필적을 보고 모사가가 거짓으로 꾸민 밀서요. 세손을 압박하고자 이 할미가 농간을 좀 부려봤지요."

"할마마마!"

"허나 사교에 빠져 불충을 품은 남인 무리와 사도세자가 어울렸다는 말은 허언이 아니오."

"무슨 근거로 그리 확신을 하시옵니까?"

"천주교는 많은 이들을 곤경에 빠뜨릴 수도 있는 종교일세. 허니 그 점을 감안하여 당분간은 각별히 몸조심을 하면서 조용히 지내고 훗날을 기약하도록 하게…. 어디서 많이 본 내용이 아니오?"

"그, 그건…."

이산의 심장이 쿵, 하고 떨어져 내렸다. 사도세자가 《칠극》의 비밀 서신에 남긴 글귀 가운데 하나였다. 정순왕후가 가만히 서랍 쪽으로 손을 뻗어 책자 하나를 꺼냈다. 《칠극》이다.

"헉! 그, 그것이 어찌…!"

이산은 경악했다. 동궁전 문갑 속에 들어 있어야 할 《칠극》이 정순왕후의 손에 들려 있다. 수종 나인 중에 간자가 있는 게 분명했다.

이렇듯 대놓고 속내를 드러낸 적이 없던 정순왕후가 드디어 가면을 벗고 전면에 나선 것은 충격이다. 무참해하는 이산을 느긋하게 바라보며 정순왕후가 말을 이었다.

"세자가 사교에 빠진 자들과 놀아난 사실이 세상에 알려지면 어떤 파장을 불러올지 생각만 해도 소름이 끼칩니다. 그래서 세손에게 제안을 하나 할까 합니다."

"……?"

"서록을 내놓으시오. 그리고 서록의 존재를 알고 있는 자들의 입을 철저히 봉해놓으시오. 그리하면 세자가 천주쟁이들과 어울렸다는 사실을 묻어주겠소."

"……."

"세자가 서록에 무어라 남겼는지 모르겠으나 성상께서 진상조사에 나서신대도 우리는 두려울 것이 없소."

"……."

"그런데 세손은 어떠하오? 우리는 세손에게 불리한 증거를 여러 개나 확보하고 있소. 이미 고인이 된 죄인을 구명하고자 서록을 주상께 올리겠소, 아니면 세손이 가진 서록을 내게 넘기고 살아있는 사람들을 살리시겠소?"

"…생각할 시간을 주십시오."

"유감스럽게도 그럴 만한 여유가 내게는 없구려."

"할마마마!"

정순왕후가 구설합을 옆으로 치우고는 화로의 손잡이를 끌어당겼다.

"지금 보는 앞에서 세손이 직접 서록을 태우시오. 그러면 나도 이 물건들을 없애겠소."

끝나지 않은 시련

"스승님과 우리가 어떻게 지켜낸 서록인데… 저하께서 이럴 수는 없어!"

세손의 뜻을 전달한 홍국영을 배웅하기 위해 유동근이 사랑채를 나가고 난 뒤 항검은 울분을 토했다.

"뭔가 잘못되었어. 저하께서 서록을 가지셨다고 해서 세상이 확 바뀔 거란 기대는 애초에 안 했어. 그래도 이건 정말 아니야."

상연은 머리를 절레절레 저어댔다. 노론 일당은 여전히 건재했고, 조남용은 어떤 처벌도 받지 않았다.

"판관이 승차하여 도성으로 올라간다는 말이 사실입니까? 그런 소문이 자자하던데요."

어린 지충의 물음에 항검과 상연이 침울하게 고개를 끄덕였다. 내내 무거운 표정으로 침묵을 고수하던 이벽이 분통을 터트렸다.

"결국 스승님만 억울하게 돌아가신 거야."

이벽은 참담하여 얼굴을 들지 못했다.

그때 유씨 부인이 사랑방의 장지문을 급히 열어젖혔다.

"항검아! 방금 향교에서 나온 사람이 아버님을 모셔갔다."

홍국영을 대문 밖에서 배웅하고 돌아서던 참이다.

"아버님을 왜요?"

"지금 부성의 유림이 향교에 모여 네 퇴교 문제를 논의한다더구나."

"이게 무슨 소립니까? 퇴교라니요?"

깜짝 놀라 뒤따라 나온 상연과 지충이 영문을 물었다.

"자세한 얘기는 나도 모르겠구나. 허나 한 가지는 확실히 안다. 항검아, 퇴교는 무슨 일이 있어도 막아야 한다. 어서 향교로 가서 무조건 잘못했다고 빌어라, 응?"

유씨 부인은 항검의 손을 잡고 간곡히 부탁했다.

"어려울 때일수록 정신 똑바로 차려야 해. 우리가 함께할 테니까 걱정하지 말고 어서 가자."

이벽의 심장이 분노로 펄떡거렸다. 이번 일을 주도한 작자는 틀림없이 조남용일 터였다.

아니나 다를까. 그 시각, 향교에서는 항검을 퇴교시키려는 수작이 한창이었다.

"동재생 항검이 수십 명이 되는 것도 아닌데 결석 일수를 찾는 것이 왜 이리 더디단 말이냐!"

조남용의 벼락같은 호통이 떨어지자 도기를 훑어나가는 신임 교관의 손놀림이 급해졌다.

도기는 향교의 식당에 비치해두고 유생들의 출석을 확인하는 명부다. 하루 출석이 인정되면 원점 1점을 받는데, 300점이 되어야 비로소 관시에 응시할 자격이 주어졌다. 과거시험에 합격한 유생이라도 원점이 모자라면 급제가 취소되고 사헌부의 처벌을 받았다. 도성의 성균관 제도를 답습하여 마련한 향교 규율이다.

"봉안식과 대사습 때를 제하고 항검 생도가 결석한 날은 총 보름입니다."

셈을 마친 교관이 아뢰었다.

"피치 못할 사정이 있었습니다. 선처를 부탁드립니다."

유동근이 유림들을 향해 고개를 숙였다. 도유사, 색장 등과 더불어 향교 자치 직임을 맡고 있는 장의가 물었다.

"보름씩이나 기숙소를 비운 그 사정이란 게 뭔가?"

그러한 사정을 털어놓을 수는 없었다. 서록에 관련된 일은 일체 함구해야 한다는 세손의 엄명을 어길 수는 없는 노릇 아닌가.

"……."

"무슨 내막인지 설명을 좀 해주시지요."

교임을 맡은 유림 중 하나가 조남용에게 청했다. 항검의 처벌에 대한 이야기만 오갔을 뿐 처벌의 이유를 듣지 못한 터였다.

"묵샘골에서 벌어진 살인사건 현장을 지키던 군사들에게 접근하여 소란을 피운 자들이 있었소. 바로 저자와 저자의 아들 항검이지요."

유동근은 아연했다. 세손이 함구령을 내렸듯이 노론 측에서도 조남용의 입을 봉했을 것인데도 조남용은 그날의 사건을 들먹이며 자신과 아들의 목을 조여왔다.

"그 일의 책임은 순전히 제게 있습니다. 항검인 그저 아비 말을 따른 죄밖에 없습니다. 하오니 항검인 그 일에 연루시키지 마십시오!"

"듣기 싫네! 지금 그걸 변명이라고 하는가!"

조남용의 고함이 명륜당 안에 쩌렁쩌렁 울렸다.

"이미 자네는 자네 부자의 잘못을 인정했어. 중론이 청금록 삭제라 해도 받아들여야 할 것이야. 그만 물러가 있게."

"자고로 한창 자라는 초목은 꺾지 않는 법이라 했습니다. 하온데 어찌 이리 가혹하게 구시는 겁니까? 앞길이 구만리 같은 아이입니다. 지난 잘못에 대한 죗값은 제가 어떤 식으로든 치르겠습니다. 하오니 부디 자애를 베푸시어 제 아들놈의 앞길만은 막지 마십시오!"

"어떤 식으로든 죗값을 치르겠다…?"

"…그렇소."

"허면 옥답의 절반을 내놓게."

"아니, 뭐라고요?"

유동근을 무시한 조남용이 유림을 향했다.

"이미 들으셨겠지만 나는 조정의 부름을 받고 곧 도성으로 올라가게 되어 향교 운영 전곡을 더는 부담할 수 없게 되었소."

조남용의 통보에 유림이 술렁였다.

"그래서 저 사람에게 옥답을 내놓으라 한 것이오. 내 듣자니 저 사람 소유의 비옥한 전답이 수십 마지기라 그 절반이면 당분간 향교 운영에 어려움은 없을 것이오."

"정말 그리해도 되는 겁니까?"

"아무리 자식 살리는 일이라 해도 어쩐지 도리에 어긋나는 것 같아서 이거야 원…."

짐짓 미안하다는 말투였지만, 유림의 입가에 안도의 미소가 감도는 것을 유동근은 놓치지 않았다.

이 날도적 같은 놈들…. 욕지기가 목구멍까지 솟구쳤다. 세손이 자신들을 외면한 것과는 달리 저 윗선의 노론은 심복인 조남용의 치부를 철저히 은폐시켰다. 그것도 모자라 조남용에게 호조 보직을 부여했다. 부성의 판관보다 품계가 높은 자리라 했다.

툭하면 떠세를 부리던 조남용은 목에 부목이라도 댄 듯 고개를 빳빳이 쳐들고 다녔다. 그리고 전주를 떠나기 전에 묵은 감정을 모조리 해소하려는지 그에게 밉보인 자들을 골라가며 치도곤을 안기고 별의별 꼬투리를 잡아 불쌍한 이들의 재산을 걸태질하여 원성을 사고 있었다. 작금에 벌어진 일도 헛수고로 끝난 연천 행에 대한 앙갚음임을 유동근은 모르지 않았다.

"…좋습니다. 원하시는 대로 하겠습니다."

● ● ●

화영은 별당 자신의 처소를 불안하게 오가며 입술을 깨물었다. 옥련을 낳고 이듬해에 사내아이를 출산했지만 두 아이의 어미라는 말이 믿기지 않을 정도로 화영은 여전히 젊고 아름다웠다. 꽃살문을 통해 들어온 정오의 밝은 햇살이 하얗게 드리워진 피부는 맑고 탱탱했으며, 화려한 비단옷에 값비싼 가체로 치장을 한 모습에서 언뜻 도도한 기품마저 느껴졌다. 그러나 지금 화영의 가슴은 극도의 분노와 불안으로 세차게 요동쳤다.

"죽을죄를 졌습니다, 아씨…."

월선은 살갗이 데일 것 같은 열기를 꾹꾹 참으며, 방안을 오락가락하는 화영을 죄스러운 눈빛으로 살폈다. 화영은 굳게 입을 다물고 방안을 바장였다. 민씨 부인의 딸을 데리고 내포를 떠났던 막쇠가 십 년 만에 나타났다. 꿈결에서라도 다시는 마주치고 싶지 않은 그자가 동리 어귀의 언덕에 있는 서낭당에서 만나자는 전갈을 보내온 것이다.

"그놈이 거짓말로 소인을 불러낼 줄은 몰랐습니다. 송구합니다, 아씨."

그때 아이들이 까르륵 웃어대는 소리가 방안으로 날아들었다.

드르륵.

꽃살문을 열자 온돌로 뜨끈하게 덥힌 방 안의 훈기를 젖히고 바람 한 줄기가 화락 달려들었다. 분노로 뜨겁게 달아올라 있던 얼굴의 열기가 시원하게 식어 내리는 느낌이었다.

"……."

화영은 마당의 남매를 물끄러미 보았다. 옥련과 윤우는 살갗이 얼얼할 정도로 찬바람이 휘도는 별채 마당 가운데서 자치기가 한창이었다.

문득 화영의 가슴이 뿌듯하게 벅차올랐다. 아들을 낳으면 장적에 올리겠다던 약조를 강석환은 지켰다. 산송장이나 다름없는 몸으로 질기게 명줄을 이어가는 민씨 부인의 맏아들로 입적한 것이다. 그럼에도 화영은 서운하지 않았다. 저를 낳아준 어미가 민씨 부인이라고 철석같이 믿고 있는 눈치였으나 옥련은 누워만 지내는 민씨 부인보다는 화영을 어미처럼 의지하며 따랐고, 윤우에게도 다정하게 굴었다. 강석환은 강석환대로 우애 좋은 두 아이에게 차별 없이 애정을 듬뿍 쏟았다. 비록 여전히 별당 첩실 신세였으나 만사가 그녀의 계획대로 흘러갔다.

나는 어찌 되든 얼마든지 받아들일 수 있지만, 저 아이들이 불행해지는 것은 절대 용납할 수 없다. 내가 죽는 한이 있더라도 기필코 지켜주리라.

꽃살문을 닫고 월선을 향해 돌아서는 화영의 얼굴에 굳은 결의가 어렸다.

"…미시라 했는가?"

"예, 아씨. 그때까지 아니 나오시면 직접 주인마님을 찾아뵙겠다고 했습니다."

"십 년 만에 나타나서 날 보자고 할 때는 바라는 것이 있어서일 게야."

"쇤네도 그리 생각합니다. 허니 아씨는 나가지 마세요. 쇤네가 가서 그게 뭔지 알아 오겠습니다."

"아니, 그럴 필요 없어. 물어보나 마나 뻔하니까."

화영은 장지문을 열고 윗방으로 건너갔다. 삼층장 깊숙이 넣어둔 작은 궤를 꺼내와 월선 앞으로 밀어놓았다. 틈틈이 모아둔 금덩이가 담긴 상자였다.

"이 정도면 그자의 입을 막는 데 충분할 거야. 아무도 눈치채지 못하게 유모가 잘 숨겨서 따라와."

"아씨께서 몸소 가시려고요?"

"원하는 것을 손에 넣지 못하면 영감을 찾아가고도 남을 놈이야. 그리 둘 수는 없잖아."

그놈이 하는 꼴을 봐서 이번 기회에 깨끗이 처치해버리자는 생각이 든다. 옥련과 바꿔치기한 민씨 부인 소생에 관한 소식이 궁금하기도 했다.

"덕배 놈이 집 떠난 지 오래야. 아무래도 덕배를 만나 언년이 죽었다는 걸 알아버린 게 틀림없어. 무슨 꿍꿍이인지 알아야겠어. 그자를 어찌 처리할 건지는 그다음에 결정해도 늦지 않아. 그러니 시간 맞춰서 은밀히 날 따라나서도록 해."

이윽고 두 여인이 별당의 뒷문을 통해 살그머니 밖으로 빠져나왔다. 돌무더기가 저만치 보이자 화영은 걸음을 천천히 멈추며 가쁜 숨을 몰아쉬었다. 오색 천이 치렁치렁 늘어진 거대한 노송 옆으로 당집이 보였다.

"……."

으스스한 분위기가 풍기는 그곳으로 한 발 내딛는 순간, 스스로 감당하지 못할 불행에 발목을 잡힐 것만 같아 화영은 부르르 어깨를 떨었다.

"아씨, 괜찮으세요?"

화영을 걱정하는 월선의 목소리도 불안에 떨었다. 흔들리던 화영의 눈동자가 돌연 단단해졌다. 여기서 물러난다면 더 큰 늪에 빠질지도 모른다는 예감이 스쳤다.

"앞장서, 유모."

"예, 아씨."

화영이 당집 앞에 당도하기를 기다렸다는 듯 귀에 익은 음성이 날

아들었다.

“언년인 무탈하게 잘 크고 있습니까요?”

“…….”

전각 뒤편에서 막쇠가 천천히 걸어 나오는 모습을 보고 화영은 싸늘하게 답했다.

“물론이네. 아주 건강히 잘 크고 있지.”

그녀를 태워버릴 듯 노려보던 막쇠가 잰걸음으로 다가왔다. 화영의 멱살을 바투 쥔 막쇠가 살기등등한 얼굴을 눈앞에 들이대며 소리를 질러댔다.

“언년인 십 년 전에 죽었다는데… 잘 크고 있다고?”

화영은 숨통이 막혀 밭은기침을 쏟아냈다.

“이, 이놈! 감히 어디다 더러운 손을 대는 것이야! 썩 놓지 못할까!”

월선이 달려들어 막쇠의 팔뚝을 힘껏 물었다. 막쇠의 외마디 비명이 허공으로 솟는 동시에 화영이 당집 마당에 나가떨어졌다.

“아직 상황판단이 안 되나 보지? 이왕 이리된 거, 나 죽고 너 죽고 해보자고!”

소매를 걷고 이빨 자국이 난 팔뚝을 확인한 막쇠가 살기등등한 눈빛으로 허리춤에 찬 단검을 척 뽑아 들었다.

화영은 덕배가 말을 전했을 거라고 직감했다. 막쇠를 더는 속일 수 없다고 생각한 화영은 본론으로 치고 들어갔다.

“나는 십 년 전에 이미 그 아이 목숨값을 치렀네. 그러니 그 문제로 귀찮게 할 생각일랑 하지 않는 것이 좋을 게야.”

“그리 못하겠다면?”

"뭐라?"

"내가 예전에 당신한테 받은 돈은 안방마님네 아기를 데리고 내포를 떠나는 조건으로 받은 돈이었어. 그러니 언년이 목숨값은 따로 치러야지."

막쇠는 점례와 완숙이 울고불고하는 사이에 앞서 도착하여 언년이 목숨값을 톡톡히 받아낼 심산으로 덕배를 데리고 내포로 휘달려온 것이다. 게다가 욕심이 하나 더 있다.

"덕배 놈이 제 할미 원수를 갚겠다고 단단히 벼르고 있습디다. 서운치 않게 셈만 치러준다면 그놈은 내가 어떡하든 막아줄 수 있는데 말이요."

막쇠가 누런 이를 드러내며 음흉하게 웃었다.

"…덕배는 지금 어디 있는가?"

화영의 음성이 부들부들 떨렸다.

"모르겠는뎁쇼."

전주에서부터 한시도 떨어지지 않던 덕배는 오늘 새벽 슬그머니 자취를 감췄다. 화영과 만날 시각과 장소를 궁리한 끝의 일이다.

"내 말대로만 해주면 그놈 주둥아리도 막아드립죠."

"…건네게."

화영의 명이 떨어지자 월선이 작은 궤짝을 꺼냈다. 궤짝을 잽싸게 낚아채 간 막쇠가 탐욕스러운 눈빛을 빛내며 뚜껑을 열었다.

"언년이 일로 다시는 나를 찾지 말게. 내 말을 어겼다간 천필의 칼에 목이 달아날 게야. 명대로 살고 싶으면 명심해!"

싸늘하게 경고한 화영은 팽 몸을 돌렸다. 그때였다.

"완숙이요."

그건 또 무슨 소리냐는 표정으로 화영은 막쇠를 힐끗 돌아봤다.

"바꿔치기한 그 아이 이름이 완숙인데, 고것이 내막을 알아버렸다 이겁니다."

쇠망치로 얻어맞은 듯한 충격이 머리를 쳤다.

"뭐, 뭐라? 그것이 정말인가?"

새파랗게 질린 화영이 떨리는 목소리로 물었다.

"아직 놀라기는 이른뎁쇼. 점례 그 여편네가 완숙일 데리고 내포로 오고 있습니다요."

점례의 죽음을 알 리 없는 막쇠였다.

"언제쯤이나 당도할 것 같은가?"

화영이 초조한 목소리로 물었다.

"그거야 쇤네도 모릅죠. 허나 한 가지는 확실합죠."

"무엇인가?"

"이 금붙이 열 배를 내일 정오까지 마련해 오십쇼. 쇤네가 무슨 수를 써서라도 점례랑 완숙일 돌려세웁지요."

"끄응…."

화영이 신음을 흘렸다. 돈맛에 기갈 들린 놈의 말을 곧이곧대로 믿을 정도로 화영은 순진하지 않았다.

화영이 잠시 생각에 잠기는가 싶더니 이내 살가운 목소리로 입을 열었다.

"돈은 내 얼마든지 내어줌세. 그 아이를 없애는 일에 자네가 힘을 보태줘야겠어."

"완숙일 죽인다굽쇼?"

"애초에 없애버렸어야 할 아이였어. 더는 그 아이로 인해 마음 졸이며 살 수는 없네."

"점례는 어쩌굽쇼? 그 여편네가 가만 두고보지는 않을 겁니다요."

"내 천필이패에게 일러둘 것이니 그자들과 함께 움직이게. 완숙이가 보이면 천필에게 말해주게. 그럼 완숙인 그자들이 알아서 처리할 게야. 그동안 자네는 점례를 맡아주게."

"그러니까 점례는 해치지 않겠다, 그 말씀이죠?"

"물론이네."

"그렇다면야 소인이 마다할 이유가 없습죠."

"허면 일단 숙소로 돌아가 기다리게."

"알겠습니다요. 허면 소인은 이만…."

궤짝을 옆구리에 끼고서 막쇠가 휘달리는 걸음으로 언덕을 내려갔다. 그의 뒷모습이 소나무 사이로 사라져 더 이상 보이지 않자 화영이 다급히 월선에게 일렀다.

"유모가 천필일 만나줘야겠어. 막쇠 저놈 얘기를 그대로 전하고, 덕배의 행방을 알아보라고 해."

다시 장옷을 뒤집어쓴 두 사람은 살눈이 희끗희끗 날리는 숲길을 부리나케 내려갔다. 아까부터 지켜보는 눈들이 있다는 것은 까맣게 모른 채였다.

"…이것 보십시오, 나리. 소인의 말이 죄다 사실이었지요?"

당집의 분합문을 살짝 열고 밖을 훔쳐보던 덕배가 등 뒤의 사내를 돌아보며 속삭였다. 막쇠가 잠든 틈을 타 여각을 빠져나간 덕배가 맨 먼저 달려가 만난 강석환이 거기에 있었다.

"어, 어찌 이럴 수가… 다른 이도 아니고 그 사람이 어찌 이럴 수가…."

강석환의 낯빛이 까맣게 변했다. 분합문 밖의 대화가 도무지 믿기지 않는다는 표정이다.

• • •

"저희 왔습니다!"

어두운 문밖에서 고하는 사내의 목소리에 유동근이 반갑게 대답했다.

"오, 왔느냐? 어서 들어오너라."

상연과 지충이 문을 열고 들어섰다.

"그래, 어찌 되었느냐? 완숙일 혹 보았느냐?"

몸을 낮추고 지내라는 경고를 받고 유동근과 네 도령이 강학당에서 일어났을 때였다. 뒤늦게 생각났다는 듯 조남용이 완숙의 행방을 물었다. 수하들을 시켜 서문 일대를 구석구석 훑었으나 땅으로 꺼졌는지 하늘로 솟았는지 완숙은 물론, 그애의 부모조차 감쪽같이 사라지고 없다는 것이다. 완숙이 상소를 작성한 사실을 잊을 리 없는 조남용이다. 유동근은 조남용이 완숙을 찾는 이유를 짐작하고도 남았다. 완숙의 집을 아는 상연과 지충을 서문 밖으로 보낸 것은 그래서였다.

"집은 텅텅 비었습니다. 이웃들 말로는 벌써 여러 날째 그런 상태라더군요."

상연이다.

"완숙일 마지막으로 본 것이 언제라더냐?"

"대사습 날이었답니다. 그날 밤 완숙과 그 아이 어머니가 울고불고 하는 소리를 들었다고도 하던데… 대체 무슨 일이 있었을까요?"

지충의 목소리에 근심이 가득 서렸다.

"그러게 말이다. 서록에 정신이 팔린 나머지 그 아일 잠시 잊어버렸어."

안타깝게 혀를 찬 유동근이 상연에게 다시 물었다.

"내가 전하라는 말은 이웃들에게 전했느냐?"

"예. 완숙일 혹 보거든 판관이 찾고 있으니 잘 숨어 있으라는 말을 꼭 전해달라고 부탁하고 왔습니다."

"판관이 부성을 떠날 때까지만이라도 무사히 잘 피해 있어야 할 터인데… 걱정이구나."

"후…."

네 사내가 동시에 내쉬는 긴 한숨이 어둠 고인 방바닥에 무겁게 떨어져 내렸다.

아버지라는 이름으로

"원, 뭔 바람이 이리도 매섭누…."

눈길을 헤쳐 나가던 노승이 누비옷 소매를 들어 두 눈을 가렸다. 목도리 위로 드러난 완숙의 얼굴이며 귀는 시뻘겋다 못해 파랬다. 그럼에도 완숙은 춥다거나 힘들다는 기색조차 내보이지 않았다. 허옇게 갈라지고 튼 입술을 꾹 다문 채 그저 앞서가는 원산을 묵묵히 뒤따랐다. 원산이 업히라며 등을 내밀었지만 완숙은 한사코 사양했다.

"녀석, 고집하고는…."

"죄송해요, 스님…."

친부의 동리가 가까워올수록 완숙의 한숨이 잦아졌다. 뭔지 모를 두려움에 심란할수록 점례를 잃은 슬픔이 새록새록 솟아났다.

남고사 뜰에서 점례의 시신이 불길에 휩싸이는 모습을 지켜보는 것은 어린 완숙으로서는 가누기 힘든 슬픔이었다. 화장이 끝나기도 전에 완숙은 정신을 잃고 쓰러졌다. 그 뒤로 며칠간 심한 고열에 시달렸으며, 죽음처럼 깊은 잠에 빠져 헤어나오질 못했다. 그러다 겨우 정신이 들고부터는 헛것이 보이는지 누구에게 하는 말인지 모를 말들을 주절대고는 했다. 보다 못한 원산은 법당으로 완숙을 이끌었다. 그리고는 불심을 다해 기도를 올렸다. 그러기를 며칠. 넋이 나간 것처럼 멍했던 완숙의 눈동자에 초점이 잡히는가 싶더니 점례의 유언을 담담한 목소리로 원산에게 전했다. 원산은 오랫동안 요사채에 보관해온 점례의 보따리를 꺼내왔다.

"나랑 덕산으로 가겠느냐?"

"친부는 예산에 사신다고 들었는데, 왜…?"

"그래, 막는다고 막아질 일이 아니지. 예산까지 같이 갈 테니 우선 친부를 만나거라. 그리고 덕산으로 건너가자꾸나."

"그러니까 거긴 왜요?"

"거기 비구니들이 수도하는 수덕사가 있단다. 그곳 스님들께 말해둘 터이니 당분간 절에서 지내거라. 그러다 부처님 제자가 되면 더 좋고."

장차 완숙이 겪어야 할 시련이 물속을 들여다보듯 훤히 내다보이는 원산이었다. 가능하다면 이 아이가 운명의 파고에서 한 발짝 비켜서게 하고 싶었다. 원산의 깊은 속을 알 리 없는 완숙은 덕산 행을 거절했다.

서낭당 언덕을 넘어 둔치에 다다른 원산이 천천히 발을 멈췄다.

"저곳인 모양이로구나."

완숙은 가쁜 숨을 몰아쉬며 어스름에 휩싸인 마을을 물끄러미 응시했다. 가야산 자락 아래 집집이 밝혀진 노란 불빛이 별처럼 반짝이는 마을은 한없이 평화로워 보였다.

목을 축인 두 사람이 마을 쪽으로 난 길을 향해 한 걸음 내디뎠을 때였다.

“꼼짝 마라!”

어디선가 벼락같은 고함이 날아들더니 병기를 거머쥔 십여 명의 사내들이 우르르 몰려나와 삽시간에 두 사람을 에워쌌다.

“허허! 제아무리 살기가 각박해졌기로 이 무슨 행패란 말인가! 썩 물러가게!”

원산이 사내들을 향해 우레와 같이 호통을 쳤다.

“하하하! 이 스님이 우릴 도적놈으로 아는가 보군!”

두목으로 보이는 사내가 가소롭다는 듯이 웃음을 터트렸다. 삼지창의 사내가 뚜벅뚜벅 다가오더니, 완숙의 턱을 그러쥐고 좌우로 돌려가며 유심히 살폈다.

“응, 그래. 마님을 좀 닮은 것도 같군.”

“누가 보내서 온 자들인가?”

원산이 뭔가 알고 있다는 투로 묻자 삼지창의 사내는 뜨끔한 표정이었다. 안광이 형형한 원산의 눈길을 외면한 삼지창의 사내가 수하들을 향해 소리쳐 물었다.

“어이! 얘가 그 아이야?”

“그려, 천필이. 걔가 완숙이구먼.”

사내들 뒤에 숨듯이 서 있던 막쇠가 주춤주춤 앞으로 걸어 나오며 답했다.

“아, 아버지…!”

생각지 못한 막쇠의 등장에 완숙의 눈이 화등잔처럼 커졌다.

“네 엄마는 어디 있냐?”

완숙의 곁으로 재빨리 다가온 막쇠가 주위를 두리번거리며 물었다.

"…돌아가셨어요."

"뭐? 죽어? 왜?"

"내가 도망치는 바람에… 날 잡으려고 쫓아오시다가…."

"그러니께 뭐여… 결국 네년 때문에 그 여편네가 죽고 말았다 이거여?"

"죄송해요, 아버지…."

"닥쳐, 이년아!"

오만상을 찌푸리며 불같이 성을 낸 막쇠가 천필을 돌아보고 외쳤다.

"뭐해, 천필이! 이년이 완숙이여! 화영이가 없애달라고 한 게 바로 저 애라니깐. 근디 뭘 꾸물거리고 있는 거여! 싸게 없애버리지 않고."

"……."

분에 찬 소리를 내지르는 막쇠와 죄인처럼 고개를 들지 못하는 완숙을 두어 걸음 물러나 갈마보던 천필이 수하들에게 눈짓으로 신호를 보냈다. 그 순간이었다.

척! 척!

완숙과 원산을 향해 겨눠져 있던 사내들의 무기 끝이 일제히 방향을 틀어 막쇠에게 겨눠졌다.

"헉! 왜, 왜들 이려? 누, 눈들이 삔 거여? 이봐, 천필이! 나야, 나! 나 막쇠라고! 왜 나한테 이러는디, 응?"

"물려."

천필의 명에 수하 둘이 허리춤에서 재갈을 꺼내 막쇠의 입에 쑤셔 넣고는 커다란 자루를 펼쳐 막쇠에게 뒤집어씌웠다. 검은 자루에 갇혀 버둥대는 막쇠의 등짝을 힘껏 걷어찬 천필이 겁먹은 얼굴로 바들바들 떠는 완숙에게 다가왔다.

"우리 애들이랑 같이 가줘야겠다."

"어, 어딜요?"

"가보면 알아. 스님도 조용히 따라가시오. 뭣들 해? 어서 데려가지 않고."

사내들이 달려들어 완숙과 원산의 양팔을 하나씩 꿰찼다.

"두목님은 같이 안 가십니까요?"

막쇠가 든 자루를 어깨에 멘, 우람한 덩치의 수하가 물었다.

"그전에 들를 데가 있다. 곧 뒤따라갈 테니 먼저들 가 있어."

사내들은 무한천변을 지나 산자락 쪽으로 향했다. 누군가 여럿이 오갔는지 발자국이 무성한 자드락길을 얼마간 올라가자 가지마다 눈을 뒤집어쓰고 있는 나무들 사이로 불빛이 보였다. 이내 건물 두 채가 나왔다.

불빛이 켜진 건물 뒤편의 초막 문을 열어젖힌 사내들이 완숙과 원산을 난폭하게 밀어 넣었다.

● ● ●

아이는 작고 초라한 몰골이다. 입성은 거지나 다름없다. 아이는 호기심과 두려움 어린 눈길로 자신을 응시하면서도 오른손 엄지의 티눈을 연신 잡아 뜯었다. 강석환은 그 손길이 낯설지 않았다. 집안 대대로 물려온 티눈이고 습벽이다.

"…그런 버릇은 언제부터 생긴 것이냐?"

"몰라요. 그냥 언제부턴가 늘 이랬어요."

덧났다가 아물기를 반복해 보기 흉하게 커져 버린 자신과 완숙의 티눈을 저릿한 시선으로 갈마보던 강석환은 가만히 손을 뻗어 완숙의 어깨를 붙잡았다.

"왜, 왜 이러세요?"

소스라치게 놀란 완숙이 후다닥 벽 쪽으로 달아났다.

"괜찮다, 아가. 해치려는 게 아니야."

완숙을 안심시키려던 강석환은 당황한 기색이 역력했다.

"널 자세히 보고 싶으신 모양이다. 염려 말고 가 보거라."

멀찍이서 부녀 상봉을 지켜보던 원산이 다가와 완숙을 토닥였다. 불빛을 등지고 선 완숙의 얼굴이 가뭇했다. 완숙은 제 발로 횃불 아래로 가 섰다.

"아!"

강석환은 탄성을 터트렸다. 작고 갸름한 얼굴에 동그란 이마, 크고 검은 눈과 오뚝한 콧대 하며 도톰한 입술이 누군가를 쏙 빼닮았다. 깊고 짧은 인중 하며 초승달 같은 눈썹까지 영락없는 민씨 부인이었다. 가슴 한곳에 똬리를 틀고 있던 의심이 그제야 스르르 풀렸다.

"…완숙이라 했느냐?"

"예, 그러는 어르신은 뉘신지요?"

조심스레 여쭈었으나 이미 완숙은 그가 친부라는 걸 직감했다.

"엥? 이분이 뉘신지 정녕 모르는 게냐?"

초막 구석에서 이쪽을 주시하던 천필이 끼어들었다.

"이분이 바로 강석환 나리시다. 널 반드시 구해내라고 하셨지."

화영의 밀명을 전한 월선이 천필의 소굴을 나간 직후였다. 그때를 기다렸다는 듯 강석환이 덕배를 뒤에 달고 산막으로 뚜벅뚜벅 들어왔다. 그리고는 파격적인 거래를 제시했다. 화영을 따르는 척하면서 완숙과 막쇠를 본거지로 데려다 놓으면 화영이 약속한 돈의 열 곱절을 주겠다는 것이다. 천필로서는 거절할 이유가 없다. 한쪽에서는 완숙을 죽이려 하고, 다른 쪽에서는 살리려는 이유가 궁금했지만 천필은 묻지 않았다.

"우선 여기서 말씀들 나누십시오. 나리는 나중에 따로 뵙겠습니다요."

"알겠으니 그만 나가보게."

천필이 문 너머로 사라지는 모습을 물끄러미 건너다보던 완숙이 시선을 돌려 강석환을 보았다.

저분이 내 아버지라니….

연민으로 완숙을 바라보는 강석환을 가만히 건너다보던 원산이 천천히 입을 뗐다.

"저간의 얘기는 차차 나누기로 하고 인사부터 받으시지요. 완숙아, 무얼 하느냐? 아버님이시다. 예를 올려라."

"예, 스님."

완숙은 두 손을 모아 이마로 가져갔다. 강석환이 정색을 하고 손사래를 쳤다.

"아니, 아니다. 됐다. 받은 걸로 칠 테니 그냥 앉아 있거라."

"……."

완숙은 난처한 눈길로 원산을 돌아봤다.

"그래도 예가 아니지요."

완숙이 큰절을 올리자 강석환이 절을 받았다. 원산의 눈동자에 서린 그늘이 한층 짙어졌다. 합장을 올린 원산이 점례를 처음 만났을 당시부터 다비식을 올리던 날의 일까지 담담한 목소리로 전했다.

"점례가 결국 그리 생을 마감했군요."

"헌데 우리가 올 줄을 어찌 아셨습니까?"

"덕배가 말해주더군요. 점례가 완숙일 데리고 머지않아 날 찾아올 거라고…."

화영이 삼할미를 죽인 사실을 고자질한 뒤의 일이다. 완숙과 옥련이 뒤바뀌게 된 배경 하며, 완숙이 제 출생의 비밀을 알게 된 과정, 막쇠가 화영을 협박해 돈을 뜯어내려 한다는 얘기까지 덕배는 줄줄이 토해냈다.

원산은 바랑에서 보따리를 꺼내 강석환에게 건넸다. 엉겁결에 보따리를 받아든 강석환이 원산을 바라보았다.

"보살님께서 십 년 전에 소승에게 맡겨둔 물건들입니다. 완숙이 공의 따님이라는 증거지요."

보자기 매듭이 풀리고 붉은 비단 강보 안에서 앙증맞은 배냇저고리가 이내 모습을 드러내자 강석환은 놀라서 말을 잇지 못했다.

"이것들은…."

"그 물건들을 기억하시는지요?"

원산의 물음에 강석환은 말없이 고개를 끄덕였다.

옥련이가 입고 있던 배냇저고리에 방금 원산에게서 받아든 배냇저고리에 수놓인 자수가 있었다. 민씨 부인이 배냇저고리에까지 표식을 수놓았다는 사실을 뒤늦게 알게 된 화영이 부랴부랴 만든 배내옷이었음을 당시 강석환은 짐작하지도 못했다. 손끝이 야문 민씨 부인이 유려하게 수를 놓은 표식과 달리 어딘지 엉성한 느낌이 드는 자수였지만 강석환은 눈여겨보지 못했다. 완숙을 출산한 직후부터 급격히 나빠졌던 민씨 부인의 병세가 각일각 위중해지는 바람에 배냇저고리 따위에 신경을 쓸 여념이 없었다.

"그때 내가 눈치를 챘어야 하는 건데… 그랬다면 십 년 세월 동안 화영에게 속아 살지도 않았을 테고… 하루라도 빨리 너를 찾아냈을 것을… 모두가 내 탓이다. 내 불찰로 인해 네가 겪지 않아도 될 일들을 겪었어. 미안하다, 완숙아…."

강석환이 사죄했다. 아까부터 친부의 무릎에 놓인 제 물건들을 아픈 눈길로 응시하던 완숙이 울음기 섞인 목소리로 말했다.

"아니에요. 나리도 몰라서 그러신 거잖아요…."

완숙의 입에서 나온 나리란 호칭이 강석환의 가슴을 아프게 했다.

"너는 내 딸이다. 앞으로는 날 아버지라 부르거라."

완숙은 실감이 나지 않아 멍한 표정으로 강석환을 건너다봤다.

원산이 누비옷 앞섶으로 손을 밀어 넣더니 작은 주머니를 꺼내 강석환에게 건넸다.

"받으시지요. 공께서 찾던 물건일 겁니다."

"아니, 이건…! 이게 왜 여기에 있습니까?"

넘겨받은 주머니에서 강씨 문중의 표식이 새겨진 금비녀를 끄집어낸 강석환이 어리둥절한 표정으로 물었다.

"화영이란 여인이 막쇠에게 준 패물함에 들어 있던 것이라더군요."

"뭐라고요?"

화영이 잃어버렸다던 가보가 이렇게 쓰이다니…. 강석환은 배신감에 분노가 끓었다. 강석환이 보따리 채 챙겨 들고 일어섰다.

"따라오너라."

완숙을 잡아 일으킨 강석환이 밖을 향했다.

"어쩌시려고요?"

"이 아이가 누군지 밝히고, 그 요부를 몰아내야지요!"

"그 험한 꼴을 아이에게 다 보여주시려고요? 아니 될 말입니다! 소승이 있을 테니 정리가 끝나거든 데리러 오십시오."

듣고 보니 그랬다. 그렇다고 딸아이를 왈패들 소굴에 남겨둘 수는 없는 노릇이다. 애써 평정을 찾은 강석환이 천필을 불러들였다.

"지곡의 별장으로 스님과 완숙일 안내하거라."

● ● ●

화영은 원앙이 그려진 화조병풍에서 눈을 돌려 보료의 강석환을 건너다봤다.

"소첩을 용서하는 것이 어려우실 줄 압니다. 하오나 윤우와 옥련일 봐서라도 부디 이년의 허물을 덮어주세요."

화영은 고개를 엎드려 사죄를 구했다.

"내가 얼마나 더 속으란 말이냐? 그간의 정리를 봐서 이 정도로 끝낼 테니 행여 윤우 곁을 얼쩡댈 생각도 말거라! 당장 옥련일 데리고

이 집에서 나가거라!"

화영을 노려보던 강석환이 일어나 돌아섰다.

"그리는 못하겠습니다, 영감!"

입술을 깨문 채 병풍의 원앙을 쏘아보던 화영이 서릿발처럼 외쳤다.

"방금 무어라 했느냐?"

나가려다 멈춘 강석환이 흠칫 어깨를 떨었다. 돌아앉은 화영이 은장도를 꺼내 목에 겨눴다.

"옥련인 영감의 딸이 아니란 말입니까? 그 아이는 출가할 때까지 이 집 사람으로 살게 될 겁니다. 대신 제 목숨을 내놓지요."

"저, 저런 요망한 것을 봤나! 내 앞에서 피를 보이겠다는 것이냐!"

"예. 대신 완숙인 영감이 밖에서 만들어온 아이가 되어야 합니다."

"무어라? 네가 지금 제정신인 게냐?"

"가문의 체신이 걸린 일입니다."

"그 입에서 나올 말은 아닌성싶다만!"

"제 얘기를 들어나 보세요. 이대로 나가시면 후회하실 겁니다."

자신이 미처 헤아리지 못한 뭔가가 있을 것 같은 느낌에 강석환은 어깨를 외로 틀고 앉았다.

"하고 싶은 말이 뭣이냐?"

"첩이 낳은 아들을 본처 소생의 적장자로 버젓이 장적에 올린 분이 영감이십니다. 이 사실이 알려지면 무슨 일이 벌어질까요? 영감 체면이 땅에 떨어지는 건 일도 아니겠지요. 문중에서 그냥 넘어가진 않을 뿐 아니라 국법을 어겼으니…."

"그만! 그만하거라!"

화영의 말을 듣는 순간 강석환은 아찔했다. 하나도 틀림없는 얘기였다.

문중에서는 아들을 낳아 후사를 잇기는커녕 병약한 조강지처를 내칠 것을 종용했다. 화영의 달거리가 끊긴 직후였다. 점을 보고 온 화영이 태중의 아이가 아들이 확실하다고 말했다. 강석환과 화영이 한날 꾼 태몽도 아들이었다. 하지만 화영이 낳게 될 아들은 서자였다. 어떻게 얻은 아들인데 서얼로 만든단 말인가. 강석환은 그 꼴을 두고 볼 수 없었다. 단지 아들을 낳지 못했을 뿐, 인품이 넉넉하여 강석환의 허물까지 보듬어준 민씨 부인이 다 늙어서 소박을 당하는 일도 겪게 하고 싶지 않았다.

그런데 화영이 복중의 아이가 태어나면 민씨 부인이 낳은 것으로 하자고 제안했다. 강석환은 그 제안에 응했고, 화영은 식솔들의 눈을 피해 민씨 부인의 처소로 들어가 살았다. 그런데 이제 와 그 일을 까발리겠다는 것이다.

노여움을 주체할 길 없어 강석환은 온몸이 끓어올랐다.

"너는 어찌 그리 생겨 먹은 것이냐? 내가 네게 무얼 그리 잘못했다고 이리도 날 기만하고, 죽어가면서까지 천륜을 어기는 것이냐?"

강석환의 분노는 이내 울먹임이 되어 낮게 가라앉았다. 화영은 납작 엎드렸다. 따지고 보면 강석환이 잘못한 것은 없다. 몰락한 가문을 되살리겠다는 일념에 사로잡힌 나머지 강석환을 이용하기로 작정한 자신에게 잘못이 있다면 있었다. 화영은 차마 그 말을 할 수가 없었다. 세상은 바뀔 낌새가 없었고 억울함을 풀겠다는 바람도 요원했다. 이제 그녀에게 남은 것은 옥련과 윤우뿐이다. 두 아이를 지킬 수 있다면 자신의 목숨 따위는 미련 없이 버려야 한다고 화영은 생각했다.

"거둬주신 영감께 이년이 씻지 못할 죄를 지었습니다. 용서해달라는 말씀은 드리지 않겠습니다. 죽음으로 죗값을 치르겠으니 부디 윤우를 지켜주세요. 그 아이를 서자로 만들 수는 없질 않습니까?"

강석환의 낯빛이 서자라는 말에 흔들렸다.

"으음…."

강석환이 신음을 흘렸다.

화영은 납작 엎드린 채 슬그머니 강석환을 올려다봤다. 그의 번뇌를 확인한 화영의 눈동자가 반짝였다.

"영감, 장차 집안 제사를 받들 아이는 완숙이 아니라 윤우입니다. 대를 이어 가문을 일으킬 일도 윤우 몫입니다. 출가하면 그만인 딸자식 지키려고 그런 아들을 벼랑으로 내몰아야겠습니까? 더구나 윤우와 옥련이도 영감의 핏줄입니다."

화영의 마지막 말이 강석환의 심장을 후볐다. 하기야 완숙의 출생에 관한 비밀이 밝혀지는 날에는 그 아들을 지켜줄 수 없을 터였다.

경상의 비녀를 내려다보는 강석환의 눈동자에 체념의 빛이 어렸다. 화영은 그때를 놓치지 않았다.

"윤우와 옥련은 아무 잘못도 없습니다. 하오니 이년의 목숨을 취하시고 아이들에게는 비밀로 해주세요."

"하늘 아래 비밀은 없다. 덕산의 의원이 발설이라도 하면 어찌하느냐?"

"무덤까지 가져가겠다고 소첩과 약조했으니 그런 일은 없을 겁니다."

"어찌 장담하느냐?"

"만일 저와 한 약조를 어기면 제가 의원에게 준 땅마지기를 군말 없이 내놓겠다는 각서를 받아두었습니다. 그러니 함부로 입을 놀리지 못할 겁니다."

"허면 너와 월선이, 막쇠와 덕배의 입만 봉하면 되는 것이구나."

"하오니 이년의 목숨을 받으시고 옥련이와 윤우를 살려주세요. 흑흑흑!"

화영은 북받쳐 오르는 감정을 이기지 못하고 큰소리로 통곡하기 시작했다.

"……."

윤우가 잠든 사랑채 쪽을 말없이 응시하는 강석환의 눈가에 물기가 번졌다. 화영의 입가에 비로소 안도의 미소가 감돌았다.

"…저는 각오가 되었습니다."

그날 밤 내내 천둥이 쳤다. 막쇠와 덕배가 천변 숲속의 초막에서 죽으면서 내지른 비명이 지축을 울리는 천둥소리에 묻혀버렸다. 천필의 수하가 휘두른 칼에 목이 잘린 두 사내의 머리통이 초막 바닥에 뒹구는 모습을 무표정한 얼굴로 바라보던 화영도 이내 같은 신세가 되었다. 하얗게 질려 외마디 비명조차 지르지 못하던 월선이 목숨만 살려달라며 울부짖었지만, 그녀 역시 피를 토하며 바닥에 쓰러졌다. 완숙의 출생 비밀을 아는 네 사람의 주검이 산 구덩이에 깊이 파묻혔다.

아침이 되었다. 새벽까지 천지를 뒤흔들던 천둥은 그쳤지만, 추적추적 빗방울이 떨어졌다. 송장처럼 누운 민씨 부인을 응시하던 완숙은 제 귀를 의심하며 강석환을 돌아봤다.

"방금 뭐라고 하셨어요?"

"널 낳아주신 어머니는 저기 누운 저분이 아니라고 했다. 너는 내가 삽교에 드나들다가 우연히 정을 통한 여인에게서 얻었고, 그 여인이 얼마 전에 병으로 죽어 내가 널 데리고 들어온 것으로 식솔에게 알릴 생각이다. 허니 너도 그리 알고 처신하거라."

망연자실하여 자신을 건너다보는 완숙의 시선을 피하며 강석환이 말했다.

"그러니까 저더러 이 댁 서녀로 살라고요?"

아침나절에 별장으로 온 친부는 스님에게 말했다. 모든 것을 제자리로 돌려놓겠노라고. 그런데 친모를 만나보라며 민씨 부인의 침소로 자신을 데려다 놓은 친부가 조금 있다 다시 들어와서는 느닷없이 서녀로 살라는 것이다.

"스님은 제가 두 분의 친딸로 살게 될 거라 믿고 전주로 떠나셨어요. 허면 스님께 거짓말을 하셨단 말이에요?"

"스님이 아시면 일이 복잡해질 것 같아 차마 말하지 못했다."

"그러니까 왜요? 왜 갑자기 마음이 바뀌신 건데요?"

친모를 만난 기쁨도 잠시, 손바닥 뒤집듯 하는 친부의 변덕에 완숙은 혼란스러웠다.

"쉬 받아들이기 힘들 것이다. 이럴 수밖에 없는 아비의 처지를 이해해다오."

"그러니까 그 처지란 게 뭔지 말씀을 해보시라고요!"

완숙의 절규가 방안을 울렸다. 순간, 굳게 닫힌 민씨 부인의 눈꺼풀이 미세하게 움찔했다. 하지만 강석환과 완숙의 시선은 서로의 고통스러운 얼굴에 붙박여 움직일 줄을 몰랐다.

“꼭 들어야 하겠느냐?”

“예!”

“후….”

한숨을 내쉰 강석환은 화영과 오갔던 얘기며 그녀가 천필의 초막에서 어떤 최후를 맞았는지 무거운 목소리로 털어놓았다. 그의 얘기가 이어질수록 완숙의 낯빛이 창백하게 변해갔다.

실망감과 배신감이 뒤엉킨 눈으로 강석환을 노려보던 완숙이 솟구치듯 일어섰다.

“난 여길 떠날 테니까 나 같은 건 잊고 잘들 사세요.”

“가긴 어딜 가겠다는 게냐?”

당황한 강석환은 화급히 완숙의 팔을 잡아 도로 앉혔다. 강석환의 손길을 매몰차게 뿌리치고 다시 일어선 완숙이 문을 향해 한 발짝 내딛다 말고 깜짝 놀라 발치를 내려다봤다. 언제부터 부녀의 대화를 들었을까. 미동도 없던 병석의 민씨 부인이 앙상한 손으로 완숙의 발목을 아프게 그러쥐고는 고개를 간신히 저어댔다.

저 눈빛… 제발 가지 말라고 애원하는 저 눈빛을 본 적이 있다. 제 출생의 비밀을 알게 된 완숙이 딱히 의지할 곳도 없으면서 무작정 전주 집을 뛰쳐나간 그때, 피 울음을 쏟아내며 점례가 저런 눈빛을 지었다. 그리고 간절하게 부탁했다. 신분을 되찾고 귀한 대접 받으며 편히 살라고. 그런데 지금 이 꼴이 무어란 말인가. 서러움과 분노가 목울대를 타고 올라왔다. 용암처럼 솟구치는 그 감정에 어떤 오기 같은 것이 섞여 올라왔다.

"…시키는 대로 할게요. 두 분이 원하시는 대로 떠나지 않을 테니 그만 놔주세요."

민씨 부인 앞에 쭈그려 앉은 완숙이 나무껍질 같은 친모의 손등을 쓰다듬었다.

"으, 으으, 으…."

알아듣지 못할 소리로 무어라 말을 하며 민씨 부인이 손아귀 힘을 풀었다. 그녀의 퀭한 눈가를 따라 흘러내린 안도의 눈물이 귓속으로 스며들자 손수건을 꺼낸 강석환이 민씨의 눈물을 닦아주며 한시름 놓았다는 듯 말했다.

"잘 생각했다. 갈아입을 옷을 준비시켜 놨다. 이 방이랑 가까운 마루 건넌방을 네 침방으로 정했다. 건너가서 어떤지 한번 보아라."

완숙은 제 방으로 들어가서는 바닥에 쓰러지듯 드러누웠다.

…너는 내 딸이다. 앞으로는 날 아버지라 부르거라.

어젯밤, 강석환이 천필의 초막에서 내뱉은 소리를 완숙은 똑똑히 들었다. 아무리 바뀌라고 있는 것이 마음이라지만, 불과 하루 만에 뒤집고 말 맹세를 비장하게 건네던 친부의 표정이 생생하게 떠올라 완숙은 진저리를 쳤다.

• • •

이부만이 보자기 하나를 내밀었다. 이벽이 유동근의 명을 받고 전주를 떠나 포천의 집으로 돌아온 직후였다.

"이것이 무엇입니까, 아버님?"

"풀어보아라."

은전 꾸러미와 서학서들과 서찰 하나가 나왔다.

"내가 부아가 나서 태워버리려 했던 서학서들이다. 집안의 가보를 차마 없앨 수가 없어 서고에 모셔두었느니라. 네가 정 서학에 뜻을 두고 있다면 그 책들로 원하는 만큼 공부를 해보아라."

"아버님…."

제 손때가 묻은 서학서들을 끌어당겨 가슴에 안는 벽의 두 손이 감격으로 떨렸다. 그런 벽의 곁에서 형 이격은 은전 꾸러미를 노려보았다.

"일 년을 주마. 도성으로 가서 일 년 동안 지내보거라."

"도성이라니요? 벽일 한양으로 올려보내시겠단 말씀입니까?"

격은 어리둥절한 목소리로 여쭈었다.

"오냐. 허니 저 돈은 격이 네가 챙겨두거라. 날이 밝으면 네가 벽일 데리고 도성에 가서 벽이 살 집과 세간들을 좀 마련해주어라."

"아버님!"

놀란 격의 외침에도 이부만은 담담히 말을 이었다.

"듣자니 젊은 남인 선비들이 금대 이가환과 가까이 지내기를 열망한다지. 금대는 성호 선생의 종손인 데다 금대의 부친은 양명학자들 사이에서도 이름난 문장가라고 하더구나. 더구나 금대는 서학에도 능통하다지. 그런 금대와 교우를 맺고 지내며 서학이 정말 그리 가치 있는 학문인지 살펴보는 것도 나쁘지 않을 것 같구나."

"진정입니까, 아버님?"

아비의 심경 변화가 선뜻 믿기지 않은 벽은 아직도 꿈인 듯싶다.

"평안감사도 제 하기 싫다면 어쩔 수 없는 법이지. 네가 정 과거에 뜻이 없다면 원하는 공부라도 실컷 해보았으면 해서 내린 결정이다."

자식 이기는 부모는 없다고 했던가. 아들이 집을 나가 보름 넘게 돌아오지 않자 이부만은 내내 전전반측했다. 그 아들이 다행히 무사 귀가했지만 어디서 무얼 하다 다쳤는지 팔이며 등에 깊은 상처가 났다. 아들의 방황을 언제까지 두고 볼 수만은 없다. 근명이 죽던 날 아들이 받은 죄책감을 훌훌 털고 기운을 냈으면 했다. 그 의미로 특별히 서찰을 적어둔 것이기도 했다.

"이 서찰은 네 매부 자리의 아우한테 내가 보내는 편지니라."

"매부 자리라니요? 소자, 잘 알아듣질 못했습니다. 누이가 혼인이라도 하는 겁니까?"

벽은 놀란 얼굴로 물었다.

"네가 집을 비운 동안 네 누이한테 혼담이 들어왔다. 연천 현감의 장남이다. 가능한 한 빨리 길일을 잡아 혼례를 치르기로 했으니 너도 그리 알아라."

"예? 연천 현감이라면 정 현감 말씀이신가요? 그분 댁과 사돈이 된단 말씀입니까?"

벽은 반색하며 되물었다. 지충의 고모부 정재원이 연천 현감이라는 기억이 났다.

"그래. 그댁 장남 약현이 네 누이의 신랑감이니라. 약현의 인물 됨됨이 범상치 않다더구나. 듣자니 네 매부 자리의 이복아우 중 첫째가 도성에 머물며 금대와 교류하는 모양이다. 하여 널 사돈총각한테 소개할 생각이다."

"혹시 그 이름이 약전이 아닌지요?"

"네가 그걸 어찌 아느냐?"

묻는 이부만의 두 눈에 호기심이 일었다. 말없이 오가는 대화에 귀를 기울이던 격도 의아한 눈빛으로 벽을 돌아봤다. 순간 뜨끔한 벽이 둘러댔다.

"…우연히 정 현감 댁 형제분들 얘기를 들어서… 그래서 이름만 알고 있습니다."

"사돈도 금대를 흠모하여 자주 만나는 모양이더구나. 하여, 널 부탁하는 편지를 이리 적어봤다. 이 서찰을 갖고 사돈총각을 찾아가 보아라. 사돈댁에서 이미 연통을 해놨으니 말을 넣기가 한결 수월할 게다."

"아버님…."

벽은 가슴이 먹먹해져 그만 말문이 막혔다.

"명심하거라. 일 년이다. 뜻이 맞는 선비들과 교류를 해보고, 정말 서학이 네 인생을 걸어도 될 학문인지 살펴보고 와. 그러고 나서도 네가 뜻을 바꾸지 않는다면 그땐 나도 더는 과거를 보라고 다그치지 않으마."

"알겠습니다."

"그럼 되었다. 그것들을 챙겨서 그만 나가 보아라. 먼 길 나서려면 너나 격이나 푹 쉬어두는 것이 좋을 게야."

보자기를 챙겨 사랑방을 나오는 벽의 발걸음이 구름 위라도 걷는 양 가벼웠다.

천진암에서

새 임금의 탄생에 온 나라는 선왕을 잃은 슬픔을 잠시 잊고 축하의 환호성을 올렸다. 그 함성의 여운이 가라앉기도 전에 일대 사건이 벌어졌다. 이산의 대리청정은 물론이고 왕위 계승을 극렬하게 반대했던 노론 일파가 모든 방해 작전이 실패하자 경희궁 임금의 침전으로 자객을 잠입시켰다. 호위무사 덕분에 임금은 무사했지만, 한시도 마음 놓을 수 없는 시국이었다. 언제 또 저들의 칼날이 임금의 목을 겨눌지 알 수 없었다. 임금은 경희궁에서 창덕궁으로 처소를 옮기고 호위를 강화했다.

반격의 신호탄일까. 일대 숙청의 회오리바람이 불었다. 사도세자를 탄핵하여 죽게 만든 벽파의 영수이자 정순왕후의 오라비인 김귀주는 흑산도로 유배되었다. 세손의 대리청정을 반대한 홍인한은 여산과 고금도에 위리안치되었다가 곧 사사되었다. 사도세자 생전에 이간질을 일삼더니 사후에는 양자 정후겸을 앞세워 이산을 모해한 화완옹주는 서인으로 내쳐졌고, 정후겸은 귀양을 떠났다가 사약을 받았다. 그들 외에도 임오년 사건에 깊이 관련된 노론 벽파 무리가 조정에서 쫓겨

났다. 정순왕후의 비호 아래 부정부패를 일삼던 조남용도 삭탈관직을 당했다. 그러나 세자빈 혜경궁홍씨의 친정 아비 홍봉한과 정순왕대비는 칼바람을 비켜 갔다.

그로부터 3년이 지났다. 정조 재위 3년, 1779년의 가을이 깊어갔다. 거대한 꾀꼬리가 알을 품은 형상으로 우뚝 솟은 앵자봉 산자락마다 단풍이 산불처럼 번졌다. 앵자봉 서쪽 기슭에 자리한 천진암에도 붉은빛이 낭자했다. 그러나 암자의 방 하나를 차지하고 앉은 사내들의 관심은 온통 서안 너머에 쏠렸다.

"무리일세. 천주학은 단지 학문일 뿐, 종교로 접근하는 건 위험해."

울림 좋은 목소리가 서안을 건너 사내들 쪽으로 건너왔다. 이병휴에 이어 성호학파의 좌장이 된 권철신이 그의 문하생들에게 건네는 말이다.

"들었는가? 스승님께서도 저리 말씀하시질 않아. 허니 그 얘긴 그만하게. 공연한 언쟁으로 진을 빼게 해서는 안 돼. 열흘째 계속된 수련으로 다들 지치지 않았는가 말이야."

선비 중 하나가 키 큰 사내 쪽으로 눈길을 돌리며 점잖게 타일렀다. 홍낙민이다.

공연한 천주학 얘기로 강학이 중단된 것이 불만이라는 기색이 좌중에 역력했다.

강학회의 마지막 날, 권철신의 제자 중 하나인 광암 이벽이 천주학을 언급하고 나선 것이다.

"이보게 광암, 자네 말대로 천주학을 학문 이상의 신앙으로 받아들였다고 치세. 그렇다고 천주교가 우리 조선에 뿌리내릴 수 있다고 보는가?"

고개를 저으며 단언하고 나선 이는 권철신의 사위 이총억이다.

"시도해보지도 않고 어찌하여 무조건 안 된다고만 하시는 겁니까?"

열여덟 홍안의 청년이던 이벽은 이제 스물여섯 장대한 호걸이었다. 이벽은 제 안에 꾹꾹 눌러둔 답답함을 토로했다.

"임금이 바뀌었지만, 조선의 실정은 달라진 것이 없습니다. 남녀와 신분에 따른 차별은 여전합니다. 서얼을 검서관으로 등용하는 등 희미하게나마 변화의 기운은 있지만, 근본적이지는 못합니다."

"고작 4년이잖아. 선왕들께서도 그 짧은 시간 안에 많은 걸 이루진 못하셨어. 그러니 좀 더 두고 보자고."

문가에 자리한 정약전이 사돈의 허벅지를 은근슬쩍 찔렀다. 사돈의 느닷없는 천주학 얘기로 강학회 분위기가 싸하게 가라앉은 것이 여간 불편하지 않다는 표정이다.

"형님 말씀이 옳아. 성상께서는 크나큰 개혁 의지를 품고 계신 분이야."

유난히 희고 작은 얼굴의 곱상한 청년이 이벽의 무릎을 토닥였다. 이가환의 생질이자, 정약전의 누이와 혼례를 올려 사돈지간이 된 이승훈이다.

"비록 지금은 훙사하신 원빈마마의 일로 경황이 없으시지만, 그 일만 수습되면 성상께서 잠시 접은 개혁의 꿈을 펼치실 걸세."

새 임금 즉위 이후 승승장구한 홍국영은 군권을 장악하는가 싶더니 누이동생을 임금의 빈으로 들인 이후로 더욱 세도를 떨쳤다. 그러던 중에 누이동생 원빈이 돌연 사망하자 홍국영은 이성을 잃고 날뛰었다. 효의왕후가 누이를 암살했다고 의심하는 것으로도 모자라 임금의 이복동생 은언군의 아들 이담을 죽은 원빈의 양자로 삼더니 급기야 세자 책봉까지 획책했다. 계획이 틀어지자 홍국영은 이담에게 모반의 누명을 씌웠다. 이에 은언군마저 곤경에 처했다. 임금은 은언군을 강화도에 유배하고, 홍국영을 조정에서 내쳤다.

"시국이 이리 어수선한데도 성상께선 규장각에 자주 걸음을 하셔서 각신들과 검서관들을 독려하시는 모양이야. 3만여 권에 달하는 장서를 총목으로 정리하라는 명을 내리셨다는군."

이승훈의 말이 있자 좌불안석이던 정약전이 분위기를 바꿔볼 요량으로 부러 큰소리로 웃어젖혔다.

"하하하! 매제는 참 그런 소릴 잘도 주워듣고 다니는군. 이번엔 또 누굴 만나 그런 소릴 들은 겐가?"

"연암 댁에서 북학파 회동이 있다기에 잠시 들렀다가 들었답니다. 성상께서 규장각을 혁신정치의 중추로 삼겠노라 공표하신 것은 모두 알고 계실 겁니다. 그런데 성상께서 규장총목을 완성하기 위해 문예와 학식이 특출난 인재를 규장각에 쓰신다고 하셨다는군요. 우리 남인에게도 그 기회가 오지 말란 법은 없지요."

"오!"

기쁨에 찬 탄성이 여기저기서 솟았다. 그런 제자들을 향해 권철신이 말했다.

"선왕께서 못다 이루신 탕평책을 이루시기 위해서라도 주상께서는 당파와 무관하게 인재를 기용하시려 할 걸세. 허나 녹록한 일은 아닐 게야. 노론의 위세가 아직 저리 시퍼렇게 살아있으니 말이야. 제 밥그릇 빼앗기는 일은 결단코 막으려 할 걸세."

"설령 우리 남인에게 출사의 기회가 주어진다 해도 신분제의 폐해는 여전할 겁니다."

좌중의 눈길이 이벽 쪽으로 돌아갔다. 자신에게 쏠린 시선을 피하지 않고 문도들을 똑바로 응시하면서 이벽은 제 소견을 피력했다.

"지금 조선에 필요한 건 천주교입니다. 아니, 조선의 장래를 위해서도 천주교의 가르침을 만백성에게 알리는 일이 시급하고요. 그러니 스승님과 여러분은 더는 책임을 회피해서는 안 될 줄로 압니다."

"아니, 우리가 무슨 책임을 회피했다고 그러십니까?"

김원성이 벌컥 성을 냈다.

"배움이 값진 이유는 배운 것을 실천에 힘쓸 수 있기 때문입니다. 헌데 여러분은 이제껏 어떤 태도를 고수하셨습니까? 성리학에 구애받지 않고 경전을 자주적으로 해석하면서 오류를 밝히는 데 그쳤을 뿐이질 않습니까?"

이벽의 질책이 있자 이총억이 기가 차다는 표정으로 반박했다.

"그게 대체 무슨 소린가? 덕행의 실천에 앞장서시는 스승님을 지켜보고도 그런 소리가 나와?"

"덕행의 실천이 중요하다는 양명학의 가르침을 이렇게 실천하는 분들이 엄연히 계신데 자네는 어이하여 그런 얘기를 하는 것인가?"

내내 침묵을 지키던 권철신의 아우 권일신이 꾸짖듯 물었다.

"유교의 폐단을 바로잡을 수 있는 새로운 사상이 있습니다. 천주교가 그것입니다. 하온데 천주학의 깊은 뜻은 헤아려볼 생각을 아니 하시고 옛것을 온습하고만 계시니 통탄을 금할 길이 없어 드리는 말씀입니다.”

이벽의 목소리가 저도 모르게 높아졌다. 기분이 상한 김원성이 덩달아 언성을 높였다.

“허면 그간 스승님께서 가르쳐오신 양명학마저 부질없다 매도하시렵니까? 어디 말씀을 해보세요!”

“흥분을 가라앉히시지요. 스승님 앞입니다.”

낮으나 단호한 음성이다. 열여섯 살 난 정약용이 두 형인 약전과 약종의 옆을 지키고 앉았다가 선배들에게 일침을 가했다.

“아무래도 사돈이 너무 흥분한 모양이야. 일어나게. 나랑 같이 나가서 바람이라도 쐬세.”

난감한 표정으로 사내들의 눈치를 살피던 정약전은 더는 안 되겠다는 듯 이벽의 팔을 잡아 일으켰다. 손을 들어 정약전을 제지한 권철신이 이벽에게 물었다.

“우리가 이곳에서 논하는 주제가 부질없는 것이란 말이냐?”

“조선의 백성들이 대체 언제까지 구태와 악습에 시달리며 살아야 하는 겁니까? 이제는 바뀌어야 합니다. 잘못된 것인 줄 알면서 그것을 고치려 하지 않고 그대로 답습하는 것처럼 어리석은 일은 없다고 스승님께서도 소생들에게 말씀하시질 않으셨습니까?”

“그래서? 이제부터는 서교를 논하자?”

“그렇습니다! 지금부터라도 조선에 들어온 천주교 교리서를 찾아 읽고, 그 교리 안에 담긴 천주의 가르침을 우리가 먼저 온몸과 마음으로 터득해야 합니다. 그다음에 천주의 존재조차 모르고 있는 백성들에게 복음을 전파하는 겁니다. 그리만 되면 조선은 크게 바뀔 겁니다.

양천 남녀 가리지 않고 모두가 공평하게 능력껏 대접받고 행복한 세상, 서로가 사랑하는 세상이 올 겁니다. 천주 안에서는 모두가 똑같기 때문입니다!"

목울대에 핏줄이 서도록 외치는 이벽의 목소리가 방안에 쩌렁쩌렁 울렸다.

이벽의 열변에 방안의 사내들이 술렁거렸다. 그들 역시 일찍이 조선에 유입된 서학의 존재를 모르지 않았다. 하지만 그 서학을 통해 조선을 바꿔나갈 생각 따위 품어본 적도 없다. 그런 그들을 이벽이 공박하고 나섰다. 폐부를 뚫을 듯한 눈빛으로 이벽을 바라보던 권일신이 나지막이 물었다.

"자네가 천주교를 믿어야 한다고 주장하는 이유가 단지 그것 때문인가? 천주교를 통해 조선의 신분제를 없애기 위해서?"

솔직히 몇 년 전만 해도 그런 생각이 이벽을 지배했다. 옛 스승 예원이 몸담은 천주회가 그랬듯이 이벽도 천주교를 통해 조선의 근간부터 뒤흔들 수 있다고 믿었다. 하지만 지금은 아니다.

"천주교를 국교로 삼은 이국의 나라들도 신분의 차별은 존재한다고 들었습니다. 그 나라들에도 왕이 있고, 귀족이 있고, 노예가 존재한다고 하더이다. 천주교가 우리 조선에 뿌리를 내린다 해도 당장 신분제가 없어지거나 하지는 않을 겁니다."

이벽의 대답에 김원성이 비웃는 목소리로 끼어들었다.

"그렇다면 방금 하신 말씀은 뭡니까? 천주교 안에서라면 만백성이 똑같이 행복할 수 있을 거라면서요?"

"천주를 믿으면 마음의 평화와 영생을 얻을 수 있기 때문이네."

"평화와 영생이라 하셨습니까?"

오가는 말을 조용히 듣고만 있던 정약종이 처음으로 입을 열었다.

"그렇다네, 작은 사돈. 신분이 높은 자든 낮은 자든 가릴 것 없이 사람이라면 누구나 죄를 짓고 살지. 사람은 누구나 선악을 구분할 줄 알기 때문이야."

"그 점은 양명학에서 말하는 것과 같구먼. 양명학에서도 양지가 있다고 하지 않아."

정약전이 나지막이 중얼댔다. 그 말에 고개를 끄덕인 이벽이 좌중을 향해 말을 이었다.

"그래서 자기가 나쁜 짓을 하면 그게 나쁜 짓이란 걸 알고 마음이 고통스럽습니다. 죄의식이 끊임없이 자신을 괴롭히니까요. 그래서 불교를 믿는 사람들은 부처님께 자비를 구하지요. 하지만 불교에서는 윤회설을 말합니다. 그리고 사람이 한번 지은 죄는 쉬 없어지지 않는다고 하지요. 이른바 업보라는 것이며, 그 죄가 다음 생에까지 이어진다고 합니다. 그 죄가 완전히 없어질 때까지 몇 겁의 세월이 걸릴지 알 수 없다고 말하지요."

"천주교는 다르다는 말인가?"

이승훈이 물었다.

"그렇다네. 사람이 지은 죄는 천주께서 심판하시고 그에 응당한 벌을 내리시기 때문이라네. 또 착한 이에게는 복을 내리시지."

"자세히 설명 좀 해보게."

"사람이 죽으면 영혼과 육신이 분리되는데, 육신은 썩어서 흙이 되지만 영혼은 죽지 않고 살아있다네. 그리고 살았을 때 했던 행실대로

상이나 벌을 받는다는 것일세. 상을 내릴지 벌을 내릴지 심판하고 결정하는 분이 바로 천주이시네. 그리고 그분이 어떤 판결을 내리느냐에 따라 천당과 지옥, 연옥행이 결정되지."

"허참! 극락왕생은 들었어도 천당 지옥이란 말은 또 처음 듣는군."

김원성이 모든 게 불만이라는 듯 퉁명스레 중얼댔다. 불퉁스런 반응이 기분 나쁠 법도 하건만 이벽은 평정심을 잃지 않고 태연하게 설명을 이어갔다.

"천당은 천사와 성인 성녀들이 천주를 모시고 완전한 복락을 영원토록 누리는 곳이지요. 주 그리스도의 은총을 받아서 보속할 것이 없는 영혼은 천주의 심판이 있자마자 그곳 천당으로 바로 올라가게 되고, 이미 그곳에 계신 성인성녀들과 더불어 영생을 누리게 됩니다. 하지만 천주를 거역하고 악한 행동을 일삼아 대죄 중인 이는 마귀와 악인이 들끓는 지옥으로 내려갑니다. 거기서 끔찍하고 혹독한 형벌을 끊임없이 받지요."

"허면 연옥은 어떤 곳인가?"

이총억이 호기심을 보였다.

"연옥은 현세에서 작은 죄를 짓거나 보속을 다하지 못하고 죽은 이들이 가는 곳입니다. 그곳에서 천당에 오를 수 있도록 단련을 받는데, 그 단련이 끝나고 난 뒤에야 천주의 부르심을 받지요."

"그 허무맹랑한 얘기를 정말 믿으시는 겁니까?"

김원성이 어이없다는 표정으로 물었다.

"물론이네. 내가 이 나라 백성들에게 천주교를 알려야 한다고 고집을 부리는 것도 그래서야. 천주교는 적어도 윤회설 같은 것으로 사람들의 발목을 잡지는 않네. 이승에서 죄를 지었다고 다음 생에서는 어떻게 태어나게 하겠다는 식의 계산법도 없지. 네가 지은 죄가 이만큼인데 이승에서 네가 선을 이만큼 행했으니 다음 생에서는 그만큼 덜어주겠다는 식의 계산법도 없네. 소생이 백성들에게 천주교를 알려야 한다고 믿는 까닭입니다, 스승님."

김원성에게서 눈길을 돌린 이벽이 아까부터 무거운 표정으로 가타부타 말이 없는 권철신을 향해 간절한 목소리로 말했다.

"이 나라 조선은 유교의 폐단으로 인해 많은 백성이 고통받고 있지요. 기득권자라고 해서 모두가 마냥 행복한 것도 아닙니다. 사회적 악습으로 인한 상처와 슬픔은 이루 헤아릴 수 없을 정도로 크고 깊습니다. 천출로 태어난 이들은 더 말할 나위도 없지요. 하지만 천주교를 믿으면 가진 자도, 그렇지 못한 자도 마음의 안식과 평화는 물론이고 영생을 보장받을 수 있습니다."

이벽은 권철신이 무슨 말이라도 해주었으면 하는 표정으로 말을 마쳤다.

"어찌 말인가?"

권철신 대신 권일신이 질문을 던졌다.

"간단합니다. 천주를 믿으면 됩니다. 천주께서는 우리 인간이 지은 죄가 큰 것인지 작은 것인지 가리지 않고 사하시는 분입니다. 그렇기에 그분을 믿고 용서를 구하면 지은 죄가 깨끗이 없어진다고 하셨거든요."

"죄가 소멸한다는 게 말이 되는 얘긴가?"

정약전이 놀란 눈을 떴다.

"혹시 강생구속이란 말을 들어보셨는지요?"

이벽이 좌중을 둘러보며 물었다.

"강생이라는 말은 신이 인간으로 태어난다는 뜻이겠지?"

이승훈이다.

"맞아. 바로 천주께서 그러신 거라네. 마리아라는 이름을 가진 동정녀가 계셨는데 천주께서 인간을 구원하시고자 그분의 영혼과 육신을 취하시어 이 세상에 태어나신 거야. 어떤 육체적 결합도 없이 말이지. 야소가 그분이시네."

"에이, 설마! 동정녀라면 남자 경험이 전혀 없는 처녀란 얘긴데 처녀가 밤일도 없이 어떻게 애를 낳아? 남편이 있겠지."

홍낙민이 거짓말 그만하라는 듯 손사래를 쳤다.

"요셉이라는 남편이 있었으나 절대 육체적인 관계는 없었다고 합니다."

"그러니까 그런 일이 가능하냔 말이야."

"천주께서는 우주 만물을 창조하신 전능하신 분이니까요. 그래서 천주교에서는 마리아라는 여인을 천주의 참된 모친이라고 한답니다. 그분 마리아께서 잉태하여 인간으로 태어나신 하느님의 아들, 야소를 성자로 받든답니다. 성자께서 십자가에 못 박히시고 당신의 보혈을 통해 인간이 지은 죄를 대신 속죄하신 겁니다. 태초의 인간이 지은 원죄까지 포함해서요. 그 대속으로 인간은 구원을 받게 되었고, 이를 구속이라고 합니다. 그러니 더는 우리 인간이 자신이 지은 잘못으로 인해 고통받지 않아도 됩니다. 천주 앞에 용서를 빌고, 그분의 자녀가 되어 그분의 가르침대로 살면 천주께서 그 사람이 지은 죄를 씻어주시기로 약속하셨기 때문입니다. 그뿐이 아닙니다. 천주의 가르침대로 사랑을 실천하며 선하게 살면 영생永生까지 약속하셨습니다. 아까 말씀드렸던 천당에 올라 영원히 죽지 않고 병에 걸리지도 않고 기쁨과 행복만을 누리며 무한한 복락을 누리는 거지요. 지금 살아있는 이들도, 앞으로 태어날 사람들도, 그 후손도, 그 후손의 후손에게도 천국의 문은 열렸습니다. 아니, 이 세상이 끝나지 않는 한 천국의 문은 모든 인간에게 열려있다고 합니다."

"허! 그 천당이란 곳은 굉장히 넓은 곳인 모양이군요. 나고 죽는 사람이 끝도 없을 것인데 그 많은 인원이 다 갈 수 있다고 하는 걸 보니 말입니다."

입꼬리를 실룩이며 못마땅한 표정으로 듣고 있던 김원성이 하늘을 향해 턱을 치켜들고 비아냥거렸다.

"천당은 우리가 감히 상상할 수 없을 정도로 광대하고 신비하고 영적인 공간이기 때문에 그리될 수 있습니다. 그래서 아무리 많은 영혼이 들어와도 자리가 모자라거나 하는 일은 없다고 합니다. 다만 그곳에 들어올 수 있는 사람을 제한한다고 하더군요."

"어떤 조건으로 말인가?"

권일신이 눈빛을 반짝이며 물었다.

그때였다.

"그만."

돌처럼 딱딱하게 굳은 얼굴로 서안을 내려다보던 권철신이 착잡한 눈길로 좌중을 휘둘러보며 명했다.

"…그 질문에 대한 답은 나중에 듣기로 하고 잠시들 물러가 있게."

심상치 않은 권철신의 안색에 적이 당황한 좌중이 일어나 주춤주춤 밖으로 나갔다.

"벽인 남아라."

벽을 불러 세워 앉힌 권철신이 나직이 입을 열었다.

"네가 어떤 마음인지는 알겠다. 허나 네가 간과하고 있는 것이 있음을 모르는 듯하구나."

"무엇인지요?"

"저 옛날 연개소문은 당나라에서 도교를 들여와 고구려의 사상을 개편한 뒤 정권을 확보하였어. 불교를 맨 마지막으로 받아들인 신라의 법흥왕은 백성들의 마음을 하나로 모으고자 불교를 국교로 삼는 큰 모험을 감행했지. 그 덕분인지 신라가 삼국을 통일했지. 하나의 종교가 부국의 원동력이 될 수 있음을 입증한 셈이야. 조선을 건국하신 태조께서 불교를 배척하고 유교를 지도이념으로 삼으신 것도 그래서였다. 구태를 깨기 위해선 그 구태와 확연히 다른 새로운 사상이 필요했기 때문이다. 내 말에 동의하느냐?"

"……."

이벽은 말없이 고개를 끄덕였다.

"이렇듯 왕실에서 열의를 다해 지원을 아끼지 않고, 정치적으로도 활용 가치가 있다고 판단했을 때나 타국에서 발원한 종교가 이 땅에서도 구실을 할 수가 있어. 허나 천주교는 유불선 삼교와는 달라. 나라의 중심이자 백성의 아버지인 임금을 천주보다 낮은 존재로 격하시키는 것이 천주교다. 이 나라 조선이 가장 중시하는 충효를 근본부터 부정하는 것이지. 순암 안정복을 비롯한 많은 이들이 서교를 사교라

공격하고 배척하는 것도 바로 그 때문이다. 헌데도 너는 문우들 앞에서 천주교를 받아들여야 한다고 고집을 부리고 있어. 네 말대로 저 아이들이 천주교를 따랐다가 곤경에 처하기라도 하면 어찌하려고 그러는 것이냐?"

권철신이 이벽의 말을 끊고 제자들을 밖으로 내보낸 연유였다. 기존의 경학을 비판하고, 새로운 유교 학설인 양명학을 공부하는 것만으로도 이미 유림으로부터 눈총을 받는 그들이었다. 그런 그들이 혹여 천주학에 마음을 빼앗길까 봐 권철신은 노심초사하지 않을 수 없다.

"제 사돈들을 비롯하여 천진암 강학에 참석해온 문우들을 지난 8년 동안 봐온 소생입니다. 그 문우들이 눈앞의 안위에만 급급해할 그릇들이 아니란 걸 소생은 잘 압니다."

"그릇이라? 그래, 네가 알고 있는 문우들의 그릇 크기는 어떠하냐?"

"일세를 주도할 만한 큰 그릇들입니다. 새 조선을 꿈꾸는 뜨거운 열망이 저들 안에는 꿈틀대고 있습니다. 스승님도 다르지 않다고 소생은 믿습니다. 우리가 궁극으로 추구하는 바는 따로 있으며, 그것은 천주교를 통해서 이룰 수 있다고 저는 믿습니다. 하여 스승님과 문우들이 곤란해하실 것을 알면서도 계속해서 천주교를 언급한 것입니다. 하오니 제 말에 귀를 기울여 주십시오, 스승님."

"우리가 궁극으로 추구하는 바가 대체 무언데?"

권철신이 물었다.

"이미 유학의 폐단을 잘 아는 문우들입니다. 조선 사회구조의 모순도 잘 알고 계시지요. 그 모순을 척결할 만한 새로운 사상에 모두 목말라 하고 있습니다. 그 갈증을 해소할 새로운 이념이 천주교라고 저는 감히 단언합니다."

"근거를 대봐라."

"유교의 가르침은 모두 인간이 도달해야 할 높은 가치이기는 하나 일반인이 당장 따르기에는 너무도 힘들고 아득한 이상일 뿐입니다. 하지만 천주교는 다릅니다. 천주교는 사람과 사랑을 중시합니다. 우리 인간이 당장 살아가면서 어떤 선을 행해야 하는지, 왜 서로를 존중하고 사랑해야 하는지 천주교는 알려줍니다. 현세에서 자기가 가진 것을 지키려고 함부로 악을 행하고 아등바등 사는 것이 얼마나 부질없는 것인지도 가르칩니다. 누가 잘났고, 누가 못났다 갈라놓지 않고, 설령 자신보다 못한 사람이 있으면 그 사람을 오히려 보듬고 사랑해줘야 한다고도 천주교는 가르칩니다. 그 안의 교의 중 제일이 사랑을 베푸는 일이라고도 하고요."

"사랑이 제일이라?"

"그렇습니다. 배고픈 자가 있으면 먹여주고, 목마른 자가 있으면 물을 마시게 해주고, 헐벗은 자가 있으면 옷을 입혀주고, 잘 곳이 없는 자에게는 지붕 아래 편히 몸을 뉠 수 있도록 재워주고, 우환이 있으면 진심으로 동정해주고 위로해주어야 하며, 어리석으면 그 어리석음을 깨우칠 수 있도록 가르쳐주고, 죄를 범할 것 같으면 옳은 말로 타일러 막아야 하며, 병든 자는 보살펴야 하고, 누군가 우리를 모욕해도 사랑으로 용서해주고, 죽으면 장사를 지내줘야 하며, 그의 영혼이 안식을 누릴 수 있도록 우리가 대신 천주께 기도를 올려주어야 하고,

살아서도 죽어서도 천주를 잊으면 아니 된다고 했습니다. 이 얼마나 지당한 말씀입니까? 양명학에서 말하는 덕행의 실천과도 일맥상통하는 가르침이라고 소생은 생각합니다."

"그래서?"

"도리가 바로 선 세상에서 서로 존중하고 사랑하며 살아가는 것만큼 아름다운 일이 또 어디 있습니까? 이토록 옳은 교의를 설파하는 종교가 천주교입니다. 이 천주교가 가르치는 바를 백성들이 알게 된다면 고단한 현실 속에서도 위로를 받고 희망을 찾을 수 있을 겁니다. 조선이 근본부터 바뀌지 않는다 해도 살아갈 힘을 얻게 되는 겁니다. 비록 현실은 괴롭지만, 천주를 믿으며 그 괴로움을 잊고 공덕을 쌓으면 죽어서 천당에 올라 영생을 누리게 될 테니까요. 하지만 조선의 많은 백성이 천주교가 있는 줄도 모릅니다. 천주교를 그들에게 알리는 일에 스승님과 문우들이 앞장서 주셨으면 좋겠습니다. 저 역시 그 일에 이 한 몸 바칠 각오가 되어 있습니다."

"네 의지는 가상하다만, 의지만으로 만사가 해결되는 것은 아니다. 설령 네 말대로 천주교가 우리 백성들에게 꼭 필요한 것이라 치자. 그래서 우리가 교리서를 탐독하고 그 안에 담긴 위대한 뜻을 깨닫는다고 쳐. 백성들이 과연 천주교에 귀를 기울일까?"

"물론입니다."

"과연 그럴까?"

"무슨 말씀이신지요?"

"북학파는 서학을 실학의 차원에서 수용하고 있는 사람들이다. 청나라의 선진문물은 물론이고 그 청국에 들어와 있는 서양의 과학기술을 직접 보고 배워서 백성들의 이용후생에 적극적으로 활용하고 있어. 성상께서 그들 북학파 실학자들을 옹호하시는 것도 그래서다. 이국의 과학기술을 이용해서 백성들이 사용하는 도구를 조금이라도 편리하게 만들어주고, 상업을 장려해서 먹을 것과 입을 것이 풍족해지도록 애를 써서 백성들의 삶에 직접 영향을 끼치고 있으니 굳이 막을 필요가 없는 거지. 백성들 또한 실학을 나쁜 학문이라 말하질 않는다. 허나 천주교는 실학과 다르다. 천주교는 이제껏 백성들이 믿어온 바를 송두리째 바꿔야만 수용이 가능한 종교야. 백성들이 천지개벽할 그 내용을 쉬 받아들일 수 있을 거라 믿느냐?"

"물론 그렇지 않은 사람들도 있을 겁니다. 허나 천주교의 교리서에 적힌 옳은 말씀을 대하면 크게 감동하고 온 마음으로 믿게 되는 이들이 더 많아질 것이라 사료됩니다. 특히 출신이 한미하여 삶 자체가 힘들고 핍박받는 민초들은 천주의 말씀을 들으면 크게 감화될 것이라 믿습니다."

"말 잘했다. 네가 방금 말한 민초들 중에는 어려운 한자는커녕 언문도 모르는 까막눈이 대부분이야. 그런 이들에게 교리서를 나눠주고 읽게 하려면 언문이든 한문이든 우선 글부터 가르쳐야겠지. 하루 세 끼 먹는 일도 힘든 것이 민초들이야. 당장 끼니 해결이 급급한 그들을 붙잡아 앉혀놓고 글을 배우라 하면 어떤 반응이 되돌아올 성싶으냐?"

"굳이 교리서를 통하지 않아도 알 수 있도록 제가 만들겠습니다. 글을 모르는 민초들도 천주교를 접할 방법을 제가 기필코 찾아내고야 말겠습니다."

"으음…."

권철신이 무거운 한숨을 흘렸다. 제자의 고집이 강철처럼 단단하다는 것을 느꼈다.

"좋다. 그 방도란 것을 네가 찾아내면 그때 다시 이야기를 해보자꾸나."

"진정이십니까?"

여쭙는 이벽의 음성이 기쁨으로 떨렸다. 잔뜩 고무된 이벽을 권철신이 염려스러운 눈길로 바라보며 명했다.

"그전에 한 가지 약조를 해줘야겠다."

"말씀만 하십시오!"

"네가 말한 그 방도란 걸 알아내기 전까지는 누구에게든 천주교 얘기는 꺼내지 마라. 가뜩이나 시국이 뒤숭숭한 요즘이다. 조정에서 물러난 홍 봉조하가 불손한 무리와 자주 회동한다는 소식이 들려오고 있어. 이럴 때일수록 매사에 조심, 또 조심해야 하느니라. 천주교가 자칫 이 강학회에 큰 우환이 될 수 있다는 것도 명심해야 할 게야."

"예, 스승님!"

피할 수 없는 운명

눈이라도 한바탕 쏟아질 듯 음울하게 가라앉은 날씨 탓일까. 평소 인파로 북적대던 저잣거리는 행인의 발길이 뜸해지면서 썰렁하게 얼었다. 장사치들은 일찌감치 파장을 서둘렀다.

저잣거리의 보따리장사들도 주섬주섬 물건을 챙겨 일어섰다. 돌을 쌓아 만든 화덕에 무쇠솥을 걸어두고 팥죽을 팔던 추레한 차림의 여인도 시름 깊은 한숨을 내쉬며 화덕의 남은 불씨를 끄집어내 껐다. 초립을 쓴 청년이 그 여인을 안타깝게 응시했다. 남장으로 변복한 완숙이다.

초립을 들어 하늘을 올려다보는 완숙의 눈동자에 그리움이 짙게 묻었다. 급한 볼일이 있어 변복하고 덕산으로 달려왔다가 점례와 빼닮은 여인을 보고 나니 한동안 잊고 지낸 전주 생활이 떠올라 완숙은 가슴이 먹먹했다.

완숙은 몰라보게 성숙했다. 키는 훌쩍 자라 훤칠했고, 마른버짐이 핀 얼굴도 적당히 살이 올라 백옥처럼 빛났다. 입술은 앵두를 따다 붙여놓은 듯했다. 파장에 분주하던 상인들이 관심 어린 눈길로 완숙을 연신 힐끔거렸다. 초라한 행색에도 불구하고 시골 장터에서는 쉬 볼 수 없는 기품이 완숙에게서 풍겼다.

시장 끝에 붙은 흑립전에 들러 망건을 두르고 가짜수염을 붙여 남장을 마무리한 완숙이 늙수그레한 상인을 붙들고 홍지영을 아느냐고 물었다.

"홍지영? 그 개망나니 말이유?"

늙은 상인은 홍지영의 집을 알려주었다. 시장 뒷마을로 통하는 골목으로 향하는 완숙의 얼굴이 비장했다.

'정임아, 기다려. 내가 구해줄게.'

정임은 완숙의 이웃 동네에 사는 열두 살짜리 계집아이다. 정임의 아버지는 강석환 소유의 땅마지기에 끼니를 의탁한 소작농이지만, 노름에 미쳐 농사를 돌보지 않아서 소작료도 몇 년째 밀렸다. 그래서 강석환에게 불려와 꾸지람을 듣기 일쑤였다. 그러던 어느 날, 완숙은 아비를 따라온 정임이 차마 대문 안으로 들어오지 못하고 바깥마당 한편에 쭈그리고 앉아 땅에 무언가 쓰는 걸 우연히 보았다. 그 모습이 하도 측은해 보여 완숙은 곁으로 가 앉으며 물었다.

"한자로구나. 어디서 배웠니?"

정임은 동네 서당을 오가며 귀동냥으로 배운 천자문이라고 답했다. 제대로 공부를 하지 못해 획이 모자라고 틀린 글자가 대부분인 한자들을 보면서 완숙은 예원에게 글을 배운 전주 시절을 떠올렸다. 그때부터였다. 글을 배우고 싶은 아이들을 모아놓고 천자문을 가르치기 시작한 것은.

예원의 글방을 찾은 아이들이 그러했듯, 집안 형편이 어려운 사내

아이들이나 글을 배울 기회조차 얻지 못한 계집아이들이 완숙의 제자가 되었다. 정임은 그중에서도 특출하게 총명한 제자였다.

그런데 정임의 아비가 어린 딸을 홍지영이란 작자에게 팔아넘겼다. 노름에 정신이 팔린 정임의 아비가 홍지영에게 돈을 빌렸고, 그 빚을 갚지 못하자 정임을 동첩으로 삼겠다며 끌고 간 것이 두 식경 전의 일이라고 했다.

'저기다! 저 집이 틀림없어!'

노란 잎이 듬성듬성 남아 있는 아름드리 은행나무 둥치 사이로 아담한 기와집 한 채가 설핏 보였다. 집은 인가가 끝나는 지점에 외따로 떨어져 있다.

'본가에서 따로 살림을 내주면서 전답깨나 떼어줬다더니 제법 살만한가 봐. 생각보다 집이 넓네.'

두 개의 돌단이 길게 이어진 사랑채의 섬돌에 정임이 것으로 보이는 짚신은 없다. 완숙은 안채와 맞붙은 부엌간을 향해 서둘러 걸음을 옮겼다.

그 순간이다.

"아악!"

날카로운 비명이 마당에 감돌던 정적을 깨뜨렸다.

"오, 안 돼!"

소리 난 쪽을 돌아보며 외마디 신음을 토하는 완숙의 얼굴이 창백하게 변했다. 정임의 것이 분명한 울음소리가 터져 나오는 방 쪽에서 낯선 사내들이 외치는 소리가 연달아 마당 쪽으로 쏟아져 나왔다.

방 안에서 무슨 일이 벌어지고 있는지 그 소리만으로도 능히 짐작이 갔다. 고작 열두 살밖에 안 된 어린 정임을 데리고 방안의 사내들이 음탕한 짓거리를 해대고 있는 것이 확실했다.

"이, 이자들이…."

부엌을 튀어나온 완숙은 부리나케 마당을 밟아나갔다. 그녀보다 한 발 빠르게 움직인 사람이 있다.

"아버지! 문 여세요! 제발요!"

완숙이 마당 한가운데 흠칫 멈춰 섰다.

언제부터 그곳에 있었을까. 사랑채의 모서리 벽과 하나가 된 듯 등을 붙이고 선 자그마한 사내아이가 사랑채 툇마루로 뛰어오르더니 굳게 닫힌 방문의 문고리를 미친 듯이 흔들어댔다. 홍지영에게 일곱 살짜리 아들이 있다더니 그 아이인 모양이다.

"아서라, 네 애비 성미를 몰라서 그러는 거여? 너도 이 할미 꼴이 되기 전에 어여 이리 들어와."

대청마루가 있는 본채에서였다. 흰머리 성성한 초로의 여인이 본채의 안방 문을 빠끔이 열고는 필주를 향해 다급히 손짓해댔다.

완숙의 눈동자가 커다랗게 벌어졌다. 겁먹은 표정이 역력한 여인의 눈두덩 주위가 시퍼렇게 멍이 들었다. 홍지영이란 작자가 술만 마시면 난봉꾼으로 변하고 손버릇까지 나쁘다더니 제 어미까지 손댄 모양이다.

"할머니가 안 말리시니까 저라도 말려야죠! 아버지가 저러는 꼴을 더는 못 봐요! 저 안에 있는 아이도 엄마처럼 죽으면 어떡해요!"

절규하듯 외치는 필주의 얼굴에 두려움이 가득했다. 홍지영의 폭행과 폭언에 시달리던 필주의 친모가 목을 매 자결했다던가. 그런데도 홍지영은 뉘우치기는커녕 여전히 술독에 빠져 지냈고, 조강지처의 장례를 치른 다음 날에도 계집질을 일삼았다고 했다. 그런 천하의 불한당이 완숙이 평소 아끼던 정임을 그 아비의 노름빚 대신 끌고 간 것이다. 그 소식을 전해 듣던 순간의 충격이 되살아나 완숙의 심장이 벌렁거렸다.

"넌 할머니한테 가 있어."

거침없이 툇마루로 올라선 완숙은 필주의 작은 어깨를 옆으로 밀었다. 문을 열면 민망한 장면이 적나라하게 펼쳐질 것이 분명했다.

완숙은 둥근 문고리를 양손으로 하나씩 움켜쥐고는 젖 먹던 힘을 다해 문짝을 잡아당겼다.

우지끈!

문짝의 경첩이 뽑혀 나오면서 요란한 소리가 났다. 그와 동시에 여닫이문의 한쪽이 툇마루 쪽으로 기우뚱 쓰러졌다.

"웨, 웬놈이냐?"

저고리를 풀어헤치고 맨 가슴팍을 드러낸 방 안의 사내들이 깜짝 놀라 완숙을 돌아봤다.

"그 아이한테서 당장 떨어지시오!"

격노한 완숙의 외침이 방안에 쨍 울렸다. 바닥에 강제로 눕혀진 정임이 사지를 버둥거리며 울고 있다. 완숙의 두 눈에 분노의 불길이 일었다. 방바닥에 늘비한 그릇 파편들을 거침없이 밟고 지난 완숙은 정임의 발치께에 앉은 사내의 견갑골을 우악스럽게 그러쥐었다.

"어이쿠!"

터질 듯이 복부에 살이 찐 배불뚝이 사내가 외마디 소리를 내지르며 방바닥을 굴렀다.

완숙은 놀란 눈으로 자신의 두 손을 내려다봤다. 방문을 부순 것도 그렇고 자신보다 몇 곱절 덩치가 큰 사내를 메다꽂듯 패대기쳐버린 그녀였다. 어디서 그런 힘이 나왔는지 의아했다.

"서얼이라고 이젠 저딴 놈마저 우릴 무시하는구먼!"

정임의 오른팔을 누르던 사내가 천천히 일어서며 씹어 발기듯 뇌까리고는 완숙에게 다가왔다. 그런 사내의 몸이 어딘지 이상하다고 완숙은 생각했다. 흠칫할 정도로 심한 꼽추였다.

"너, 뭐야? 웬 놈인데 남의 방문을 부수고 들어와, 엉?"

만취한 걸음으로 비척비척 걸어온 꼽추가 완숙의 눈앞에 얼굴을 바짝 들이대며 으르댔다. 기이한 체형과 산도적처럼 우락부락한 얼굴 생김, 위협적인 말투에 완숙은 심장이 쪼그라들었다.

'겁먹으면 안 돼! 저런 자들은 약한 모습을 보이면 더 세게 나오는 법이야.'

완숙은 두 눈에 힘을 주고 꼽추를 노려봤다. 그리고는 사내처럼 굵은 목소리를 내려고 최대한 애를 쓰며 입을 열었다.

"그깟 문 부서진 게 대수요? 당신들이 사람이면 이럴 순 없소이다! 딸 같은 아일 데리고 뭐 하는 짓거리들이오!"

"우리가 뭔 짓을 하던 네놈이 뭔 상관인데? 엉?"

"홍지영이라는 이에게 볼 일이 있어서 왔소이다! 이 집 주인이라 하던데, 당신이 그 작자요?"

"뭐? 작자? 이게…!"

꼽추가 그에 완숙의 멱살을 휘어잡았다.

"이봐 용춘이, 진정하게. 날 찾아왔으면 내 손님인데 이리 난폭하게 굴어서야 쓰겠는가? 그 손 놓게. 무슨 일로 날 찾았는지 얘기나 한번 들어보자고, 응?"

두 사람 사이로 끼어든 사내가 꼽추의 팔을 잡아 내리며 달랬다. 눈꼬리가 아래로 심하게 축 처져 우는 인상을 풍기는 이십 중반의 사내다.

"네가 찾는 홍지영이 나다. 내게 무슨 볼일이 있다는 게냐?"

홍지영이 용춘의 눈치를 살피며 물었다. 어딘지 기가 죽은 모습이다.

"나는 정임이 오라비요! 내 누이를 데리러 왔소이다!"

"!!"

완숙의 말에 방구석으로 도망쳐 바들바들 떨고 있던 정임이 놀란 얼굴을 쳐들고 이쪽을 바라봤다. 그 순간이다.

"무슨 개소리야? 저 애한테 오라비 같은 건 없어."

말상의 사내가 바닥에 쓰러져 버둥대는 배불뚝이를 일으키다 말고 끼어들었다.

"사실이야?"

홍지영은 뜨악한 시선으로 말상의 사내를 돌아보았다.

"그렇다니까. 내가 저 계집아이와 한 동네 살아서 알아."

말상의 사내는 자신만만하게 말하며 웃음을 날렸다.

"나도 당신을 잘 아는데…."

완숙이다.

"날 안다고?"

말상의 사내가 뜻밖이라는 표정으로 되물었다.

"부친이 정 진사님 아니시던가? 당신 이름은 정상만, 정 진사 댁 넷째 아드님! 작년 여름에 남편과 사별한 김 소사를 보쌈해서 욕보이려다가 거시기를 물리는 수모를 당했다지?"

"그, 그걸 네놈이 어떻게…?"

"김 소사가 관아에 고발하겠다고 하니까 은전 몇 푼 쥐어주고 입을 막으셨다지. 다른 사람한테 그 얘기를 한 마디라도 뻥긋하면 김 소사의 어린 딸도 가만두지 않겠노라 협박까지 했다던데…."

직접 딸을 완숙의 글방으로 데려와 글을 가르쳐주십사 했던 김 소사가 더는 여식을 글방에 보낼 수 없게 되었다면서 눈물과 함께 완숙에게 털어놓은 고백이었다. 완숙은 비분강개했다. 간혹 글방을 오가며 스쳐 지난 정상만이 제자의 어미를 능욕한 것으로도 모자라 그녀의 제자까지 해코지하겠다고 협박한 것이다. 그런 사실을 간과해서는 아니 된다고 완숙은 생각했다.

완숙을 잡아 세운 것은 김 소사였다. 자신이 당한 치욕이 뭇사람들의 입에 오르내리는 것을 원치 않는다는 것이 이유였다. 결국, 망신당하고 손가락질받는 쪽은 가해자인 정상만이 아니라 피해자인 김 소사 자신임을 안다고도 했다.

"끝내 김 소사는 알아서 동리를 떠났지. 혹여 다른 사람들이 그 일을 알게 될까 봐 지레 겁을 먹고…. 그 뒤로도 당신은 젊은 과부들만 골라가며 추행을 일삼았더군."

"내, 내가 언제?"

"당신한테 욕을 당한 아낙들을 모아 대면을 시켜드릴까? 집안의 가장이 어떤 짓을 하고 다니는지 까맣게 모르고 있는 당신 부인도 그 자리에 함께 부르면 더 좋겠지. 그리고 당신."

완숙의 시선이 배불뚝이에게로 향했다.

"나?"

배불뚝이 사내가 두꺼운 손가락으로 제 얼굴을 가리켰다.

"그래, 당신. 아명은 석태, 박 행수의 둘째 아드님! 내가 잘못 알고 있는 건가?"

"……."

박석태는 섣불리 대답하지 못하고 완숙의 눈치를 살폈다.

"덕산에서 거래되는 인삼은 거의 당신 집에서 나온 것이라고 해도 과언이 아니라더군. 댁의 부친이 수완이 좋아 한양에까지 거래를 트고 있다고 들었소. 헌데 자제분께서 힘들게 농사지은 인삼을 슬쩍슬쩍 훔쳐내는 줄은 눈치채지 못하고 계신 모양이더군. 그렇게 빼낸 인삼을 저자 상인들에게 뒷거래로 팔아 주색에 흥청망청 써대고 있는 사실도 물론 모르고 계시고…."

덕산의 저자를 드나들다 상인들이 분통을 터트리는 소리를 우연히 듣게 된 완숙이다. 박석태가 반강제로 인삼을 맡겨두고 자리를 뜨자 그의 등 뒤에다 대고 상인들은 손가락질했다. 그때 설핏 본 박석태의 얼굴과 상인들이 속닥대던 그의 이름을 완숙은 특유의 기억력으로 뇌리에 새겨두었다. 완숙은 나머지 한 사내 쪽으로 몸을 틀었다.

"난 아무 짓도 안 했어! 난 깨끗하다고!"

눈두덩의 살집 때문에 반쯤 감은 눈을 한 사내가 눈꺼풀을 치뜨며 소리쳤다.

"석 달 전, 귀가하던 당신 형을 덮친 자들이 있었지. 그 바람에 머리가 깨진 당신 형이 죽을 뻔했다지. 설마 그 일을 모른다 할 것인가?"

"무, 물론 알지. 형님이 그리 크게 다치셨는데 아우인 내가 모를 리 없지."

"그때 무뢰배들을 동원한 장본인이 당신이라는 소문이 있더군."

"무, 물증이 있느냐? 내가 그랬다는 증거가 있어?"

"당신이 주기로 약조한 돈을 아직 주지 않고 있다고 꾁지가 이를 갈던데…. 여차하면 당신 부친을 찾아가서 그간의 일을 다 고하겠노라 벼르고 있더군."

"잘도 꿰고 있구나. 허나 나에 대해선 아는 것이 없을 것이다. 아니 그러냐?"

용춘은 자신만만한 태도로 물었다. 집안 제사에 참여하지 못한 것은 물론이요, 곱사등을 갖고 태어난 서얼이라는 이유로 본가에서 내쳐진 것이 수년 전이었다. 그와 함께 내쫓김을 당한 어미가 허드렛일로 그를 먹여 살렸다. 흉측한 외모 탓에 사람들은 그를 괴물 취급했고, 잔돈푼이나마 손에 쥘 일거리마저 잡을 수가 없었다. 그러면서 용춘은 더욱 광포해졌다.

그러던 어느 날, 생계를 책임지던 어미가 낡은 집 한 채를 남기고 세상을 떠났다. 그 즉시 고향을 등진 용춘은 물주를 찾아 전국을 헤매고 다녔다. 그 와중에 만난 이가 홍지영이다. 본디 주관이 없고 무른 성격의 홍지영은 용춘의 감언이설에 홀딱 홀딱 넘어간 나머지 호구 잡혀 살았다. 하지만 그와 자주 어울리는 사내들은 물론이고 홍지영마저도 용춘이 서얼이라는 것 외에는 아는 바가 전혀 없었다. 그러니 완숙이 그에 대해 뭘 알 리 만무했다.

"왜 말이 없느냐? 그 잘난 입으로 말해보라니까! 어서!"

완숙은 대답 대신 용춘을 싸늘히 외면했다. 그리고는 허리춤에서 전낭을 풀어 홍지영의 버선발 앞에 툭 던졌다. 강석환이 그동안 용채로 쓰라며 따로 챙겨준 돈을 모은 것이다.

"정임이 아버지가 당신한테 빚진 돈이오. 이 아이의 몸값이라더군. 이젠 정임이 아버지는 내버려 두시오. 행여 또 꼬드겨 노름빚을 지우면 가만두지 않을 것이오."

"가만두지 않다니?"

"당신들 치부를 만천하에 까발릴 거요."

"안 된다!"

완숙에게 약점을 들킨 세 사내가 누가 먼저랄 것도 없이 한목소리로 외쳤다.

"내가 잘못했다. 정임이 저 아이를 괴롭혀서 미안해. 김 소사 일도 깊이 반성하고 있어. 다시는 같은 실수를 아니 할 테니 제발 우리 집엔 알리지 말아다오."

말상의 사내가 머리를 조아리며 사정했다.

"나는 이번 일에 아무 책임이 없어! 용춘이랑 지영이가 시켜서 하는 수 없이 낀 것뿐이야. 인삼 일만 해도 그래. 인삼 파는 놈들이 가욋돈 안겨주겠다고 살살 꼬드겨서 홀딱 넘어가고 말았어. 그렇잖아도 손 씻을 생각이었으니 이번만 눈 감아다오. 응?"

"나도 마찬가지야. 그냥 살짝 겁만 주라고 한 건데 병창이 녀석이 우리 형을 반죽음 만들어놓은 거였다고! 오늘 일만 해도 그래. 네 말

마따나 딸 같은 어린애를 추행하고 싶진 않았다고. 하지만 용춘이가 시켜서 어쩔 수 없었어."

배불뚝이에 이어 눈두덩의 사내가 변명을 늘어놓았다.

"뭣이 어쩌고 어째? 너희도 같이 놀고 싶다고 끼워달라더니 지금 와서 내 탓이야, 엉?"

"사실이 그렇잖아. 지영이가 저 애를 사온 것도 자네가 시켜서 한 일이고…."

살기등등한 용춘의 시선을 피해 눈을 내리깔며 말상의 사내가 웅얼거렸다.

"허면 정임이 아비한테 노름밑천을 대주라고 한 것도 당신이오?"

완숙이 용춘을 쏘아보며 물었다.

"그래! 내가 그랬다! 어쩔래?"

그제야 완숙은 저간의 사정이 한눈에 잡혔다. 흉측한 생김에 난폭한 성질머리를 지닌 용춘의 기에 눌린 홍지영이 그의 꼭두각시가 되어 만행에 동참했으리라. 홍지영은 용춘의 눈짓 하나에도 움찔할 만큼 용춘을 두려워했다. 어쩌면 필주 모친의 자결에도 용춘이 개입되었을 것이다. 그렇다 하여 홍지영의 행동까지 용서되는 것은 아니다.

"여기 계신 분들 모두 서얼이라고 알고 있소. 반쪽이지만 서얼도 양반은 양반, 체통을 지키시오! 내 비록 여동생을 찾으러 왔다가 이리 얽혔지만 노여워 마시오. 이리 오렴, 정임아."

완숙의 부름이 있자 방구석에 오도카니 서서 어찌할 바를 모르고 있던 정임이 날쌘 몸짓으로 달려왔다.

"소란을 피워 미안하오."

완숙은 멍하니 서 있는 홍지영을 향해 까딱 고개를 숙여 보였다.

"정임이 몸값은 이미 치렀고, 할 말도 다 했으니 이만 물러가겠소."

완숙은 홍지영을 싸늘하게 쏘아봤다. 문 앞에 버티고 섰던 홍지영이 아차, 하는 표정이 되어 황급히 길을 텄다.

완숙이 막 문턱을 넘어서던 참이었다.

"가긴 어딜 가? 올 땐 맘대로 왔어도 나가는 건 그리 못한다!"

분에 겨운 소리를 앞세워 휘달려온 용춘이 한쪽 팔로 완숙의 목을 우악스럽게 휘감았다.

"컥컥! 이거 놓으시오!"

"없는 오라비 행세를 한 것으로도 모자라 감히 우릴 협박해? 내가 그 주둥아리 다신 못 놀리게 만들어주마!"

퍽! 퍽!

그예 바닥에 완숙을 메다꽂은 용춘이 무지막지한 주먹으로 그녀의 얼굴을 가격하기 시작했다. 코피가 터지고, 입술이 찢어진 것은 순식간의 일이었다. 완숙의 안면은 피범벅이 되었다.

그때였다. 사내들을 제치고 뛰어든 필주가 용춘의 팔에 매달리며 고래고래 소리를 질러댔다.

"그만 하세요! 제발요!"

할머니와 함께 안방에 들어가 있던 필주가 완숙의 비명을 듣고 사색이 되어 달려온 것이다.

찰거머리처럼 달려드는 필주의 얼굴이며 머리통을 홍지영이 사정없이 갈겨댔다. 허둥지둥 방으로 들어선 홍지영의 모친이 어린 손자를 재빨리 끌어안았다. 완숙에게 된통 당한 사내들이 서둘러 그 자리를 피하려 했다.

그때였다.

"으악!"

세 사내가 찢어지는 비명에 획뜩 뒤를 돌아봤다. 완숙의 복부를 타고 주먹질을 해대던 용춘이 미친 망아지처럼 방안을 펄쩍펄쩍 뛰어다녔다. 할미의 품을 비집고 빠져나온 필주가 방바닥에 떨어진 사기 조각을 집어 용춘의 곱사등을 힘껏 찍어버린 것이다.

용춘이 다람쥐처럼 방안을 도망 다니는 필주를 잡으려고 혈안이 되었다. 그 틈에 용춘을 피해 방을 휘돌아 문가로 달려온 정임이 완숙을 안아 일으키며 울먹였다.

"으흐흑! 이를 어째요, 아씨…. 저 때문에 아씨가… 죄송해요, 으흐흑…."

죄의식에 사로잡힌 정임은 제가 무슨 말을 하는지도 모른 채 소맷자락으로 완숙의 피를 닦아주며 흐느껴 울었다. 하필이면 그녀의 곁을 스쳐 가던 필주의 댕기머리 끝을 용춘이 낚아챈 순간이었다.

"들었어? 방금 저 계집이 한 말을?"

용춘이 홍지영과 세 사내에게 확인하듯 물었다.

"그, 그래. 듣기는 들었네만…."

홍지영과 세 사내는 듣고도 믿을 수 없다는 표정이다. 충격을 받은 것은 용춘도 매한가지였다.

"가만… 어쩐지 저 수염이 어색하다 싶었어…."

그 말을 내뱉는 것과 동시에 용춘은 완숙의 말총수염을 휙 잡아 뜯었다.

"헉! 가짜수염이었어?"

방 안의 좌중이 놀란 소리를 내질렀다.

꽈악!

용춘은 다짜고짜 정임의 저고리 뒷덜미를 사납게 휘어잡아 일으켰다.

"말해봐라. 정말 이 자식이 사내가 아니라 계집이냐?"

"아니에요! 아씨가 아니에요! 제, 제가 헛소리를 한 거예요!"

뒤늦게 말실수를 눈치챈 정임이 새파랗게 질려 고개를 저어댔지만, 강한 부정은 의혹을 부추길 뿐이었다.

"벗겨."

용춘은 비열하게 웃으며 홍지영에게 명했다.

"벗기다니? 뭘 말인가?"

"계집이라잖아. 정말 그런지 직접 확인을 해봐야지 않겠어. 이것들은 내가 잡고 있을 테니까 자네가 저걸 벗겨보라고."

무쇠처럼 단단한 팔뚝 안에 필주와 정임을 가둔 용춘이 완숙의 바지를 눈짓으로 가리켰다.

"어? 알겠네."

피범벅이 되어 널브러진 완숙의 다리 사이에 자리를 잡고 앉은 홍지영이 소창의 앞자락을 벌리고는 바지 끈에 손을 가져갔다.

"안 돼요! 제발 그분 몸에 손대지 마세요!"

"그러지 마요, 아버지! 용춘이 아저씨 말 듣지 말라고요!"

"아이고, 아범아…."

두 아이는 절규하듯 외쳤고, 노파는 차라리 눈을 감아버렸다. 그때였다.

퍽!

둔중한 타격음과 함께 홍지영이 얼굴을 감쌌다. 신음이 안면을 감싼 손가락 사이로 흘러나왔다. 필주와 정임의 고함에 정신을 차린 완숙이 바지춤을 끌어내리는 홍지영의 얼굴을 머리로 받아버린 것이다.

"헉! 피…!"

인중을 손등으로 훔친 홍지영이 시뻘건 코피를 보고는 얼굴이 종잇장처럼 구겨졌다. 빈 술병을 술상 모서리에 내리쳐서 반 토막을 낸 홍지영이 완숙에게 달려들었다. 그때였다.

"멈추게! 대낮에 뭐 하는 짓인가!"

노한 호통을 앞세운 한 사내가 성큼성큼 마당을 가로질렀다. 사내의 눈길을 피해 갓을 푹 눌러 얼굴을 가린 배불뚝이 박석태가 곁에 선 사내들을 향해 낮은 소리로 속삭였다.

"튀어! 저자한테 붙잡히면 골치 아파져."

배불뚝이 박석태가 부리나케 신을 신더니 그대로 대문을 향해 줄달음을 놓았다. 그 뒤를 허둥지둥 쫓아가는 사내들의 어깨너머로 방에 남은 홍지영과 용춘의 사색이 된 얼굴이 건너다보였다.

"내가 하는 소릴 듣지 못했는가! 그 손 놓으라 하질 않았어!"

제 곁을 바람처럼 스쳐 간 사내들을 못마땅한 눈길로 쏘아보던 사내가 방안을 향해 재차 호통을 쳤다.

"혀, 형님…."

흰 머리띠에 낡은 바지저고리 차림의 사내를 돌아본 홍지영이 어깨를 옹송그렸다. 사내를 알아본 용춘도 난감한 얼굴이 되어 손아귀에

쥐고 있던 두 아이의 댕기 머리를 슬그머니 놓았다.

"아이고! 이게 누구야? 마침 잘 왔네. 자네가 우리 애비 좀 말려주게. 이러다 정말 무슨 사달이 나고야 말겠어."

버선발로 뛰어나간 홍지영의 모친이 사내를 붙잡고 장탄식을 쏟았다. 불한당 친구들과 어울려 다니며 못된 짓만 일삼는 아들이 그나마 어려워하고 고분고분 말을 듣는 이가 그 사내였다.

"걱정하지 마세요, 아주머니. 제가 잘 타이르겠습니다. 허니 필주 데리고 들어가 계세요."

좀 전에 엄한 호통을 던진 사내가 그를 사랑방 쪽으로 잡아끄는 노파의 손등을 따뜻하게 두드려줬다. 새까맣게 탄 얼굴에 거친 손마디, 짚신 사이로 설핏 드러난 갈라진 뒤꿈치며 이마에 질끈 둘러맨 흰 머리띠와 흙물이 얼룩처럼 남은 바지저고리가 영락없이 농부 행색이다.

하지만 사내의 반듯한 용모와 깊은 눈빛에서 범상치 않은 기운이 느껴졌다. 상투 튼 머리에 하얗게 서리가 내려앉고 콧등에 안경을 걸치고 있어 학자 분위기가 물씬 풍기는 사내였다. 뛰어난 학식과 곧은 인품으로 내포 일대에서 농민 학자로 명성이 자자한 스물여덟 살의 이존창이다.

"그간 내가 귀에 딱지가 앉도록 말을 하질 않았나! 벗을 가려 사귀고 몸가짐을 바로 하라 그리 일렀거늘 그 당부는 그저 귓등으로 흘려들었어. 그렇지 않고서야 어찌 이런 추태를 보인단 말인가! 아주머니랑 필주 보기에 부끄럽지도 않아!"

홍지영의 모친과 필주가 안채로 사라진 뒤였다. 성큼성큼 방으로 들어선 이존창이 깨진 술병을 등 뒤로 감추는 홍지영을 매섭게 꾸짖었다. 비록 먼 친척이기는 하나 홍지영의 친부에게서 서자의 행실을 단속해달라는 부탁을 받은 터라 이존창은 틈이 날 때마다 덕산으로 건너와 홍지영을 다독이고는 했다. 그의 노력에도 불구하고 홍지영은 용춘과 같은 서얼들과 어울리며 방탕한 생활을 이어가더니 끝내 지어미가 스스로 목숨을 끊게 만들어 어린 필주의 가슴에 깊은 상처를 남겼다.

"다 저 계집 때문입니다! 저 계집이 남장한 것으로도 모자라 갑자기 들이닥쳐서 이 사달이 난 겁니다!"

용춘은 비척비척 일어서는 완숙을 손가락질해대며 분통을 터트렸다.

"어떤 경우라도 폭력은 아니 될 말일세. 지영이 자네는 그 병 내려놓고, 용춘이 자네는 낭자에게 사죄하게."

"하오나 저 계집이 먼저…."

"어허! 사죄하래도!"

"때려서 미안하오."

용춘은 못마땅한 기색으로 완숙을 향해 고개를 까딱 숙였다. 그런 그에게서 시선을 돌린 이존창이 완숙을 향했다.

"몸가짐을 조신하게 가져야 할 낭자께서 이 무슨 난동이오!"

"여인 복장을 했으면 감히 여인 따위가 사내들 일에 참견한다고 말도 못 붙이게 했겠지요."

완숙이었다.

"아무리 그렇기로서니 남장이라니…. 댁에서도 이런 꼴로 다니는 걸 알고 계시오?"

"알 리가 만무하질 않습니까. 설령 아신다 해도 상관없고요."

완숙은 작정하고 거침없이 내뱉었다.

"어찌 상관이 없단 말이오? 국법이 지엄하고 강상의 법도가 지엄하거늘, 낭자는 후환이 두렵질 않단 말이오!"

"열두 살입니다. 아직 솜털도 가시지 않은 이 아이가 제 아비의 노름빚 때문에 팔려오고야 말았어요. 저 어린 것이 노리갯감으로 전락하는 꼴을 두고 볼 수는 없질 않습니까?"

"노리개라니? 그건 무슨 말이오?"

완숙은 저간의 일을 흥분된 어조로 이존창에게 고했다. 완숙의 이야기가 이어질수록 이존창의 표정이 참혹하게 일그러졌다.

"낭자의 말씀이 전부 사실인가?"

"그, 그게… 송구합니다, 형님."

제 몸을 관통할 것처럼 예리한 이존창의 안광을 피해 홍지영이 고개를 떨어뜨렸다.

"집으로 가거라."

문가에 서서 눈물을 흘리고 있는 정임에게로 걸어간 이존창이 다정한 음성으로 명했다.

"저, 정말 그래도 되어요?"

"오냐. 낭자께서 널 무사히 데려다주실 거라 믿는다. 그렇지 않소, 낭자?"

"고맙습니다! 덕분에 정임이가 살았어요! 저는 대숲골에 사는 강완숙입니다. 은의를 입었으니 함자를 기억하고 싶습니다!"

완숙이 엎드려 인사를 올리자 당황한 이존창이 황급히 완숙을 일으켜 세웠다.

"나는 여사울에 사는 이존창이라 하오."

"그럼 여사울 단원 선생이 나리란 말씀이세요?"

"나를 아시오?"

뜻밖이란 표정으로 이존창이 물었다.

"그럼요! 소녀가 사는 대숲골까지 고명이 자자한 걸요."

"이런, 이런…. 고명이라니? 난 그저 손에 흙 묻히고 사는 평범한 농부일 뿐이오. 오늘 당한 수모는 잊어주시오. 팔이 안으로 굽는다고, 지영이가 내 친척뻘 되는 동생이다 보니 다른 이들한테 안 좋은 기억으로 남는 것이 마음에 걸려 드리는 부탁이오."

"잘 알겠습니다. 오늘 일은 마음에 두지 않을게요."

"고맙소이다, 낭자. 지영인 내가 잘 알아서 타이를 터이니 조심해서 댁으로 돌아가시지요. 연이 있으면 다음에 또 뵙지요."

온후하게 웃으며 정중히 목례를 건네는 이존창을 보고 있자니 떠오르는 사람들이 있었다. 신분과 처지가 다름에도 곤경에 처한 이가 있으면 발 벗고 나서서 도움을 주고, 불의에 맞선 이들. 전주에서 지낼 당시 크고 작은 도움을 그녀에게 주었음에도 작별인사조차 없이 떠나온 뒤로 지난 세월 동안 연락을 끊고 지낸 유동근과 항검이다.

● ● ●

점심 무렵이 되면서 전주 하늘에 몰려든 구름은 끝내 추적추적 빗발을 뿌려댔다. 흑립에 갓모를 덧쓰고 도포 위에 우삼을 겹쳐 입은 사내가 빗방울이 똑똑 떨어지는 나무들 사이를 바삐 거슬러 올라가다가

문득 걸음을 멈췄다. 비안개가 희뿌연 숲속 빈터에 무덤 하나가 덩그러니 놓였는데, 한 사내가 비에 젖은 채 무덤 앞에 꿇어앉았다. 우삼의 사내가 서둘러 그쪽으로 걸음을 옮겼다.

"벽이 형! 소식도 없이 어쩐 일이야?"

"……."

괴로운 표정으로 무덤을 망연히 바라보던 이벽은 곁으로 와 선 사내를 향해 고개를 돌렸다.

"항검이, 너야말로 어쩐 일이냐?"

이벽이 의아한 눈길로 항검을 건너다보며 덧붙였다.

"익검 형님은 네가 다 저녁때나 되어야 돌아올 거라고 하시던데…."

이벽이 병석의 유동근에게 인사를 올리고 큰 사랑방을 나왔을 때였다. 유동근 앞에서는 아무 말도 없던 익검이 예의 기운 없는 목소리로 항검의 귀가 시간을 알려주었다.

"날씨가 이 모양이잖아. 볼일을 다 마치지도 못하고 서둘러 돌아왔어."

"내가 여기 있다고 형님이 알려주신 모양이네."

"아냐. 안사람이 전해주던걸."

항검이 신희와 혼례를 올린 지도 벌써 일 년이 되어갔다.

"제수씨는 내가 온 줄 어찌 아셨다지? 아버님이랑 형님만 살짝 뵙고 나온 길인데…."

"형수님한테 전해 들었겠지 뭐. 형 묵을 방 소제한다, 불 지핀다 형수님이 바삐 움직이시더라고. 암튼 형이 여기 갔다는 얘길 안사람한테 듣자마자 달려오는 길이야. 그간 어찌 지낸 거야?"

"나보다 넌 어때? 혼례 치르던 날 새신랑치고 낯빛이 영 안 좋아서 내가 걱정 많이 했다. 이제 좀 좋아진 거야?"

봉분 앞에 큰절을 올리고 일어서는 항검을 걱정스럽게 살피며 이벽이 물었다. 갓모 아래 얼굴은 이벽의 얼굴만큼이나 푸석하고 야위었다.

"힘든 일이라도 있었던 거야?"

항검은 힘없이 웃으며 그간의 일들을 벽에게 알렸다.

청금록을 유지하는 대신 집안의 옥답 일부를 내어주고도 번번이 과거에 낙방하여 실의에 빠져 있던 항검은 신희의 보살핌으로 차츰 기운을 차렸다. 늘 주눅 들어 살던 형 익검도 첫 자식이 태어난 이후로는 살아갈 기운을 얻었는지 매사에 긍정적이고 웃는 일이 많아졌다.

그러나 호사다마라 했던가.

집안은 물론 문중의 기둥이던 유동근이 풍을 맞고 쓰러졌다. 그런 유동근의 곁을 한시도 떠나지 않고 병구완을 해오던 유씨 부인마저 원인 모를 병으로 시름시름 앓았다. 부모가 연달아 자리보전을 하고 누운지라 항검의 집안은 그야말로 초상집 분위기였다. 그즈음에 이벽의 서찰 연락마저 뚝 끊겼다. 항검은 집안 건사하기에도 벅차 이벽의 안부를 챙길 여념이 없었다.

게다가 농사 소출도 형편이 없었다. 그래서 항검은 개간에 관심을 가졌다. 항검의 형수가 해산하여 조카까지 생겼다. 나이 차이가 크게 나는 이복동생 관검도 이제 열두 살이다. 그 아이도 몇 년 뒤엔 관례를 올릴 테고, 과거를 볼 것이며, 규수와 짝을 지어줘야 할 것이다. 그러자면 병석에 누운 부모를 대신하여 누군가 집안의 중심이 되어야만 했다.

오늘도 항검은 새 간척지를 물색하기 위해 고창지역의 해안가를 둘러보고 온 길이다. 그런데 이벽이 연통도 없이 불쑥 초남이에 나타났다.

"스승님 기일은 아직 한 달이나 남았잖아. 혹시 그때 못 내려올 것 같아서 미리 다니러 온 거야?"

항검의 조심스러운 물음에 이벽이 고개를 가로저었다.

"스승님 제사엔 꼭 참석해야지."

절명한 예원의 시신을 유동근이 그의 소유인 이 산에 안장한 뒤로 8년이 지났다. 그 세월 동안 이벽은 예원의 기일이 되면 어김없이 전주로 내려와 항검과 함께 제를 올리곤 했다.

"그럼 오늘은 웬일이야? 얼굴 꼴은 또 그게 뭐고?"

항검은 이벽의 해쓱한 얼굴을 걱정스레 올려다보았다.

"아픈 거 아니니까 걱정하지 마. 여기저기 돌아다녔더니 피곤해서 그래."

사실이 그랬다. 이벽은 천진암을 내려온 뒤로 동분서주했다. 천주교 교리 전파 방도를 찾느라 어디든 가리지 않고 사람들을 따라다녀 봤고 그림으로 전하는 방안도 궁리해 봤지만, 헛물만 켰다.

'모를 일이야. 저들을 직접 만나고, 저들의 입장을 살펴도 도무지 모르겠어. 천주가 계심을 알리고, 쉽게 교리를 설명할 방도를 도저히 못 찾겠어. 자연스레 사람들 사이에 천주교가 스며드는 방법… 그 방법이 대체 무얼까?'

고심에 고심을 거듭하다 보니 저도 모르게 발길이 이곳으로 향했다. 옛 스승 앞에 서면 뒤죽박죽 엉킨 생각이 정리될 것 같았지만, 지금 이벽은 생각이 더 많아져 머리가 깨어질 듯 아팠다.

"후우…."

한숨을 내쉬는 이벽의 입술이 파리했다. 빗줄기가 가늘어진 숲에 어느덧 땅거미가 내려앉았다.

"일단 우리 집으로 가자, 형. 젖은 옷부터 갈아입어야겠어."

항검은 벽의 젖은 도포 소매를 잡아당겼다. 우삼을 입어도 한기가 뼛속까지 느껴지는데, 비에 젖을 대로 젖은 이벽은 말할 나위 없을 터였다.

● ● ●

"부디 소신의 힘이 되어주시옵소서, 대비마마! 그리만 해주신다면 거사의 성공은 시간문제이옵니다!"

비 섞인 어둠을 틈타 창덕궁의 경복전으로 은밀히 스며든 홍국영이 애가 타서 정순왕대비에게 올리는 간청이었다.

"이런 딱한 사람을 봤나. 정신 차리시게. 어찌하여 아직도 그리 위험천만한 생각에 빠진 게야? 원빈이 간 것은 중전 때문이 아님을 아직도 모르겠는가?"

왕대비는 목젖을 타고 솟아오른 웃음을 참기 위해 입술을 씰룩대며 짐짓 태연한 음성으로 질책했다.

"용종을 잉태하신 원빈마마이옵니다. 그런 마마를 시기할 분은 이 궐 안에 중전마마밖에 없사옵니다. 오래도록 마마의 옥체에 태기가 없으셨는데 후궁에게 태기가 있다 하니 견디기 힘드셨겠지요. 하여 원빈마마를 독살한 것이 틀림없사옵니다."

"당치 않은 말! 중전이 그리 속 좁은 사람이 아니란 걸 하늘이 알고 땅이 알아. 헌데 어찌하여 아무 죄 없는 중전을 다시금 해하려는 것이야? 전하의 성은으로 겨우 부지한 목숨을 그나마 잃고 싶은가?"

"이리 구차하게 목숨을 연명하느니 차라리 죽는 것이 낫사옵니다. 허나 저 혼자 그리될 수는 없사옵니다."

홍국영은 대전 쪽을 바라보며 이를 갈았다. 왕의 신임도, 드높던 명예도, 사랑하는 누이도 제 곁을 떠나고 없다. 천만다행, 은언군과 완풍군이 귀양을 떠남으로써 칼바람을 모면할 수는 있었으나 그렇다고 마냥 마음 놓고 지낼 수도 없다. 자신이 역모의 장본인이라고 믿는 이들이 많다. 무엇보다 자신에게 앙심을 품은 이들이 너무도 많다.

"원빈마마께서 살아만 계셨다면 제 신세가 이리 비참해지지는 않았을 겁니다. 중전마마께서 원빈마마의 음식에 장난질을 치지만 않으셨어도 용종 또한 세상의 빛을 보셨을 테고요."

"그래서 기어이 그 일을 도모하겠다?"

예상은 하면서도 왕대비는 확인하고 싶었다.

"누이의 원수를 갚아야지요. 왕대비마마께오서 소신을 도와주신다면 불가능한 일도 아니라 사료되옵니다."

"아까부터 계속 내게 도와달라고 청하고 있네만, 자네도 알다시피 나는 뒷방 늙은이에 불과해. 헌데 내가 어찌 자네에게 힘이 된단 말인가?"

"소신에게 그 비법을 알려주시옵소서."

홍국영이 상대에게만 겨우 들릴 만한 은밀한 목소리로 말했다.

"비법이라? 대체 무슨 비법을 말인가?"

"신, 홍국영. 아직도 똑똑히 기억하고 있사옵니다. 사도세자 저하께오서 《칠극》에 남기신 비밀서신의 내용을 말이옵니다."

느긋한 미소가 감돌던 왕대비의 입술 꼬리가 살짝 경련했다.

사도세자의 서록과 《칠극》에 적힌 비밀서신, 그리고 모사꾼을 시켜 적게 한 예원의 거짓 밀서를 화로에 태워 없앤 뒤로 8년이 지났다. 창경궁 통명전에서 맺은 약속대로 왕은 사도세자의 서록에 관해서는 철저히 함구했다. 하지만 그때의 일을 자신도 그리고 왕도 잊지 않았다. 즉위하기 무섭게 자신의 오라비와 측근들을 모조리 조정에서 내몬 것만 봐도 확실했다. 왕은 아직도 제 아비를 죽인 그녀를 용서하지 않았다. 조석으로 올리는 문안 인사에서 그랬고, 우연히 거닐던 궁로에서 마주칠 때도 그랬다. 무표정을 가장했으나 자신에게 와 닿는 왕의 시선에서 왕대비는 꿈틀대는 분노를 느꼈다. 빌미만 주어진다면 언제고 칼이 되어 그녀의 목에 꽂히고 말 분노였다. 그런데 그 빌미 중 하나가 될 수도 있는 8년 전의 일을 홍국영이 들먹인다.

"자네가 무슨 말을 하는 건지 나는 도통 모르겠군. 쓸데없는 소릴 하려거든 그만 나가보게."

싸늘한 시선으로 홍국영을 노려보던 왕대비가 한쪽에 밀어둔 자수틀과 반짇고리를 무릎으로 끌어당겼다.

"왕대비 마마와 노론 신료들이 선세자 저하의 음식에 넣어서는 아니 될 무언가를 넣으셨다고 사도세자께서는 적으셨사옵니다. 그 무언가가 무엇인지 소신에게 알려주시옵소서. 그리만 해주신다면 나머지는 소신이 다 알아서 진행하겠나이다."

"자네가 궁색하기는 궁색한 모양이구먼. 그리 말도 안 되는 얘기를 비책이라고 꺼내 놓는 걸 보니 말이야. 참으로 딱한 노릇이야."

왕대비는 고개를 설레설레 저으며 말을 이었다.

"그 정도로 했으면 됐네. 더 험한 꼴을 당하고 싶지 않으면 그 입 함부로 놀리지 않는 것이 좋을 것이야."

"하오나 왕대비마마! 중전 자리가 비면 왕대비마마께도 좋은 일이 아니겠습니까? 노론 쪽 규수를 국모 자리에 앉힐 기회를 얻을 겁니다. 하오니 소신의 청을 다시 생각해주시옵소서!"

왕대비의 싸늘한 거절에 애성이 난 홍국영이 연신 조아리며 간청했다.

"하나만 알고 둘은 모르는군."

"소신이 무얼 모른단 말씀이시옵니까?"

"중전은 석녀야. 그 어린 나이에 궐에 들어와 이날 이때까지 지내면서 회임할 기미조차 보인 적이 없던 중전이란 말일세. 자네가 원빈을 후궁 자리에 앉힌 것도 그래서가 아닌가? 중전이 아이를 가질 수 없는 몸이니 후궁에게서 난 원자가 후사를 잇는 것은 불을 보듯 훤한 일. 우리 노론 쪽 아이를 후궁에 앉혀도 원빈과 매한가지일세."

"그 말씀은 끝내 소신의 청을 묵살하시겠다는 뜻이옵니까?"

"여부가 있겠는가. 중전을 제거하는 무리수를 두지 않고도 우리 노론의 씨앗을 왕으로 만들 수 있어. 헌데 누구 좋으라고 위험을 무릅쓰면서까지 자네 거사에 동참한단 말인가?"

왕대비는 힐끗 홍국영의 표정을 살폈다. 꺼지지 않은 복수심이 보였다. 그 복수심에 기름을 들이부을 차례라고 생각했다.

"내 자네의 딱한 사정을 헤아려 오늘 들은 말은 아니 들은 걸로 하겠네. 허나 행여 또 한 번 같은 소리가 내 귀에 들리면 그땐 즉각 사헌부에 직고할 것이야. 자네가 잘못을 뉘우치고 근신하기는커녕 없는 말을 지어내 왕실을 모함하려 한다고 말일세."

"제 청을 거절하신 것을 반드시 후회하실 것이옵니다."

"어쩌면 그 반대일지도 모르지. 어쨌든 내가 해줄 얘기는 모두 했네. 내 뜻은 확실히 전했으니 그만 물러가게."

왕대비의 목소리가 손에 든 바늘처럼 뾰족하고 차가웠다. 물러나는 홍국영의 뒷모습에서 걷잡을 수 없는 분노가 느껴졌다.

"김 상궁, 게 있느냐?"

홍국영이 침전을 벗어날 때를 기다린 왕대비가 급히 분합문 밖에 대고 외쳤다.

왕대비의 명을 받고 침소 밖으로 나간 김 상궁이 박철오가 당도했음을 고한 것은 그로부터 얼마 뒤였다.

"찾아계시옵니까, 마마?"

"그 사람은 데려왔는가?"

왕대비는 박철오의 뒤를 살피며 조바심을 쳤다.

"예, 마마. 들어오게."

박철오가 한 발짝 옆으로 물러서며 명을 내리자 검은빛이 도는 녹색 포가 문턱을 넘어섰다.

"신, 심환지. 왕대비마마께 문후드립니다."

왕대비는 심환지의 면면을 예리하게 살폈다. 거무스름한 입술을 힘

주어 다문 모습에서 강한 아집이 엿보였다. 타협을 거부하는 완고함은 심환지의 눈빛에서도 여실히 느껴졌다.

뼛속까지 노론의 물이 든 인물이라 했던가.

경종 즉위년부터 그 이듬해 사이에 벌어진 신임사화의 진상을 밝히고, 노론과 소론 간의 당쟁으로 억울하게 죽임을 당한 노론 4대신의 명예를 회복시켜 의리를 지켜야 한다는 정치적 입장을 고수하는 이가 심환지라고 했다. 정순왕대비는 그녀의 오른팔로 박철오를 택했고, 박철오는 제 오른팔이 되어줄 인물로 심환지를 점찍었다.

"홍국영, 그자가 드디어 일을 저지를 모양이네."

"그게 무슨 말씀이신지?"

박철오가 바짝 긴장한 낯으로 여쭈었다. 정순왕대비는 홍국영과 오갔던 얘기를 두 사람에게 전했다.

"봉조하께서 아무래도 제정신이 아닌 모양입니다."

충격을 받은 듯 잠시 멍해 있던 박철오가 혀를 찼다.

"쥐도 궁지에 몰리면 고양이를 무는 법이지요. 죽을지 살지 모르고 말입니다."

심환지는 담담한 목소리로 말했다. 어느 정도 예상했다는 반응이다.

"그 덕을 우리가 보면 되는 것이네. 사간원에는 대사간이 있으니 염려가 없네만, 홍문관에는 내 뜻대로 따라줄 위인이 없네. 하여 부교리 자네를 이리 보자 한 게야."

왕대비는 벼르고 있던 계책을 꺼내 놓았다.

"사간원과 함께 홍문관에서도 탄핵을 준비하라 이 말씀이시로군요."

왕대비는 자신의 머릿속에 들어갔다 나오기라도 한 듯 그녀의 생각을 그대로 말로 옮기는 심환지를 흡족하게 바라보았다.

"사간원과 홍문관에서 동시에 들고 일어나면 사헌부에서도 잠자코 있지 못하겠지. 결국 홍국영의 죄가 만천하에 드러날 테고, 삼사에서 연명하여 계사를 올리면 금상도 더는 홍국영을 비호하지는 못할 걸세."

"주상의 인재 기용 문제가 도마에 오르는 것도 피할 수 없게 되겠군요."

박철오였다.

"여부가 있겠는가. 홍국영이 제대로 거사만 터트려준다면 주상은 자기 측 사람을 하나 쓰는 데도 신료들의 눈치를 보게 되어 있어. 작금도 소론과 남인은 호시탐탐 정계 진출을 노리고 있네. 소론과 남인의 떨거지들이 조정에 출사하는 것을 막기 위해서라도 반드시 홍국영의 탄핵을 성사시켜야 하네. 자네들이 내 손발이 되어준다면 불가능한 일도 아니야. 그리 해줄 수 있겠는가?"

"신 박철오, 충심을 다해 마마의 명을 받들겠나이다!"

"노론을 위한 일이 아니겠습니까? 응당 마마의 명을 따르겠나이다."

박철오와 심환지가 한 목소리로 외쳤다.

"암, 그래야지. 내 자네들이 그리 나올 줄 알았네."

왕대비의 입가에 흡족한 미소가 번졌다.

가슴에 새긴 소리

해가 중천에 떴다. 밤새 내려 소복이 쌓인 눈이 햇살을 받아 사금파리처럼 반짝거렸다. 이벽은 새하얀 마당 한가운데 서서 주위를 두리번댔다. 마당 가장자리의 우물 하며 담장을 따라 꾸며진 화단이 낯설지 않다.

아니, 여긴 항검이네 안채 마당이 아닌가. 내가 여긴 왜….

이벽은 어리둥절한 표정으로 고개를 갸웃했다. 천상의 노래인 듯 청아한 소리가 이벽의 귀에 잡힌 것은 그때였다.

태어나 한 번도 들어본 적이 없는 소리였다. 이벽은 영혼이 정화되는 듯한 소리에 놀라 눈길을 들었다.

오오…!

이벽의 두 눈이 휘둥그레졌다. 오색찬란한 광채를 띤 흰 새가 안채의 기와지붕 위 하늘을 유유히 날아다니며 고아한 소리로 울어댔다.

백학이로군요.

그녀도 백학 울음을 들은 것일까. 항검의 아내 신희가 조용히 방문을 열고 마당으로 내려서더니 이벽의 곁으로 와서 서며 말했다. 사방에 밝은 빛을 뿌려대며 큰 날갯짓으로 하늘을 유영하던 백학이 신희를 향해 날아오더니 그녀의 품에 안긴 것은 다음 순간이었다.

"헉!"

이벽은 소스라쳐 눈을 떴다. 눈부시게 밝던 꿈속과 달리 사위는 푸르스름한 어둠에 휩싸였다.

태몽을 꾸었구나.

멍한 의식이 맑아지면서 맨 처음 든 생각이었다.

"백학처럼 고상한 새가 제수씨께 안긴 걸 보면 장차 태어날 아이가 고고한 학자로 대성할 모양이로군."

이벽은 새벽빛이 네모나게 고인 천장을 올려다보며 빙그레 미소지었다. 그러다 어느 순간, 이벽의 눈동자에 당혹스러운 빛이 서렸다.

"아니, 저 지도는!"

어제 늦은 오후 초남이 항검의 집에 갔다가 천장에서 본 그 지도였다. 항검은 손수 그려 붙였다는 저 전라우도의 지도를 올려다보며 자기 탓으로 빼앗긴 집안의 전답을 수십 곱절로 불려놓겠다고 말했다. 그 지도가 이벽을 물끄러미 내려다본다.

'내가 왜 여기에….'

이벽은 비척대며 일어나 앉았다. 순간, 바늘로 찌르는 두통이 일었다.

"끄응…."

이마를 감싼 이벽이 신음을 토했다. 문갑에 등을 기대고 앉아 졸던 항검이 고개를 들었다.

"깼어?"

보료에 바짝 다가앉은 항검이 걱정스러운 눈길로 이벽의 안색을 살폈다.

“어떻게 된 거야? 내가 왜 네 방에….”

“기억 안 나? 저녁상을 받자마자 혼절했잖아.”

오한이 밀려오는지 전신을 부들부들 떨면서 헛소리까지 해대는 벽을 차마 객방으로 옮길 수가 없어 항검은 제 보료에 눕힌 뒤 찬물과 수건을 대령하라 이르고는 밤새 돌봤다.

“형이 아픈데 아우인 내가 당연히 구완해야지. 그나저나 다행히 열은 내린 것 같은데 두통이 심해서 어째? 지금이라도 의원을 불러서 살펴달라고 할까?”

“…….”

말없이 고개를 저으며 따듯한 눈길로 항검을 바라보던 벽은 이내 가만히 손을 뻗어 손을 잡았다. 나이에 비해 듬직하고 다정한 아우를 대하자니 벽은 저도 모르게 마음이 따스해졌다.

“그런데 형, 대체 뭘 찾아야 하기에 자면서도 괴로워한 거야?”

“으음….”

잠시 잊고 있던 압박감이 되살아나 벽은 저도 모르게 무거운 한숨을 내쉬었다.

“대체 뭔데 그래?”

항검이 재차 물었다.

“내가 일전에 녹암 선생에 대해 말한 적이 있는데… 기억하냐?”

“형이 스승으로 모신다던 그분?”

“그래. 스승님이 내린 숙제가 있는데 당최 답을 찾을 수가 없네. 그

답을 찾아야 한다고 잠꼬대를 했나 봐."

"뭔지 나한테 말해 봐. 내가 알 수도 있잖아."

"나 스스로가 풀어야 할 숙제인걸. 그러니까 넌 걱정하지 마."

마음 같아서는 항검에게 소상히 털어놓고 상의하고 싶었다.

'아직은 시기상조야….'

벽은 올해 농사를 망친 일로 가뜩이나 마음이 무거울 아우에게 자신의 고민을 얹어주고 싶지 않았다.

"그건 때가 되면 말해줄게. 그나저나 너한테 지금 해줄 얘기가 있다."

태몽 얘기를 들으면 항검이 얼마나 기뻐할지 기대하며 벽이 입을 열려는 순간 하필 노복이 세안 물을 대령했다고 알려왔다.

"형, 미안. 얘기는 조금 있다 들을게. 내가 급히 갈 곳이 있어서…."

"어딜 가는데 꼭두새벽부터 서둘러?"

"진산에 가서 지충이랑 입안 문제로 의논할 게 좀 있거든."

"입안? 주인 없는 땅이나 황무지를 개간하면 관아에서 발급해준다는 문건 말이냐?"

"맞아. 내가 땅을 늘려야겠다고 했더니 지충이 축언 얘기를 슬쩍 꺼내더라고."

"설마 네가 축언에 나서기라도 했다는 거냐?"

"그렇게 됐어."

"어찌 된 건지 상세히 말 좀 해봐."

벽은 망건과 상투를 풀고 흐트러진 머리칼을 매만지느라 여념이 없는 항검을 제 쪽으로 돌아 앉혔다.

“혹시 지충이네 가문이 어떻게 엄청난 부를 쌓았는지 들은 적이 있어?”

항검의 물음에 벽이 머리를 끄덕였다.

해남과 인접한 강진군 도암에 세거지를 형성했던 해남윤씨 가문은 토지 확장의 방편으로 간척지에 심혈을 기울였다. 해남과 강진, 장흥과 진도 등지의 서남해안 일대의 해언전은 거의 다 해남윤씨 소유였다.

“나도 그분들처럼 땅을 넓힐 생각이야. 초남이에서 이웃 마을인 남계리와 재남리를 거쳐 만경강 쪽으로 가다 보면 바다의 만처럼 안으로 깊숙이 들어온 너른 호역이 있거든.”

그 강 하구의 광활한 습지에 제방을 쌓아 강물이 들어오는 것을 막고, 물길을 돌리는 환포 작업을 항검은 동시에 시도했다. 그리하여 몇 번의 실패 끝에 만경강 습지에 제방 쌓는 일을 가까스로 마친 것이 며칠 전이다.

“올해 농사를 망쳤다면서 경비는 어찌 조달한 거냐?”

“전답을 담보로 잡고 융통했어. 문중 어른들이 급전을 돌려주시더라고.”

그러나 인부 동원도 어려웠고, 앞으로도 첩첩 가시밭길이었다. 상연과 지충이 발을 벗고 나서서 관청에 줄을 대준 덕분에 그나마 힘을 덜고 있었다.

항검이 결연한 표정으로 각오를 내비쳤다.

“장차 태어날 내 아이가 무시당하지 않고 살 수 있게 하기 위해서라도 기필코 해내고야 말겠어.”

비장한 말끝에 나온 '아이'가 잠시 잊고 있던 태몽을 떠오르게 했다.

"제수씨한테 혹 산기가 있니?"

이벽은 조심스럽게 물었다.

"형한텐 아직 말 못 했는데… 사실 다음 달이 산달이야."

"아, 그래서 통 제수씨 모습을 볼 수가 없었구나."

"안사람이 초산인 데다 몸이 무거워지니까 거동이 많이 불편한 모양이야. 형이 오랜만에 왔는데 인사도 올리지 못했다고 무척 미안해했어."

"실은 내가 너희 부부 대신 태몽을 꿨다. 장차 이름 드높은 학자가 태어날 모양이다."

이벽은 백학이 지붕 위를 유유히 날며 신묘하게 울다가 신희에게 안기던 꿈을 항검에게 들려주었다. 항검의 얼굴이 환하게 밝아졌다.

그때 누군가 사랑채 대문을 열어젖히는 소리가 들렸다.

"형님! 기상하셨습니까? 저 지충입니다!"

"아니, 내가 넘어가기로 했는데 재가 왜 왔지?"

혼잣말처럼 중얼거린 항검이 서둘러 의관을 갖추고 마루로 나섰다.

"형님!"

스물한 살 청년이 되어서도 자그마한 지충이 초조하게 마당을 서성이다가 항검을 보고는 부리나케 달려왔다.

"그간 잘 지냈니?"

항검을 뒤따라 방을 나선 벽이 반가운 낯으로 인사를 건넸다.

"벽이 형님도 계신 줄은 몰랐습니다. 그간 무고하셨지요?"

지충은 애써 웃으며 안부를 묻고 있지만, 표정이 심상치 않아 보였다.

"무슨 일이 생긴 거냐?"

항검은 늘 진중하던 지충의 당황한 태도를 보며 전에 없던 불안을 느꼈다.

"빨리 가보셔야겠습니다, 형님. 만경에 쌓은 제방이 무너졌어요."

항검의 도포 소매를 끌어당기며 지충이 낮은 목소리로 속삭였다.

"뭐, 뭐라고?"

"새벽녘 꿈이 아무래도 불길해서 잠이 깨자마자 살피러 나가봤습니다. 헌데 꿈에 본 것처럼 제방 가운데가 허물어져 있더라고요. 그 즉시 달려온 길입니다. 형님이 직접 가보셔야 할 것 같아서요."

"어제까지만 해도 멀쩡하던 제방이 왜…."

"아마도 간밤에 내린 폭우 때문인 듯합니다. 자세한 건 직접 살펴보시지요. 상연이 형님한테도 연통을 넣었으니 형님께서도 그쪽으로 향하고 계실 겁니다. 어서 가시지요."

"그게 어찌 쌓은 제방인데…."

휘청거리는 걸음으로 마당을 내려선 항검이 뜰을 가로질러 달리기 시작했다.

"형님! 제가 모시겠습니다!"

"기다려, 항검아! 나도 같이 가자!"

지충과 이벽이 허둥지둥 뒤따르며 소리를 질러댔다. 넋이 빠진 얼굴로 솟을대문을 뛰쳐나가던 항검이 주춤 멈춰 섰다. 하긴 아무리 가까운 거리라 해도 말을 타고 달리는 것보다 빠를 리가 없었다.

이럴 수가….

제방의 중간 지점을 향해 급히 말을 몰아 달려간 항검은 신음을 토하며 안장에서 내려섰다.

본래의 물길을 막고 새 물길을 내기 위해 쌓은 둑의 정중앙이 뻥 뚫렸다. 강 상류에서 내려온 강물과 조수가 지난밤의 폭우로 범람하면서 제방이 깎인 것이다. 무너져 내린 공간 사이에 드문드문 박아놓은 말뚝이 쓰러지지 않고 서 있는 것이 그나마 다행이라면 다행이다. 개흙을 쌓아 올린 제방의 골격이 되어주는 말뚝이다.

"그토록 조심했건만 결국…."

말에서 내린 지충이 탄식을 쏟아냈다.

"……."

강물에 쓸려 흔적도 없이 사라진 제방의 빈틈으로 밀려 들어온 흙탕물이 육지부 저 안쪽까지 찬 모습을 망연자실 보고 있는 항검도 제 살점이 떨어져 나가는 것처럼 고통스러웠다. 그렇다고 언제까지 넋 놓고 있을 수만은 없다.

"지충아! 너는 지금 당장 공덕과 청하로 가거라! 나는 진봉과 성덕으로 가서 역부들을 구해보마!"

이 제방을 축조할 때 고용했던 역부들이 사는 동리들이다.

"허나 형님, 단시간에 보수를 마치려면 그 인원으로는 부족해요."

"그렇다고 이대로 있을 수는 없잖아. 하는 데까지 해봐야지. 아직 몸이 개운치 않겠지만 벽이 형도 우릴 좀 도와줘."

"물론이다. 내가 뭘 어찌하면 좋겠니?"

우렁우렁한 목소리가 뒤쪽에서 날아든 것은 그때였다.

"모자란 인원은 걱정 마! 그럴 줄 알고 내가 손을 썼으니까!"

항검을 비롯한 세 개의 흑립이 동시에 소리 난 쪽으로 돌아갔다. 우마차 네 대가 동시에 오갈 수 있을 정도로 폭이 넓은 둑길 저편에서 이쪽을 향해 달려오는 거구의 몸집을 발견한 세 사람의 얼굴이 환하게 밝아졌다.

"사형! 그간 별고 없으신지요?"

흰 입김을 황소처럼 훅훅 내뱉으며 뛰듯이 걸어오는 상연을 발견한 벽이 반가운 낯으로 예를 표했다.

벽과 상연이 인사를 챙기는 동안 항검과 지충의 시선은 낯선 사내들에게 붙박여 떨어질 줄을 몰랐다. 한눈에도 힘깨나 쓸 것처럼 보이는 삼십여 명의 장정들이 발채를 얹은 지게를 각자의 등에 지고 상연의 뒤쪽에 서서 간석지를 두리번거렸다.

"이번에 새로 고용한 고군들이야. 지충이한테 연통을 받자마자 미리 수배해둔 저 사람들을 불러 모아 이곳으로 왔다. 터진 둑을 막으려면 한 사람이라도 아쉬울 테니까."

"고마워, 형!"

두 팔을 뻗어 상연을 와락 끌어안는 항검의 얼굴에도 기쁨이 흘러넘쳤다.

"모악산에 있는 금산사에도 사람을 보내놨으니 스님들 수십은 족히 모실 수 있을 게다. 만경현 역부들하고 초남이 너의 집 노복들까지 합하면 백은 채우고도 넘칠 게다. 허니 상심하지 마라."

"저도 최선을 다해 역부들을 모아보겠습니다. 하오니 기운 내세요, 형님."

지충이 격려를 보탰다.

"고마워, 다들…."

항검의 심장이 감동으로 벅차올랐다.

저 멀리 강변에서 불어온 찬바람이 상기된 항검의 뺨을 훑고 지나며 가슴속 두려움까지 씻어간 듯 마음이 개운했다.

"벽이 형! 형은 초남이로 가줘! 가서 익검이 형한테 노복들을 보내달라고 전해. 그리고 상연이 형님은 지충이랑 내가 만경현 도는 동안 널빤지를 많이 모아줘요. 물이 빠지면 바로 돌을 실어 날라야 하니까."

자신을 바라보는 두 사촌과 이벽을 정답게 마주 보던 항검은 기운차게 일렀다.

● ● ●

제방 보수에 필요한 일손을 찾아 항검 등이 동분서주하던 무렵, 내포의 완숙은 아침 일찍부터 사랑채로 불려 들어가 꿇어앉았다.

"소녀더러 덕산으로 가라니… 무슨 말씀이신지요, 아버님?"

완숙은 느닷없는 강석환의 분부에 의아함을 감추지 못했다.

"어제저녁 무렵에 덕산에서 내게 기별을 보내왔다."

강석환이 늙은 몸을 안석에 비스듬히 기대고 앉아 말했다. 어딘지 화가 나 있는 목소리였다.

"홍지영이란 자가 널 알고 있다고 하던데… 너도 그 사람을 알고 있느냐?"

홍지영이라는 말에 완숙은 흠칫했다.

"며칠 전에 잠깐 만난 적이 있습니다. 하온데 그 사람이 무슨 일로…."

"널 후처로 삼고 싶다고 하더라, 그 서얼이. 하기야 너도 서녀니까 딱 맞는 혼처이긴 하지."

완숙보다 먼저 강석환의 침소에 들어와 한 자리를 차지하고 앉아 있던 윤우가 냉소 섞인 눈길로 이복누이를 건너다보며 빈정거렸다. 엄연한 나이 차이에도 불구하고 완숙이 서녀 신분으로 이 집에 살던 날부터 강석환의 지시 아래 계속되어온 하대였다.

"후처라니요? 이게 무슨 말입니까, 아버님?"

"너도 알고 있겠지만 서녀는 정실로 출가하기 힘들다. 첩실로 들어가 사는 게 혼인할 수 있는 유일한 길이야. 그런데 홍지영 그자는 상처를 했다고 하더구나. 비록 서얼에 재취 자리이기는 하지만 첩실보다야 낫질 않겠니?"

"그래서 절 그 사람한테 보내시겠다는 겁니까?"

"과년한 딸을 언제까지 끼고 살 수는 없는 노릇이질 않느냐. 옥련이도 출가시킨 마당이니 너도 널 원하는 자리가 났을 때 보내야겠지."

"이럴 수는 없습니다."

믿기지 않는 표정으로 도리질을 쳐대는 완숙의 귓전에 들려오는 소리가 있었다.

…곧 후회하게 될 겁니다! 형님도, 저 계집도요!

홍지영의 친구 용춘이 완숙과 정임을 보내주라는 이존창의 명이 있자 악에 받쳐 질러댄 말이다.

'틀림없어…. 용춘이 그자가 홍지영을 꼬드긴 게 분명해. 나한테 품

은 악감정을 이런 식으로 풀고 있는 거야.'

그렇지 않고서는 이 상황을 납득할 수가 없었다. 아주 잠깐 본 사이가 아니던가. 더군다나 완숙은 정임을 그자들에게서 빼내올 요량으로 행패까지 부렸다. 그런데 후처라니….

"뭔가 단단히 잘못됐어요. 홍지영이란 자가 날 마음에 뒀을 리 없습니다. 누군가 절 괴롭히려고 장난을 치고 있는 게 분명해요. 그러니 농간에 놀아나시면 아니 됩니다, 아버님!"

"농간인지 아닌지는 내가 판단한다."

완숙의 절박한 심정을 단칼에 자른 강석환은 엄한 목소리로 말을 이었다.

"난 너를 그 집으로 보내기로 했다."

"!!"

완숙은 둔기로 얻어맞은 듯 눈앞이 아찔했다.

"…아버님께서 소녀에게 어찌 그런 분부를 내리십니까? 홍지영이란 작자가 어떤 사람인지 알아보시지도 않고… 제 뜻은 묻지도 않으시고… 어찌 그리 쉽게 소녀를 주시려 하신단 말입니까!"

문득 이태 전의 일들이 주마등처럼 완숙의 뇌리를 스치고 지나갔다. 아버지의 신중한 물색과 선택 끝에 옥련은 한양의 사대부 가문의 며느리가 되어 이 집을 떠났다. 그 아이의 혼례식은 또 얼마나 성대했던가. 그런데 나는 옥련과 달라도 너무 다르구나. 신행을 떠나던 옥련의 손을 꼭 붙잡고 눈시울까지 붉히던 아버지가 내 혼사 문제에 서는 애쓰는 기색 하나 없고 귀찮은 물건 치워버리듯 떠나보내려 하고 있어….

완숙은 눈물이 그렁그렁하여 강석환을 바라보았다. 그런 완숙을 마주 보는 강석환의 마음도 편치는 않았다.

분통하기도 할 것이다. 정작 정실 소생은 저인데 아비인 내가 화영이 배에서 나온 옥련을 더 편애한다고 서러워할 법도 하다. 그래서 내 누누이 당부하지 않았더냐. 옥련처럼 살갑게 굴지 못하겠으면 행동거지라도 조신하게 가지라고.

그러나 완숙은 사사건건 청개구리처럼 엇나가기 시작했다. 천둥벌거숭이처럼 산과 들을 헤매고 다니질 않나, 산야초를 뜯어와 말려 저자에 내다 팔기 일쑤였고, 돈이 없어 의원에게 병을 보이지 못하는 가난한 이들을 제 발로 찾아가 말린 약초를 다려 복용하게도 했다. 기가 막힐 노릇은 완숙이 쓴 약초를 먹고 아픈 이들이 거짓말처럼 병이 나았다는 사실이다. 그에 고무된 완숙은 급기야 병상의 민씨 부인에게도 제가 캐온 약초를 달여 먹이려고 했다.

강석환은 펄쩍 뛰었다. 그리고 어디서 누구에게 의술을 배웠는지 완숙을 붙잡고 캐물었다. 집안 서고에 꽂힌 의서를 읽고 저 혼자서 터득한 것이라 했다. 그리고 완숙은 눈빛 하나 변하지 않으며 당돌하게 말했다. 아비의 치부를 덮어주기 위해 당장은 서녀로 살고 있지만 언제까지 그 생활을 견딜 수 있을지 모르겠다고… 언제 이 집을 제 발로 나가 스스로 벌어먹고 살아야 할지 모르는데 돈벌이가 될 수단을 하나쯤은 준비해두어야 하지 않겠느냐고….

강석환은 완숙의 반항을 이해하고도 남았다. 완숙이 집안에 한시도 붙어 있지 않지 않으려는 까닭이 옥련과 윤우의 멸시와 핍박 때문이라는 사실도 잘 알고 있었다.

완숙은 웃는 일도 없었다. 곁을 내주지도 않았고, 다가오려 하지도 않았다. 그녀가 내포로 돌아온 지 이태 만에 민씨 부인이 끝내 명을 달리하자 완숙은 더욱 냉랭해졌다. 그런 딸에게 강석환도 마음이 가지 않았다. 솔직히 제 치부를 알고 있는 완숙이 두렵고 부담스러웠다. 그래서 하루빨리 출가시키고 싶었다. 그때마다 강석환은 자신이 부끄러웠다. 제 마음 편하자고 불쌍한 여식을 물건 치우듯 치워버릴 수는 없는 노릇이 아니던가. 옥련의 혼례식을 부러 거창하게 치른 것은 그녀가 대외적으로 정실 자식이기 때문이다. 하지만 저로 인해 서녀의 신분을 갖게 된 완숙은 제대로 된 가문으로 시집을 갈 수가 없다. 혼례식 또한 초라할 수밖에 없다.

몰락한 양반 가문의 자제 중에 성품이 좋은 청년을 남몰래 물색해 온 것은 그래서였다. 완숙의 처지를 불쌍히 여기고 사랑으로 품어줄 사내가 분명 어딘가에 존재할 것만 같았다. 그런 사내가 나타나기만 한다면 재산 일부를 뚝 떼어 안겨줄 용의가 얼마든지 있었다. 그 길만이 완숙에게 지은 죄를 얼마간 갚는 것이라 여겼다.

그러나 마음에 흡족한 상대를 찾기란 쉽지 않았다. 완숙의 나이 열아홉에 이르도록 출가를 시키지 못하고 곁에 둔 까닭이다. 한 살 한 살 나이가 늘어가는 완숙을 지켜보면서 강석환은 애가 탔다. 그런 아비의 마음을 알 리 없는 딸이 그예 사고를 치고야 말았다.

"갑작스런 혼사가 당혹스럽겠지만 네가 저지른 일을 수습하기 위해 아비가 내린 결정이니 그리 알고 따르거라."

어지간한 일이 아니면 완숙에게 화를 내는 일이 없던 강석환이 서릿발처럼 차갑게 엄명을 내렸다.

"제가 벌인 일이라니요?"

완숙의 음성이 가늘게 떨렸다. 짐작 가는 바가 아예 없지 않아 심장이 조마조마했다. 아니나 다를까.

툭!

힘겹게 몸을 일으켜 등을 꼿꼿이 세운 강석환은 경상 서랍을 열고 무언가를 꺼내 완숙의 무릎 앞에 던졌다. 완숙의 시선이 강석환에게서 전낭으로 옮겨갔다.

"아버님께서 어찌 이걸…."

완숙은 강씨 문중의 표식이 박힌 붉은 비단 전낭을 당혹스럽게 쳐다봤다. 그녀가 정임의 몸값으로 홍지영에게 던져준 전낭이다.

"사내 복색을 하고 나다닌 것이 사실이냐?"

강석환은 노기 어린 눈으로 완숙을 쏘아봤다. 평소 온후하던 표정은 자취도 없다. 강석환의 노여움이 어디에서 비롯되었는지 능히 짐작한 완숙은 차마 입을 열지 못했다.

"……."

"어째서 대답이 없느냐? 말해 보아라! 네가 정말 사내 행세를 하고 다녔느냐? 그래서 대답을 못 하는 게야?"

강석환은 큰소리로 다그쳐 물었다. 완숙은 더는 대답을 피할 길이 없었다.

"정임이는 착하고 명민한 아이입니다. 비록 소작농 집안에 태어나 궁핍하게 살아도 남을 위할 줄 아는 따스한 아이란 말입니다. 그런 정임이가 어른들 사정 때문에 팔려가는 꼴을 두고 볼 수가 없었습니다."

"네 그 잘난 의협심 덕분에 정임이란 계집이 무사한 줄 아느냐?"

눈을 가늘게 뜨고 아비에게 혼쭐이 나는 완숙을 고소하다는 표정으로 주시하던 윤우가 따지는 목소리로 완숙에게 물었다.

"허면 아니란 말입니까?"

정임을 제 집으로 보내놓고 온 터라 마음을 놓고 있던 완숙은 어리둥절한 시선으로 강석환을 보았다.

"그 계집은 제집 노비로 삼았다고 홍가 놈이 적었더구나."

윤우가 강석환 대신 답했다. 실망과 노여움이 이글거리는 눈으로 완숙을 노려보던 강석환이 윤우를 돌아봤다.

"어차피 재취 자리니 혼례식 따위 그쪽에서도 생각지 않고 있을 것이다. 이틀 뒤에 완숙일 데리러 건너오라고 적고, 우리 쪽에서도 달리 준비할 것 없이 약소하게 예물이나 챙기거라. 그리고 교전비로 몸종이나 하나 딸려 보내면 되겠지. 허니 그리 알고 채비하거라."

"그리 하겠습니다, 아버님."

분부를 받드는 윤우의 입꼬리가 기쁨에 겨워 실룩거렸다.

"가지 않겠습니다! 소녀는 홍지영 그자와 부부 연을 맺기 싫어요!"

샛노랗게 질린 완숙은 외쳤다.

"네 의사 따윈 필요 없다. 내가 그리 정했으니 넌 그대로 따르기만 하면 돼."

강석환은 완숙의 간청을 매몰차게 잘랐다. 깊게 숙였던 몸을 일으킨 완숙은 땀이 찬 주먹으로 지그시 무릎을 누르며 아비의 엄지에 붙어 있는 티눈을 쏘아보았다.

"…한 가지 여쭙고 싶은 게 있어요."

"무엇이냐?"
"소녀를 다시 보길 원하시나요?"
"그럼 수시로 이 집 대문을 들락거릴 생각이었느냐? 꿈도 꾸지 마라. 출가외인은 남이란 말도 못 들었어?"
"도련님 생각을 물은 게 아닙니다. 저는 아버님이 어찌 생각하시는지 여쭌 거예요."
"윤우 생각이 내 생각이다. 너와 나의 인연은 이것으로 끝이다."
강석환의 한 마디가 칼날이 되어 완숙의 심장에 박혔다.
"허면… 부녀지간의 연까지 끊겠다는 말씀입니까?"
"오냐."
"아버님의 뜻이 정 그러하시다면… 알겠습니다."
아비가 끊겠다고 선언한 부녀지간의 연을 잇게 해달라고 더는 애걸하고 싶지 않았다.
"그간 소녀를 거둬주셔서 감사했습니다."
창백한 이마를 숙여 강석환에게 인사를 올린 완숙이 옷고름에 차고 있던 은장도를 뽑아들었다.
"헉! 너 미쳤어?"
"이게 무슨 짓이냐!"
누가 먼저랄 것도 없이 강석환과 윤우는 새하얗게 질려 외쳐댔다. 강석환의 손가락과 같은 위치에 불룩하게 솟아 있는 커다란 티눈을 완숙이 장도로 싹둑 베어버린 것이다.
"아버님과의 연을 소녀도 끊겠다는 뜻입니다."
"저, 저런 독한 년!"

피투성이 장도를 거둬들이는 완숙의 얼굴에 몽글몽글 진땀이 돋았다.

"다시는 아버님을 찾지 않겠습니다. 피를 나눈 가족 따위 애초부터 없었다고 여기며 살면 그만입니다."

완숙은 검붉은 피가 멈추지 않고 솟아나는 손가락의 상처를 옷고름으로 처연하게 동여맸다.

• • •

하늘은 구름 한 점 없이 맑았다. 태양은 천지에 눈부셨지만, 갯벌을 날카롭게 할퀴고 지나가는 초겨울의 바람은 뼛속까지 시렸다.

"으으…. 이러다 정말 동태 되겠다."

부르르 진저리를 치며 숙였던 허리를 펴는 항검의 얼굴이며 팔다리가 온통 거무스름한 개흙으로 범벅이 되어 있었다. 보수작업이 시작되자마자 일꾼들의 만류에도 불구하고 항검은 갓과 도포를 벗어 던지고 바지와 소매 단을 걷어붙인 채 맨발로 갯벌에 뛰어들었다. 사촌들과 이벽이 애쓴 덕에 백오십여 명의 인부들을 신속하게 구할 수는 있었지만, 무너진 둑으로 들어온 강물을 한시라도 빨리 빼내고 다시 제방을 개흙으로 메우려면 어린아이의 손이라도 빌려야 할 판국이었다.

의욕과 달리 차가운 물과 찰진 개흙이 섞인 갯벌을 오가며 보수작업을 하는 일은 결코 수나롭지 않았다. 머릿수가 백오십 남짓이나 되다 보니 가래나 괭이, 삽이나 벽채 같은 도구도 턱없이 부족했다. 도구를 나눠 받지 못한 사람들은 인근의 민가에서 빌려온 호미 등으로 개흙을 파고 삼태기에 담아 가마니를 채웠다.

"그만 쉬어, 형! 형까지 나서지 않아도 돼!"

추위로 굽은 손마디를 후후 입김을 불어 녹이다 말고 항검은 저만치에 대고 소리쳤다. 여남은 걸음 떨어진 곳에서 이벽이 삼태기를 채우느라 여념이 없다. 발목까지 빠지는 갯벌을 서둘러 헤치고 나간 항검은 제소리를 듣고도 모른 척 손을 놀리는 이벽에게서 삼태기를 빼앗았다.

"이 추운 날씨에 저리들 고생하고 있잖아. 저걸 보고 나만 혼자 어찌 쉬나?"

팔뚝으로 눈두덩에 튄 개흙을 문질러 닦아낸 이벽이 광활한 갯벌을 개미떼처럼 오가며 한창 작업 중인 인부들을 안타깝게 휘 둘러봤다. 그가 서 있는 곳과는 달리 제방이 인접한 지점은 물골이 여기저기 개울처럼 꾸불꾸불하게 나 있고, 갯벌도 종아리까지 빠질 정도로 깊고 물렀다. 온몸에 개흙을 뒤집어쓴 오십여 명의 인부들이 긴 널판의 후미에 한쪽 무릎을 꿇고 앉아서 다른 쪽 다리로 그 갯벌을 박차며 나갔다. 만경강 강물이 저 멀리 밀려나 있는 것이 한눈에 보이는 뻘의 바깥쪽 사정은 안쪽보다 더욱 험했다. 하지만 제방 안쪽의 역부들과 마찬가지로 개흙 범벅이 된 사내들 수십이 개흙이 가득 든 가마니를 널판 앞쪽에 싣고서 보가 있는 곳까지 미끄러지듯 다가와 가마니를 비우고 다시 채우러 점점 더 멀리까지 나아갔다.

폭이 좁고 길이가 긴 널판을 만들어 제방 작업에 투입한 것은 항검이다. 조수가 빠진 틈을 타 제방을 쌓는 일이 성공하려면 보의 기본 골조가 되어줄 나무기둥과 커다란 돌을 얼마나 신속하게 운반하느냐가 관건이었다. 사람의 힘만으로 무거운 자재들을 옮기려니 시간이 너무나 지체되었다. 무엇보다 인부들이 빨리 지쳐 나가떨어졌다. 자연스레 작업 속도가 느려졌고, 간신히 쌓아 올린 제방도 몇 차례 쌓고 허물어지기를 반복했다. 그런 과정을 겪다 보니 역부들의 힘을 덜어줄 무언가가 절실하게 필요했고, 항검은 밤잠을 설치면서 그것이 무엇인지 고민에 고민을 거듭했다. 그러던 중 밥상에 올라온 꼬막을 보고 항검은 무릎을 쳤다. 순천이나 벌교 등과 같이 개펄이 발달한 지역에서는 꼬막 철만 되면 아낙네들이 널배를 타고 멀리 바다에까지 나가 꼬막을 채취하고 그렇게 채취한 꼬막을 널배에 싣고 돌아오고는 했다.

그래, 그거야. 널배를 이용하면 빠르고 쉽게 개흙을 나를 수 있을 터였다. 항검의 예측은 적중했다. 물기를 머금은 개흙이 담긴 탓에 쇳덩이처럼 무거운 가마니를 직접 손으로 밀고 끌던 인부들이 널배를 이용하면서 움직임이 빨라졌다. 덕분에 제방 쌓는 속도도 빨라졌다.

그런데 또 문제는 널배가 개흙을 옮겨다 놓는 속도가 제방 쪽 인부들의 작업 속도를 따라가지 못하는 데 있었다. 사람 수에 비해 널배의 숫자가 부족한 탓도 있지만 너른 뻘에 삼삼오오 흩어져 개흙을 삼태기나 가마니에 퍼 담는 인부들의 손놀림이 현저히 느려지는 것이 더 큰 원인이었다.

항검은 널배가 지난 흔적이 어지럽게 나 있는 간석지를 오가며 목청을 돋워 소리쳤다.

"여러분을 도와줄 근사한 녀석들이 곧 당도할 겁니다! 그전에 제방 높이를 더 올려놔야 하니까 힘들더라도 조금만 더 속도를 냅시다!"

항검의 독려가 있자 피곤에 절어 있던 역부들이 술렁대기 시작했다.

"오매! 성님도 들으셨는게라? 신통방통한 거시기들이 시방 이짝으로 오고 있다는구만요잉."

먼젓번의 제방 작업에 참여한 경험이 있던 역부들은 목을 빼고 초남이 쪽을 바라보며 기대에 찬 목소리로 말했다. 그들 틈에 끼어 있던 젊은 인부 하나가 궁금하다는 표정으로 가까이 있는 사내의 팔을 툭 쳤다.

"거시기가 먼디 그란다요?"

벽이 묻고 싶던 말이기도 했다.

"대체 뭘 가져오기에 저리들 반색인 거냐?"

항검이 제 쪽으로 다가오자 벽은 호기심을 이기지 못하고 물었다.

"비장의 무기가 있지."

항검의 대답이 벽의 호기심을 부채질했다.

"그러니까 그게 대체 뭔데?"

"도성에만 실학자가 있는 게 아니고 우리 호남에도 실학자들이 계시거든. 순창에 사시는 신경호 선생이랑 장흥에 계신 위백규 선생도 실학에 아주 능통한 분들이지. 출사보다는 향촌 발전에 더 관심이 많으신 분들이기도 해."

"비장의 무기가 뭐냐니까 뜬금없이 웬 실학자?"

"내 비장의 무기, 토차를 만들 수 있었던 게 다 그분들 덕분이거든."

"토차?"

"응. 수레 하나 분량의 개흙을 삽처럼 떠서 사람 손 빌리지 않고 둑 위에다 퍼 나를 수 있는 운반기구야."

"뭐? 그런 일이 가능하단 말이냐?"

"서양 사람들은 공사 현장에서 그런 기구를 쓰는 모양이야."

"그걸 네가 제작했단 얘기야?"

"좀 전에 말했잖아. 두 분 선생의 도움을 받았다고. 실학에 관심이 많으신 분들이라서 그런지 청국이나 서양에서는 어떤 수차를 쓰고 어떤 농기구로 농사를 수월하게 짓는지 다 꿰고 계시더라고. 그래서 그 분들이 귀찮을 정도로 쫓아다니면서 매달렸지. 개흙을 단시간에 많이 운반할 수 있는 기구가 있으면 좀 가르쳐달라고 말이야."

먼 거리에도 순창과 장흥을 드나든 덕분에 얻은《기기도설》필사본이었다.

"등옥함이라는 야소회 선교사가 중국에 최초로 서양기술을 소개한 그 서학서 말이냐?"

이벽은 반가운 낯이 되어 아는 척을 했다.

"어? 형도 아는 책이야?"

항검은 기쁜 목소리로 되물었다.

"그래. 역학 원리를 이용할 수 있는 기구나 장치들이 상세히 설명된 걸로 기억한다만."

"맞아. 무거운 물건을 들어 올리거나 운반할 때 어떻게 하면 큰 힘을 들이지 않아도 되는지, 또 물을 낮은 곳에서 높은 곳으로 끌어올릴 수 있는 장치들은 뭐가 있는지, 설계도면까지 곁들여서 꽤 자세히 기록되어 있더라고."

"허나 그 책에서 네가 말한 토차 같은 건 못 봤던 것 같은데…."

"형 말대로야. 서양식 수차나 기중기 같은 도면은 있었지만 토차로 쓸 수 있는 설계도는 구할 수 없었어."

"그럼 어찌…."

"두 선생의 조언이 없었다면 토차 제작은 불가능했을 거야."

"그건 또 무슨 소리냐?"

"기기도설에 실린 수차들이랑 도르래의 역할, 기중기의 장점을 취합하면 다량의 흙을 손쉽게 나를 수 있는 기기를 새롭게 만들어낼 수 있을 거라고 도면까지 그려주시면서 조언을 해주셨거든, 그 두 분께서."

"그 도면으로 네가 직접 토차를 만들었다는 거야?"

"물론 쉽지는 않았어. 나무 선택부터 제작하는 과정이 여간 까다롭지 않았거든. 실패도 여러 번 했고. 허나 결국은 만들어내긴 했어. 저번 제방 작업을 성공리에 끝낼 수 있었던 것도 그 녀석들 덕이 컸지."

"정말이냐? 진짜 네가 그 일을 성공시켰단 말야?"

놀란 입을 쉬이 닫지 못하는 이벽과 달리 항검의 표정은 그리 밝지만은 않았다.

"왜 그래? 무슨 문제라도 있는 거니?"

상대의 심상찮은 기색을 눈치챈 이벽이 걱정스레 물었다.

"그게… 뭐가 어찌 잘못됐는지 저번 작업 끝날 때쯤 되니까 작동이 좀 삐걱댔거든. 이상이 발견된 부품을 갈아 끼우기는 했는데, 그때 이후로 아직 써보질 않아서 솔직히 나도 걱정 반, 기대 반이야. 허나 제대로 작동만 된다면 보수작업은 일사천리로 진행될 거야. 그 녀석들이 우리 일을 어떻게 도와주는지 직접 보면 아마 깜짝 놀랄걸. 다음에 계획하고 있는 해언전 개간에도 큰 도움이 될 게 분명해."

"그 토차란 거이 그러코롬 허벌나게 기똥찬게라?"

여남은 걸음 떨어진 곳에 서서 귀를 쫑긋하고 항검의 얘기를 듣고 있던 젊은 인부가 호기심이 덕지덕지 묻은 얼굴로 고참 인부들을 갈마보며 물었다.

"백문이불여일견이란 말도 못 들었는감? 지둘려봐. 나리 말씸처럼 굉기한 기경거리 보게 될 것이니께."

"그니께 거시기 오기 전에 싸게싸게 일들이나 하드라고! 보를 석 자는 더 올려야 헌다던 나리 말씸 못 들었는감?"

걷어붙인 소매와 바짓단 아래로 주먹 같은 알통이 튼실하게 박혀 있어 노동깨나 한 티가 역력한 중년의 일꾼이 멍하니 서서 초남이 쪽을 응시하는 땅딸막한 사내의 등짝을 힘껏 치며 재촉했다.

"그럼사 목구녕이 간질간질헌디 소리나 뽑음서 심 좀 내볼까나."

땅딸막한 사내가 입술에 침을 축였다.

"좋아, 근디 되나 깨나 불르면 안 돼야!"

가래의 기다란 나무 손잡이를 커다란 손으로 힘껏 잡으며 알통의 인부가 진흙투성이 얼굴로 씨익 웃었다.

"염려 붙들어 매드랑께."

땅딸막한 사내가 손등에 가랫줄을 한 바퀴 감으며 숨을 깊게 들이마셨다.

"어디로 갈꺼나 어디로 갈꺼나 갈 곳은 없는디이히이 어디로 갈꺼나 으에헤에으어어어허어어어 어디로 갈거이나…. 어린 자식은 두루박으 밤 줏어담듯허고 큰놈은 밥 달라고 조르고 적은 놈은 젖달라고 조르고 세상 못살것네에헤… 영감아 땅감아 날 다려가소…."

"에헤에에헤에헤어흐으어흐으으…."

땅딸막한 사내가 가래질을 하며 선창을 시작하자 나머지 일꾼들이 잠시 멈췄던 작업을 시작하며 후렴구로 소리를 받았다.

"작년 팔월 보름날 저녁으 보리생편 일곱 개만 먹으랑게로 곱 집어서 열네 개 묵고 죽은 영감아… 날 다려가소 날 다려가소오오…."

"에헤에에헤에으허어으허어어어…."

역부들의 신음소리와 널배가 갯벌을 지치는 마찰음, 바람소리만 그득하던 간석지에 한 목소리로 불러대는 노동요가 구성지게 울려 퍼졌다. 느린 듯 힘찬 그 소리가 이벽의 귀를 강렬하게 사로잡았다.

"저게 무슨 노래냐?"

갑작스런 노랫소리에 적이 당황한 이벽이 제 앞의 가마니에 개흙을 담기 시작하는 항검에게 물었다.

"산야타령."

항검이 답했다.

"산야타령?"

"산유화를 빨리 말하다보니 '산야'라고 줄여서 부르게 됐다나봐. 원래는 경상도 쪽에서 나무할 때나 풀 벨 때 부르던 타령이었다는데, 그 소리가 여기 만경 쪽으로 건너오면서 벼 밸 때나 논 맬 때도 불린대. 특히 만두리 때 자주 불린다고 하더라고."

"만두리라면… 마지막 논메기 말하는 거냐?"

"잘 아네? 형 말대로야. 산야타령은 만두리 때 농부들이 입에 달고 있는 노래야. 대신 입추랑 처서 지나기 전에는 절대 불러서는 안 되는 소리이기도 하지."

"왜?"

"형도 잘 들어봐. 그럼 이유를 알 수 있을 거야."

"……."

이벽은 청력에 온 신경을 집중했다.

"…못 살것네 못 살것네에에 나는 못 살것네 에헤에으에헤에에으으 세상 못 살것네…. 어떤 사람 팔자 좋아 부귀영화 잘 사는디 이놈으 팔자는 이리도 기박하여어어 영감 잃고 홀로 사노…."

"에헤헤에에어흐으으허어어… 어찌를 살꺼나 에헤에으허어으허허 어어어…."

"이팔청춘 젊은 년이 땅겅그려 어이 사리 에헤에이어흐흐어흐어이 어찌 사리… 영감아 땡감아 어이 그리 쉽게 갔나 에헤으어허으어허으 어어허어어으…."

곡조나 가사 내용이 몹시도 처량 맞고 스산한 노동요였다.

"그래서 봄여름에는 부르면 안 된다는 거야. 풀이나 나무가 한창 싹트고 자라야 할 때인데 산천초목이 저 노래를 들으면 추워서 벌벌 떤다는 거지. 벼도 마찬가지고."

"벼가 잘 자라지 못할까봐 못 부르게 했다는 거야?"

"응. 처서가 오기도 전에 저 노랠 불렀다가는 혼쭐이 난다고 하더라고. 좀 웃기지?"

전혀 웃기지 않았다. 오히려 놀라움 그 자체였다. 비록 선창자의 가사에 비해 짧고 단순한 내용이었으나 백 명이 넘는 사람들이 약속이라도 한 듯 동시에 입술을 떼어 불러대는 후렴구는 어딘지 듣는 이의 마음을 끌어당기는 힘이 있었다. 선창자의 노래는 노래대로 뭐라 딱히 표현할 길 없는 묵직한 기운이 있어서 그가 부르는 노랫말에 저절로 귀를 기울이게 만들었고, 그 내용에 동화되어 가슴이 아릿하게 아파왔다. 갯벌에 있는 이들도 다 같은 심사였는지 선창자의 노래 중간중간 애달픈 한숨을 내쉬거나 눈시울을 붉혔다.

'대단하구나. 노래 하나가 저 많은 이들을 하나로 이어주다니….'

간석지에 울려 퍼지는 산야타령을 조용히 듣고 있던 벽의 표정이 감동에 젖었다가 점점 의미심장하게 변했다.

머리로 기억하고 입으로 부르는 것이 노래였다. 부르고 싶은 순간에 제 입을 통해 흥과 한을 풀어내면 그만이니 딱히 돈이 들지도 않았다. 그저 마음에 차오른 감정을 원하는 방식대로 몸 밖으로 표출해 내는 것이 노래일지니.

가사 또한 마찬가지였다. 입에서 입으로 전할 수 있는 것이 가사였다. 글자를 모르는 이들도 쉽게 배울 수 있는 것이 또한 그것이었다. 조금의 노력을 기울여 외우기만 한다면 영원히 제 것으로 삼을 수 있는 가사. 똑같은 가사를 알고 있는 사람들이 원하는 장소에서 원하는 시각에 한마음으로 부를 수 있는 가사. 한 여인의 고달픈 인생살이가 고스란히 담겨 있는 저 산야타령만 해도 그랬다. 간석지의 역부들은 백오십 여 명에 달했다. 그 많은 수의 사람들이 동시에 같은 가사를 기억하고 그 가사에 담긴 사연을 되새기며 힘을 낸다.

'외우기 쉬운 가사에 따라 부르기 쉬운 가락….'

입속말로 웅얼대던 벽이 돌연 얼굴에 환한 빛을 띠었다. 캄캄했던 머릿속에 밝은 등 하나가 번쩍 켜진 느낌이다.

"…찾았다, 항검아!"

타령의 한 구절도 놓치지 않겠다는 듯 장승처럼 서서 귀를 활짝 열고 있던 벽이 감격에 겨운 소리로 외치며 항검의 어깨를 양팔로 와락 끌어안았다.

"왜 그래? 뭘 찾았다는 건데?"

칠척 거구의 품에 갇힌 항검이 어리둥절한 얼굴을 들어 벽을 올려다보며 물었다.

"스승님께서 내주신 숙제의 답! 그 답을 찾은 것 같단 말이다! 하하하!"

간만에 큰소리로 웃어젖히는 벽의 얼굴이 머리 위의 태양처럼 밝게 빛났다. 천진암을 내려온 이후로 벽의 안면에 드리워져 있던 어둔 그늘은 햇살에 밀려난 먹구름처럼 사라지고 없었다.

"진짜? 형이 내내 고민하던 문제가 그럼 이제 해결됐단 말이지?"

벽의 기쁨이 온전히 전해져 항검의 심장도 덩달아 거세게 뛰었다.

"그렇다니까! 가만, 내가 이러고 있을 때가 아니지! 난 이만 올라가 봐야겠다. 저 말은 내가 빌리마. 그래도 되지?"

들고 있던 삼태기를 항검에게 떠넘기듯 맡긴 이벽이 어딘가를 가리켰다. 아침나절에 초남이에서부터 벽이 타고 왔던 말이 둔치 위의 나무에 고삐가 묶인 채 한가로이 마른 풀을 뜯어 먹었다.

"어? 형이 필요하면 갖도록 해. 근데 지금 간다고? 좀 있으면 토차 올 건데… 안 보고 그냥 가려고?"

그렇게 묻는 항검의 표정 위에 아쉬워하는 기색이 돋을새김을 한 듯 떠올랐다.

"미안하다. 다음에… 지금은 급히 가야할 곳이 있으니까 다음에 꼭 보여줘! 사형이랑 지충이한테는 인사 못 전하고 가서 미안하다고 네가 나 대신 전해줘라!"

"그건 걱정하지 마."

"끝까지 도와주고 가야 하는데 이리 서둘러 떠나서 미안하다. 내 추후에 연락하마. 그때까지 강건하게 잘 있거라. 그럼 고생해라."

다급히 작별인사를 마친 이벽은 휘달리듯 간석지를 벗어나 마상에 올랐다.

"도와주십시오, 스승님…. 제가 그 일을 해낼 수 있도록 스승님께서 힘을 주세요."

결연히 고삐를 말아 쥔 이벽이 박차를 가하기 전에 예원의 무덤이 있는 쪽을 바라보며 간절히 기도했다. 그가 생각해낸 방도가 권철신의 마음을 움직일 수도, 그렇지 않을 수도 있다는 것을 이벽은 잘 알았다. 어쩌면 힘겨운 싸움이 될지도 모른다는 걱정이 슬그머니 고개를 쳐들었지만, 단호하게 고개를 가로저은 이벽이 힘껏 말 옆구리를 박찼다.

히이잉!

앞발을 쳐들고 한바탕 울음을 토해낸 준마가 바람처럼 내달렸다.

(2권에서 계속)

참고 문헌 및 자료

〈참고 문헌〉

김규남·이길재, 《지명으로 보는 전주 100년》, 신아출판사, 2002.

김동욱, 《실학 정신으로 세운 조선의 신도시, 수원화성》, 돌베개, 2002.

김영수, 《천주가사 자료집》, 가톨릭대학교출판부, 2000.

김용숙, 《조선조 궁중 풍속 연구》, 일지사, 1987.

김진소, 《천주교 전주교구사》, 천주교전주교구, 1998.

김진소 외, 《한국사회와 천주교》, 디자인 흐름, 2007.

마테오 리치, 《천주실의》, 서울대학교출판부, 2001.

변기영 개역, 《뜨리뗀 공의회 간추린 교리문답》, 한국천주교중앙협의회, 1983.

샤를르 달레, 《한국천주교회사》(전3권), 한국교회사연구소, 1990.

양선아 외, 《조선 후기 간척과 수리》, 민속원, 2010.

유중림 지음, 윤숙자 엮음, 《증보산림경제》, 지구문화사, 2007.

이기석·한용우 역해, 《신역 대학·중용》, 홍신문화사, 2011.

이덕일, 《사도세자의 고백》, 휴머니스트, 2004.

이재기 지음, 여진천 번역, 《눌암기략》, 부산교회사보, 2022.

정약용, 《다산 산문선》, 창작과비평사, 2013.

조광 역주, 《역주 사학징의 1》, 한국순교자현양위원회, 2001.

조광·장정란·김정숙·송종례, 《순교자 강완숙, 역사를 위해 일어서다》, 가톨릭출판사, 2009.

조현범 외, 《한국 천주교회사의 빛과 그림자》, 디자인 흐름, 2010.

최영미, 《복자 강완숙 골룸바》, 하상출판사, 2016.

최해율·백영자, 《한국의 복식문화》, 경춘사, 2000.

하남오, 《너희가 포도청을 어찌 아느냐》, 가람기획, 2001.

한국천주교 주교회의,《성경》, 한국천주교중앙협의회, 2005.

한국천주교회, 《가톨릭 기도서》, 한국천주교중앙협의회, 2013.

한국카톨릭편찬위원회, 《한국카톨릭대사전》, 한국교회사연구소, 2006.

한옥공간연구회, 《한옥의 공간문화》, 교문사, 2004.

허경진, 《조선의 르네상스인 중인》, 랜덤하우스, 2008.

황사영 저, 김영수 역, 《황사영 백서》, 성·황석두루가서원, 1998.

〈참고 및 인용 논문과 기사〉

김규성(2003), 〈한국천주교회의 기원에 대한 제 학설에 관한 연구〉, 인천가톨릭대학교 대학원.

김민영(1986), 〈조선 후기 광업경영형태의 발전에 대한 연구〉, 전남대학교 대학원.

김은미(2007), 〈조선 시대 문서 위조에 관한 연구〉, 한국학중앙연구원 한국학대학원.

김정자(2009), 〈정조대 통공정책의 시행에 관한 연구〉, 국민대학교 대학원.

김정환(2012), 〈조선 후기 천주교의 내포 이해〉, 내포교회사연구소.

김종하(2012), 〈여와 목만중 기행시 연구: 경세의식을 중심으로〉, 성균관대학교 대학원.

김진희(2004), 〈조선 시대 복식에 나타난 색채 연구〉, 충남대학교 교육대학원.

김성식(2006), 〈전북지역 논농사 민요 연구〉, 전북대 대학원.

박기서(2003), 〈조선 후기 천주교 여성 활동 연구〉, 경희대학교 교육대학원.

방상근(2015), 〈'立聖母始胎明道會牧訓'과 조선 천주교회의 명도회〉, 《교회사연구》 46.

방상근(2020), 〈전주의 재지사족과 유항검 가문의 사회적 위상〉, 제5회 진산성지 교회사 학술 발표회.

방상근(2006), 〈조선 후기 천주교회의 신분관〉, 《경희사학》 24.

배봉한, 〈전주교구 초남이 성지를 찾아–젖빛 안개 자욱한 초남이 들녘에서〉, 《천주교 경향잡지》(2002년 3월호).

백성호, 〈삭발한 정수리 덮어주던 주케토, 진홍색은 순교자의 피 상징〉, 《중앙일보》(2014년 2월 24일자).

백승호(2004), 〈18세기 남인 문단의 시회–채제공 목만중을 중심으로〉, 서울대학교

국어국문과.

서동찬(2004), 〈샤를르 달레의 한국천주교회사에 나타난 순교자들의 진술에 따른 신앙 이해와 영성〉, 수원가톨릭대학교 대학원.

서종태(1998), 〈성호학파의 양명학과 실학〉, 《조선시대사학보》 7.

서종태(2010), 〈천주교의 수용과 전파의 토대를 구축한 권철신과 권일신〉, 《한국천주교회 창설주역의 천주신앙 2》, 천주교 수원교구 시복시성추진위원회.

서종태 외 지음, 리길재 정리, 〈서학에 대한 학문적 관심을 일깨운 성호 이익〉, 평화신문 643호(2001년 9월 9일자).

서종태(2011), 〈주어사의 실체와 권철신의 강학 장소〉,《발로 쓰는 한국 천주교의 역사》, 마백락 선생 교회사 연구 50주년 기념논총간행위원회.

신사순(2004), 〈조선시대 조세제도와 사상에 관한 연구〉, 조선대학교 대학원.

아카기 진베에(1995), 〈주문모 신부의 조선 입국〉, 《교회사연구》 제10집, 1995 주문모 신부 선교 200주년 기념 심포지엄, 한국교회사연구소.

이동욱(2005), 〈초기 한국천주교회 교리서에 나타난 토착화〉, 광주가톨릭대학교 대학원.

이유리(2002), 〈이혼에 대한 사목적 제안〉, 《사목》 280호, 천주교주교회의.

원우재(2003), 〈초기 한국천주교회의 평신도 지도자와 단체에 대한 연구〉, 수원가톨릭대학교 대학원.

임동욱, 〈정조의 효심과 정약용의 지혜가 만든 '수원 화성'〉, 《과학향기》 제2574호(2016년 1월 27일).

장유승(2014), 〈1791년 내포(內浦): 박종악과 천주교 박해〉, 한국교회사연구소 발표논문 수정본.

정민, 〈정민의 다산독본 47 - 주문모의 피신과 다산의 배교 문제〉, 《한국일보》(2019년 1월 24일자).

정민, 〈정민 교수의 한국 교회사 숨은 이야기 - 23. 주머니마다 쏟아져 나온 예수 성상(聖像)〉, 《가톨릭평화신문》 제1585호(2020년 10월 25일).

정윤섭(2011), 〈조선 후기 해남 윤씨가의 해언전 개발과 도서·연해 경영〉, 목포대 대학원.

천주교 서울대교구, 〈교리 톡톡 신앙 쑥쑥 - 부활초의 상징과 의미들〉, 부활 제2

주일(하느님의 자비 주일), 《서울주보》 (2020년 4월 19일) 4면.

홍기용·박영규, 〈조선 시대의 회계 및 조세 관련 사건 연구〉, 《회계 저널》 제11권 제4호(2002년 12월).

홍승재(2007), 〈전라감영의 시대적 변화와 건물의 구성〉, 전주시.

〈전주대사습놀이 관련 참고 및 인용 문헌〉

박황, 《판소리 이백년사》, 시사연, 1987.

임미선, 《전북의 음악, 그 신명과 멋》, 국립민속박물관, 2008.

전주대사습놀이보존회, 대사습의 유래, www.jjdss.or.kr.

전주문화사랑회 편집, 《전통문화도시 전주: 아하! 그렇군요》, 전주시, 2007.

〈전국 대사습대회 전주서 9월 22일〉, 《경향신문》(1975년 8월 23일자).

전라북도 공식 블로그 '전북의 대발견', 〈전주대사습(大私習)놀이 부활〉(1975년 9월 21일), http://blog.jb.go.kr/130094629296

〈전주의 '수릿날 민예' '대사습'〉, 《동아일보》(1976년 5월 27일자).

〈판소리의 정수 전주대사습의 부활〉, 《동아일보》(1975년 9월 18일자).

홍현식, 〈남도의 민속 '대사습'〉, 《동아일보》(1965년 7월 17일자).

〈횡설수설〉, 《동아일보》(1976년 5월 25일자).

〈노동요 관련 인용 자료〉

산야타령 – 국악방송, '국악특강, 한국음악시리즈: 민요의 현장을 찾아서' 녹음 파일 중 2009년 1월 9일 방송분, 최상일 프로듀서 진행, 김제군 광활면 옥포리 유판선 옹 소리.

물 푸는 소리 – 한국민요대전 전라북도 편, 1995년.

* 예비자에 관한 설명은 굿뉴스의 가톨릭 사전에 수록된 내용을 인용했다. 굿뉴스에서 밝힌 참고문헌은 '최루수, 회장직분, 1923년', '한국가톨릭지도서, 서울교구 출판부, 1954년'이다.

〈그 외 참고 사이트〉

굿뉴스 http://help.catholic.or.kr/mobile/

국사편찬위원회, 조선왕조실록 http://sillok.history.go.kr

네이트 사전 http://alldic.nate.com

네이버 백과사전 http://100.naver.com

우리소리연구소 http://blog.daum.net/sichoi2/74

엠파스 백과사전을 비롯한 다수의 인터넷 사이트.